ハヤカワ文庫 SF
〈SF2408〉

鋼鉄紅女

シーラン・ジェイ・ジャオ
中原尚哉訳

早川書房
8941

IRON WIDOW
by
Xiran Jay Zhao

Translated by
Naoya Nakahara
First published 2023 in Japan by
HAYAKAWA PUBLISHING, INC.
This book is published in Japan by
arrangement with TUNDRA BOOKS,
a division of PENGUIN RANDOM HOUSE CANADA LIMITED
through JAPAN UNI AGENCY, INC., TOKYO.

レベッカ・シェーファーへ
私が統計の数字からサバイバーに変わり、
強くなってこの物語を書くにいたるまで、
いつもそばにいてくれた。

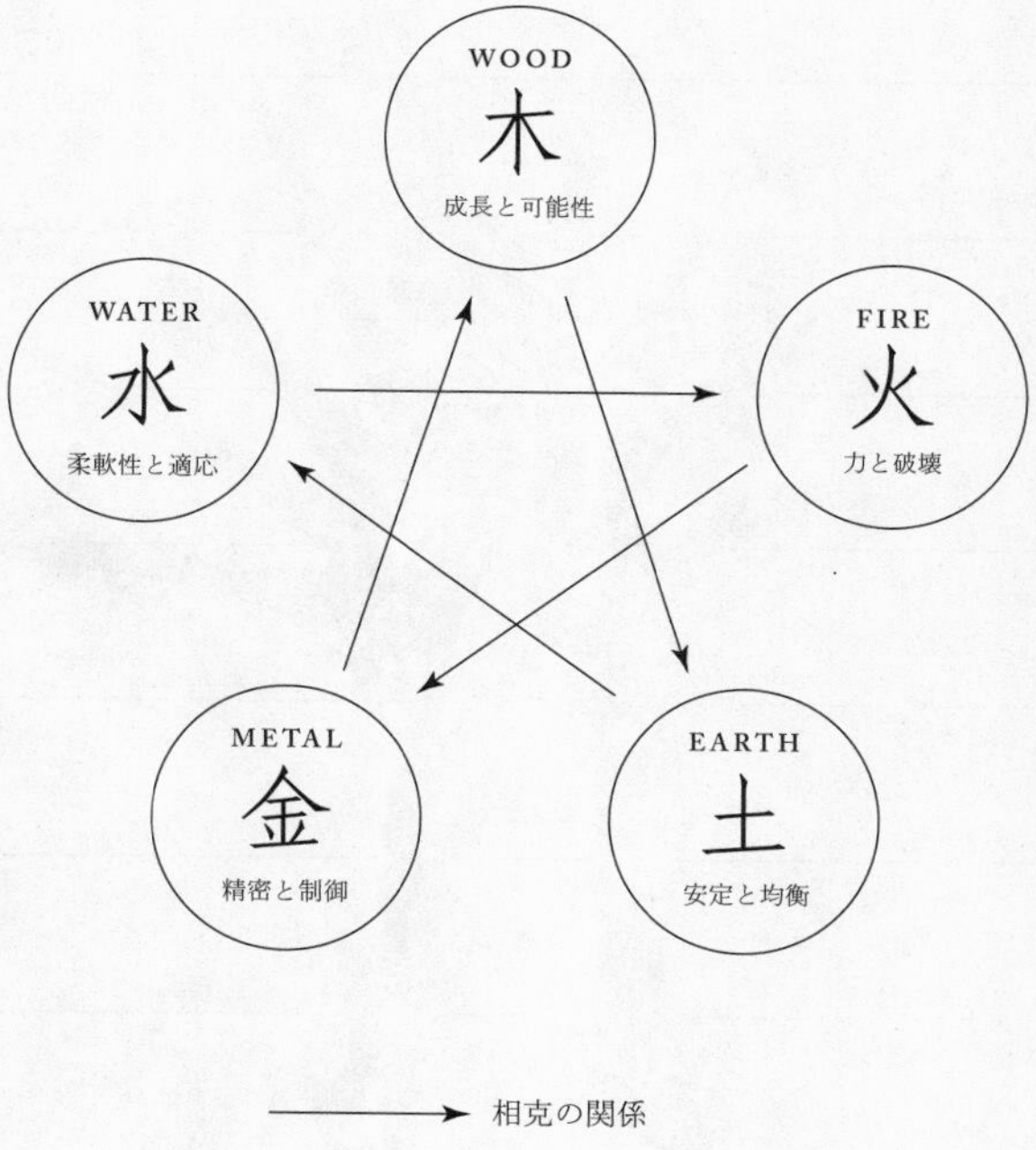
WOOD
木
成長と可能性
FIRE
火
力と破壊
WATER
水
柔軟性と適応
METAL
金
精密と制御
EARTH
土
安定と均衡
相克の関係

九尾狐《きゅうびこ》

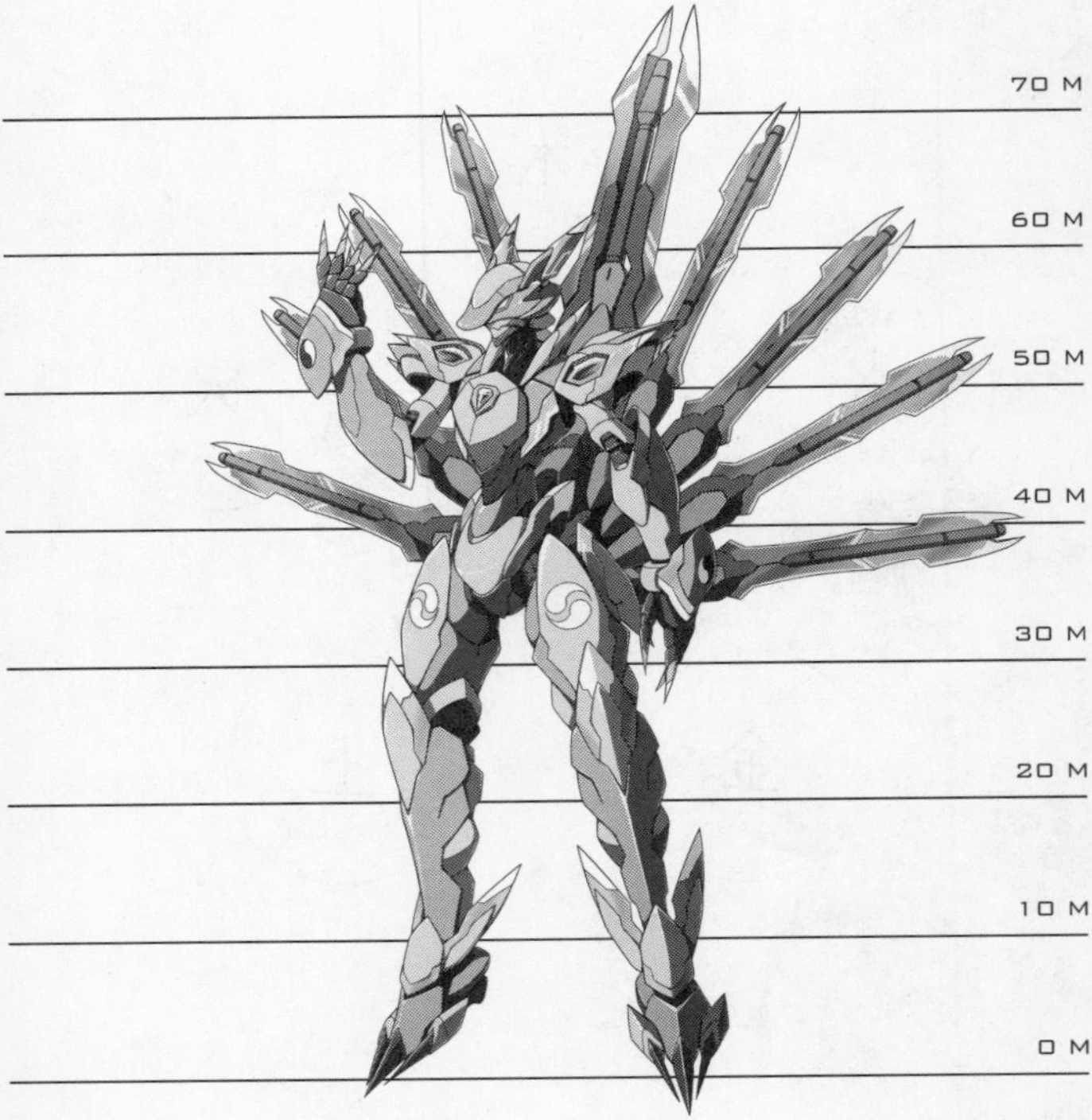

英雄形態

属性：木

重量：皇子級

陽パイロット：楊 広《ヤン・グアン》

陰パイロット：不定

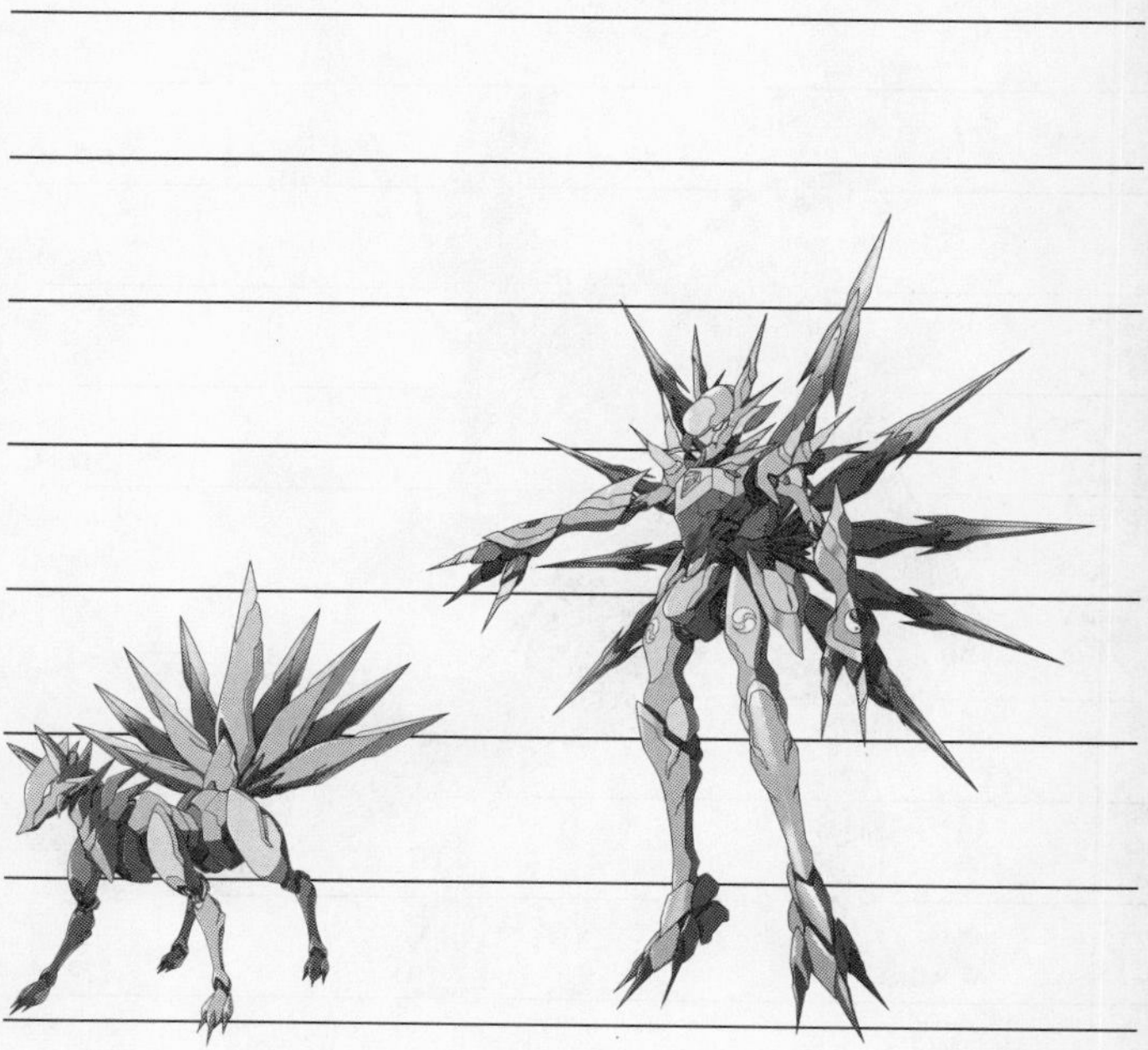

標準形態　　起立形態

朱雀《すざく》

起立形態

属性：火

重量：王級

陽パイロット：李世民《リー・シーミン》

陰パイロット：武則天《ウー・ゾーティエン》

標準形態

英雄形態

白虎《びゃっこ》

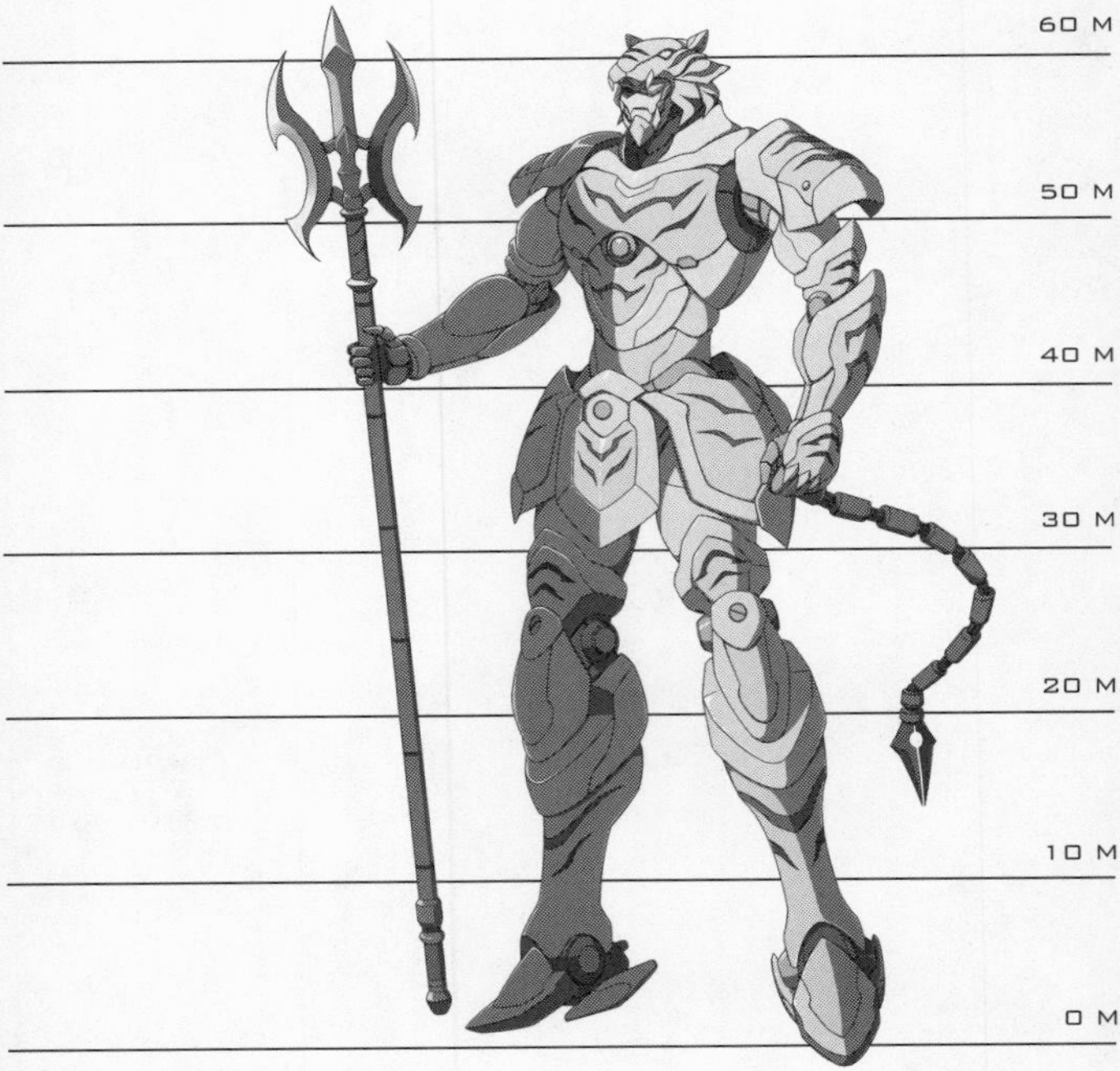

英雄形態

属性：金

重量：皇子級

陽パイロット：楊堅《ヤン・ジエン》

陰パイロット：独孤伽羅《ドゥーグー・チエルオ》

標準形態　　起立形態

玄《げん》武《ぶ》

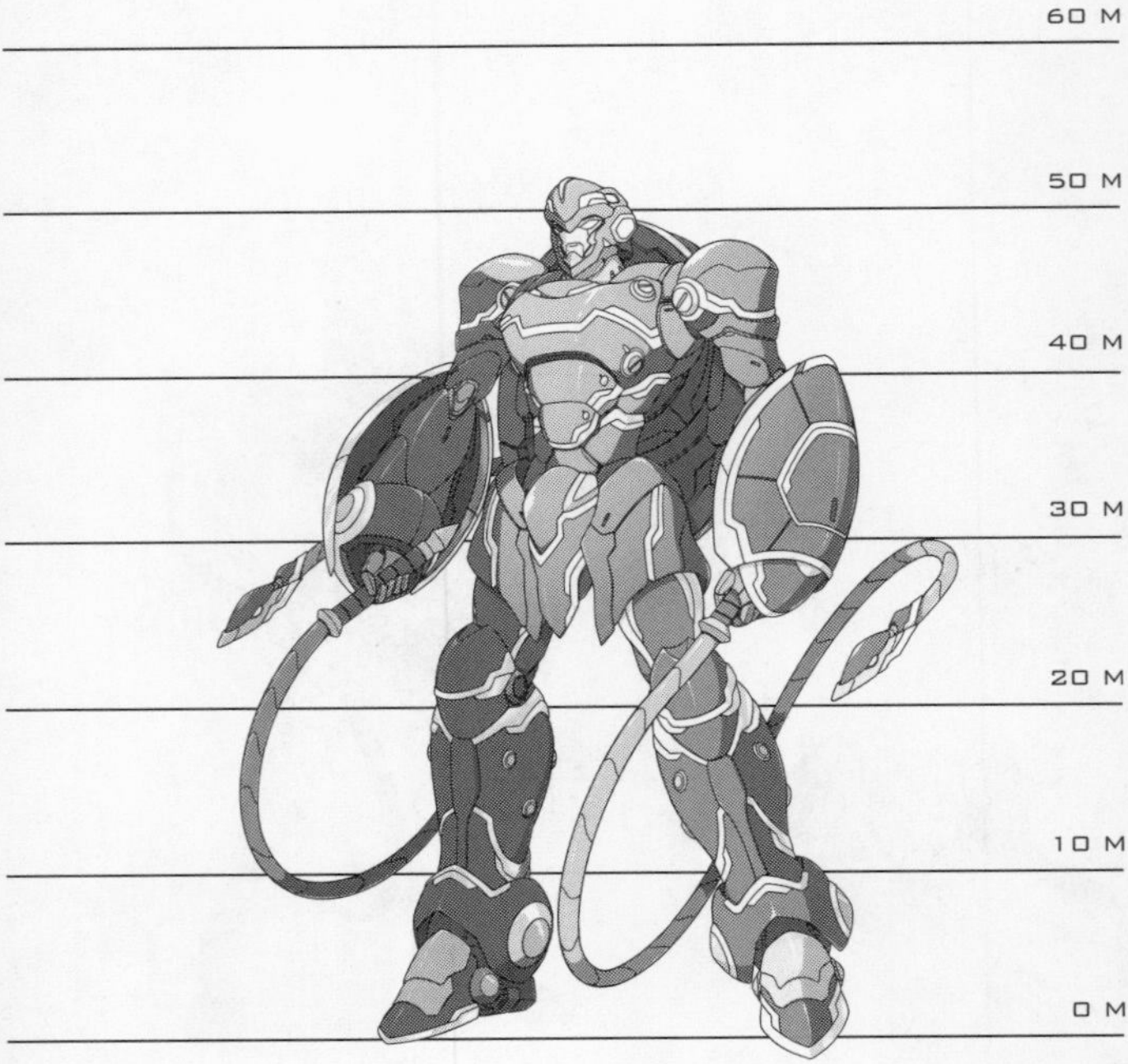

英雄形態

属性：水

重量：皇子級

陽パイロット：朱元璋《ジュー・ユエンジャン》

陰パイロット：馬秀英《マー・シウイン》

標準形態　　起立形態

本書には暴力と虐待、自殺の観念化、性的暴行の議論と言及（ただし直接の描写はふくまず）、アルコール依存症、拷問の描写があることに注意してほしい。

本書は歴史ファンタジーや改変歴史物ではなく、未来の物語である。中国史の文化的要素に想を得た異なる世界を舞台とし、歴史上の人物が史実とは異なる状況で登場する。これらの人物は大幅に自由に改変して描写され、生まれも育ちも年齢差も史実とは異なる。特定の時代を正確に描くことは目的にしておらず、正しい歴史を知るにはノンフィクションの資料にあたってほしい。

鋼鉄紅女

登場人物

武則天《ウー・ゾーティエン》………華夏《ホワシア》の辺境の村娘。妾女《しょうじょ》パイロット

高易之《ガオ・イージー》…………華夏最大級のメディア王の息子

高俅《ガオ・チウ》……………易之の父親。メディア王

李世民《リー・シーミン》…………死刑囚にして鉄魔《てつま》。朱雀《すざく》のパイロット

楊広《ヤン・グアン》…………皇子大佐。九尾狐《きゅうびこ》のパイロット

刑天《シン・ティエン》…………無頭戦士のパイロット

独孤伽羅《ドゥーグー・チエルオ》……皇女将軍。白虎《びゃっこ》のパイロット

楊堅《ヤン・ジエン》…………皇子将軍。白虎《びゃっこ》のパイロット

馬秀英《マー・シウイン》…………玄武《げんぶ》のパイロット

朱元璋《ジュー・ユエンジャン》……玄武《げんぶ》のパイロット

諸葛亮《ジューゴー・リアン》………軍師《ぐんし》。最高位の兵法家

司馬懿《スーマー・イー》…………謀士《ぼうし》

安禄山《アン・ルーシャン》………隋唐辺境軍の謀士

秦政《チン・ジョン》…………二世紀前から行方不明の皇帝将軍

プロローグ

渾沌《フンドゥン》が来る。暗夜に黒い土煙を上げ、群れをなして荒野のかなたから攻め寄せる。顔のない丸々と太った霊金《れいきん》製の巨体が、半月の銀光と満天の星を映してきらめく。並みのパイロットならひるんで迎え撃てない。しかし楊広《ヤン・グアン》は剛勇無双《ごうゆうむそう》。長城外側の望《ぼう》楼《ろう》のたもとから霊蛹機《れいようき》の九尾狐《きゅうびこ》を駆って出る。全高は七、八階建てのビルほどもあり、緑の剛毛におおわれている。鉄の脚で地をどよもして走る。

霊蛹機は普通の戦闘機械ではない。動かすのに電気車や浮揚船《ふようせん》のような操舵輪や操縦桿は使わない。パイロットは機体と一つになる。楊広の肉体はコクピットの座席にすわり、今夜の一戦に連れ出した妾女《しょうじょ》パイロットに両腕をまわして、精神の力で九尾狐の各部を操作している。地平線上の土煙めざしてひた走る。左右の遠くには今夜当直のほかの霊蛹機がシルエットになって見える。おなじく急速に前進している。

パイロットは座席にしこまれた鍼《はり》を脊椎に刺し、生命力の流れである気《き》を機体に通す。若葉の芽吹きから燃えさかる炎、惑星の自転にいたるまで森羅万象を動かす根源的な力が気だ。パイロット自身の気に加え、霊蛹機の精神リンクを通じて妾女パイロットの気も吸い上げる。妾女の弱い精神は抵抗できず、意のままにされる。いっしょに流れこむ記憶の断片はなるべく無視する。妾女個人について知る必要はない。必要なのは男女の気の相互作用だ。それによってパイロットの霊圧《れいあつ》が高まり、霊蛹機を最大限に運用できる。

まず庶《しょ》級渾沌があたってきた。大きな金属製の昆虫のようなものが九尾狐に穴をうがとうと狙う。星明かりではさまざまな体色はよく見えない。ときおり光って、光箭《こうせん》や稲妻のような兵器化した気を放つ。

もしいま楊広が生身の体なら、庶級渾沌は家ほども大きく、たちまちやられただろう。しかし九尾狐に搭乗していれば小さな敵であり、攻撃は痛くもかゆくもない。

爪で切り裂くと、異様な感情が流れこんでくる。慨嘆、恐怖、憤怒……。うるさいノイズのようだ。霊蛹機は渾沌の骸《むくろ》でつくられ、製法は最上級の技術者だけが心得ている。数世紀にわたって改良、開発されているが、切り裂かれる渾沌の感情がパイロットに流れこむという奇怪な現象はいまだに解消できていない。

パイロットはあまりこのことをおおやけの場で話さないものの、流入する厄介な感情は意外なほど戦闘を過酷にする。楊広が現役最強パイロットの一人とされるのは、これを隔離するのがうまいからだ。

精神攻撃をはねのけながら渾沌を倒していく。狐の九尾を九本の新たな腕のように使い、うなりをあげて振ると、大きな渾沌も打撃音を残して飛ばされる。

容赦はしない。渾沌は宇宙からの侵略者だ。二千年前、絶頂期にあった人類文明はこいつらに破壊され、分断された氏族社会に退行した。その後、伝説的軍閥指導者だった黄帝《こうてい》が神々の導きによって霊蛹機を発明し、文明を再興したわけだが、その功績がなければ惑星全体が渾沌に支配されていただろう。

九尾狐のまわりを小蝿のように飛びまわっているのはカメラドローンだ。人類解放軍の公式記録用ドローンもいれば、民間のメディア会社が華夏《ホワシア》全土に戦闘を配信するために飛ばしているものもある。楊広はこれを意識して、ささいなミスもしないように、ファンを失望させないように心がけた。

『九尾狐、敵勢に皇子《おうじ》級がいるぞ！』

軍の兵法家の音声がコクピットのスピーカーから聞こえる。

楊広はすぐに警戒を強めた。皇子級渾沌が出てくるのはめずらしい。重量階級は九尾狐と同等だ。なるべく損傷させずに倒せば新規の皇子級霊蛹機に改造できる。あるいは神々への供物《くもつ》にして、革新的新技術や医薬品の製造マニュアルと交換できる。なにより勝てば楊広自身の戦闘ランクが大幅に上がる。今度こそ李世民《リー・シーミン》を上まわって、華夏のエースパイロットの座からあの身内殺し野郎を引きずり落とすのだ。

確実に倒すために、九尾狐を上位の戦闘形態に移行させることにした。

「刑天《シン・ティエン》、掩護しろ！　変形する！」

近くにいる僚友に呼びかける。九尾狐の口から発した気は戦場で瞬時に音声を伝える。

『了解、皇子大佐！』

刑天が搭乗する霊蛹機の無頭戦士は、その名のとおり頭部がない。かわりに乳首のあるべきところに目が、臍《へそ》のあるべきところに口がある。九尾狐の前面に出て、霊金の戚《まさかり》で寄せくる渾沌をめった斬りにする。やられた渾沌は光をまき散らして死ぬ。

意を強くした楊広は、霊圧を最大にして気を機体に注入した。緑の剛毛におおわれた表面に光の亀裂がはいる。

もとは渾沌の骸である霊蛹機だが、性能はあらゆる点でまさっている。愚かな渾沌は自身の体をつくる霊金の能力を充分に引き出せず、丸く太った体型にしかなれない。

しかし人間はちがう。

楊広は九尾狐の起立形態を頭に描き、変形を発動した。脚は細く伸び、腰も細くなり、両肩はうしろに引かれて、人型に近づく。九本の尾は鋭い槍になり、後光のように広がる。本物の九尾の狐が尾を立てて敵を威嚇する姿とおなじだ。立ち上がり、二足歩行になる。パイロットは高い霊圧で気を注入しつづけ、姿勢制御してバランスをとる。これによって前脚二本が自由になり、武器として使えるようになる。

背後に手をやり、尾が変形した槍を引き抜く。大小さまざまな渾沌の群れをかき分け、皇子級をみつけると、低い姿勢から地面を蹴った。闇を切り裂き、月光にきらめく槍が飛ぶ。六本の脚が虫のようにはえた渾沌の丸くずんぐりした体に刺さり、派手な音とともに霊金が砕ける。まるで陶器の詰まった倉庫が爆発したようだ。気が集まったコアがまばゆく光って消えていくのを見ながら、楊広は流れこむ渾沌の憤怒と恐怖の奔流に耐えた。

輝く渾沌の群れを迎え撃っていたほかの霊蛹機が歓声をあげた。カメラドローンが皇子級の骸に近づく。画面のむこうで華夏じゅうの人民が喝采しているだろう。楊広は興奮に震えつつ九尾狐を後退させ、槍を引き抜く。しかし物理的接触が切れたにもかかわらず、まだ他者の恐怖が伝わってくる。

妾女からだ。波のように強く寄せる。

その精神はもう肉体にもどれないと、すぐにわかった。いまは残った肉体を楊広が制御している。心臓の鼓動もだ。接続を切れば心臓は停まるほかなく、妾女はあの世へ行く。引きとめようがない。

とはいえその実家は充分な補償を受ける。だから黄泉《よみ》へ渡った魂はやすらかだ。

名前は憶えていない。憶えないようにしている。数多《あまた》の妾女パイロットをこのように使い捨てにしてきた。いちいち記憶にとどめては心の負担になる。かまっていられない。世界を守る使命がある。

妾女はこうなることをわかっていた。覚悟のうえで志願してきたのだ。

楊広は残りの群れを倒すことに集中した。この国はこれからも安全だとファンに教えなくてはいけない。

妾女の尊い犠牲を無駄にしない。

第一部

狐の道

山に獣あり。その状《かたち》は狐のごとく、九尾あり。その音《こえ》は嬰児《えいじ》のごとし。よく人を食う。

——『山海経《せんがいきょう》』

1　亡姉ならざる蝶

一本眉のおかげで十八年間、売られずにすんだ。苦しく恐ろしい死をまぬがれてきた。

そのだいじな眉を今日かぎり二本に分ける。

自分でやるのではない。姐姐《ジエジエ》が残した毛抜きを使うのは易之《イージー》だ。森の湿った地面に竹筵《たかむしろ》を敷いて膝をつき、こちらの顎を持ち上げ、眉間の毛を一本ずつ抜く。肌がじんわり焼かれるように熱くなる。上半分を髻《もとどり》に結って残りを下げた易之の長い髪が、白絹《しらぎぬ》の袍《ほう》の上を漆黒の滴のようにさらさらと流れる。それにくらべて脂ぎって色褪せたこちらの髪は、雑にたばねて、すり切れた頭巾《ずきん》でくるんでいる。汚れてくさい頭巾は後れ毛が顔にからないようにするためだ。

なんでもないふりをしていた。なのにやさしい彼の一心不乱な顔を見ると、脳裏に焼きつけておきたくなる。人生最後の数日のよすがとして。

　胸が苦しく、目頭が熱くなる。こらえようとしても涙は鼻の脇に流れた。こらえきれたためしがない。

　気づいた手が止まる。毛穴が痛いのは当然としても、ほかに理由があるのかと見まわす。

　これが最後の逢瀬とは知るよしもない。

「痛いのかい、則天《ゾーティエン》？」

　やさしくささやく。この隠れ場所のそばの滝壺から上がる細かい水煙が、毛抜きを持つ手をうっすらと濡らす。だれかが探しに来ても、低く伸びた枝が二人の姿を隠し、さらさらと流れる谷川が声をかき消してくれる。

「痛くない。でも途中でやめたら泣くわよ」赤く腫れた目で合図する。「さあ、早く」

「わかった」

　とまどった顔に微笑みがもどる。それを見てまた泣きそうになる。涙をぬぐってくれたきれいな絹の袖は肘までたくし上げられる。富翁《フーウォン》（富裕層）の袖だ。長くひらひらして非実用的。会うたびにからかった。でも本人のせいではない。彼と二十七人の子女がお屋敷から外出するときに富貴な服装をさせるのは父親だ。

　数日来の雨雲をようやく割った明るい日差しが、暖かく湿った二人の秘密の園と、揺れる枝葉を照らす。色白の易之の腕に木漏れ日が落ちる。春を迎えて芽吹く若葉の香りが濃くただよう。こんなときでも端座《たんざ》する相手の膝と、だらしなく胡座《あぐら》をかいた自分の脚とのあいだには、わずかな、でも越えられない開きがある。むこうは上等な仕立ての絹の袍、こちらは手織りの粗末な野良着。これほど白くなめらかな布がこの世にあるとは、出会うまで知らなかった。

抜くペースが速くなり、ほんとうに痛くなった。眉毛という生き物がすり切れて二匹に分裂しかけているようだ。次に出る涙はもう痛さの涙だ。

できれば頼りたくなかった。でもあるときから、鏡を見て自分でやるのはつらくて無理だと思いはじめた。映るのは姉の如意《ルーイー》そっくりの顔。市場価値を下げていた濃すぎる眉毛を抜いて整えれば、姉妹は瓜二つ。

そもそも自分の手で左右対称に整えられる自信がなかった。でも死を覚悟して出発するのに不ぞろいな眉なんて絶対にいや。

ひりひりする痛みをまぎらわそうと、相手の膝にあるタブレットの明るい画面をスクロールさせる。先月会って以後の授業ノートを見せてもらう。

タップするたびに背徳感を味わう。こうして辺境の山で緑と春ののどかな空気にいっしょにつつまれ、立ちのぼる土のにおいをいっしょにかいでいるのより、さらにいけないことをしている気分。村の古老はこういう摩訶不思議なデバイスに女子がさわることを禁じる。女人の穢《けが》れだか不浄さだか知らないけど、神聖さをそこなうらしい。渾沌《フンドゥン》に敗北して失われた長い時代のあと、タブレットのような高度技術を復活させられたのは天の神々の恵みだからだという。でも古老も神々も知ったことじゃない。人口の劣った半分に属しているからと軽視するなら、こっちも軽視する。

白く光る画面が葉影にある絹の袍を月のように照らしながら、農村の卑賤《ひせん》な娘には本来得られないはずの知識をさずけてくれる。美術、科学、渾沌、霊蛹機《れいようき》……。できれば手もとに引き寄せて読みたい。でもできない。いまこちらは動けないし、タブレットは動かせない。小さなくぼみから投射される円錐形の光が、この顔に正確で理想的な左右の眉の輪郭線を描いているからだ。易之と不思議な都会のガジェットはいつも期待を裏切らない。一本眉をどうにかしろと家族から最後通牒を受けたと嘘をつくと、すぐにこんな準備を整えてくれた。

真の目的を知ったら怒るだろう。

頭上の葉から滴が落ちてその頬をかすめる。集中して気づかないようすなので、指のつけ根でぬぐってあげる。

驚いた目が広がる。白皙《はくせき》の肌がほんのりと染まる。

思わず微笑む。手を開いて指の腹でふれ、ウィンクした。

「あら、二つになった眉はもうそんなに魅力的？」

その口からいつもより大きな笑い声が漏れ、あわてて指で口もとを押さえて見まわす。だいじょうぶ、だれもいない。

「からかわないで。集中させて」

わずかに笑いを残したまま小声で言う。目はあわせないようにしている。あきらかに上気した頰。

それを見て罪悪感で焼かれる。打ち明けてしまおうと、頭のなかで決心をせまる。でも指はさりげなくタブレットをフリックして、新しい授業ノートへ飛ぶ。社会研究だ。テーマは渾沌の攻撃についての動態統計調査。

計画をあやうくすることはやはり話さないほうがいい。相手がどういうつもりでこんな関係を続けているにせよ、こちらは誤解していないし本気にはしていない。易之は華夏《ホワシア》最大級の富家《ふか》の子息。静寂閑雅《せいじゃくかんが》を求めて浮揚単車《ふようたんしゃ》で遠出をしたときにたまたま会った辺境の村娘があたしだ。こんなふうに親しくしているところを万一みつかったら、家族の名誉を守るために豚小屋に沈められるのはこちら。守るべき一線を越えていなくても関係ない。

その唇に目がとまり、優美な線を目でなぞる。どうしてそんなに柔らかそうなのと感嘆して尋ねたことを思い出す。四つの手順の表面剝離と保湿法を毎日欠かさずやっていると聞いて、涙が出るほど大笑いした。指でふれて確認もした。そしていつのまにか間近から見つめあい、笑いは止まっていた。あわてて離れて話題を変えた。

彼とのありえない未来を思うと、胸の奥の傷つきやすいところに痛みをおぼえる。遊ばれているだけという可能性を否定できないし、していないつもりだ。休日に遊びにいく先でよく会う農村の小娘にすぎない。こちらが本気になったとたん、美しい袍の絹の帯を締め直して一笑に付すだろう。こちらにとって生き死にがかかることも、相手には些事《さじ》にすぎない。それでも……その甘い微笑みとささやきに溺れたくなる自分がいる。

人目を避けた密会だから刺激的だったのかもしれない。だから相手も三年間、月末ごとに通ってきたのかも。

ほんとうの動機はわからない。べつにかまわない。自分の感情に流されなければ遊ばれたことにはならない。

現実問題として、いまこの瞬間に密会が村全体にばれたとしても、家族は不肖の娘を豚小屋に沈めたりしないだろう。ようやく言うことを聞き、顔をなおして売り物の体裁を整えているからだ。これで妾女《しょうじょ》パイロットとして軍に売れる。姉とおなじように。

下の娘が危険で大それた計画を練っているとはもちろん気づいていない。

毛抜きが眉の下側に移るころ、タブレットの授業ノートでは渾沌と霊蛹機の戦闘場面の写真が出てきた。戦っているのは白虎《びゃっこ》だ。精悍な姿に鮮やかな色彩。丸くずんぐりした渾沌の骸《むくろ》からつくられたとは信じがたいほど。もっとも高度な英雄形態で、乳白色の美しいガラスでできたヒューマノイドの虎戦士のよう。装甲板は鋭角的で緑と黒の線が輝く。樹木より高い戈《ほこ》は振り上げる動きでぶれて映っている。軍の広報映像ではおなじみだ。機体と精神リンクしている男子と女子は、力が拮抗した匹偶《ひつぐう》ペアだ。戦闘後に男子が女子の精神を吸いつくして死亡させるおそれはほとんどない。

ほかの大半の機体における妾女パイロットはこうはいかない。

姉の死もそうだ。二番目に強力な皇子《おうじ》級霊蛹機の妾女として家族が入隊させたのだから。ただし戦場には出ていない。パイロットが精神ではなく手をかけて殺したと聞かされている。具体的な状況は不明。帰ってきたのは遺灰だけ。あれから八十一日、家族は打ちひしがれたままだ。理由は……戦死あつかいではないため、あてにしていた高額の戦死補償金がはいってこないから。

おかしな話だ。姉は蝶よ花よと育てられた。

如意はいつ結婚するの？

結婚せずに入隊だって？

やれやれ、日なたに長くいると焼けて黒くなるというけど、ほんとだねえ……。

でも訃報が伝わると話題にのぼらなくなった。遺灰のゆくえにも無関心。じつは易之と二人でこの密会場所のたもとの川に流した。姉をいれて三人の秘密だ。

易之の背後に、枝についた蝶の蛹《さなぎ》があった。〝霊蛹機〟の名はこれに由来する。そのせいか、死亡したパイロットは蝶に転生するという言い伝えがある。もしそうだとしても、この蛹は姉であってほしくない。もっとずっと遠くで転生してほしい。因習じみた村の古老も、うるさい詮索屋の婆さんも、強欲な親族も、下劣なパイロットもいないところで蝶になればいい。

成虫が蛹の殻を破って身をよじり、最後の薄膜も破った。下むきの頭から触角が出て動きはじめる。花が咲くように翅《はね》を広げる。

この森で蝶はめずらしくない。でもこれはよく見ると翅の模様が左右で異なる。

「あ」

すわったまま姿勢を起こした。易之は肩ごしにふりかえる。

「どうした？」

「蝶よ。翅の模様がちがうの！」

易之も感嘆の声を漏らしたので、辺境農民だけが知らない話ではないらしい。眉の処置はおおむね終わったらしく、易之はタブレットのカメラで蝶を拡大して動画撮影しはじめた。

見まちがいではない。左の翅は黒地に白い丸、右の翅は白地に黒い丸。まるで陰陽太極《いんようたいきょく》図《ず》だ。蝶はよく模様から名づけられるけど、陰陽の模様など聞いたことがない。

「どうしてこんなのが生まれるのかしら」

易之が微笑んでうながす。

「疑問が浮かんだら、どうする？」

「〝検索する〟、ね」

教えられたとおりにタブレットの検索窓を開いた。使い方は簡単。疑問のキーワードを入力するだけ。それでも驚異的で夢のようだ。都市の学者が難解な書物をひもといて解釈したり、供物《くもつ》とひきかえに神々から下賜《かし》されるような浩瀚《こうかん》な知識を、こうしてだれでも指先だけで得られる。

検索結果に出た学術的な記述を真剣に読む。易之の授業ノートより難しいけど、自力で理解したい。

「左右で翅の模様が異なる蝶は……雄の特徴と雌の特徴をあわせもつ雌雄モザイクである……」眉を開いてその一文に注目する。「そんなことってあるの？」

易之は袍の裾をつまんで灰色の土がつかないように竹筵の隣に来た。

「あるよ。生物学的な性は自然界でさまざまなあらわれかたをする。必要におうじて性別を変更できる種だっているんだ」

驚いてまばたきした。

「でも……女は原気《げんき》が陰だから女で、男は陽だから男なのだと聞いたけど」

陰陽は森羅万象を駆動する相反する二つの力だ。陰はたとえば冷、暗、緩、受、女などの性質。陽は熱、明、急、活、男などの性質をおびる。

すくなくとも母からはそう聞いた。

易之は肩をすくめた。

「それほど固定的じゃない。陰のなかにもつねに陽があり、陽のなかにもつねに陰がある。陰陽の図だってそうなっているだろう。そう考えると、この蝶のように生まれついた人間だっているはずだ。男女どちらともつかない人がね」

さらに目を見開いた。

「そういう人がパイロットになったら、どっちの席にすわるの？」

霊蛹機のシート配置はすべて共通だ。女子は前側の一段低い陰座《いんざ》に、男子は背後の陽座《ようざ》にすわる。そして男子が腕をまわして女子を後ろ抱きにする。

易之は竹箆を指先で叩き、柳眉《りゅうび》をひそめて考えた。

「優勢なほうの性にあわせる……のかな」

「そんなやり方でいいの？　操縦席が突然機能しなくなったら？」すこし考えこむ。「そもそもこのシステムにおける男女ってなに？　精神だけで操縦するんでしょう。どうしてかならず女子のほうが気を吸いつくされて犠牲になるの？」

「それは……わからない」

公式見解を求めて検索してみると、赤枠でかこまれた警告文が表示された。


警告。権限が不充分です。

検索結果が制限されます。


「ああ、霊蛹機の製造原理にかかわることは検索不可なんだ。非正規品がつくられるとまずいからね」

タブレットはとりあげられた。手もちぶさたになり、また陰陽の翅の蝶に目を細める。

女。このレッテルはとにかく、していいことと悪いことを規定する。許可なく外出してはいけない。過剰に肌を露出してはいけない。男が話しているときは、女は小声で行儀よく話すか、いっそ口を閉ざしたほうがいい。人目を意識して毎日見映えよくしなくてはいけない。結婚して夫のためにたくさん男児を産むか、霊蛹機で男子パイロットが戦功を上げるための犠牲になるのが女子の務め。

すっぽりと繭につつまれ、閉じこめられて生きている。できるならこの蝶のようになりたい。単純なレッテルを貼られない存在でありたい。

「易之、女子は自己犠牲のために生まれついていると思う？」

「それはありえないね。きみは女子だけど、自己犠牲に徹する姿なんて想像もできない」

「ひどい！」

　大笑いして、暗い気分も吹き飛んだ。

　易之は両手を腰にあて、袖をひらひらさせた。

「どうして？　嘘は言ってないよ」

「そうね。嘘は言ってない」

　笑いを抑えた。やがて笑みも消える。

　生きて彼と人生の苦楽をともにしたい。でも姉の仇《かたき》を討って死ぬという目標がある。

　人の気も知らずに易之は微笑む。

「まじめな話、人生を楽しんで悪いわけはない。やりたいことのために戦う。それはすばらしいことだ」

軽く鼻を鳴らして苦笑した。

「ふーん、この新しい眉に惚れちゃった？」

易之は笑った。

「きみに嘘をつく勇気はないから認めるけど……伝統的な方向でとても美人になったよ」

やさしい微笑み。その瞳が星空を映した夜の池のようにゆらめく。「それでいて僕が知る則天だ。どんな姿でも、きみはこの世でいちばんすてきな女子だ」

胸がきゅんとなった。壊れそう。

だめだ。このまま黙って別れるなんてできない。

煙のような暗い声でささやく。

「易之……」

「ごめんごめん、へんなことを言っちゃって」冗談めかして返される。「中年男から笑ってくれと言われる気持ち悪さを十とすると、いまのはどれくらいだった？」

「易之！」

その手を強くつかんだ。まじめに聞いてもらわなくてはいけない。

彼は黙りこみ、困惑顔で握られた手を見る。そこで告白した。

「妾女パイロットとして志願するの」

易之は愕然とした。

「相手は？」

答えようとしたものの、いまいましい名前を口にしたくない。

「あいつよ」

探る視線。

「楊広《ヤン・グアン》か」

うなずいた。頰が冷えてこわばる。

「きみのお姉さんを殺したやつじゃないか！」

「だからこそよ」

易之の手を振り払い、束髪をつつんだ頭巾の下から長い木製の簪《かんざし》を抜く。

「あの男子の美しく官能的な妾《めかけ》になる。そして、ことがすんだら――」刀の鞘を払うように簪を引くと、鋭利な切っ先があらわれる。「――寝首を掻く」

2　外に捨てる水

竹杖《ちくじょう》を頼りに一人、山道を下る。木《こ》の間《ま》隠《がく》れに赤い夕焼けが見える。

西山に日が沈むまえに帰宅しないと、また家出かと疑われる。すると懐中電灯と吠える犬が出てきて村総出の山狩りになる。どの村人も家の娘に逃げられないことを事実でしめさなくてはいけない。

くたびれた小さな靴が踏む湿った落ち葉が滑る。新しい靴を買ってやると何度も易之《イージー》から提案されたけれども、そんなものをもらったら密会が家族にばれてしまう。

思い出してまた胸が締めつけられた。計画と覚悟を打ち明けたときの彼の表情。話を打ち切って森を去りながら背中で聞いた悲痛な呼び声。やはり話すべきじゃなかった。口論になるのはわかりきっていた。案の定の喧嘩別れ。

樹上に浮揚単車の音が聞こえた気がしたけどはっきりしない。山から去ってくれたのならそれでいい。あきらめてもらうしかない。あたしはあたし。だれのものでもない。これまでいろいろ指図《さしず》されてきたけど、この決意だけは、いくら叱られ、脅され、ぶたれても変わらない。だからよけいにまわりは怒るのだろう。

山道の先に毒々しいほど赤く染まった森の出口が見えてきた。森陰から出ると、故郷の棚田の風景が広がる。山にそって空へ昇る階段のよう。その一段一段に水が張られて稲が植わり、夕焼け空を映している。あぜ道を歩くと、その赤く染まった雲が隅へ隅へと集まるように見える。竹杖をつくたびに灰色の土が湿った音をたてる。棚田のあいだで集落をつくる家々から夕餉《ゆうげ》の炊煙が上がり、高い峰を巻くオレンジ色と闇色の雲に溶けていく。

五歳のときのあかぎれができる真冬、厳寒で棚田が凍る時期に、祖母に言われて氷の上を裸足で歩いた。冷たさが骨までしみて足が紫色になると、祖母は男たちを家から追い出して、コンクリート敷きの床に孫娘をすわらせ、豚の血と鎮痛の薬草を煮た木桶に感覚のない足をつけた。二人のおばに押さえられ、足首から下の骨をすべて祖母の手で砕かれた。

そのときの自分の悲鳴がときどき脈絡なくフラッシュバックする。どこにいてもしばし茫然自失する。

痛みの問題ではない。痛みはもはや日常で驚かない。一歩ごとに激痛が足の底から突き上げる。

一歩……ごとに……いまも。

歩けない。凍った棚田を痺れる足で往復したのが最後の歩行だ。以後、布で巻かれて小さくなった足にできるのはよろめく跛行《はこう》だけ。感染症で指が三本腐り落ちて死にかけ、命をとりとめたかわりにまっすぐ立てなくなった。残った指はかかとにつくほど内側に曲がり、砕けた骨と肉を握りこんでいる。

こうして手のひらより小さくなった足は金蓮《きんれん》と称えられる。

これが大きな市場価値になる。

顔のうぶ毛を放置し、腹にぶよぶよと贅肉をつけても家族からはせいぜい小言をいわれる程度だった。でも纏足《てんそく》をほどこうとすると、棒でぶたれ、口をきわめて罵《ののし》られた。毛虫のような眉はいつでも整えられるし、贅肉は節制して落とせる。でも布をほどいて足を成長させたら金蓮ではなくなる。纏足をしていない娘はいい家に嫁げない。

「これをやらなくっちゃ、戎狄《じゅうてき》と変わりないんだよ！」

消毒して布を巻きなおす一連の施術をいやがって泣く孫娘を、祖母はそう叱った。

戎狄というのは未開の荒野で遊牧生活をする異民族のことだ。家財道具一式を馬の背に積み、渾沌から逃げながら暮らしている。ある地域から渾沌が駆逐されたときに、そのまま定住して華夏《ホワシア》に同化した集団もいれば、外の地域から長城を越えて侵入してきた集団もいる。辺境にはそんな隣人がたくさんいる。家族はいつもその女たちをさして、〝恥も慎みも行儀も知らずに走りまわる〟とさげすむ。

幼いころはその話を真に受けて、戎狄の女のようにはなりたくないと思っていた。でも成長してからは、走りまわってなにがいけないのかと思うようになった。

棚田とおなじく階段状に建てられた家々の下側を通っていると、棚田の泥に膝までつかった数人の男子が農作業の手を止め、好色な目をこちらにむけてきた。だれもが顔見知りの村のなかで襲われる心配はないものの、欲望にまみれた視線は浴びる。

辺境で並み以下の見映えの村娘までもが妾女《しょうじょ》パイロットに志願したり都市の富家に売られたりすると、残る男子は跡継ぎを産ませる嫁が深刻に不足する。嫁をもらうための婚資《こんし》相場は数万元で、貧しい農家にそんなたくわえはない。だから……家の娘を入隊させるか都市の富家に売るかして工面する……。

この悪循環。でも止められない。だれも辺境になど住みたくない。先祖代々の土地がある周《しゅう》州が二百と二十一年前に渾沌に征服され、難民になってこの土地にしかたなく住んでいるだけだ。

憎悪の視線を男子たちに送る。棚田は夕日の照り返しで溶けた銅のように明々《あかあか》と輝いている。本物の熱をもって焼き殺されればいいと念じた。

そのとき竹杖が折れ、体がかしいだ。

重力。易之から最初に教わった科学知識の一つだ。その力に引かれてあぜ道と田んぼの境に倒れこむ。地面についた手のひらが滑る。冷たい泥水が鼻と頬にかかった。

両手で体を起こした。ほてった顔から灰色の泥水がしたたり、服をべっとりと汚している。

腹をかかえて大笑いする声を予想した。でも聞こえてこない。

男子たちは棚田の水を跳ね飛ばし、タブレットを持つ一人のまわりに興奮気味に集まっていた。

困惑していると、ズシンという振動が体を通り抜けた。

棚田の水面がたしかに震える。

息をのむ。地面をつたわり、棚田を震わせるこの振動には憶えがある。

辺境のむこうで渾沌と霊蛹機《れいようき》が戦っているのだ。

伏せて地面に耳を押しつけた。服が汚れても頭巾が濡れてもかまわない。長城は山をいくつか越えたむこうにある。晴れた日には駐屯する霊蛹機に気を吸われてはげ山になった峰々が眺められる。

男子は生配信に夢中だ。パイロットが獲得するバトルポイントを予想して賭けているのだろう。でも大地を通じて霊蛹機の物理的な強さを感じるほうが、もっと生々しく本能的で驚異的だ。

なんという力強さ。

喉がからからなのに、口には唾液が出る。目を閉じ、霊蛹機を操縦する自分を思い描く。ビルより背が高く、太い脚で大地を震わせ、輝く気の光箭《こうせん》を発射する。かつてあたしを屈服させたやつを屈服させる。家出したい女子たちに自由をあたえる。

男子の歓声に白昼夢を破られた。

頭を振ると、袖に泥が飛んだ。泥まみれで這って膝立ちになり、折れた竹杖を見る。

妄想にひたってどうするのか。

門限までに帰宅したと父は認めてくれるだろうか。村をかこむ山々を残日《ざんじつ》が縁どり、青い後光のように輝く。山は巨大な暗い影。不気味にそそり立つ渾沌《フンドゥン》のようだ。

「どこ行ってたの？」

家の横にある炊事場の格子窓から母に呼びとめられた。手もとの大きな中華鍋で粥《かゆ》がふつふつと煮える音くらいの小声。隣に祖母が腰かけ、羸魚《らぎょ》の翼をもいで棚田の水で洗っている。どちらも竈《かまど》の火明かりに皺だらけの顔を照らされ、まるで炎のダンジョンにいるようだ。

「森よ」

短く答えて、薬草と塊茎《かいけい》の袋を窓ごしに渡す。これらを採集するために森に長い時間はいる。易之と出会ったのもそんなおりだった。

「どうしたの、その格好」

隣の棚に採集袋をおきながら、母の目はこちらの泥まみれの服にむいている。色褪せた頭巾から飛び出た白髪まじりの髪が竈の熱気で揺れている。

「ころんだ。杖が折れて」

家々のあいだを通る石の歩道をまたよろめき進んだ。隣家は一段低く、その屋根瓦に落ちないように気をつける。

「ちょうど戦いがはじまったところでよかったよ」母は玄関の方向に目配せした。竈の火がはぜて瞳がオレンジ色に輝く。「早く行きな。父さんに見られないうちに」

「うん」

「明日までに泥を落としておくんだよ。軍人さんたちが来るのにそんな格好じゃ」

軽い口調に傷ついた。娘の真の目的を知らないにせよ、入隊が死出《しで》の旅であるのは変わらないし、わかっているはずだ。姉もそうやって死んでいったことを忘れるわけはない。

それとも忘れたのか。

母はなにごとも日常として流してしまう性格で、ときどき自分の記憶がおかしいのかと恐くなる。

炊事場の窓から漏れるゆらめく光を見た。

「軍がきれいな服をくれるはずよ」

「それでも見映えよくしなくちゃ」

おぼつかない足を止め、腰から上を半回転させて母にむきなおった。

暗殺計画がもたらす重大な結果としてつとめて考えないようにしていることがある。庶民の平均霊圧《れいあつ》が八十四程度のところ、最大二千以上を出すパイロットは鉄貴族《てつきぞく》と称される。そんなパイロットを殺害すればどうなるか。三代族滅《ぞくめつ》の刑はまちがいない。すなわち父母、十七歳の長男の大郎《ダーラン》、祖父母、おじおばまでそろって首を刎《は》ねられる。楊広《ヤン・グアン》のような戦争遂行に欠くべからざるパイロットに刃をむけるとはそういうことだ。

すこしくらいためらわせて。迷う理由を一つでもちょうだい……。

母を見つめて考える。守るべき家族と思わせてくれればいい。娘の命を案じてくれるなら、家族の命を案じる気持ちになる。なのに……。

見切りをつけ、くすぶっていた思いを吐き出した。

「娘が戦場へ行くことより、その見映えがどうかを気にするの？」

母のそばで火がはぜる。薪の煙と料理の湯気ごしに目を細めて、まるで戦地で咲く野菊のように笑顔になる。

「眉を……ようやく。きれいになったわ」

顔をそむけて歩を進めた。乱暴に敷石を踏むたびに駆け上がる激痛も無視する。娘の訴えに耳を貸そうともしない。

村の家々に電気の明かりがともる。明るい窓を見て、渾沌になく、霊蛹機にはある輝く目のようだと思う。棚田を風が渡り、草のにおいが運ばれて、つつましい夕餉の香りにまじる。

わが家の開けっ放しの玄関からは小麦色の光が漏れている。バトル解説者の叫ぶ声が夕闇のなかに小さく流れる。出どころは華夏《ホワシア》政府から各家庭に支給されるタブレット。もちろん、これを自由に見られるのは家の男たちだけだ。油で黒ずんだ食卓に立てて、祖父、父、弟が熱心に見ている。激突する渾沌と霊蛹機の色と光が、見開いた丸い目に映っている。

敷居をまたいでその室内にはいった。奥にある祖父母と共用の部屋へ急ぐ。数年前に二度目の家出に失敗して以来、寝室はそこと決められている。

『――さあ、ここで出てきたのが朱雀《すざく》だ！』

思わず足が止まり、ころびそうになる。すっと体温が下がる。

あの機体か……。

霊蛹機の活躍に熱狂するわが家では、有名機体が登場すれば歓声があがるのがつねだ。

ところが今回は無反応。いまの華夏で最強の霊蛹機が朱雀であることを認めたがらない。標準形態で全高五十メートルを超える現状唯一の王級。でもそのパイロットは鉄魔《てつま》の二つ名を持つ李世民《リー・シーミン》だ。戎狄の血が半分流れ、十六歳のときに実父と兄弟を殺害した死刑囚。十九歳のいま、その刑は無期延期されている。霊圧が異常といえるほど高く、この二世紀の記録で最高だからだ。

妾女パイロットはこの男子と組まされた時点で戦死が確定する。生きて帰った者は一人もいない。

いま乗っている子もすぐにそうなる。

「おい！」

父の声にはっとした。よろめいて板壁に手をつく。

コンクリートの床で椅子をきしませ、父が立ち上がる。眉間に皺を寄せ、表情がけわしい。

「その汚れた格好はなんだ？」

頭巾のへりに冷や汗がにじむ。

「……棚田でころんだ」

今回は嘘ではない。

配信画面から霊金《れいきん》の激突と光箭《こうせん》の発射音が響く。祖父と弟はこちらを無視して画面に見いっている。父は食卓をまわってきた。髪が薄くなってゆるんだ髻《もとどり》が頭頂で揺れる。

「どこかの男と遊びまわってたんじゃないだろうな」

「そんなわけないでしょう」

あとずさり、祖父母の部屋の扉が肩にぶつかる。

半分は嘘ではない。男をふってきたのだ。

父はなおも迫った。その顔が視界の半分になる。

「もしも軍の処女検査で不合格だったら――」

露骨な言葉にかっとなり、恐れを忘れた。

「いちいち言わせないで。この体は清いままよ！　うるさいジジイ！」

こちらの剣幕に父は鼻白む。でもすぐ怒りが復活するはずだ。

さっと寝室の扉をすり抜けて閉めた。

「父親になんて口のききかただ！」

その大声が家を震わせる。拳が扉を叩き、真鍮のドアノブが壊れそうな勢いで鳴る。

「足をほどいてるのよ！」

扉を背中で押さえ、そう言って脅しに対抗した。ほどいた纏足は露出した乳房以上にはしたないものだ。また壊疽《えそ》の腐臭は生物兵器なみでもある。女子は上品で優美な印象をつくろうために香料を欠かさず、専用の刺繍の靴を履く。人前ではけっして纏足をほどかず、夫にさえ見せない。

父は扉を叩くのをやめたかわりに、大声を続けた。ふしだら、あばずれ、尻軽……。

いつもの悪態だ。

母の弱々しい声が背後からなだめる。弟は笑っている。祖父は配信の音量をいっぱいに上げる。そのあいだにも霊蛹機に乗った女子が人類のために死んでいく。

夕食でも寝室から出なかった。

粥《かゆ》が煮える音を思い出してお腹が鳴る。それでも祖母が編んだ籐椅子から動かない。足の骨を砕かれたときの木桶にいまも足をつけている。

頭の奥のひねくれて腐った芯がつぶやく。

……ほら、こんなやつらは連座させても気に病むことはないわ……。

祖父が部屋においている背の高い保温瓶の木栓を抜く。

……守ってくれないんだから……。

木桶に湯を加えると、薬草の葉と根が渦を巻いて赤茶色に浸出する。暗い片隅に忘れられた血のようだ。

……守ってやる義理はない……。

頭上で灯火がくすぶる。部屋の隅でゆらいだ影が濃くなったようだ。保温瓶をおき、自分の寝床をぼんやりと見る。祖父母の寝台の脇に積んだ干し藁がそれだ。

〝嫁に出した娘は外に捨てた水〟ということわざが華夏《ホワシア》にはある。長男である弟の大郎《ダーラン》が武《ウー》の姓を継ぎ、両親の世話をしながらこの家に住みつづけるのに対して、女子のあたしはこの家でかりそめの住人にすぎない。いずれ値札をつけて売りに出される。だから寝台もあたえられない。

壁のむこうから食器と箸の音と、戦闘について興奮してしゃべる大郎の声がする。勝ったのは霊蛹機。当然だ。もし反対の結果なら村のスピーカーから侵攻警報が鳴り、住民は東へ避難することになる。先祖が周州から逃げてきたように。

みんな口数少ない。入隊する娘のことをすこしは考えているのならいい。

そしていつか、姉とあたしへの仕打ちを後悔しながら墓にはいればいい。

……いいえ、族滅《ぞくめつ》に処された咎人《とがにん》に墓はない……。

家族の死体が並んで長城から吊られ、腐りはてるようすが頭に浮かんだ。顔をしかめ、考えないようにする。

部屋の扉がきしんで開き、ぎくりとした。泣き腫らしているにちがいない目を見られないように顔をそむける。

母がおなじ纏足でよろめきながら粥の碗《わん》を運んできてくれた。気まずくうなずいて受け取る。冷えきった指が碗で温まり、涙のような苦い味が口に広がる。母は隣で祖母の寝台の足もとに腰かけた。

気づまりだ。なんの用かと反発する気持ちと、冷静にとなだめる気持ちがせめぎあう。

「天天《ティエンティエン》」幼名を呼んで、母は自分の手の古い火傷の痕をさする。「お父さんにあんな口をきくものじゃないわよ」

「へんなことを言ったのはむこうよ」

言い返したものの、内心の恥ずかしさで頰が染まる。粥に口をつけて顔を隠した。

やめなさい、やめなさい……と心臓が搏《う》つ。

母は悲しげに顔をしかめた。

「意地を張るから泣くはめになるのよ」

碗にそえた手に力がこもる。

「媽媽《マーマー》はいつも言われたとおりにして、泣かずにすんだ？」

「泣かないとかじゃなく、家のなかが平和ならそれでいいでしょう」

　こちらは碗を持ったまま笑った。暗い笑いだ。

「だったら、心配ないって言っておいて。この家にいるのは今夜と明日だけ。あとは平穏で平和になるからって」

　母はため息をついた。

「天天、お父さんは感情的になりがちなだけ。ほんとはわかってるのよ、あんたはもう大人で、肝心なことは理解してるって。誇りに思ってる」微笑んで、「あたしもね」

　きっとなって顔を上げた。

「誇りに思いながら死にいかせるの？」

　母は目をそらす。

「そうなるとはかぎらないじゃないの。あんたは昔から強い心を持ってる。巡回検査で霊圧五百以上って出たんでしょう。平均の六倍。それが四年前。いまはもっと伸びてるかもしれない。楊《ヤン》皇子大佐と匹偶《ひつぐう》になれるかもしれない。そうしたらあんたは鉄皇女《てつおうじょ》よ」

　そう話す母を見て涙がこぼれた。

「華夏全土に鉄皇女は三人しかいないのよ。その霊圧は二千以上。とうてい望めないしありえない。生き延びられるなんて簡単に言わないで！」

「天天、声が大きいわ」

母はおろおろして扉を振り返る。かまわず続ける。

「ありもしない空想で安心してるの？　そんな気休めで眠れるの？」

母の瞳がうるむ。

「立派なことだと思いなさい。英雄的よ。そのお金で大郎は婚資《こんし》を払えて――」

たまらず碗を床に叩きつけた。陶器が砕け、湯気を立てる粥が飛び散る。

母はあわてて立った。

「天天！　おじいちゃんとおばあちゃんの部屋でなんてことを！」

「だからなに。悪い子だからお仕置き？」扉にむかって声を荒らげる。「ぶって顔に傷をつけたら、楊広に気にいられず不合格になるわね。豚小屋で眠らせる？　くさくなって楊広のお気に召さない。補償金めあてだからお仕置きはできないはずよ！」

「天――」

「出てって！」

そんな言い方をしちゃだめ……と頭のなかの声が叱る。切ないほど姉の声に聞こえる。

媽媽よ、生みの親なのよと。

いいえ、こんなひどい母は母じゃない。

嗚咽《おえつ》が漏れる。両手を膝において深く前かがみになる。しゃくりあげながら絞り出すように言った。

「来世は他人になりますように……」

3　望む生き方

それっきり家族から声をかけられず、次に大声で呼ばれたのは入隊の朝だった。

干し藁の寝床から起き上がる。ひと晩じゅう空腹に耐え、簪《かんざし》を握って箸のように何度も持ちかえながら夜をすごした。

長城から迎えの浮揚船が来るはずだ。その影が遠くに見えたのだろうか。

祖母の声が扉のむこうから聞こえた。

「天天《ティエンティエン》！　男子が訪ねてきてるよ！」

立ち上がる途中でぎょっとした。祖母の寝台に手をかけて急停止。

男子って……。

まさか……まさか！

めまいをこらえて部屋の扉へよろめき進む。危険な予想で頭のなかが警報色に染まる。

心臓の鼓動が速くなり、脈打つ手でドアノブを握る。

まばゆい光に目を焼かれた。白い光がおさまって、ようやく見えた。易之《イージー》がいる。強い光がさしこむ玄関の外に立ち、薄暗い屋内で恐縮する原始人のような家族になにか説明している。高貴な白絹《しらぎぬ》の袍《ほう》は若竹と葉が金糸で刺繍され、この世のものでないように光り輝いている。

そういえば森陰の木漏れ日のなかでしか会ったことがない。おかげで見ちがえた。ほんとうに易之なのか。でも穏やかな声の響きはたしかに彼だ。

「おじさま方、おばさま方、ほんとうです。婚資《こんし》はいくらでもご用意します」金属プレートの身分証明書を家族にしめしている。「ですからお願いです。娘さんと結婚させてください」

棚田ぞいの階段で足を踏みはずしたときのように心臓が停まりかけた。

驚愕は家族にも広がっていた。口を半開きにしたり、両手をあてたり。手前に立つ祖母は孫娘と易之を困惑顔でかわるがわる見ている。相手の姓と、華夏《ホワシア》の首都である長安の住所を見た家族の頭には、入金を知らせるコインのチャイム音が鳴り響いただろう。手のひらを返して浮揚船に娘を乗せまいと全力で阻止しはじめるのではないか。

なにも言わず、なにも考えずに動いた。人垣をわけて易之の手首をつかみ、薄暗い屋内に引っぱりこむ。相手は驚いた顔をして、敷居でつまずきかける。それでも目があうとよろこびで明るくなった。こちらは胸が痛む。薄汚れたコンクリートの床でさえその靴は高貴な靴音を立てる。

「はいってこないで」

家族に言い放ち、梁の埃が落ちるほど力いっぱい扉を閉めた。

易之にむきなおった。窓から斜めにさす日が天上の光のようで、照らされる月白《げっぱく》の袍と白皙の肌が輝く。

「なにしにきたの。ここはあたしん家《ち》よ」

沈黙を破って声を響かせる。黒くすすけた壁のまえでその姿は現実味が薄く、夢かと疑う。

「絶対に来ちゃいけなかったのに。そもそもどうやってここがわかったの？」

「登記簿で調べた」深呼吸して、長い睫毛を翳らせる。「則天《ゾーティエン》、きみを長安へ連れていきたい」

聞き耳を立てているはずの家族に聞かせるつもりで断言した。

「行かない！　あなたの希望にすぎない。お父上があたしを嫁として認めるわけないじゃない！」

「ほかに十四人も息子がいるんだ。あきらめてくれるよ」

「あらそう。本気でそう思うの？　政府高官の孫娘かなにかと縁づけるつもりでいるはずよ。華夏きっての財閥が利益を生むってをのがすわけがない」

「自分たちで利益を生み出せばいい。いっしょに考えよう。人生にかならず希望はある」

易之はこちらの手をとって窓からさす光のなかにかかげた。その言葉は冬のように震え、雪のように降る。

「でも、どんな人生もきみがいなくては無意味だ」

視界がにじむ。顔がかすんで見えない。

傷つくのは慣れている。ぶたれるのも、罵られるのも慣れている。虐げられ、のけものにされ、ゴミのように捨てられるのも慣れている。でもこれは……。

これにはどう対処すればいいのか。

現実感がない。

現実ではありえない。

そうだ、罠だ。

「冗談はやめて」

手を払った。熱い涙がこぼれる。乾いた笑いが声を震わせる。

「辺境の村娘が、華夏いちの財閥の御曹司に嫁入り？　現実味がなさすぎるわ。四歳児じゃないんだからもっとましな嘘をついて」

易之の目が曇った。

「則天……」

おぼつかない足で退がる。

「どうがんばっても、あなたの家では妾《めかけ》としかみなされない。その立場に甘んじても問題は山積。父上は不快な豚野郎に決まってるし、その指図にしたがうつもりなんかない。あとから来る正妻にかしずく気もない。子どもも産まない。子に一生縛りつけられるなんて絶対にごめん。たとえあなたの子でも。これらの問題はどれもあなたの力で解決できない。まだ十八歳で、ささやかな金も力も父親の恩情しだい。思いきって駆け落ち？　どこかの地方都市で卑しい移民労働者として暮らすことになる。やりたいことをできないみじめな人生。あなたといっしょになるよりも入隊して死ぬほうがましだったと後悔する。そんなことをさせたいの？　それが望む生き方なの、高易之《ガオ・イージー》？」

一気呵成《かせい》に言い放ったあとは、窒息するような沈黙に変わった。

相手はまるで、天庭《てんてい》から舞い降りた気高い天女が地上の鬼畜や修羅を見たような顔。

その沈黙が窓の外から破られた。

低い轟きが空気を震わせる。強風が山を騒がせ、木々を揺らす。裏庭の小屋で豚や鶏がおびえて鳴き騒ぐ。

とうとう来た。浮揚船だ。

かつて姉を連れ去ったこの音を忘れはしない。

当時は姉の迎えとは知らなかった。白日のように輝く鉄鋼の船底がわが家の真上に停まって、きりりと結った髻《もとどり》にオリーブグリーンの軍服の兵士が縄ばしごで裏庭に下りてきた。家族はあたしだけでなく姉本人にも秘密にしていた。事前に妹の耳にはいったらなにをするかわからなかったからだ。

あの日は止められなかった。

だから今日も止めさせない。

易之が近寄って目を見開き、ささやいた。

「則天、べつの方法があるはずだ。楊広《ヤン・グアン》を殺したければ、わが家のつてを使って――」

低く答える。

「あなたの力がおよぶようなことなら、すでにやったはず。でも無理よ、易之。あれほどの強さと大衆人気をかねそなえたパイロットにはあなたも手出しできない」

易之の声は低く暗くなった。めずらしく険悪な影を目におびる。

「その家族なら？　家族の警護は手薄だ。復讐の矛先をむけても……」

「だめよ！」強く言った。切羽詰まったとんでもない考えだ。「家族に罪はない。そんなことに意味はない」

「だったら放っておけば勝手に戦死するだろう。二十五歳まで生きる男子パイロットはほとんどいないんだから」

「わかってないわね。戦死じゃだめ。あたしが殺すことに意味がある。この手で姉の仇を討つのよ」

　易之の柳眉が眉間でゆがむ。

「きみがやらなくても天罰が下るさ」

「天罰なんて、この世にないのよ」一言ずつ嚙み砕くように言った。「もしあっても、あたしなんかの恨み言は聞いてくれない。使い捨てられる運命の小人《しょうじん》にすぎないから。潮流に乗って人生を謳歌するなんてできない。この世の構造も仕組みも制度もあたしたちのためにはできていない。だからなにかを望むなら、あらゆる困難をはねのけて、力ずくで奪い取るしかないの」

　易之は返す言葉を失った。疲れた目で見返すだけ。半分を垂らした長い髪が白い袍にかかり、窓からの強い風で踊っている。

こちらは小声で続けた。

「みんないずれ死ぬのよ。大願を遂げて死ねれば本望だと思わない？」

易之はなにか言おうと口を開け閉めしている。色を失ったその唇から目を離せない。

「きみと……きみと生きることがいちばんの夢なんだ。はっきりと、正直に言うよ」

胸に迫る言葉だ。

「なら、べつの大きな夢を探して」

浮揚船の響きが大きくなる。振動が家を揺さぶり、壁を鳴らす。

易之が顔を寄せてくる。

「後悔はないのかい？　ほんとうにいっしょに来ない？」

「村に残っても都市に出ても、結局は戦うばかり。疲れたのよ。もう疲れた」

つぶやきながらその唇をちらちらと見る。新たに湧く気持ちを抑える。

「だったら――」

言いかけるその顔に手をあて、距離を縮めた。懇願を唇でふさぐ。

初めて感じる熱が湧き上がる。全身の血がほてり、きっと発光しているにちがいない。

易之の唇ははじめ驚いてこわばったけれども、すぐに溶けあって一つになった。手をこちらの首すじにそえ、震える指先でなでる。ふれるのが怖いように。現実を疑うように。

唇を離し、結われた髪に指を通して額をあわせる。熱い吐息がたがいの頬をなでる。

状況がちがえば自分のものにできた。その熱と光のなかで悦び、愛されただろう。

でもあたしは愛を棄てた。愛では救われない。

選んだのは復讐だ。

気をとりなおし、引き剝がすように彼を押しのけた。

「さあ、これでいいでしょう」

感情をころして言う。相手の悄然《しょうぜん》とした表情も傷ついた目も見ないようにする。

「目的をはたしたなら、もう行かせて。万が一、遺体がもどってきたら、灰にしてあの川に流して。姉とおなじところへ行けるように」

易之の目から涙が流れ、日差しのなかで輝く。

それ以上は見ない。背をむけて扉へむかう。

その手前でいったん足を止めた。

「最後に一つだけ——」

肩ごしに言う。浮揚船の騒音のなかで家族に聞かれないように抑えた声だ。

「家まで追ってきて計画をあやうくしたことを、許したわけじゃないわよ。どれだけ重要な計画か知っていながら。今後もし軍に告げ口したら、監房で命を絶つ。あなたを呪って化けて出る」

乱暴に扉をあけ、彼から永遠に去った。

4　妾女の支度

長城の薄暗い部屋。鉄板の壇上に検査機器が雑然と並ぶ。天井にはゲーム画面を映したスクリーン。それを注視するあたしは、チルト台に寝かされて上下左右に傾き、ゆさぶられる。

動きに酔って吐きそうだ。着替えさせられた妾女《しょうじょ》用の薄手の襦裙《じゅくん》を汚しかねない。チルト台がようやく止まり、汗ばんだゲームコントローラーを離してみぞおちを押さえた。慣性が残ってまだふらふらする。

到着して最初にこの検査をやる予定だったのに、機材トラブルで着替え後になったのだ。

「六百と二十四！」

侍女長の阿寶《アードウ》が、虹色の画面に照らされたむこうから霊圧《れいあつ》の計測値を発表した。鉄板の壁に声が反響する。

びっくりした。検査場のそばのベンチで待機する五人の女子も驚いてざわつく。これまでの計測値は最高で百と十八で、ほかはみな二桁だった。

村に巡回の検査隊が来たのは十四歳のときで、子どもたち全員が霊圧を測られた。そのときも大げさな数字が出たのだけど、なにかのまちがいではと思っていた。

霊圧は精神力をあらわし、経絡《けいらく》にそって気を発する力を数値化している。霊蛹機《れいようき》を起動するには五百以上が必要で、この最低値を上回るのは人口の三パーセントにすぎない。結果にあきれて失笑したほどだ。

これが男子なら夢がかなう。変形する巨大戦闘機械に乗って異星の機械生物と戦える。有名人となって愛され、崇拝され、望楼《ぼうろう》でたくさんの妾女にかしずかれる。でも男子でない者にとってこの数字は、普通の妾女パイロットより数回多くの出撃を生き延びられそうというだけ。

かまわない。目的はほかにある。

阿賓が画面のむこうからこちらへやってきた。髪を高く結った姿が近づき、むこうの壁に落ちる影が大きくなる。暗緑色の旗袍《きほう》が天井のゲーム画面に照らされ、金糸の縁取りや襟の結びボタンが輝く。

こちらの額についたセンサーと配線をはずしながら言う。

「おめでとうございます、武《ウー》嬢。妃嬪《ひひん》の資格で楊《ヤン》皇子大佐にご奉仕いただくことになります」

おやおや。姉は妾女どまりだった。妃嬪になれば初任給四倍。家族は大よろこびだろう。

まあ、ほんの数日だけど。

「ですが、この数字は絶対ではないと憶えておいてください」阿寶はほかの志願者と共通の説明をはじめた。「ひとたび霊蛹機に乗れば、楊皇子大佐との適合性しだいで数字は変化します。精神の共鳴が弱ければ低くなり、逆に急成長して匹敵するほどになることもあります。楊皇子大佐を理解し、守り、どんな苦戦でもおささえすることが重要です。そのあかつきには鉄皇女《てつおうじょ》への昇格も夢ではありません」

あきれて鼻を鳴らしそうになった。冷徹な数字を無視して女子に幻想を吹きこむ。自分は特別な一人にちがいないと思いこませ、笑顔で死出の道へ行かせようとする。

コントローラーをおいて両脚をひび割れた革張りのチルト台から下ろした。刺繡いりの新しい絹の金蓮《きんれん》靴で、縞鋼板の階段を小さく鳴らしながら一歩ずつ壇上から下りる。ほてった体が冷気でさめて鳥肌が立つ。全身に脱毛処理を受けた直後なのでよけいに肌寒い。錆びたような血の味がなぜか口のなかに広がる。

ほかの志願者たちは壁ぞいのベンチに腰かけ、緊張したようすで胸を押さえている。遠くのスクリーンの光で青白く照らされ、背後の光沢のある鉄板の壁にできた影が本人たちを狙う怪物のようだ。

次に検査を受ける女子が両手をぎゅっと握って立ち上がった。襦裙はおそろいの楊広《ヤン・グアン》カラーである淡い緑と黄色と白。ふわりと裳裾《もすそ》をなびかせてすれちがう。侍女の旗袍より色が明るく、透けるほど薄い。入浴、保湿、検査、香水で磨いた玉の肌を、淡い水彩塗料で隠したようだ。襟は胸もとまで開く。人前でこんなに肌を出すのは初めてだ。緑の煙のような薄絹の披帛《ひはく》が両腕にからんで背中に流れる。

　吐き気が残っているのをがまんした。青い顔は見せられない。妃嬪と認められたとはいえ、楊広本人がべつの妾女を気にいって昇格させることもありうる。寵《ちょう》を得られなければ望楼に詰める妾女の大部屋で埋もれてしまう。そうなったら殺す機会をみつけるのはきわめて難しい。

　最初に阿寶のまえに震えて整列したときに聞かされた訓辞を思い出す。

「……ここに選ばれたみなさんは、当代きっての英雄の一人を慰め、親身にお世話をすることが務《つと》めです。今日からひたすら楽しませ、心身を最高潮にたもち、辺土を侵す渾沌《フンドゥン》と存分に戦っていただく。その安寧に心を砕いてください。空腹を察してお食事を運び、渇きを察してお水を注ぎ、閑《かん》を察して娯楽に嬉々《きき》とおつきあいする。お話は全身全霊で聞き、口答えはしない。憂鬱や陰気や無関心は厳禁です。なにより、そのお手に逆らってはなりません……」

　ベンチのあいているところにすわった。鉄板の座面が冷えきっていて腿の裏が痛いほど。両膝をきつくあわせて心臓の高鳴りに耐える。脳裏でさまざまな考えが渦巻く。楊広は顔を見て姉妹と気づくだろうか。身辺の世話をさせてくれるだろうか。簪《かんざし》に隠した刃はその喉笛を掻き切れるだろうか。

　志願者たちは無言だ。数時間前に侍女の手でおこなわれた処女検査から口数少ない。検査で一人が不合格になった。その子は泣きわめき、男子とふしだらなことはしていないと訴えた。それを聞いて検査の精度に疑問が浮かんだけれども、不合格判定の子は容赦なく連れ出された。行き先は不明。家族に帰されたのなら最悪だ。豚小屋行きだろう。

　精度のあやしい検査に自分が引っかかっていたらと思うと震えた。家を出発するとき、浮揚船の縄ばしごがたらされた裏庭へむかいながら、易之《イージー》について家族の質問攻めにあったことを思い出す。顔を赤くして、「一線は越えてないってば」とくり返した。浮揚船が飛び去ったあと、易之は家族の追及をどうかわしたのだろう。でももう関係ない。

　それより、姉も三ヵ月前にこの一連の処置に耐えたのだと思うと胸が苦しくなる。入浴、肌の手入れ、着付け、化粧、規則の説明、広報用の写真撮影。えんえんと続く。易之もこの写真を見るはずだ。記事も読むだろう。容姿の瑕疵《かし》をあげつらい、楊広にふさわしいかと批評する文。

不愉快になって百年の恋も冷めるならちょうどいい。

チルト台が動く耳ざわりなうなりやきしみがまた響きはじめた。林立する機器の裏で青い暗がりにひかえたほかの志願者たちとそれを見る。チルト台の女子はシーソーのように揺られながら、天井のスクリーンでゲーム画面の蝶を操作している。トンネル内の障害物を十分間できるだけ避けつづける。画面の色彩が鉄板の壁に映る。このゲーム内容が霊圧検査にどう役立つのかわからない。揺られながら集中するときに計測できるものがあるのか。

みぞおちを片手でさすりつづける。胸を騒がす不安が犬の揺れる尾のように止まらない。時間の流れを速めたい気持ちも、また遅くしたい気持ちもある。いよいよ楊広のまえに並んで立つのだと思うと、この場から消えてしまいたくなる。身じたくにかなりの時間がかかったので、もう夜中のはずだ。楊広は夜型生活者なのか。渾沌の来襲は夜が多いのできっとそうだ。

丹念に結われた髪に手を伸ばす。油を塗って左右に張り出させた両把頭《りょうはとう》という髪型で、狐の耳のようなシルエットになる。髪がたりないぶんは付け毛をくわえて髪留めで固定している。頭頂には白水晶の睡蓮の飾り。あちこちに挿された銀の簪からは歩揺《ほよう》が下がる。

そんなきらめきのなかに一本だけまじる木製の安物に手をやる。家からつけてきた私物の簪。

「念入りなお化粧のなかでそれだけ浮いてるわね」

隣の女子にささやかれてぎくりとした。冬の湖に落ちたように凍りつく。

不審に思われたのか。仕込んだ刃がのぞいているのか。

指でなぞると継ぎめはぴったり合っている。問題ない。

「母の形見なのよ」

無難な嘘をつく。侍女にもそれで通じた。ゆっくりさりげなく下ろした手は、鉄板のベンチのように冷えきっていた。

「そう。でもぱっと見てへんじゃない？」

顎に手をあてて女子は批評する。その手には肌をなめらかにする白粉《おしろい》。唇には紅をさしてグロスをのせて新鮮な苺のよう。アイラインは猫のようにはね、シャドウは薄桃色。

こちらは眉をひそめた。眉間に描かれた緋色の蓮華《れんげ》文《もん》がゆがんでいるはずだ。

「しまえないでしょう。この裙《くん》にはポケットがないから」

「阿寶にあずけたら？　あなたにとって大事でも、盗まれそうな高級品には見えないし」

名前を思い出した。蕭淑妃《シアオ・シューフェイ》。霊圧が百と十八の子だ。

「このままにしておくわ。よけいな気をまわさないで」

揉《も》めごとにしないほうがいいとわかっていながら、とげのある声になった。この話を続けたくない。

蕭淑妃はそりかえって、かわいい顔をゆがめた。

「あら、親切心で言ってあげてるのよ」

「頼んでない。よけいなお世話」

むこうは唖然とした顔になる。

「数字がよかったからっていい気にならないで。うらやましいなんて思ってない」

ベンチのほかの三人の女子もこちらをむいた。アイラインを引いた三対の目が検査機器の光とおびえを映してにらむ。

目を細めて言い返す。

「そこまで言うからにはそう思ってるのね。なにがうらやましいの？　霊圧？」

「ばかばかしい。強力な霊圧なんて妾女に無用の長物よ」

蕭淑妃はこちらの体型をじろじろと見る。易之のスナック菓子のせいでついた贅肉は、家族による強制ダイエットもむなしく残っている。

女子の一人が驚いたように手を口にあてる。

気にしない。むしろ笑ってやる。

残念な子たちだ。

「強力？　六百と二十八程度が？」こわばった苦笑を浮かべる。「楊広は六千以上よ。くらべたら無にひとしい。こちらは五十歩百歩」

蕭淑妃は居心地悪そうに身じろぎし、裳《も》を握った。

「……少爺《シャオイエ》を呼び捨てにしちゃだめよ」

少爺は〝若旦那〟という意味で使用人が使う言葉で、卑屈さに啞然とした。唇を嚙みしめ、瞋恚《しんい》の炎が目に浮かばないようにまばたきする。口から出そうな罵詈雑言をのみこむ。ここで声に出して誹謗するわけにはいかない。

阿寶を見ると、試験に没頭している。それでも声を荒立てると注意を惹きかねない。息を吐いて気持ちを落ち着け、蕭淑妃から顔をそむけた。

なのに相手はやめない。声を大きくして言いつのる。

「信じられない態度ね。皇子級パイロットのそば近くお仕えするために身も心も清めているのに、その薄汚れた簪はなに？　農民風情まるだしじゃない」

険悪な顔でにらみ返し、低い声で言った。

「農民風情はみんないっしょよ。楊広本人だって。富家の子息はだれも軍に志願なんてしない。貴族風の階級も、豪華な衣装も、絢爛たる宝飾品も、若くして死ぬ運命から目をそらせるための道具立て。このあたしたちもね。だからこそ腹立たしくてあたしを怒らせたいんでしょうけど、かぎられた時間は有効に使ったほうがいいわよ。華麗で優雅な暮らしを楽しめばいい」簪の歩揺を揺らしてみせる。「どうせ短いあいだなんだから！」

氷のような沈黙におおわれた。蕭淑妃は眉間と唇を震わせ、嗚咽《おえつ》を漏らしはじめている。いじめすぎたかなと、やや気まずくなる。

そう思ったとたん、さっとその手が伸びて簪を抜き取られた。

大きな恐怖に襲われ、あわてて行方を目で追う。蕭淑妃をにらみ返す余裕もない。簪はその手のなかにあり、奇跡的に一体の状態をたもっている。

次は怒りがこみあげた。体内で熱とアドレナリンが抑えがたく沸き上がる。憤然と顎を上げ、愚かな女子を見下ろす。蕭淑妃は自分の行動に驚いたように目を丸くし、手のなかの簪を見ている。体ごと横にむいてこちらの視線から逃げている。

ばんと大きな音をたててベンチを叩いてやった。そのとき……。

「返してやったほうがいいと思うぜ」

出入口のほうで笑いをふくんだ男子の声が反響した。

「ほら、まるで怒髪天を衝くって形相じゃねえか」

全員がいっせいにそちらにむいた。あたしだけは、壁によりかかって腕組みをしたその姿を見るまでもなく、慄然として硬直していた。

声だけでわかる。頭に刻まれている。家族はインタビューやビデオをくりかえし見て、そのうえで姉を彼の妾女に志願させた。

とうとうあらわれた。

討つべき仇だ。

5　致命的失敗

「少爺《シャオイエ》」

全員が起立して教わったとおりにお辞儀した。

あたしも頭を下げ、言うべきことを言った。その言葉には燠火《おきび》を舌にのせたような灼熱感があった。仇の血で両手を染めるところまであと一歩に迫った。

「いや、気にしねえで続けてくれ」

阿竇《アードウ》が画面のむこうから立って低頭しており、楊広《ヤン・グアン》はそちらに籠手《こて》を振った。体をつつむ霊鎧《れいがい》は、霊蛹機《れいようき》の外で妾女《しょうじょ》パイロットの補助なしで制御できる量の霊金《れいきん》でできている。その量にはパイロットの実力があらわれる。通常のパイロットは薄いメッシュ状の板で要所をおおうのがせいぜいだ。ところが楊広は緑の濃淡が輝く豊かな毛皮で全身がつつまれている。鉱石から削り出した彫像のようだ。頭につけた冠もやはり輝く霊金製で、ふさふさとした毛並みを持ち、とがった狐の耳がはえている。

中原《ちゅうげん》に散らばるさまざまな氏族が統一されて華夏《ホワシア》が成立した二百と二十一年前まで、パイロットとは軍閥の領袖のことだった。霊蛹機の発明は約七世紀前の黄帝《こうてい》とその妃の嫘祖《れいそ》の功績で（ただしその実在は歴史学者から疑問視され、あくまで推定だと易之《イージー》が言っていた）、それを運用する軍閥が支配地域を拡大して恒久的入植地としていった。現在のパイロットに王侯貴族めいた尊称がもちいられるのは往時の名残だ。

あたしのまえでは蕭淑妃《シアオ・シューフェイ》がかしこまって震えている。髪を飾る銀の歩揺《ほよう》が揺れてガラスのように鳴っている。両手で握りしめるのは奪われた木の簪《かんざし》。こちらは内心で叫ぶ。取り返したい衝動にかられる。でもできない。うっかり引っぱって仕込んだ刃が楊広の目のまえでのぞいたら……なにもかも終わりだ。

蕭淑妃は口ごもりながら挨拶した。

「シ……少爺、お会いするのはもっとあとと思っていました……」

楊広はからからと笑った。ブリキのバケツにくんだ春の水のようにその晴れやかな笑い声が室内に満ちる。壁ぎわから離れて、出入口の壇から下りてくる。霊鎧が戛然《かつぜん》と鳴り、肩甲をおおう狐の毛皮状の長い肩掛けが鉄階段の一段ごとにさらさらと音をたてる。冠の中心から伸びた髻《もとどり》は青銅の元結《もとゆい》で高くたばねられている。

本来なら男子は二十歳になるまで髻を結えない。でもパイロットはこの成人儀式の冠礼《かんれい》の適用外で、大人とおなじ髪型を許される。楊広もまだ十九歳ながら、大佐という階級は五年以上の軍歴を意味する。このまま二十歳を迎えれば軍に盛大に祝われるはず……。

いや、なにをいっているのか。こいつは二十歳まで生きない。絶対に。

その男子は頬にえくぼをつくって近づいた。

「出てきた理由か。うちの望楼《ぼうろう》にどんな新人のかわいこちゃんがやってくるか、早く見たかったのさ。ところが揉めごとのまっ最中に足を踏みいれちまったみたいだ」

蕭淑妃は縮みあがった。

「いえ、これは……その……！」

その眼前に手のひらを出してやる。

「三つかぞえるあいだに簪を返さないと、ほんとうに揉めるわよ」

もうこうなっては猫をかぶっていられない。

蕭淑妃は叩きつけるように簪をこちらの手に返した。手汗でじっとり湿っている。ちっ。

「ありがとう」

できるだけ動揺を隠して、狐の耳になった髪に無理やり挿す。

楊広がこちらに来た。喉に手をかけられそうなほど近い。

どきりとした。幼さを残した面立ち。細い顎。いたずらっぽくゆがめた笑み。きらきらと光る瞳。その冠についた小さな双輪《そうりん》を見て心臓がはねる。好一対《こういっつい》の美称《びしょう》で呼ばれる理想の伴侶を求めているパイロットをあらわす。

　ほかの女子たちもうっとりと見ている。おなじことを思い描いているはずだ。この輪の一方を彼が変形させて第二の冠をつくり、このなかのだれかの頭にのせる。豪華絢爛たる匹偶《ひつぐう》戴冠式。あたしもかつて大型スクリーンでみんなといっしょに配信を見ることを許され、ほかの村娘たちと黄色い歓声をあげたものだ。

　あのころは初心《うぶ》だった。

　首を振って幻影を振り払う。

　楊広に目をのぞきこまれた。

「ふーん……喧嘩っ早いたちなのかい、かわいこちゃん？」

「いいえ、喧嘩を売られたときだけです」

　すまして答えながら、心臓は破裂しそうなほど高く鳴っていた。

「こちらは武《ウー》妃でございます」

　阿寶が顔を輝かせて急ぎ足でやってきて、妃《ひ》嬪《ひん》の敬称をつけて紹介してくれた。壇上のチルト台はあわれな女子をのせたまま機械音とともに動きつづけている。

姓を言われて胃の腑が縮みあがった。とはいえ隋《ずい》州と唐《とう》州ではごく一般的な姓だ。あの姉の妹と、楊広が気づいたかどうかはわからない。気づいても口に出さないだろう。死んだ妾女《しょうじょ》の話題は避けるものだ。ましてこちらが三代族滅《ぞくめつ》の覚悟をしているとは夢にも思うまい。

「妃嬪なのか？」

楊広がまばたきして目を細める。瞳孔が黄色いネオンのように輝きはじめる。

ぎょっとした。頭ではわかっている。霊金に気が通っているしるしだ。これまで画面のなかのパイロットしか見たことがなく、架空の存在のように感じていた。でもこれは……CGではない。

薄暗い部屋で金色に目を光らせて楊広は言った。

「感じる、感じるぞ！　たいした霊圧《れいあつ》じゃねえか。へーえ」溶けた蜂蜜のようにねっとりとした視線がこちらをなめまわす。「おまえ、おもしろいな」

阿寶が心得顔でこちらをかわるがわる見る。

「少爺、今夜の当直のご同伴をお探しですか？」

「うん、決めた」

霊鎧の籠手をこちらにさしだす。金色の瞳孔がさらに明るく輝く。

緊張して震える指をそっとその手にのせた。温かい霊金に素手でさわる。チルト台にふたたび乗ったように胃がひっくり返りそうだ。

これが仇の手。姉の命を奪ったやつ。

胸のうちで刃を研ぎ、殺意をたぎらせてここへ来た。相手は今夜の慰みものを見る目でのんきに笑っている。こちらはひそかにほくそ笑む。

蕭淑妃の伏せた顔が悔しさで真っ赤になっているのがわかる。あわれだ。

奪いあうような男子じゃないと言ってやりたかった。じきにわからせてあげる。

ところがこちらの笑みは続かなかった。楊広にがっちりと手を握られたせいだ。

腕力では勝てない。本人が目覚めているあいだはやれない。寝こむのを待つしかない。

寝首を掻くまえに、その慰みものになるしかない。

広報用の空撮写真によると、隋唐辺境の望楼は長城のすぐむこうに築かれている。いずれも渾沌《フンドゥン》荒野の平地へ出る最後の山のふもとだ。望楼前面の基部に霊蛹機が一機ずつ待機する。当直のパイロットは配置された望楼の最上階にあるロフトで生活する。ロフトは円形で、一部が霊蛹機の真上に崖のように張り出している。

そのロフトへ楊広《ヤン・グアン》とともにエレベータで上がった。この恐ろしい乗りものに何度も乗らなくてすむのはさいわいだ。鉄製の籠《かご》がぎしぎしときしみ、まるで悪霊が鎖車をまわして引き上げているかのよう。

あたしは抱かれて運ばれている。肩と腿の薄い襦裙《じゅくん》ごしに霊鎧《れいがい》の腕を感じる。熱した鉄のクランプのようにがっちりとはさまれている。抱き上げられるときにいやとは言えなかった。その手をこばんではならないという規則もある。エレベータがようやく止まって扉がきしみながら開いたとき、気がつくと強くしがみつくあまりに赤茶色の肩掛けに腕を深くくいこませ、乱れた吐息をその細い顎にかけていた。あわてて腕を離し、痛いほど頬を赤らめる。

これでいいと、恥じらいのほてりを抑えて自分に言い聞かせた。真に迫った演技だ。計画に利するならかまわない。

円形の室内と調度品が星明かりで銀色に照らされている。新月で夜空に月はなく、床から天井までとどく全面窓のむこうには満天に輝く星がある。その下には寂寥《せきりょう》たる渾沌荒野。かなたには突兀《とっこつ》とした黒い山影が横たわる。ここはもう長城に守られていないのだと思うと身震いする。

それでも窓辺に寄って下を見れば、人類の抵抗のあかしがそこにあるはずだ。九尾狐《きゅうびこ》、あるいはほかの霊蛹機が。

気持ちが高揚した。

一方で罪悪感が湧いた。

ちがう。戦争のことなんか考えてはいけない。関係ない。逆に華夏防衛のかなめの一人を殺しにきたのだ。

肩にまわされた手がしばし離れて真鍮のスイッチを押した。天井にもうけられた円形の彩色照明器具がともり、星明かりをかき消して荒野の眺めを闇に追いやった。莫蓙《ござ》敷きの床の上を運ばれながら見まわす。これほど清潔かつ美しくデザインされた部屋は初めてだ。窓のまえには木彫赤漆《もくちょうあかうるし》の長椅子と大きな衝立《ついたて》。広い部屋の中央には食卓があり、その上に翡翠《ひすい》の円盤が複数吊られている。湾曲した壁はヘアライン仕上げの鋼板。そこに戦の神である蚩尤《しゆう》を祀った祭壇があり、香炉に線香が立つ。さらにコの字のカーテンレールと薄絹の帳《とばり》……。

目をそらした。肌が熱いような冷たいような。

カーテンのむこうにはベッドがあるはずだ。

酔ったようにまばたきしていると、ふいにこちらを見る楊広に気づいた。長い髻《もとどり》を締めた青銅の元結《もとゆい》や青緑の冠と霊鎧が頭上の蛍光灯の光できらめく。またえくぼをつくり、長椅子のクッションにこちらを下ろす。

脳裏の一部は火に投げこまれた薪のようにはぜ、どうすれば生き延びられるか、相手の首に刃を刺したあとにどうやって逃げるかを必死に考えている。でもそれは理屈にあわない本能だ。逃げられるわけがない。

いいほうに考えよう。目的を果たせば死ねるのだ。ようやく。

生きるのはつらく、苦しく、悲しいことばかりだ。

衣ずれの音をたてて楊広が毛皮の肩掛けをはずした。長椅子の湾曲した背もたれにかけて、隣にすわる。霊鎧の重量のせいでクッションは底まで沈み、こちらまで傾いた。

「さてと、おまえはパイロットをずいぶん皮肉っぽく見てるようだな」

「いけませんか？」

なんとか口ごもらずに切り返せた。

楊広の瞳がまた金色の光をおびる。

「そうだな……」

霊鎧の胸甲《きょうこう》の一部が黄色く輝きはじめる。かすかにきしむ音をたてて、そこから霊金の螺旋が複数立ち上がり、からみあって一本の花をかたちづくった。

驚愕する。

「……おまえの考えはわかった。けど、こいつはこいつで魔法みたいだと思わねえか？」

楊広は花を折り取った。といっても、ごく細い線で霊鎧とつながって制御下にある。その花がさしだされる。わずかな、はにかんだような笑みを浮かべている。

　愛想笑いで花を受け取りながら、これは魔法なんかじゃないと自分に釘を刺した。気だ。脊椎に刺された細い鍼《はり》を通じて気が霊鎧に送りこまれ、霊金を励起させてつくりだしたものにすぎない。

　この世の森羅万象は陰と陽、そしてその下位概念である五行《ごぎょう》、すなわち木《もく》、火《か》、土《ど》、金《きん》、水《すい》に支配されている。気と、その純粋な結晶体である霊金も例外ではない。五行はこの並びで陽から陰に変化する。それぞれは文字どおりではなく象徴であり、相生《そうせい》と相克《そうこく》の複雑な相互関係を持つ。たとえば九尾狐は木属性の渾沌の骸からつくられているけれども、丸太のような外見というわけではなく、樹木があらゆる土地で豊かに茂るような活発さと伝導性を持つことを意味する。楊広が体内に充溢《じゅういつ》させる土属性の気は均衡と安定をもたらす力だ。これを霊鎧に送りこめばどんな形状も容易につくれる。なんら驚くにあたらない。

　こんなふうに理屈をこねて頭を冷やそうとしているのに、楊広にふれるほどそばにいると冷静にはなれなかった。警戒感とはべつのなにかを全身の細胞が発している。この正体不明の緊張から気をまぎらわせようと、室内を見まわす。

　窓の隅に貼られて明るく光っている数枚の電子ポスターが目を惹いた。いちばん大きなポスターには、とぐろを巻いて金色に輝く龍と、その上に立って天を指さす小さな人物のシルエットが映っている。

秦政《チン・ジョン》だ。伝説時代以外で唯一の皇帝級パイロット。二世紀前の検査機器ではまるで計測不能なほど高い霊圧を持ち、その強さを権威として華夏統一をはたした。ところが当時蔓延していた華痘《かとう》に倒れ、人類と渾沌の戦線に戦力の空白が生じたことで周州は陥落した。このときパイロットが君主をかねることの危険性と時代錯誤が広く認識され、現代のパイロットはものものしい尊称を冠されているだけのたんなる有名軍人になっている。

「秦《チン》皇帝将軍は黄龍《こうりゅう》のなかで氷漬けになって華痘の治療薬が届くのを待っているという噂は、ほんとうでしょうか？」

話題を変えるために言った。霊金の花は楊広の霊鎧の胸甲にあてると、黄色の光を発して吸収され、跡形もなく消えた。

楊広はまじめな口調になって答えた。

「そうだな、彼の水属性の気は渾沌の群れを遠距離から瞬時に凍結させるほど強かったらしい。だから可能だろう。問題はどうやって気を供給しつづけるかだけど、たとえばあそこには崑崙《こんろん》山脈の火山、祝融《しゅくゆう》峰がある。黄龍はその高温の溶岩に首をつっこんでも耐えられるはずだと兵法家は計算してる。そうやってマグマから惑星そのものの気を吸い上げてるかもしれないな」

ポスターの黄龍のとぐろを巻く体を空中に上げた指でなぞる。

こちらは訊いた。

「じゃあ、ほんとうに周州辺境で眠って救援を待っていると？　兵法家はそれを確認したんですか？」

「いいや。渾沌の支配地域をそんなに遠くまで飛べる乗り物はさすがにねえよ。でも、いいか――」楊広は暗い表情で顔を寄せてきた。「――周州は遠からず奪還するぜ」

体が接近して速くなった鼓動を抑えようと、何度もまばたきした。

「つまり、いよいよ反攻作戦を？」

「期待してる。戦況は優勢になりつつある……李世民《リー・シーミン》の登場以来な」

それを聞いてこちらも表情を暗くし、声を落とした。

「なるほど」

楊広はくいしばった歯のあいだから言った。

「しょうがねえ。あの身内殺しが最強パイロットだなんてだれも認めたくないさ。でも一個人の問題をうんぬんしてられる情勢でもねえんだ」

その視線が秦政のポスターにもどった。

「周州にはとり残された住民がいる。戎狄《じゅうてき》みたいに隠れ住み、救援を待ってる。でもいまの兵力じゃ周州を解放するのは難しい」

急に気分が悪くなり、表情をつくろえなくなった。すわっていられず、立って秦政のポスターによろよろと歩みよる。崇敬の念で見とれるふりをした。

そばの机が散らかっているのに気づいた。よく見ると、霊蛹機の模型を組み立て中だ。木とガラスと金属部品で構成される最高級のキットで、易之《イージー》の父が経営する会社のゲーム部門が販売している。机のそばのガラス戸棚には完成した模型がずらりと並んでいる。

混乱した。息苦しくなって目をそらす。楊広がこういう模型キットを買って、子どものような熱心さで組み立てているようすが目に浮かぶ。その想像が混乱に拍車をかける。

楊広がどんな人間かわかっているつもりだった。その望楼の妾女部屋に姉が連れていかれたと話したときの、易之のこわばった表情。一度だけ家族にビデオ通話をかけてきた姉の目のまわりにあざがあり、ドローンにぶつかったと説明していたこと。病気の兆候などなかったのに急死したと知らされたこと。

でも実際の楊広には、戦場以外で妾女を殺すような凶悪さはいまのところ見られない。

どこかで思いちがいをしたのか。

誤った推測をしてしまったのか。

誤解から彼を殺したら、自分も家族も無意味に死ぬことになる。そればかりか周州奪還の望みまでつぶしてしまう。

易之のつぶやきを思い出す。楊広の悪い噂はいろいろ耳にすると言っていた。でもすぐに続けてこう言ったのを、いまになって思い出した。〝父の会社とのメディア契約を何度か断られたことがあって、そのせいで偏向した風聞が流れているのかもしれない〟と。

ビデオ通話での姉の言葉も脳裏で反響する。〝天天《ティエンティエン》、ほんとうにドローンにぶつかっただけなのよ〟……。

さまざまな考えが交錯し、悄然《しょうぜん》としてよろめいたときに、見てしまった。なるべく見ないようにしていた自分の姿が、窓ガラスに映っている。

はっとした。

易之に眉を整えてもらってから二日間、鏡を見ていなかった。

卵形の顔。白粉《おしろい》のおかげでしみひとつない白い肌。黒いアイライナーと薄桃色のアイシャドウのおかげで大きく見えるうるんだ瞳。細くまっすぐな鼻すじと小さくかたちのいい鼻。薔薇の花弁のようにつややかに塗られた唇。きちんとお手入れして化粧すれば美人になるとみんなから言われていたとおりだ。

美人だった姉にそっくりの姿が目のまえにある。

楊広がやってきて穏やかに微笑みながら背後に立った。このまま広報用ポスターになれそうだ。美形の鉄皇子とその美しい妾女。

ただし狐耳の両把頭《りょうはとう》の髪に刺さるのは木製の簪《かんざし》。

粗末なそれを指先でふれた。何年かまえに姉からもらい、のちにこっそり工作して武器に仕立てた。でも悔しいけど蕭　淑妃《シァオ・シューフェイ》の指摘どおり、とても場ちがいで浮いている。

「なんだか謂《いわ》れがありそうだな」

楊広が指を重ねるように簪にふれた。

ぎくりとした。ゆるい襦裙のおかげで狼狽《ろうばい》を隠せたならさいわいだ。

自分に活をいれた。こいつは姉を殺した仇でまちがいない。許しておけない。

「そんな話をひと晩じゅう聞きたいですか？　ただの簪ですよ？」

窓に映った自分たちを見ながら手を伸ばし、その頬にふれた。自分でも驚くほど嫣然《えんぜん》と媚《こ》びる声が出た。とろけるような視線まで送る。

驚いたように楊広は唇を開き、耳もとに口を寄せてささやいた。

「どんな話でもいいさ。聞かせてくれ」

熱い吐息が耳にかかると、体の奥でなにかに火がついた。糸であやつられたように体が身もだえる。息が浅く速くなる。恥ずかしいところが脈打ち、声を漏らしそうになる。

「いま……ですか？」

声にならない声でささやく。

楊広の視線は窓に映った自分たちの姿にもどった。

「おまえには特別ななにかがあるな。ありきたりの女子とはちがう。普通はもっと内気で、考えを素直に言いたがらない。おまえはそうじゃない。思ったことをすぐ口に出す」

「どうかしら」

その唇を指でなぞった。でもほんとうにふれたいのはその冠だ。

自分を枉《ま》げて女らしくするのがいやだった。男をよろこばせるのも、かしずくのもいやだ。でも実際にそうすることで手にいれた力は快感だった。従順と思わせて油断させる。

楊広は手をとり、指のつけ根に唇を押しつけた。こちらは長く重い吐息を漏らして腕のなかでむきなおり、その顔を両手ではさんだ。

今朝、易之にされたように。

ちくりと胸が痛んだ。ちがう相手とこうしていることへの罪悪感。でもこの体は自分のもの。復讐にささげると決めた。そのためにあらゆる手段を使うと。

人生二度目のキスを楊広とした。もうやさしさも、ためらいもない。純潔でもない。

熱い舌が唇を分けてはいってくる。思わずあえぎ声を漏らす。楊広の積極的な口の動きに思考がついていかない。霊鎧につつまれた手が背すじにそって下り、襦裙の襞《ひだ》が肌に押しつけられる。ふたたび抱き上げられると、しとやかにその胸に頭をあずける。茣蓙を踏む静かな足音とともにベッドを隠した絹の帳へ運ばれる。

いよいよだ。そのときが来た。家族からかたく戒められてきた行為。女子のいちばん大切なものを男子にささげ、身をゆだねるとき。

それほど大それたことなのかたしかめよう。殺すのも死ぬのもそれからだ。

ほてった体がベッドに下ろされる。細密な透かし彫りの木枠にかこまれた寝台。大きな簞笥に円形の入口をもうけたようなかたちだ。ひんやりとした絹のシーツの上で簪の歩揺が鳴る。

続いてベッドにはいった楊広が膝立ちでまたがり、マットレスを沈ませる。金属のにおいにつつまれ、相手は霊鎧をつけたままだと強く意識した。どうやってそれを脱ぐのだろう。手を使うのか。それとも精神で霊蛹機を動かすように勝手にはずれるのか。

首すじを唇が這い下り、反射的に首がそる。電気が流れたようにあちこちの肌がひりつく。感じたことのない官能のスイッチがはいり、自分を見失いそうになる。漏れそうな声をかみころす。溺れるわけにいかない。

でもこの男を油断させ、眠らせるためには、溺れてやったほうがいい。

さわる手もキスも易之のものだと想像する。するとすこし緊張が解けた。それでも胸を内側からはげしく叩く心臓は、燃える檻から逃げ道を探す獣のようだ。寝台の木枠に透かし彫りされた葡萄唐草文《ぶどうからくさもん》ごしに天井灯がぼんやりと見える。まるで湯気ごしに見るようだ。

ふいに楊広が体を離し、指のつけ根でこちらの顎をなでてささやく。

「ほんとうにいいのか、好奇心旺盛なお嬢さん？」

とたんに酩酊状態から覚めた。

たちまち決意と確信も崩れた。

口をあけるものの言葉が出ない。

ほんとうにあなたが姉を殺したの？

それは絶対に尋ねられない疑問。でもいちばん知りたい答え。

視線をあわせる。そんな誠実な目で見ないで。勇気が必要なのに。心に決めたのに……。

そんなもの思いを破るように、警報がふいに鳴り響いた。天井も赤い警戒色に染まる。

楊広が悪態をついて体を起こした。

「渾沌め」

6　狐と踊れ

　まさか、まさか。

　長城のこの区間は二日前に渾沌《フンドゥン》の襲撃を受けたばかりだ。とうぶんは静かなはずだった。

　なのにどうして。

　楊広《ヤン・グアン》は手首の端末を操作し、小さなスクリーンの青白い光を浴びながらなにか調べている。そしてあたしをベッドの上で引き起こした。茫然とするこちらの肩をさすりながら声をかける。

「だいじょうぶだ。怖いことなんかない。俺を信じろ。俺たちを信じろ」

　俺たち……。

　戦闘配置が発令されると、パイロットは手近の妾女《しょうじょ》を連れて搭乗するルールがある。

　悲鳴をあげてベッドから逃げ出そうとした。

「こら！　落ち着け！」

力ずくで引きもどされ、寝台の木枠にぶつかった腋に痛みが走る。それでも恐怖の悲鳴は止まらない。蹴って、もがいて、嚙みついて抵抗する。

大きなため息をつかれ、マットレスにうつぶせに倒された。背中を膝で押さえられ、その重みで悲鳴がうめきに変わる。

「がまんしろよ」

もがく両腕をつかまれ、披帛《ひはく》でうしろ手に縛られた。あえぎ、息を切らす。シーツに落ちる涙のしみが広がり、こすりつける頰から化粧が落ちていく。

どこかの引き出しを開けて探る音。なにかを剝がす音。

その手がもどって、幅広のテープを口に貼りつけられた。悲鳴を封じられ、うめくことしかできない。

狼狽《ろうばい》するまま肩にかつがれた。鼻から苦しい息をするだけ。足はむなしく霊鎧《れいがい》を蹴る。はずれた簪《かんざし》がばらばらと茣蓙《ござ》に落ちる。そのなかに木の仕込み簪もあるのか、涙でかすんで見えない。頰をつたった涙はテープの上端を濡らす。

縛られてもがく体をかついで楊広はベッドの帳《とばり》を払い、長椅子の背後に立つ金属製ポールに歩みよった。片手をかけ、根もとにあるリング状の部分をつま先で蹴る。すると床が丸く開いた。

そこから荒野のむっとする空気が砂まじりの風とともに吹き上がる。下には格子鋼板のドッキングブリッジがあり、黄色い照明にぼんやり照らされている。楊広はポールに片脚をからめ、片手でつかんで、飛び下りた。

ポールとこすれる霊鎧の籠手《こて》から火花を散らして、土くさい夜気のなかを急降下。望楼《ぼうろう》のコンクリート壁が急速に通りすぎる。ブリッジ全体を震わせる衝撃音とともに着地。

ブリッジの先端に星明かりを浴びて青緑に輝くものがある。大きすぎて理解が追いつかないけど、九尾狐《きゅうびこ》の後頭部だ。ブリッジから下には休眠形態の体がある。九本の尾はチューリップのように丸まって腰のまわりについている。

動画でその戦闘を何度も見た。家くらいもある渾沌を片足で踏みつぶすのを見た。頭部に楊広が立って背丈ほどもある耳に手をかけた広報写真を見て、こいつが仇かとにらんだこともある。その画面にかろうじておさまるところに九尾狐の吊り上がった目が輝いていた。

恐怖が五臓六腑にしみとおる。それでも、もがいても、くぐもった悲鳴をあげても、楊広の足は止まらない。格子鋼板を鳴らしてブリッジを渡り、九尾狐の後頭部のハッチをあける。

まるいコクピットに縦列配置された陰座《いんざ》と陽座《ようざ》がぼんやり見える。前は黒くて一段低く、うしろは白くて高い。恋人を後ろ抱きにするように腕をまわしてすわるようになっている。陰座には霊鎧スーツが開いた状態で用意されている。幅が広めで各部に丸みがある。

これはパイロットを保護するものではない。

おとしいれる罠だ。

多くの女子がここで命を落とした。

こもった悲鳴を新たにあげた。投げ落とすように床に立たされ、脚の痛みをこらえていると、薄い襦裙《じゅくん》を引き裂かれた。下着だけになった体が冷たい夜風にさらされる。体を隠そうと身をよじる。両腕が縛られているのでそこに裂けた襦裙がひっかかる。楊広はじゃまな布きれをちぎって捨て、陰座の霊鎧にこちらの脚から押しこみはじめた。冷えきった霊金《れいきん》が腿の裏にあたる。動物的な恐怖から蹴ってあばれた。楊広はこちらを押さえたまま、自分の陽座にすわった。緑のコクピット内部が土属性の霊鎧の発する金色の気で照らされ、まるで紅葉した森のようだ。

楊広はいらだった声で言う。

「おい、おとなしくしろ。敵が来てるんだ」

その脚で腰を押され、裸の脚が霊鎧の奥へすべりこむ。精神コマンドで各部が閉じられるともう動けない。縛られた手が解かれ、肘掛けの籠手にいれて固定される。そして体ごと後退させられ、冷たくとがったものが背骨にあたった。接続鍼《ばり》の束。これを刺されるのだ。

視界の端にコクピットより明るい光の点があらわれる。かん高い耳鳴りが頭をつらぬく。胃が何度も痙攣する。鼻からの呼吸がうまくできない。

動けない。叫べない。なにもできない。

霊鎧が次々と閉じて体を固定していく。座席の両側に楊広の脚が出てはさまれ、その胸に背中が押しつけられる。腕をまわしてがっちりと抱きすくめられる。

肩ごしにささやかれる。

「怖がるな。狐と踊るんだ」

鍼が脊椎に刺入《しにゅう》された。

7　密林

目を開くと、緑したたる樹冠があった。湿った空気。つんとする腐葉土のにおい。それらが頭に充満して、思考が鈍く、遅い。腕を上げようとすると粘液まみれの蔓《つる》がからみついている。葉叢《はむら》のむこうで羽ばたきが聞こえ、暗がりで湿った鳴き声がする。

これはいったいなにか。

ここはどこか。

からみつく蔓からのがれようとすると、暖かい粘液が湿った音をたてる。鈍い思考から漏れる密林の精霊の声のように、阿竇《アードゥ》の言葉が蘇る。

〝みなさんはしばしば精神領域で目覚めるでしょう。夢とおなじようにパイロットの無意識が表象化したものです〟

でも夢にしてはリアルすぎる。

胸が押されて息苦しい。密林の空気がはいってこない。

粘液がしたたる蔓のあいだに肌色の奇妙な果実がある。肩からうなじが鳥肌立つ。

「助けて……助けて」

悪夢のように繁茂した下草の奥から子どもの声がする。

力をこめてもがくと、蔓がようやく一本はずれた。

「すぐそっちへ……！」

声をかけようとして、やめた。

〝本能にしたがって精神領域を慰めてください〟

阿賓はそうも言っていた。ほかの妾女《しょうじょ》パイロットもおなじ助言を聞いたはずだ。

つまり生き延びられる方法ではない。逆のことをしなくてはいけない。逆を……。

思考が脈絡を失い、脱線し、衝突する。あらがおうとしても、なにかに引っぱられて集中できない。

逆を……。

逆……。

ここはどこ？

なにをしている？

「助けて……お願い」

子どもの声が深い茂みの奥から聞こえる。

そうだ、助けなくちゃ！

体をよじり、もがいて、からみつく蔓から抜け出した。温かい粘液がこびりついている。蔓をかきわけ、粘液を踏んで声のほうへ進む。近づいたとき、茂みのなかの肌色の果実にたまたま手がふれた。

記憶が脳裏にひらめく。一人の女子だ。あるときは微笑み、あるときは泣いている。

一瞬で手は離れ、足をとられて蔓の束に倒れこんだ。でもこの混乱で理性をとりもどした。

自分の記憶ではない。ここは楊広《ヤン・グアン》の精神領域だ。なぜそれを忘れていたのか。

茂みのなかの肌色の果実が、こちらを見る瞳孔のない眼球のようだ。

見まわすと肌色の果実は密林のあちこちにある。べつのものに手をあてた。

やはりべつの女子の記憶だ。強く押すと、森を歩きながら顔にあたる枝葉のようにたくさんの記憶が流れこむ。

〝おまえには特別ななにかがあるな。ありきたりの女とはちがう〟

声の響きが奇妙な気がした。楊広視点からのあたしの記憶と交錯している。でもこの女子は言われて反応している。頬を染めて顔をそむける。視点人物から手が伸びて後れ毛を耳にかき上げる。

体が急に冷たくなった。ぴりぴりする指をべつの果実に伸ばす。手の届く範囲で次々とさわっていく。

〝こいつはこいつで魔法みたいだと思わねえか？〟

〝ほんとうにいいのか、好奇心旺盛なお嬢さん？〟

〝怖いことなんかない。俺を信じろ。俺たちを信じろ〟

霊金《れいきん》の花が何度も登場する。おなじかたち、おなじ動きで、べつの女子たちにさしだす。

気分が悪くなった。でも続けた。どこかに楊広の悪行があるはずだ。

ようやくみつけた。女子の髪をつかんで顔を壁に叩きつけている記憶。これが証拠だ。

自分が空洞になった気がした。うずくまって頭をかかえる。自分の記憶が痛い。体の熱をかきたてられて自分の目的を疑ったことを思い出し、体を折ってえずいた。でもこの体ではなにも吐けない。

「助けて……」

また子どもの声。すぐ隣から聞こえる。顔を上げると楊広がいる。ただし、とても幼い。苦悩するうつろな目つきで言いつづける。

「助けて……ここから出られないんだ」

小さな声なのに、たちまち敵意が洗い流されそうになる。ふたたび理性が飛びかける。女子たちの記憶が、滝口へ流される睡蓮《すいれん》の花びらのように遠ざかる。

なくしてはいけない。記憶にとどめなくてはいけない。

わめき声をあげて子どもの首をつかみ、蔓の上に倒した。喉を絞めながら言う。

「ここはあなたの精神領域よ。自分で自分にとらわれてるだけ！」

子どもは苦しそうにあばれる。でも放さない。自分のなかの慈悲を求める声や、子どもを殺すなんてという気持ちを振りはらって力をこめる。死んでいった妾女パイロットたちを思い浮かべる。精神を男子パイロットに吸いつくされ、精神リンクが切れると心臓の拍動を維持できなかった女子たち。

慈悲心など起こしたらこっちもそうなるのだ。

子どもの目が光を失うと同時に、領域が崩れはじめた。蔓は分解し、粘液は腐敗して溶け落ちる。肌色の果実は沈んで見えなくなる。

自分の体も分解しはじめた。骨が折れ、筋肉が溶け、皮膚がはがれて悲鳴をあげる。精神が離脱し、上昇していく……。

目を開く。

瞬時に移動した新しい領域はとても抽象的だった。いまの年齢の楊広とむかいあって立つ。まわりは黒と白。陰と陽だ。こちらは黒の陰側、相手は白の陽側。足の下でガラスのように硬質なものがきらめく。霊金がぶつかりあう戦闘音が遠くに聞こえる。でも見えない。九尾狐《きゅうびこ》の機内で体が振りまわされるのをかすかに感じる。なにかの力に抑止されて自分では操縦できない。

「これは――」

楊広が驚いたようすで領域を見まわし、こちらをにらんだ。

「おまえ、あそこから脱出してきたのか」

こちらは口を開け閉めする。心霊体というべきいまの自分を見て、理解しようとする。

「俺を殺しにきたんだな」

楊広は目を細めて黒い怒りをただよわせる。

さっと緊張した。

相手の精神にはいったのだから、こちらの精神も読まれて当然だ。

まあいい。もう隠すことはない。

「あなたが姉を殺したからよ！」

顔にむけて拳を突き出す。相手はひるんだ。ところが突然、鎖が下から伸びて、脚、手首、腕、首にからみついた。楊広は驚きながらも、すぐに手を出して下に叩く動きをした。とたんに鎖が強く引かれて膝をついた。うつぶせに倒され、陰陽の境界で平伏する格好になる。

楊広は荒い息をつきながら、もがく姿を見下ろしてにやりと笑った。用心しながら片膝をつき、のぞきこむ。

「どおりで俺のところに来ようと熱心だったわけだ」

声は穏やかで低くなり、哀れみさえただよわせる。籠手《こて》でこちらの顎を上にむけると、首にかかった鎖が引きしぼられる。

憤怒に身を焼かれる。鎖がうなじにくいこみ、手足を締めつける。抵抗するほど強く張る。でもこれは現実ではないのだ。どうやって拘束しているのか。むこうが霊鎧《れいがい》をまとい、こちらが裸なのはなぜか。現実の肉体がおかれた状況は変わっておらず、関係ない。

目を見開いて相手の霊鎧を観察した。

相手が鎖を出せるのなら、自分もなにか出せるのではないか。さっきの反応からすると相手もこの領域は初めてのようだ。

おたがいの精神で具体的にちがうところはなにか。

楊広は首をかしげてささやいた。

「おまえ、やっぱり特別なところがあるな。惜しい。いいペアになれたかもしれねえ」こちらの頬をなでる。「殺すのがもったいないくらいだぜ」

ゆっくりと視線をあわせた。

想像とはまるで異なる状況とはいえ、たしかにこれは姉の死から八十三日間待ち望んだ瞬間だ。思い出す。この世の終わりのような知らせを受けて脱力し、鶏小屋から集めてきたばかりの卵の籠を落とした。戦死補償金の要件に該当しないことに腹を立てた父に髪をつかまれ、割れた卵の上に顔を押しつけられた。あれから八十三日。寝ても覚めても楊広との対決を思い描いた。胸に秘めた第二の心臓が打つように、何万種類もの状況を夢想してきた。

なのにこうして裸に剥かれ、縛られ、口をふさがれ、仇の腕のなかで殺されるのか。

姉に申しわけない。

心霊体のなかで念をこめた。八十三日間の一分一秒ごとにためた激情を吐き出す。あらゆる力をこの瞬間に注ぎこむ。

すると、肌から霊金が出て霊鎧が形成された。

楊広は愕然としてよろめき退がった。

体を押し上げると、ぴんと張った鎖が砕け散った。霊鎧がまたたく。楊広が念じて消そうとしている。思念の決闘だ。精神リンクでつながった二人の想像力がこの領域で顕現し、維持されている。あらゆるものが意志の力で生成される。

こちらにとって有利なのは、楊広が渾沌《フンドゥン》とはげしい戦闘中ということだ。そんな気の散るものはこちらにない。

さらに混乱させようと喊声《かんせい》をあげて突進した。

「来るな！」

楊広が叫んで手のひらをむける。とたんに透明な障壁に衝突した。白い陽側にはいれない。相手はやや意外そうに安堵の笑みを浮かべる。

こちらだって望むものをつくれるはず……。

胸甲《きょうこう》に手をあて、念じた。霊蛹機《れいようき》が霊金の分厚い胸部から武器を出すようすをまねて探る。

手の下に光の亀裂があらわれた。白い光。金《きん》属性の気が発する色だ。堅牢、永続、精密、制御をあらわす。これがあたしのなかで優勢な属性らしい。霊金の鋭利な武器をつくるには理想的だ。胸甲の奥に手をいれ、柄を握って引き抜く。

胸から出てきたのは白い火花を散らす匕首《ひしゅ》だ。

大きく振りかざし、楊広が出現させた透明な障壁に突き立てた。蜘蛛の巣のようにひびがはいり、無数の破片に砕ける。透明な雨のように降ってくるなかに飛びこみ、現実の体ではできない速力と歩幅で突進する。

「よせ！　やめろ！」

楊広は退がった。領域の外で九尾狐の歩《ほ》法《ほう》が乱れるのを、遠い記憶のように感じる。

「戦闘中だぞ！　いっしょにお陀《だ》仏《ぶつ》になってもいいのか？」

「望むところよ！」

勢いを止めずに叫ぶ。狙うのは子どもの楊広を絞め殺したのとおなじ首。何度も、ずっと夢みてきたとおりに、喉笛に匕首を突き立てる。血は一滴も出ないのに、溺れるような悲鳴があがった。狂ったように笑いながら刺して刺しまくる。

体がほてり、制限が解けていくのを感じた。九尾狐の感覚が身近に、鮮明になる。こちらの制御を阻害していた楊広の抑止力が弱まっていく……。

突然、立っている場所が変わった。星明かりに照らされる乱戦の戦場。奇怪で不気味で違和感だらけの身体感覚。これは……。

九尾狐がこちらの制御下にはいったのだ。

8　ようこそ、悪夢へ

冴えざえとした星明かりのもとで、十数機の霊蛹機が渾沌《フンドゥン》の群れと戦っている。組みあい、殴り、刺し、気の光箭《こうせん》を撃つ。地響きをともなう一歩ごとに黒雲のような土煙が上がる。

視界がおかしい。ふだんの見え方とちがう。異様なほど目を剝き、まるでまぶたがなくなったようだ。目を閉じようとしても、できない。

恐怖した。目を閉じられない。まばたきできない。外界を一瞬も遮断できない。

音もうるさい。叫び声がまるで脳内で響くように聞こえる。

『九尾狐《きゅうびこ》、九尾狐、応答せよ！』

『楊《ヤン》皇子大佐！　どうしました？』

本能的に耳をふさごうとする。ところが両腕がとても重い。反動で世界が揺れる。やっと胴の高さまで上がったのを見ると、手というより前足だ。大きな三本指は青緑で、先端が輝く黄色。

見下ろすと狐の体は片膝をついている。楊広《ヤン・グアン》の精神領域にはいっているあいだに二足歩行の起立形態になったらしい。通常は木属性である霊金《れいきん》の先端が一時的に土属性に変化している。研いだ破片に長い脚をつけたように細身で骨張った姿。盾のように広い胸部に対して腰は細い。首のつけ根にはまった緑の首輪からは金色のとげがはえている。九本の尾が背後で直立しているのは見えなくても感じる。楊広の土属性の気で金色に波打つ毛並みは形状をたもっているものの、かろうじて維持しているだけで覇気はない。

楊広はあたしの精神領域があるところに取りこまれたのだろう。おかげでその気を自分のものとして使えるようになった。

ただ、なにをどうすればいいのか。

『楊皇子大佐、接続トラブルですか？』

前方にいる白い霊蛹機が尋ねてくる。大きさはこちらの半分以下。伯《はく》級の月兎《げっと》だ。金属性で、丸みをおびた形状に陶磁器のような表面。頭と後ろ脚がふつりあいなほど大きく、耳は大包丁《おおぼうちょう》のようによく切れる。杵《きね》を武器として振りまわし、巨大な甲虫《こうちゅう》の群れのように殺到する渾沌を叩きつぶす。そのたびに気の充溢《じゅういつ》したコアが爆竹のようにはじける。

『大佐？』

月兎がふりかえってまた呼ぶ。目はルビーのように赤く輝き、小さな口から男子パイロットの火属性の赤い気が出て、夜気を渡って音を伝える。

でも返事ができない。そもそも話し方がわからない。九尾狐の突き出た鼻面に意識を集中すれば口をあけられる。でも肺がないので息を吐けない。水中にいるように声が出ない。

月兎は渾沌を防ぎきれていない。押しよせる昆虫の川のようなのだ。九尾狐にも多数の脚で取りつき、這い上がり、こちらの輝く金属の毛皮をまだらにぼかしている。ぞわぞわする感覚が伝わる。毛皮に攻撃の気を放つたびに小さく発光する。あたしの口――いや、九尾狐の口が開いて声なき悲鳴をあげる。こうやって霊蛹機が倒されるのを見たことがある。頭部まで這い上がった渾沌がコクピットのハッチを食い破り、パイロットの肉体を破壊するのだ。

払い落としたい。でも動くたびに意識がゆらいで頭痛がする。渾沌は腕や背中にも這い上がってきた。鉤爪を出して叩きつぶし、むしりとる。

『楊皇子大佐、返事をしてください！　いったいどうしたんですか？』

脳内に響く声がさらに切迫する。

〝うるさい！〟と叫びたい。気を音声にするのだろうけど、そのための経絡《けいらく》がわからない。さまざまなことがいっぺんに起きていて集中できない。さらに蠅まで頭のまわりを飛びまわって……。

いや、蠅ではない。

カメラドローンだ。

人間の胴体くらいあるはずのドローンが、飛びまわる黒い粒に見える。

それに気づいて、いまの自分の体の巨大さを強烈に実感した。

頭が混乱した。耐えきれない。かかえきれない。

叫びたいのに叫べない。息ができない。話せない。まばたきできない。

目が――焼けるように熱い！

それが眼底で高まる気の内圧だとわかったときには、遅かった。

九尾狐の目から二本の光箭が出た。金属性の冷たく白い気。それが地面を刺し、勝手にジグザグに動く。まばゆさに目がくらむなか、なぎ払われた渾沌が次々に破裂する音が聞こえる。

頭のなかの声がさらに騒々しくなった。効果が少ないとか、気の浪費だとかわめいている。無視して、気持ちを落ち着ける。

ここからだ。やれる。制御できる。

光箭の出どころも特定できた。脊椎に接続鍼《ばり》を刺したあたしと楊広の体が気の源だ。そこから九尾狐の目にいたる経絡をたどって、一部を分岐させ、頭のなかの騒々しい声にむけた。

するとなにかが破壊された。強い破裂音。そして騒音が遠ざかる。

甘美な静寂。

九尾狐の肩を渾沌の脚が這うかすかな金属音さえよく聞こえる。とげのはえた首輪を通過しようとしている。

急いで叩きつぶし、払い落とした。

『あの、大佐――』

月兎がこちらに言った。杵で臼の薬草をすりつぶすように渾沌を次々に叩いている。ガラスの乳棒のような乳白色の杵は、内側に熾《おき》を秘めたように先端が赤く輝いている。男子パイロットが持つ火属性で力と破壊の気が破壊力を高めている。

『――指揮通信をなぜ切ったのかと、兵法家が尋ねてきています！』

なるほど。さっきやったのはそういうことか。

『とにかく、大佐、いったいなにが――』

そのとき渾沌の群れが波のように左右に分かれ、暗い赤で荒々しいかたちの渾沌が六本脚で突進してきた。九尾狐より小さく、月兎より大きいので公《こう》級だろう。荒れた表面の下が火属性の赤で輝き、まるで邪悪な目玉のようだ。

月兎は苦しげな叫び声とともに後ろ脚で立ち、杵をかまえた。先端が開いて円形の盾になり、溶岩のような赤い気の光箭を寸前で受けとめる。ぶつかった気は広がり、泡立ちながら明るく輝いた。

そのあいだに庶《しょ》級渾沌がその白い背中に這い上がっていく。まるで磁器にむらがる五色《ごしき》のゴキブリのようだ。九尾狐は自分と月兎からそれらを急いで払い落とした。

月兎が叫ぶ。

『刑天《シン・ティエン》、掩護しろ！　楊皇子大佐は故障があるようだ』

地面が震えた。ゆっくりと足音が近づく。巨大な金属がきらめいたと思うと、金色の戚《まさかり》が公級渾沌に振り下ろされた。気が飛び散り、横へよろめく。でもまだ死んでいない。

月兎はたじろいで退がった。手にした盾は溶けてゆがんだ円になっている。

登場した霊蛹機は斧のかたちの戚を金属のきしみとともに引き抜いた。

『楊皇子大佐はいったいどうしちまったんだ？』

肥え太った体型の土属性で、大きさは公級渾沌と同等。胸に両目、腹に口。無頭戦士だ。

月兎は盾をたたんで杵にもどした。

『わからない。しかし回復しないのなら不利だ。俺たちも変形しよう！』

コクピットにいるあたしの精神がぎくりとした。

上位形態への変形では妾女《しょうじょ》パイロットが大量の気を吸われて死亡しやすい。

意志を匕首のように研ぎすませる。九尾狐の手で月兎の首根っこをつかみ、こちらにむかせた。その口があんぐりと開き、赤い目が明るくまたたく。

こちらは肺も吐息もなしでとぎれとぎれの発声しかできない。

「妾……女を……殺す……な！」

悪夢で聞くような不気味な声でうなる。

『だ……だったら、戦ってください、大佐！』

そうだ。この戦闘を終わらせるしかない。

月兎を放し、その手で地面を衝いて直立した。霊金が殷々《いんいん》と鳴る。五感に負荷がかかってふらつく。渾沌はあいかわらず全身にたかって這い上がってくる。それでも敢然と一歩を踏み出した。

痛くない。

現実離れした幸福感に全身がつつまれた。

無限の可能性が開かれた気がした。そうだ、いまの自分は人間ではない。不自由な体から解放された。男の気まぐれと快楽に供されるために骨も肉も壊された骸《むくろ》ではない。

自分は九尾狐。八階建てのビルより大きな戦闘機械。

まばたきは不要。呼吸も不要。竜巻が来ても揺らがない。地震でも倒れない。むしろこの脚で地を震わせる。

地響きを立てる一歩ごとに、巨大な体のあつかいに慣れてきた。動きが力強くなるにつれて、わずらわしい庶級渾沌は勝手に振り落とされた。公級渾沌に歩みよりながら、九本の尾が変じた槍の一本を肩ごしに抜く。

もっとまえから強くなっていればと思った。そして楊広が戦う動画を見ていれば、どう戦えばいいかわかっただろう。いまかろうじて憶えているのは、走りながらジャンプして槍で渾沌のコアを刺しつらぬく場面だ。

公級渾沌に近づきながらそれをまねた。槍で勢いよく衝いて外皮を破る。霊金が砕け、窓ガラスがいっせいに割れたような音をたてる。あらゆるものが振動する。

ところが槍の一撃は勢いが充分でなかったらしい。知能の源泉であるコアをつらぬけていない。

公級渾沌から強い感情の波が襲ってきた。慨嘆、悲痛、憤怒。これに過剰反応してはいけない。よろめき退がって槍が渾沌から抜けると、感情の波も消えた。

奇怪な経験だけど、考えている暇はない。渾沌が赤く輝き、気の光箭を撃ってきた。横へよける。ところが赤い光箭は曲がって追ってくる。

無頭戦士が渾沌に戚を打ちこんでようやく気の噴流は止まった。

うーん、だめだ。この攻撃はきかない。最初からなにかおかしかった。九尾狐は楊広にあわせてできているので、こちらの気の属性とは根本的にあわないのだ。

独自の形態をつくりだすしかない。

無頭戦士の隣に月兎がくわわり、杵で渾沌を殴りはじめた。そのあいだにこちらは体内にある変形の火花を求める。五行でもっとも伝導性が高い木属性の九尾狐は、上位形態への変形が容易だ。

弟のために語られるのを横から聞いた伝説によると、渾沌という言葉はもともと原初の無秩序状態を意味する。感覚器官がないことをあわれんだ神の友人たちが、ある日その体に両目、両耳、両鼻孔、口の七孔をあけてやったところ、渾沌は死んでしまった。その七孔から流れ出てできたのが新宇宙だとされている。

霊蛹機の起源もそうだ。渾沌を人間の力でつくりかえた兵器。彼らがこの惑星を征服しようと宇宙からやってきたときには、そんな敵の登場は予想外だっただろう。

九尾狐の表面に強い霊圧《れいあつ》がかかって脈打ち、白光を発しはじめた。

『あれは……！』

公級渾沌の攻撃をかわした月兎が、こちらを見て驚いている。

無頭戦士は腹の口から歓喜の叫びをあげた。

『英雄形態……英雄形態だ！』

この第三段階の姿に霊蛹機が変形するようすは一度しか見たことがない。男女の力が拮抗した匹偶《ひつぐう》ペアのときに可能。つまり女子パイロットが意識的に霊金を制御する必要がある。いまの場合は残存する楊広の変形能力にあたしの力がくわわった結果だろう。

亀裂から発する光の脈動のなかから、なめらかに整形された霊金が出てきた。九尾狐の腕と脚は気によって長くなった。黄色の線に白の線があわさり、分割されていた部分が一体化してなめらかな形状になる。丸太を金属の刃物でけずっていくようだ。

英雄形態はほぼ人型の体形になることからそう呼ばれる。ただし表面はむしろ機械のようで、装甲板におおわれたロボットに似ている。九尾狐のあるべき姿を思い浮かべると、そのとおりに長い脚は太く頑丈になった。三本指の前足は五本指の手に。狐耳はうしろに反り、長く鋭角的になって兜《かぶと》と一体化した。首輪のとげは広がって面になり、肩を守る数層の防具をつくった。身長もぐんぐん伸びて、もとの一・二倍を超えた。九本の尾は、手に持ったものもふくめて槍以上の武器に進化した。ショットガンとして使える。

公級渾沌がもはや小物に見える。九尾狐の体から変形圧が消えると、本能にしたがって尾の槍を銃としてかまえた。冷たい反動とともに、金属性の白い気が輝く銃弾となって発射される。命中して、渾沌は僚機二機のあいだから吹き飛ばされた。

よろこぶ気持ちの一方で、まだ不正確だと反省した。金属性は正確さが持ち味のはずだ。

パイロットには霊圧を感じる能力がある。渾沌のコアが遠くからでもわかる。明るく脈打ち、人をおびえさせる生命の核。今度は慎重に狙いをつけ、一撃に気を集中させた。

発射。

反動をともなって光が飛び出す。渾沌をきれいに撃ち抜き、コアが赤い花火を散らしてはじけた。

楊広を称賛する歓声がほかの霊蛹機からあがった。自分もよろこびたいところだけど、戦いはまだ終わっていない。

渾沌の群れにはいって踏みつぶしはじめた。足どりはすでに力強い。地をゆるがし、土煙を上げ、庶級渾沌を次々にはじけさせる。そのたびに奇怪な苦悩の感情がつたわってくる。それでもいまは遮断しやすい。いくらか大きな貴族級渾沌はみつけしだい尾の銃で撃つ。それらが消えれば庶級渾沌の始末は簡単だ。

九尾狐の変形を見たほかの霊蛹機は勢いづいた。これまで以上に力をこめて殴り、刺す。威勢のいい叫びと輝く光箭が夜を裂く。渾沌のコアが火花とともにはじける。頭上には宇宙を渡る星屑の龍のような銀河がかかっている。

ところが五発目を撃ったら九尾狐の足どりがおぼつかなくなった。機体と同化した直後のように頭がふらつく。英雄形態は数分が限度。こちらの気が尽きかけているのだ。

視覚と霊感で戦場を見まわした。もう一匹渾沌が残っている。大きく威圧的で、土属性だろう。この種類は鈍重でまわりへの気の攻撃はあまりない。そのため小型の霊蛹機数機が間合いをあけて包囲し、光箭で倒そうとしている。

まかせてもいいかと一度は思った。無理は禁物。気が尽きたら自分が死ぬのだ。

でもここで手を抜いたせいでいずれかの妾女パイロットが死ぬはめになったら？

「どいて！」

叫ぶと、包囲した霊蛹機が射線をあけた。最後の一撃に力をこめる。

白い光箭が黄色の火花を散らして飛ぶ。

渾沌は六本脚でよろめき、倒れて地面を震わせた。まわりの霊蛹機をはね飛ばし、土煙でつつむ。

こちらも九尾狐を維持できなくなった。へたりこむように四つんばいの標準形態にもどる。精神は暗闇にのまれた。

纏足《てんそく》の痛みが、最初に蘇った人間的な感覚だった。それで神経が目覚めた。遠くからこもった歓声が聞こえてくる。

『――すごいぜ！』

『信じられねえ――』

『――やっぱり皇子大佐は――』

コクピットの壁に流れこむ白い光が見える。口に貼られたテープは切れてゆるみ、そのすきまから息をしている。心臓は胸で強く鼓動し、違和感を覚えるほどだ。

とはいえ最大の違和感は、こちらの手にからんだ楊広の指だ。ぎくりとした。霊鎧《れいがい》につつまれた自分の手は座席の肘掛けと一体化していたはずなのに、いまは磁石がはずれるようにあっけなく取れた。

楊広の両腕はするりと離れ、うしろの座席の両側に力なく垂れる。

頭が冷えきったように感情が湧かない。いま目が痛むのはまばたきを忘れたせいだ。

霊鎧ごと慎重に体を座席から離し、振り返る。

楊広の目は開いているものの、どちらも曇っている。頭は一方に傾き、耳と鼻から流れる血は薄暗いせいで黒く見える。

首すじに手をあてる。

脈なし。

『おい、楊皇子大佐、説明しろと兵法家が半狂乱でわめいてるぜ。無事なのか？』

無頭戦士の低い声が響き、大きな足音が近づいてくる。

こちらはぼんやりと楊広の顔を見る。こいつにしてやりたいことがいろいろあった。平手打ちする、拳で殴る、体を切り刻む……。でもいま渾沌にくらべてちっぽけに感じる。頬を軽くはたくだけにした。

現実感がない。さっき自分が霊蛹機を操縦したのが事実なら、いまはその霊蛹機に操縦されているのではないか。

コクピットの外でドローンのローター音が高まる。霊金を震わせる。無頭戦士は楊広を呼びつづけている。もう答えることのないこの死体を。

口のテープを剝がした。痛い。でも足に体重をかけたときの激痛にくらべればなんでもない。この痛みからしばらく解放されていたからこそ強く感じる。外へ出よう。姿を見せよう。やったことを告白しよう。その結果は天命にまかせる。

脊椎に冷えた液体が流れる感覚がある。なにげなく霊鎧の腕を見ると、毛皮の下をあたしの金属性の白い気が高濃度で流れている。拳を握って力をこめ、それを霊金の靴底から九尾狐に伝えた。おなじ霊金でできた九尾狐の巨体の基本機能をこれで制御できる。コクピットに亀裂をいれて開くように念じる。狐の眉間のあたりに。

光が流れこんだ。外ではもとの大きさにもどったカメラドローンが何機もローター音を響かせている。新たな鉄皇女《てつおうじょ》と鉄皇子《てつおうじ》による勝利のポーズを撮影しようと集まっている。

霊鎧の腕力と安定感によって楊広の死体を持ち上げ、そこへ出てやった。

十数機のカメラドローンからスポットライトを浴びせられ、まぶしくてなにも見えない。ふいに感情が蘇った。堰を切ったように全身をゆさぶる。視聴者の反応が想像できる。腹の底からヒステリックな笑いがこみあげる。笑うしかない。

楊広の死体を足もとに投げ出し、小さな金蓮《きんれん》の足で踏みつけてやった。

さあ、見て。この手でほんとうに殺してやったのよ。

どうしようもなく笑み崩れた顔を上げる。ドローンの丸いローターから吹きつける気流で両把頭《りょうはとう》に結った髪がほどけ、黒髪が蛇の群れのようにうねる。脊椎から新たな気が霊鎧に流れこむ。

パイロットはメディアの写真撮影のとき、思いきり気を発してポーズをとるものだ。静脈とはべつに直線的に走る気の経絡《けいらく》が、いま顔面で両目といっしょに白銀に輝いているはずだ。

「いままでが長い長い夢だった！」

異常な笑いのあいまにカメラにむかって叫び、両腕を広げた。

「ようこそ、悪夢へ！」

9　最強パイロット

　オレンジ色の保安灯がかたわらを通過する。長城の上を走るシャトル列車から降ろされ、徒歩で連行されている。長城から望楼《ぼうろう》へ渡る短い空中通路は、楊広《ヤン・グアン》の望楼のものよりはるかに大きい。おそらくここは開皇《かいこう》望楼。隋唐辺境軍の司令部がある場所だ。隋州は小さいながら豊かなので、広い唐州と防衛資源を共有している。

　戦場で体を張って守ってくれた月兎《げっと》と無頭戦士の男子パイロット二人が、いまは左右の腕を拘束している。背中に強くねじられ、肩が脱臼しそうだ。急かされて歩くせいで、骨が砕けた纏足《てんそく》はガラスの破片を踏むように激痛を発する。妾女《しょうじょ》用の金蓮《きんれん》靴はあちこち血がしみている。

　楊広に裂かれた襦裙《じゅくん》はぼろ切れのように体に残っている。霊鎧《れいがい》を脱がされたので、いま肌を隠すのはこのぼろ切れだけ。もちろん用をなさず、連行する二人のパイロットと四人の一般兵士の目に肌の大半をさらしている。

望楼のエレベータには全員が窮屈に乗った。そのなかでも三挺の銃口をむけられ、一人はヘッドセットにむけて大声で報告している。なにをそんなに恐れるのか。いまのあたしはアドレナリンが切れ、気を使いはたして疲労困憊し、腕をつかまれなければ立っていられないほどだ。

それでも低く弱々しい声でつぶやきつづける。さきほどの出来事、自分でも信じられないことを、彼らにくりかえし思い出させる。

「あたしがやったのよ。九尾狐《きゅうびこ》の英雄形態を解放したのも、渾沌《フンドゥン》を次々と殺したのも、あなたたちと肩を並べて戦ったのも、みんなあたし」

戦闘のまえに悲鳴をあげすぎたせいでかすれた声で、きしむエレベータに悪態をつくようにつぶやく。返事はない。A地点からB地点へ危険な貨物を運んでいるだけというようす。でも心では動揺している。そのはずだ。楊広の死体を調べて、疑いの余地なく絶命していると確認した彼らの恐怖の表情を、薄笑いとともに思い出す。

ドアが開くと、コンクリートの廊下を引っ立てられ、白い部屋にはいった。明るく輝くスクリーンがいくつも並び、なかでも大きなスクリーンに二人の男が映っている。どちらも袖の長い灰青色の道袍《どうほう》をきちんと着て、頭には綸巾《かんきん》という箱型の帽子をかぶっている。組紐で編んで黒い塗料で塗り固めたものだ。

楊広の同僚たちに押されてひざまずかされた。

無頭戦士のパイロットの刑天《シン・ティエン》は、高さのある金の冠を頭にのせている。二連の縞がはいり、戚《まさかり》のかたちの飾りが左右に立つ。憤懣やるかたないようすで言う。

「司令官殿。こいつです。こいつが――」

「手を離してやりなさい。そんなあつかいは無用です」

スクリーンに映った背の高い男が白い羽扇《うせん》を振って言った。特徴的な持ち物で気づいた。諸葛亮《ジューゴー・リアン》。人類解放軍の軍師《ぐんし》で、事実上の最高司令官だ。

「しかし、こいつは――！」

「尋問してデータを分析するまではなにごとも不確定ですよ。退がりなさい。全員だ」

腕を離され、靴音が遠ざかった。白く冷たいタイルの床に両手をつく。ドアが乱暴に閉まる音がして、半裸の体にほどけた髪をふり乱した姿でスクリーンの男たちのまえに残された。

諸葛亮といえば華夏《ホワシア》じゅうで崇拝される有名人なのに、まるで知らぬげに軍師は自己紹介をした。

続いて隣の背の低い男が、作法にうるさい上流人のように胸のまえで両手を重ねる拱手《きょうしゅ》をして低頭した。

「人類解放軍の謀士《ぼうし》、司馬懿《スーマー・イー》だ」

灰青色の道袍の袖をカーテンのようにあわせて挨拶する。顔を上げるときに薄笑いを浮かべているように見えたけれども、もともと口がゆがんでいるのかもしれない。愉快ではないだろう。エース級パイロットの一人が死んだのだから。

「殺すのは損ですよ」

単刀直入に言ってやった。今夜死ぬ覚悟だったとはいえ、生き延びる道があるならもちろんそうしたい。

「あたしは九尾狐を新形態に導きました。渾沌も感じ取ったはず。今後は来襲がもっと大規模に、もっと頻繁になるでしょう」

念頭にあるのは周州陥落のいきさつだ。渾沌は力の均衡が崩れると怒って攻勢に出る性質がある。かつて秦政《チン・ジョン》皇帝将軍が強大になったとき、渾沌はその複製巣《ふくせいそう》が空になるほどの大群をなして攻め寄せた。ところが戦端が開かれる直前に秦政は華痘《かとう》に倒れた。軍は戦力の空白を埋められず、熾烈な決戦どころか渾沌の地すべり的大勝利に終わった。その余勢で長城を突破され、周州全域を奪われたのだ。

「周州反攻を計画中だと聞いています。楊広をあてにしていたでしょう。代役がつとまるのはあたしだけです。九尾狐の操縦はご覧になったとおり」

司馬謀士は薄笑いを大きくした。

「ふむ。交渉はやり手ですな」

諸葛軍師は同僚に不快げな視線をむけてから、目をもどした。

「落ち着きなさい、武《ウー》妃。まずはいくつか問いに答えてもらいたい」

乱れ髪のあいだからにらむ。

「どんな?」

質問内容は、霊圧試験でわざと力を控えていたのか、血縁者に強力なパイロットがいるか、そして楊広の精神領域でなにをしたかというものだった。

最後の問いではためらった。危険だ。とはいえ、ありのままに話さないと自分でもなにが起きたのかわからない。

「不気味な密林の領域で、子どもの姿の本人を絞め殺しました。そのあと大人の姿の本人を十五回刺して殺しました」

諸葛軍師があおいでいた羽扇がその立派な道袍の上で止まった。ただし一時的だ。

「なぜそのようなことを?」

ここは嘘をつくしかない。最初から復讐計画があったとはおくびにも出さない。

「本人の記憶を見ました。たくさんの妾女にひどいことをしていました」まなざしを鋭くする。「軍はそのことをよく知るべきです」

司馬謀士が眉をひそめた。

「記憶をいくつか見て、それで子どもの姿の本人を殺したというのか？　なぜ本人だとわかった？」

「わかります。楊広の精神領域なんだから本人に決まっています」

「待て待て、精神領域に初めて、それも短時間はいっただけで、そこが現実でないとすぐわかったのか？」

「そのはずだと自分に言い聞かせながらでしたけど、わかりました」

「そして力ずくで出てきたのか。導かれもせずに」

険悪な声になった。

「そうです。報いを受けさせたかったからです」

「軍師、これは――」司馬謀士は諸葛軍師にむきなおり、横目でこちらを見た。「――鉄《てつ》寡《か》婦《ふ》ですな」

「いかにも」

黒い綸巾の下で諸葛軍師の顔は青ざめていた。

こちらも背すじが寒くなった。鉄寡婦。意味はおおよそ察しがつく。霊蛹機《れいようき》を操縦するさいに通常とは逆に男子パイロットを犠牲にした女子。

呼称があるなら前例があるのだろう。でも聞いたことがない。尋ねてみた。

「過去にもそういう女子がいたんですか？」

司馬謀士は首をかしげた。

「それは――」

「謀士」諸葛軍師はたしなめて、こちらに目をもどした。「しばらく待ちなさい、武妃。賢哲《けんてつ》に諮《はか》りたい」

ぞっとした。賢哲会議。学識官僚のなかでも長老格の集まり。〝倫理〟〝調和〟〝家族愛〟の理念だけで華夏を統治してきた狷介固陋《けんかいころう》な老人たちだ。今回のことを好意的に見るはずがない。

諸葛軍師は袖をまくって手首にはめた端末を操作した。楊広が使っていたのとおなじものだ。画面には軍の紋章が映った。身をくねらせて吠える黄龍《こうりゅう》。楊広の部屋にあったポスターを思い出す。周州奪還と、秦政がもしほんとうに冷凍睡眠にはいっているのならその捜索を誓っていた。あれは……。

なんてことだ。あれからまだ一時間もたっていない。渾沌と霊蛹機の戦闘は通常、三十分かからずに決着する。この短時間であらゆることが一変した。

かすれたままの声をふりしぼって訊いた。

「教えてください！　ほかの妾女パイロットたちはどうなったのか」

反応はない。

当然だ。相手をだれだと思っているのか。なにも教えるはずがない。

部屋の白い壁が不気味に迫ってくる気がした。あわてて左右を見て、自分の手を見る。つかのま青緑の狐の前足が見えた気がした。

鉄寡婦。まさか自分がそんな大それたものだとは思わない。偶然のなりゆきだろう。

それでも、女子にそんな可能性があると思うだけで胸の鼓動が速くなる。めまいもする。

それにしても、どういうことか。軍はなぜ女子の力を使わず、死なせているのか。

じつは渾沌より女子を恐れているのか。

二人の兵法家は意外に早くこちらにむきなおった。諸葛軍師が暗い顔で伝えた。

「賢哲会議の決定です。武妃、あなたは朱雀《すざく》のパイロット、李世民《リー・シーミン》と組んでもらいます」

第二部

鳥の道

山に鳥あり。その状《かたち》は鳧《かも》のごとく、一翼と一目を持つ。つがいになると飛ぶ。

——『山海経』

10 鉄魔

暗く狭い監房。そのコンクリートの床に横たわる。分厚い扉の鉄格子の窓からわずかな光がはいるだけ。

からくりが理解できた。

霊蛹機《れいようき》を操縦する能力において女子がつねに劣っているのではない。霊圧《れいあつ》が顕著に高い女子がいると、さらに霊圧の高い男子と組ませるのだ。そうすれば男子が負ける事態は起きない。

一万……。この数字がまるで炎の翼を持つ鳥のように頭をかけめぐった。想像を絶する数字だ。誇張表現としてしかありえないと思っていた。〝すごいぞ、あいつの霊圧は一万くらいにちがいない！〟とか。

実際にその数字を叩き出した男子は過去二世紀にただ一人。李世民《リー・シーミン》。鉄魔《てつま》の二つ名を持つ。恒久的なパートナーはおらず、ことごとく犠牲にしてしまう。

つまり次の戦闘があたしの命日になるわけだ。

軍からあたえられた粗末な毛布は異臭がしてちくちくする。それにくるまって頭を両手でかかえ、かきむしる。骨を砕いて脳をかき出したい。死にたい。そのほうがいい。だれかの楽しみのために殺されるよりましだ。

自嘲がときどき暗がりに漏れる。九尾狐《きゅうびこ》での戦果が考慮されるとすこしでも期待したのがまちがいだった。軍で最高の人気と実力をそなえたパイロットを殺しておいて助命されるわけがない。

目的は果たした。姉の仇はとった。従容《しょうよう》として死ぬはずだった。十三日前……いや、食事の十三回前に。

監房で時間経過をはかる手段はそれしかない。一日一食のはず。消耗した気が回復するには半月、つまり二週間かかる。それが戦闘後のパイロットに毎回あたえられる休養期間だ。

食事はしいて食べなくてもいい。トイレに流し、抗議の餓死を遂げることもできた。でも最初の野菜炒めと米飯の皿がドアの下の差しいれ口からあらわれたとき、腹の虫に意志をくじかれ、三十秒で胃にかきこんだ。鉄寡婦《てつかふ》が聞いてあきれる。

気を回復しなくてはいけない……と、頭の奥で声がささやく。

なんのために回復するのか。李世民に対抗するためか。

やれやれ。自分が千人に一人の鉄皇女《てつおうじょ》かもしれないとありえない妄想をいだいて死地におもむく女子とおなじではないか。

あなたはまさにその鉄皇女なのよ……。

頭の奥からささやく声が聞こえて、はっとした。

楊広《ヤン・グアン》の霊圧は六千以上。それを霊蛹機のコクピットで圧倒した。

つまり、皇女級パイロットということだ。

信じられなくて理解が追いつかない。でも結局は関係ない。李世民以下の霊圧の男子と組ませるのは危険となれば、いっそ死なせてしまえと軍は考えるだろう。

渾沌《フンドゥン》相手に苦戦が続くわけだ。

あの戦闘をどれだけの人が見ただろう。軍はメディア企業からの賄賂に首までつかって、ほぼ無制限の配信を許している。祖父も見ただろう。夜中にもよく起き出して配信を見ていた。孫娘が楊広を殺した場面をその目で見たかもしれない。痛快で口もとがゆるむ。

でも録画映像となると話はべつだ。賢哲《けんてつ》会議とその学識官僚が支配する政府はネットワークに残すべきコンテンツの決定権を持つ。鉄寡婦をあたしが知らなかったのは関連映像を政府が削除させているからだという可能性は充分にある。

とはいえメディアも検閲に無抵抗ではない。

あたしはいまあらゆるところで大きな話題になっているはずだ。映像を見たい人々から天文学的な視聴料が集まるだろう。都会人は一日分の稼ぎを課金し、農民は金を出しあって共同視聴する。

低俗なメディア王のおかげであたしの小さな成果が記録に残る。

頼むわよ、貪欲な企業家……。

頭の声を聞いて、ふんと鼻を鳴らしてあざわらう。とたんに胸を締めつけられる。

易之《イージー》。その父は低俗なメディア王のなかでも頂点に立つ人物だ。息子が話題の映像を見ていないわけがない。

どう思っただろう。みんなのように驚いたか。あたしが人を殺すところを見てぞっとしたか。

それとも……誇りに思っただろうか。

この体の大切なものは楊広に奪われなかったと、できるなら伝えたい。いまさら関係ないけど、それでも知っていてほしい。

せめてもう一度声を聞きたい。

監房の扉の窓から斜めにさしこむ光に手をいれる。薄暗い蛍光灯の光のなかに埃が舞う。力をこめて指を曲げ、鉤爪のかたちにして壁に影を映す。

もう一度大きくなりたい。天衝く巨体になり、地を駆け、宇宙に手を伸ばしたい。

痛みから解放されたい。

裂けた襦裙《じゅくん》を見た。そばにおいておきたくなくて隅に投げてある。その気になれば逃げ道に使えてしまうからだ。布を長くして一方をトイレの配管にかけ、もう一方を首にかける。あとは息が止まるまでねじればいい。

十三回の食事を食べてしまったいまは、この手段がある。布は蛇をたばねたようにねじれていくだろう。派手な模様の蛇ほど猛毒らしい。

腰を浮かせ、そちらへ……。

足の裏がざらりとしたものを踏んだ。床に流れて乾いた血の跡だ。

朦朧とした意識がとたんに覚醒した。

ほかにもこの監房に閉じこめられた女子がいたのだ。丸くぼんやりとしたいくつものしみ。薄暗いせいで黒く見える。悲惨な監禁生活をものがたっている。男の看守は見てぞっとするだろうけど、こちらは平気だ。女だからわかる。

それより、どんな理由でここにいれられたのだろう。反抗したのか。逃亡を試みたのか。男子パイロットの慰みものになるのを拒否したのか。

そのなかに歴史から消された鉄寡婦もいたのだろうか。

おなじ空間にあったはずの苦しみを想像した。沈黙をこばんだ声。拘束をこばんだ手。挫折をこばんだ強い魂。

襦裙から目を離して床に横たわり、冷たい幻影のような過去の怒りを呼吸した。ばかげている。男は女の肉体を強く求めるくせに、女の精神を強く憎むのだ。


夢に姉があらわれた。

「姐姐《ジェジェ》！」

泣き声で呼んで駆けよった。足が痛くないので現実ではないとすぐわかった。それでもそばへ行きたい。ずっとそこにいたい。姉のいる場所が自分のいたい場所だ。

「こっちへ来ちゃだめよ、天天《ティエンティエン》」姉の手が顔をなでてくれる。でも温もりを感じるまえに指は煙のように消えた。「こちらはなにもない。解決にならない。逃げ道じゃない。わたしは解放されていない。いなくなっただけ」

よろめいて膝から崩れ落ちた。しがみつこうとしても手がすり抜けてしまう。泣き声で言う。

「それでもいい。そばにいたい。お願い。あいつは死んだ。殺した。仇を討った」

姉の困った顔。

「それでなにか変わると思う？」

何度も首を振る。

「どういうこと？　だって、悪者が世界から一人減った」

「おなじような悪者が何万人もいる」

痛みが体に広がる。魂が絞られるように痛い。

「じゃあ、どうすればいいの？」

「もちろん、いちばんつらいことよ」姉は微笑む。「だまされちゃだめ、天天。あなたには想像を絶する力がひそんでいる。逃げちゃだめ。他人の思いどおりになっちゃだめ」

姉の襦裙がぼやけて薄れていく。故郷の村で棚田の上を一年じゅう流れていく雲や霞《かすみ》を思い出す。裏庭で体を寄せあい、姿を変える雲を見ながら、顔や動物やいろいろなものを連想した。耳に残る怒鳴り声や体に残るみみず腫れをそのときだけは忘れた。

ふいに姉の体が、英雄形態の九尾狐に変わった。冷たい鉄の指に顔をはさまれ、立たされる。白く輝く瞳がのぞきこむ。

「悪者の悪夢になってやりなさい、武則天《ウー・ゾーティエン》」

渾沌《フンドゥン》来襲警報に叩き起こされた。

冷や汗にまみれて起き上がる。扉からさしこむ光が赤い。

ここに監禁されてから警報は何度か鳴った。霊蛹機が強力な新形態になると、挑発された渾沌の攻撃頻度が増す。でも今回は李世民と朱雀《すざく》が二週間の休養期間を終えたあとで最初の警報だ。

一家の食卓に集まった男性家族が李世民の前回の戦闘を見ていたのを思い出す。捨てたはずの記憶がこれほど重要になるとは皮肉だ。

暗がりに投げた襦裙に目をやる。立ち上がると、いつものように足が痛い。でも冷たさのおかげで感覚が鈍り、新たな化膿もない。襦裙を拾い上げる。じっと見て、いじりながらしばらく考える。そして首には巻かず、広げて着た。

扉が開いたときには支度を調《ととの》え、兵士たちに正対した。むこうはたじろいだ。

両手を出す。無表情で、わずかに首をかしげて。

あばれて叫ぶより、従順な態度のほうがかえって腹立たしいらしい。不審げな顔でうしろ手に手錠をかけ、監房から引っ立てる。

長い監禁生活で体のあちこちが痛い。とりわけ足の激痛で視界に星が飛ぶ。でも表情を変えないようにした。

靴音が反響する鉄板の通路。鳴りつづける警報。赤い回転灯。騒々しいエレベータ。

ドアが開いたところは屋外だった。青白い強い光と湿った冷気が吹きつける。

まぶしくて目を細めた。あえいで身震いし、外の空気を胸いっぱいに吸う。すこしして目が慣れてきた。濃い霧が景色を隠している。いつものことだ。渾沌はいつも視覚的な阻害条件のあるときを狙って来襲する。自分たちに視覚は重要でないからだ。

兵士にうながされて格子鋼板のドッキングブリッジを渡る。九尾狐に搭乗した場所に似ているけど、こちらは位置が高い。望楼《ぼうろう》のロフトに届きそうなほどだ。

朱雀を見て、驚きで口が半開きになった。九尾狐や無頭戦士よりはるかに大きい。休眠形態のその姿は翼をたたんだ巨大なガラスの赤い鳥のようだ。火属性の表面は毛羽立っているように見える。ドッキングブリッジはその細い首のつけ根に渡されている。

これに乗って空を飛び、華夏《ホワシア》最強の霊蛹機として力をふるうところを想像した。その過程で死ぬにせよ、悪い死に方ではないかもしれない。

エレベータのドアがふたたび開く音に空想を破られた。

振り返ると、まず目にはいったのは明るいオレンジ色。裂けた襦裙の下で冷や汗が噴き出す。

オリーブグリーンの集団となった兵士たちのあとから、長身で驚くほど筋肉質の体軀があらわれた。鮮やかなオレンジ色のボディスーツは厚い胸板で張りつめている。腕は背中で頑丈な手錠をかけられ、頭には麻袋がかぶせられている。首にはめた太い首輪には鎖がつながれ、人か獣かと見まがう。

予備知識と眼前の姿が一致しない。李世民は十九歳。たった一つ上。

それでもその二つ名は鉄魔《てつま》。家族を殺し、同乗したすべての女子の精神を喰らった死神。その姿にはふさわしい。

兵士の一人が首輪から伸びる長い鎖を両手で握っている。よろめくような足音がブリッジに響く。兵士たちはまわりでぴたりと銃口をむけている。

こちらは足が震え、あとずさりしたくなった。

霊蛹機のそばまで来て、頭の麻袋が取られた。

声を漏らしそうになった。どこが恐ろしく見えたのか。犬の口輪のような黒い鉄製のマズルガードが顔の大半をおおっていることか。漆黒の瞳の鋭い目つきか。短く刈りこんだ髪か。

髪は両親からの大切な贈り物として伸ばすのが普通だ。切るのは家族と絶縁するときか、出家して僧や尼になるとき。でもじつはほかにも頭を丸める場合がある。こんなふうに中途半端に短い髪は、華夏の刑法典における最悪の犯罪、すなわち父殺しの咎人《とがにん》であることをしめす身体的刻印だ。

そういう知識はあった。でも実際にその姿を見ると、うなじの毛が逆立った。狼の巣に放りこまれた気分だ。

兵士たちに押されてこちらへ来る。

今度こそあとずさろうとした。でも背後の兵士にはばまれて退がれない。

こんなふうに引き合わされていることのばかげた意味をふいに理解した。こちらも凶悪さにおいてこの男と同等とみなされるのだ。

見つめあう鉄魔と鉄寡婦。どちらも手錠をかけられ、何挺もの銃を冠さながらに頭に突きつけられている。

いや……視線は交差していない。まわりは兵士と霧と戦闘の響き。相手の目つきは鋭いものの、視線はどこか遠くにむいている。こちらを見ていない。

眉をひそめ、顔をずらしてその視線にはいってやった。

すると鋭い目つきは横へ泳ぐ。

緊張が解けていった。あきれて、おかしくて口もとがほころぶ。どうせ死ぬのだからためらうことはないと、声をかけた。

「ちょっと。相手の目くらいまっすぐ見なさいよ。これから殺そうっていうんだから」

返事はない。

動いて目を見る。すぐにそらされる。そらした先に顔をいれる。そのくりかえし。

「やめろ！」

大きな動きになって兵士に叱られた。

二人とも朱雀にむかされる。濃い霧のむこうで霊金《れいきん》のぶつかる音が遠くこだまする。

横目で李世民の観察を続けた。戎狄《じゅうてき》の血は半分とのことだけど、そちらの特徴が濃くあらわれている。漢族にくらべてあきらかに顔の彫りが深い。ひいでた額、深くくぼんだ目。目つきの印象が鋭いのはそれが理由でもある。パイロットの冠はつけていない。

恐怖感はすっかり消え、いたずらっぽい気分になった。楽しめばいい。相手もおなじく拘束、警備されているのだ。なにもできない。眉を上げて訊いた。

「ところで……家族を殺したそうね？」

さらに遠くへ目をそらし、まばたきしている。

「因果応報だったの？」

初めて視線があった。そこには罪の意識も、怒りも、ためらいもない。息が止まりそうなほど明確な意志があるだけ。

李世民はうなずいた。

唇が震えた。どう声をかければいいかわからず、こう言うしかなかった。

「信じるわ」

相手の反応を確認するまえに、なにかの合図を受けたらしい兵士たちに進めと命じられ、押し出された。朱雀の首のつけ根にあるハッチが開く。

コクピットにはいってから、李世民のボディスーツの背中を兵士たちが開いた。見てぞっとした。変色した傷跡が背中一面に縦横についている。家畜をおとなしくさせる電撃棒でやられたのではないか。

こちらは前側へ連れていかれた。陰座《いんざ》と陽座《ようざ》にそれぞれすわらされる。手錠をはずす。長い拘束を解かれた手を李世民が振っているのを肩ごしに見て、またしてもぞっとした。長い指も傷だらけだ。

とはいえ、なにを恐れることがあるだろう。死を覚悟しているのだからどうでもいい。立ちむかう。戦う。こちらが死ねば、むこうが生きる。そしてさらに多くの女子が犠牲になる。

兵士たちが李世民の体を陽座の開いた霊鎧《れいがい》にいれた。細く鋭い接続鍼《ばり》が脊椎に刺入《しにゅう》され、小さく声を漏らす。すぐに火属性の気で目が赤く輝き、顔の経絡《けいらく》が光る。霊鎧の各部は次々に閉じた。

こちらも襦裙の背中を兵士に開かれ、霊金の冷たさに身を震わせながら陰座の霊鎧におさまった。背骨ぞいに針先の感触がある。霊鎧が閉じ、李世民の腕がうしろからまわされる。けっして小柄ではないつもりだけど、今回はさすがに小柄な気分になった。背後の体温を霊鎧ごしに感じる。蒸し暑い真夏のような熱。

ふりむこうとすると、そのマズルガードの温かい金属フレームがこめかみにあたった。おかげで思いついた。

「どんな決まりごとも平然と破る性格らしいのに、これだけは黙ってつけさせてるのね」コクピットから出ていく兵士たちの靴音を聞きながらささやく。「それってばかげてると思わない？」

返事はない。

いや……そうか。マズルガードのせいで話せないのか。

「ねえ、今度はいつもとちがうやり方でやってみましょうよ。あたしに操縦させて。おたがいを解放するにはそれしかない」

ハッチが閉められ、コクピットは真っ暗になる。

「操縦させて、李世民。操縦を——」

鍼が脊椎にはいった。

11 刀山火《とうざんか》海《かい》

熱気のなかを落ちる。火の海に立つ剣の山。その剣のあいだを落ちている。

かたわらを刃が通りすぎ、背中を灼熱であぶられる。落下を止めるためにどこかにつかまりたい。でも鋭い刃しかつかまるところがない。手のひらが切れて激痛を発する。剣のあいだから血の色の空へ悲鳴をあげる。

それでも苦痛に耐え、両脚も刃にからめる。火の海に落ちたら自分が消滅すると本能のレベルでわかる。二度と出られない。

ほかの女子はここでそうなった。

全身をきしませ、血飛沫を飛ばし、骨に剣をくいこませて止まった。過呼吸になりながら、わずかな支点で体をささえる。ずたずたの両手から熱い血潮が流れ出る。背中は炎の先端に焼かれている。汗が襦裙《じゅくん》を濡らし、髪を重く垂らす。高熱のせいで頭が働かない。

ほかの女子は……なぜここに来たのか。自分はなぜか。なにも思い出せない。

思い出せ。とても、とても重要なことだ。

剣のあいだからのぞくはるか遠い空。そこに鳥がいる。燃える翼で懸命に飛んでいる。泣き声は人間の悲鳴のよう。赤い空。赤い鳥。朱雀《すざく》。霊蛹機《れいようき》……。

霊蛹機ってなんだっけ？

思考が溶けている。なにもかも溶ける。火は金属を融かす。自分は金属性。五行の金。

意味があるはずだ。そのためには……。

そうだ。この領域の外では霊鎧《れいがい》をまとい、そこから力を得ている。軍の広報映像で何度も見た。高い襟。左右に広がる羽根のような肩甲《けんこう》。大きな翼。鳳凰《ほうおう》の尾羽のように長く豪華な裳《も》。

霊鎧は嫌いだ。女子が着ればかならず命を奪われる。次は自分の番。

死にたくないなら勝つしかない。

あの男子を倒せばいい。

泣き声を咆哮に変え、全身から霊鎧を生じさせた。骨から生えて肌を突き破る。内なる髄《ずい》から出た赤い結晶が外へ伸びる。もはや怪物。でもそれでいい。

怪物を倒すには怪物になるしかない。

真っ赤な翼が背中から生じてばりばりと伸びる。たためば胸をつつむ。広げてはばたくと、一撃で周囲の剣を倒した。同心円状にすべての剣が倒れ伏す。

落下しかけて気息《きそく》が乱れた。歯を食いしばってもう一度はばたく。何度も空気を打つ。熱気が渦巻くなかで異形の翼に持ち上げられる。剣がしだいに下がり、やがて領域全体が望見される。血の色の空のむこうに熱気でゆらめく島が浮かんでいる。まわりには燃える翼と叫ぶような鳴き声の鳥が舞っている。そちらへ鞭打つように翼をはばたいて飛ぶ。

鳥が襲ってきた。

こちらは急停止。でももう遅い。鳥は集まって一本の流れになり、迫ってくる。生きながら焼かれ、はばたき、もがき、叫んでいる。それを両腕で防ぐ。

まず高温の熱気に襲われ、続いてくちばしと鉤爪が嵐のように襲ってくる。こちらを切り裂き、ひっかき、押し下げる。殺せば自分が助かるとでもいうようだ。群れにかこまれて必死にはばたき、抵抗する。燃える羽根が渦巻き、息が詰まり、溶鉱炉が集まったようになる。

鳥のくちばしのなかに人間の舌があるのを見てぞっとする。暴力の記憶が頭に流れこむ。恐ろしいほどはっきりとわかる。鳥の叫びはただの鳴き声や空想ではない。

年若い女子のこもった泣き声。漏れ聞こえるドアに恐れと怒りを相半ばさせて近づく。悲鳴をあげる兄弟の体に大包丁で何度も切りつける。明るいオレンジ色のボディスーツを着たおなじ立場の男子たちのわめき声。それらの顔を傷だらけの拳で殴る。電撃のショックで叫び声をあげながら、血まみれの震える手で煉瓦を積む。兵士に連れてこられる女子の悲痛な泣き声が近づくなかで、自分もドッキングブリッジを兵士に連行される。

これほど多くの悲鳴がどうして一人のなかにこだまするのか。

これだけではない。もっともっと多い。耐えられないほどある。かぞえきれない声と記憶が鳥を通じて流れこむ。魂を切り刻む。この悲惨さからのがれられるならいっそ火の海に飛びこもうかと思わせる。

いや、なぜ自分が？　自分の記憶ではない。ありえない。これが自分なら耐えられない。

耐える必要はない。あいつを殺せば自由になれる。

怒声をあげて鳥を押しのけ、島へ飛んだ。

たどり着いて着地すると、いた。殺すべき男子。煤《すす》色の袍《ほう》を着て崖っぷちに腰かけている。こんな顔だっただろうか。赤い布きれで雑に縛った長い髪を不審に感じる。なにかがおかしい。それでも背後に忍び寄る。生き延びるのはどちらか一方。不倶戴天。

「どうすればいいかわからない」

相手は振り返りもせずに言った。その声は静かで、胸の底から響くように低い。物理的に打たれたように驚く。悲しみとやさしさの波に襲われ、気をそがれる。なぐさめてやりたくなる。

「どうって、なにを？」

そっと訊いた。自分の声でないように聞こえる。

熱気が相手の長い髪を持ち上げ、首すじがのぞく。ぞっとするほど傷だらけだ。

「なにもかも。ぜんぶがまちがっている」

「まちがってるなら、正しいように直せばいいじゃない」

「直し方がわからない」

麻痺していた気持ちに怒りが湧く。不毛な会話だ。不倶戴天なのだ。

つぶやきが続く。

「なにも直せない。俺は壊すばかりだ」

「だったら死ねばいい」

強く踏み出して、その背中を崖っぷちから突き飛ばす。煤色の袍が風をはらんで煙のように広がる。空中で振り返り、漆黒の瞳がこちらを見る。

ふいに火の海が領域全体で沸騰した。炎が天を焦がし、足もとの浮島を砕く。

はっとして目を開く。李世民《リー・シーミン》と対峙している。場所は陰陽領域。すぐに記憶が蘇る。

時間を無駄にせず、霊鎧の胸甲《きょうこう》から匕首《ひしゅ》を抜いて、喉笛に突きかかる。

相手は虚を衝かれてよろめき、もつれあって陰陽の境界で倒れる。とてつもない熱が相手から伝わってくる。精神で朱雀の存在を探りながら、刺す——

匕首の刃が根もとまで融けた。

戦意がくじけそうになった。相手をあらためて見て震撼とする。気が最大に高まり、両眼は燃え、経絡《けいらく》は溶岩が流れる火道《かどう》のように輝いている。霊鎧も内に熾火《おきび》を隠したように光る。

融けた匕首を捨て、両手を喉笛にかけて絞める。相手の両手もこちらの首に伸びる。力ずくで横倒しにされ、上下がいれかわる。火炎の眼《まなこ》と顔面の燃える経絡が真上でゆらめく。獰猛にして凶暴。

これは精神の戦いだと自分に言い聞かせる。

けっして不利ではない。現実世界で圧倒的な体格差があっても、ここでは関係ない。

頭突きでひるませ、横倒しにしてふたたび馬乗りになる。

殺されてなるものか。統計上の数字にはされない。

こちらの優位は長く続かない。でも相手の優位も続かせない。陰陽の境界線上で何度も上下をいれかえて取っ組みあう。どちらも圧倒できない。九尾狐《きゅうびこ》のときのように朱雀の制御を奪おうと試みるものの、李世民の精神が強力で掌握できない。朱雀の巨大な存在に自分の意識の一部をねじこみ、現実世界の感覚を部分的に回復して、翼の片方をはばたかせるところまではできる。でもこの陰陽領域から残りの自分を抜き出せない。意識ごと引きもどそうとする力がかかる。両視点、両現実、両方向に精神が引っぱられてぎりぎりと痛む。朱雀での制御が弱まり、気息が抜けていまにも脱力しそうだ。

朱雀の双眼からの視界は揺れて酔いそうだ。霧が白く光って、そこから金属性の渾沌《フンドゥン》が一匹あらわれた。脚に衝突されて朱雀がよろけ、視野がぐらりと傾く。こちらの感覚も暴風に巻きこまれたように旋回し、かろうじてとどまっている。動かせる片方の翼で渾沌をはじき飛ばそうと試みるものの、李世民も反対の翼でおなじことをするせいで、朱雀はちぐはぐな動きでよろめく。

自分のなかの反対者が言う。

もうやめなさい。制御をゆだねたほうがいい。

ほかの自我が反論する。

だめよ！

握った制御は譲らない。共倒れになってもかまわない。

陰陽領域でおたがいの心霊体と格闘しながら、朱雀のほうでは力をあわせてくちばしから気の光箭《こうせん》を撃とうとする。その場かぎりの共同戦線。でもいざ撃つときに狙いがさだまらない。くちばしの光箭は咆哮するように強かったり、弱く細かったりで、方向もばらばら。濃い霧のむこうで一部の渾沌が火花を散らしてはじけ飛んだのは偶然にすぎない。

『朱雀、機体を制御できていないぞ！』

二人とも絞められた喉からうなり声を漏らすだけ。たがいの怒気が衝突し、変形し、もつれあい、精神を絞扼《こうやく》する。朱雀の胸で熱と圧力が限界まで高まる。望ましくない。九尾狐が変形したときとはちがう。まるで爆発寸前の——

12　初めて見る色

鼻血の温かさで目が覚めた。深海で嵐に揺さぶられたように頭がぐらぐらする。鼻をぬぐいたい。でも腕を上げる力がない。

霞《かすみ》を通したような二本の白い光が暗闇を照らしている。なにもかも金《かな》くさい。農機具小屋で眠ってしまったのか。それとも……。

背後で大きなものが動く気配。鎖が鳴る。

重いまぶたをあわてて開く。いきなり現実が蘇る。

でもおかしい。陰座《いんざ》の肘掛けにおいた両手は霊鎧《れいがい》から解放されている。そして背後からまわされた腕は、死体のそれではない。

ジッパーを閉じる音。うしろで李世民《リー・シーミン》が立って陽座《ようざ》から出る。その膝が肩をかすめる。

生きている？　こちらも？

なぜ？

どういうこと？

戦闘は終わったのか。どちらかが死ぬはずではなかったのか。

考えると頭痛がするのでやめた。一歩ごとに鎖を引きずってコクピットのハッチへむかう重い足音。鼻血は流れつづけ、唇にたまって鉄の味がする。言葉を発しようとすると喉に抵抗感がある。

「ねえ」

ようやくつぶやいた声は、まるでほんとうに喉を絞められたようにかすれていた。

鎖を引きずるリズムの途中で足音が止まった。

沈黙。

裂けた襦裙《じゅくん》の衣ずれとともに振り返る。

指揮通信用スピーカーがあったはずの壁の二カ所に、穴があいている。そこから光とかすかな霧が流れこむなかで、オレンジ色のボディスーツが浮かび上がるように見える。心臓が数拍。相手はハッチにむいたまま動かない。聞こえた声が信じられないようすだ。

「ねえ」

もう一度声をかける。

ゆっくりと振り返る。ボディスーツで鎖が鳴る。首輪とマズルガード、大きく見開いた目。光る霞のなかで濡れてきらめいている。人生のすべてを白黒の世界で生きてきて、いま初めて色を見たかのようだ。

思わず笑う。鼻血をぬぐって言ってやる。

「驚いた？」

よろよろともどってくる。さっきより軽い足どり。こちらは笑みが消えた。むきだしのやさしさをこめた視線に射すくめられる。

こういう男子が怒り以外の感情を見せ、それを感じると、どきりとする。精神領域で殺意に燃えていた残忍な赤い目とおなじとはにわかに信じられない。もちろん無実ではない。濡れ衣ではない。誤解されてはいない。それはたしかだ。焼かれて絶叫する精神の奥底を見てきた。

でも目を離せない。

自分でもなにをしているのかわからないまま腕を上げ、座席の背もたれごしに手をさしだした。

その手が握られると、電気のような震えが相手の骨から伝わってきた。体の奥を震わせ、定着する。

指がからみあう。命のやりとりをしたときよりはるかにやさしく。

13　華夏の希望

「ふむ、興味深い展開だ」

白い司令室の大型スクリーンに映った司馬懿《スーマー・イー》謀士が腰に手をあてて言った。

視界の隅で兵士が李世民《リー・シーミン》のマズルガードを金属音とともに解錠した。顔からはがすように取ると、赤い痕が残る。漢族の男子にはあまり見られない蓬々《ほうほう》たる無精髭。犯罪者のしるしとして頬にいれられる〝囚〟の一字の刺青もある。醜いみみず腫れになっているのを見て気持ち悪くなった。刃先のなまったナイフで無理やり刻まれたにちがいない。

オレンジ色がひらめいたと思うと、その手が兵士の軍服の襟をつかんだ。

ぎょっとする。もう一人の兵士が声をあげて銃をかまえる。スクリーンの謀士からも叱責の声が飛ぶ。それでもかまわず、李世民は要求するように反対の手を出す。

三人目の兵士がその手に携帯用の酒瓶である金属製のスキットルを握らせた。最初の兵士は突き放され、もどかしげに蓋をあけたスキットルが大きく傾けられる。数カ月来の渇きを真水でうるおすようだ。

こちらは目を丸くし、心臓の鼓動を抑えながら、その喉仏と首の筋肉の動きを唖然として見る。口からあふれた酒がひと筋、首をつたって鋼鉄の太い首輪に流れる。

コクピットでの自分は生き延びた歓喜で頭がどうかしていたのだろう。そろって無事だったことは祝福にあたらない。不可能をふたたび可能にしたのも関係ない。むしろ力いたらずだった。

李世民を殺しそこねたのだ。

精神力のみが優劣を決するあの解放区でふたたび対決できるのは二週間後。それまでこの壊れた脆弱な肉体に閉じこめられ、軍の指図に唯々諾々としたがうほかない。

スクリーンのスピーカーから司馬謀士のため息が聞こえた。もともとゆがんだ口もとをさらにゆがめるので、怒っているのか笑っているのかわからない。

「あわてて飲むな、世民《シーミン》」

ようやくスキットルが下ろされた。咳きこむあいまに荒い息をし、無精髭だらけの顎をなでる。胸が大きく上下する。

鼻をつくアルコールのにおい。不快な記憶をくすぐられて顔をしかめる。片手で鼻をおおい、反対の手で裂けた襦裙《じゅくん》を押さえて横をむく。脳裏から記憶が浮かんでくる。部屋に飛び散ってきらきら光るガラス瓶の破片。ろれつのまわらない悪態をつく祖父。祖母の顔を平手打ちする音。父は家の外に腰かけてのんびり煙管《キセル》を吸う。年長の家族のやることに手出しできない。後始末は女たちがやらされ、姉も母もあたしも手は傷だらけ。

李世民が横目でこちらを見て、ぎょっとしたように二度見した。傷口をなめられたように身をこわばらせ、横にむいてスキットルを隠す。理解できないほどあたふたしている。

ほかにも空恐ろしいものを見るような視線に気づいた。兵士たちだ。おなじように青ざめ、緊張している。

二人の兵法家もそうだ。みんな見ている。警戒されている。激しやすい危険動物をかろうじて部屋の隅に追いこんでいるかのように。

意識して両腕を下げ、拳を開き、眉間をゆるめた。いつのまにか険相《けんそう》になっていたようだ。自分自身に意識をもどす。凍りそうなほど冷えきった肌。その内側の痛む筋肉と骨。足から発する痛みはこれが夢や幻覚ではない証拠だ。地下の監房で長く鬱々としていたせいで、可能と不可能、普通と異常のさかいがわからなくなっている。

いや。皇子級パイロットを精神力で殺したのは普通ではない。伝説の秦政《チン・ジョン》以来最大の霊圧を持つ李世民と出撃して生き残ったのは、普通ではない。

つまり、こんな目で見られるのは当然なのだ。

そう思うと……。

笑えてくる。

こめかみや首の筋肉がひくつき、かろうじて笑いをこらえる。勝手に恐怖心をいだいて実体より恐ろしげな姿に見えているのだろう。霊蛹機《れいようき》から降りてしまえば無力な存在で、なんら恐れる必要はないのに、そのおかしな表情はなにか。

これはむしろ武器になる。

利用しよう。そのように演じてやろう。

スクリーンの司馬謀士に流し目を送り、なるべくしてなったという態度で挑発した。

「それで、なにが起きたんですか？　あたしがまだ生きているのはなぜ？」

謀士は隣の諸葛亮《ジューゴー・リアン》軍師を意味ありげに見た。軍師はこわばった手で羽扇《うせん》をあおぐ。

「李《リー》パイロット、戦闘中になにか変わった経験をしましたか？」

驚いた。〝李パイロット〟と呼び捨てだ。軍のなかでもう大げさな尊称は使わないのか。

李世民は咳払いをして、こちらとスクリーンの兵法家たちを交互に見た。

「こいつの精神は……騒々しかった」

ひさしぶりに声を出したらしいかすれ声。精神領域ですでに聞いた声だけど、現実では初めて聞く。一音一音が胸の奥から響くようで、ふたたびはえてきた腕のうぶ毛が逆立つ。

陰陽領域で格闘したいきさつが説明される。そのときの意識ははっきりしていたらしい。殺そうとしていたのだから当然だ。

もちろんこちらも殺すつもりだった。そのつもりでなかったらどうなったかわからない。

報告するあいだ、匕首《ひしゅ》のように鋭く細めた目がこちらから離れない。最後にこう言った。

「いったいこいつはだれなんだ？」

司馬謀士が答えた。

「聞いていないのか？　武則天《ウー・ゾーティエン》。楊《ヤン》皇子大佐を殺した女子だ」

李世民の細めた目が驚きで開かれた。

「楊広《ヤン・グアン》が死んだ？」

司馬謀士はいぶかしげな顔。

「長城のおまえの担当区間で盛大な葬儀をやっただろう。知らないということは、またしても安禄山《アン・ルーシャン》謀士に監禁されていたのか」

楊広の葬儀があったと聞いてこちらも驚いた。おなじく初耳だ。詳しく知りたい。大衆の反応はどうだったのか。とりわけ自分への反応はどうか。

「葬儀があったんですか？」嘲笑的に訊いてやる。「女子のように殺されたと参列者は知らされて？」

また警戒の視線が集まった。司馬謀士は腕を強く振って声を荒らげる。

「いったいどういうつもりだ？　自分がなにをしたかわかっているのか？　一人の人間を殺した。命を奪った。人の息子を死なせたんだぞ！」

嘲笑がこわばった。良心の呵責を覚えたのではない。急激に湧いた怒りを抑えるのに必死になったからだ。目を見開いて答える。

「ええ、殺しました」

司馬謀士は顔を真っ赤にする。

「おまえは……」

人の娘がどれだけ霊蛹機で殺されたかと反論してやってもいい。でも自己弁護めいたことを言いたくなかった。謀士の批判は死んだ者への同情ではなく、生きているあたしへの恐怖から出ている。楊広が死んだ直後のやりとりではこれほど辛辣ではなかった。なのにいまは心理攻撃をしてくる。倫理で枷《かせ》をかけ、怖くない存在にしようとしている。残念ながら、こちらは怖がられるとおりの冷血で性根の腐った女だ。それでいい。

せいぜい怖がってもらいたい。

謀士は批判を続けたいようすだったけれども、さえぎるように諸葛軍師が羽扇を振った。

「まあ、脱線はほどほどに」

憤然とする謀士に代わって、諸葛軍師がこちらと李世民への質問を続けた。詳しい情報を聞き出そうとする問いにしぶしぶ答えた。

戦闘の最終局面はどちらも記憶していなかった。〝奇妙な変形をした〟といわれても釈然としない。そこで記録映像を見せられた。

大型スクリーンの隅に画面が開いて映像が流れた。霧でかすみ気味の朱雀の姿。首をのけぞらせ、くちばしにピンクの気をためる。あたしの金属性の白と李世民の火属性の赤がまざってその色になるのだろう。それを光箭《こうせん》にして渾沌《フンドゥン》に吐く。渾沌は体の半分を消し飛ばされて霧のなかに倒れる。朱雀は次の敵にむかうかと思いきや、足がもつれ、翼を左右ばらばらに動かす。首を乱暴に振ったと思うと、黒い点が二個飛んで離れた。

「ちなみにいまのはスピーカーだ。技術者が苦労して取り付けたものだ」

司馬謀士が映像をしめして言った。

謝るつもりはないと態度表明するまえに、朱雀の毛羽立った表面が裂けて白光《はっこう》を発しはじめた。そこから霊金《れいきん》が噴き出し、あふれ出る。上位形態への変形なら人型に近くなるはずなのに、そうならないどころか、明確な形状すら失っていく。まるで赤い腫れ物。金属性の白い膿《うみ》をたれ流す。土属性の黄色もまじる。安定した新形態にならず、病的で不定型なまま。むしろ渾沌そっくりだ。翼は崩れて吸収され、脚は太く短くなった。

醜怪さに口を押さえる。

このとき意識がなかったのはまちがいない。

諸葛軍師が細い長髯《ちょうぜん》を羽扇でなでながら説明した。

「ここでは変形力を持つ二種類の気がはっきりと作用しています。とはいえ、正常な第三段階への変形とは呼びがたい」

司馬謀士はあきれたように目をぐるりとまわす。

「ええ、どこも英雄には見えない。しいていえば……奸雄《かんゆう》形態ですな」

諸葛軍師は続ける。

「霊蛹機に接続した男子パイロットは理性を失う危険がつねにあります。女子パイロットが同乗するのはその無意識をなだめ、正気を維持するためでもある。しかしあなたたち二人は――どちらも理性的思考力を失ってしまった」

「いったいぜんたいどういうわけだ！」

司馬謀士はこちらをにらむ。

映像は朱雀がカメラドローンに突っこんだところで終わった。その双眼は片方が赤、片方が白。

油のきれた機械のように顔を上げる。

「つまりどういうことですか？　あたしたちは匹偶《ひつぐう》なんですか？」

諸葛軍師は言下に否定した。

「ちがいます。それは断言できる。朱雀から受信したデータではあなたたちの心拍は同期していない」

「じゃあどうやって同時に朱雀を変形させたんですか？」

こちらが問うと、羽扇を忙しく使う諸葛軍師のかわりに司馬謀士が言った。

「そこが最大の問題ですな」

諸葛軍師は説明した。

「いまの仮説としては、あなたたちの霊魂はきわめてまれな超適応性があると思われます。相手の霊圧がどれだけ高くても互角に応じられる。かわりにどちらも優勢をとれない。そのため、同等の強度で矛盾した信号を受けて霊蛹機は形状崩壊した」

「同等って……。じゃあ、あたしの霊圧は一万もあると？」

愕然とした。誇張表現ではなく現実の数字としてあるのだとあらためて驚く。

「一万と八千だ」司馬謀士はむしろ非難がましく言った。「おまえたち二人から計測された瞬間最大値だ」

背すじが寒くなり、肩が震えた。兵士たちは信じられないと言いたげに目を見かわしている。李世民さえ顔を上げた。

ぽかんと口をあけて息を荒くする。その数字を理解しようとつとめる。意味不明に近い。平均値が八十四なのに、一万と八千だと。

「どういうこと？」

茫然と首を振る。すると諸葛軍師は明るい顔になった。

「匹偶でないとはいえ、たぐいまれなペアであるのはたしかです。あなたたちが安定的な絆を築けば戦況を大きく変えることもできる。周州を奪還する力さえある。崑崙《こんろん》山脈の複製巣を守る皇帝級渾沌は金属性です。火は金に克《か》つ。ゆえに朱雀が正しい英雄形態をとれば、その討伐をめざすうえで華夏《ホワシア》最大の希望となる。あなたたちの協力による相乗効果にまだ改善の余地が大きいのもよいことです。次回の出撃では、できればおたがいに敵意をむけないようにしてほしいですね」

嘲笑と怒りがまじった吐息が漏れた。あたしと李世民を——暗殺者と殺人犯を——華夏最大の希望と呼ぶのか。敵意をむけあうなというのか。

ふたたび挑発的に言った。

「努力するだけの報いはあるのでしょうね？　前科がなくてこれだけの霊圧がある男子に

あたえられる待遇くらいは最低でも」

司馬謀士が不快げに鼻を鳴らした。

「おまえは要求できる立場ではない。生かしておいてもらえるだけでも先祖に感謝しろ」

そう言う謀士をしばらくじっと見た。

そばの兵士につかつかと歩みよる。

「動くな！」

兵士が銃を上げる。でも止まらない。まばたきもしない。全身にアドレナリンが出て、渾沌来襲警報が鳴り響くように神経が高ぶる。ほかの兵士たちが動きだし、銃を握る兵士の指が引き金にかかる。

それでもかまわず銃口に額を押しあてる。

耳の奥で血潮が雷鳴のように響き、さまざまな大声がいりみだれる。司馬謀士は悪態を並べ、諸葛軍師は叫ぶ。

「撃つな！」

「撃ちなさいよ」

冷たい円形の銃口を額に感じる。銃身が大きく見える。心臓が喉から飛び出しそうなほどだ。自分の声さえ聞こえない。死ぬかもしれない。兵士の指がすこし動いただけで死ぬ。

バンと鳴って終わり。

それでもこの恐怖に超然としてみせなくてはいけない。でないと恐怖にのまれ、窒息し、奴隷になってしまう。

そんなふうに生きても意味がない。

だから兵士の指が引き金からはずれるのを見て失望した。冷たい円形の感触が額から離されそうになると、かっとなって銃身を両手でつかみ、引きもどした。この冷えた鈍い鉄塊こそ、嵐のように荒れる思考と感情のなかで唯一の不動点だ。銃口が揺れて見える。穴の奥の闇に吸いこまれて消えそうになる。

「怖くなんかないわよ」内心は千々《ちぢ》に乱れながら、うわべは驚くほど冷静な声。「生きてたってしょうがないんだから。撃ちなさいよ。かまわないから撃って！」

よってたかって引き離され、抵抗もむなしくうしろ手に手錠をかけられた。それでも肝が据わっているところを見せられた。あっけにとられた李世民の顔にほくそ笑む。強い男子をおびえさせるのは気分がいい。

「要求するなら、応分の報酬を約束すべきでしょう！」

ふり乱した髪を頬や喉にからませて兵法家たちをののしる。

諸葛軍師が慎重な口ぶりになって答えた。

「武妃……。あなたから搾取するつもりはありません。状況はあなたが考えるより剣呑《けんのん》なのです。じつは兵法家のあいだでもあなたのあつかいは意見が割れている」

司馬謀士は憤然としている。

「そうだ。われわれはむしろ助命を求める一派なのだ。なのに勝手をほざきおって！」

「どういうことですか」

問いに諸葛軍師はため息をついた。

「率直にいうと、あなたの正体についてある種の流言《りゅうげん》があるのですよ。なんというか、妖《よう》狐《こ》だと主張するものが。本物の九尾狐《きゅうびこ》の精が美女の体に取り憑いて、男子を次々と食っていると」

なにそれ。

笑い出しそうになった。でも兵法家たちの真剣な顔つきに笑いは引っこんだ。妖怪はお話の存在で、九尾狐は普通の動物だとわかっている教養人でも、そんな流言を一笑に付せないらしい。

「へえ。いったいどこからそんな噂が？」

司馬謀士は不愉快そうにこちらを見た。

「九尾狐から出たときの自分の行動を憶えておらんのか？」

楊広の死体を足もとに投げ捨てて高笑いしたことを思い出す。

「あら、賢哲《けんてつ》会議はあの映像を削除しなかったんですか？」

「したとも。しかし生配信で多くの目にふれてしまった。いやはや、あんな未明によくそれだけ視聴者がいたものだ。とにかく翌朝にはどこでも噂でもちきりになっていた。削除しようとしたことが火に油をそそいだ。まったく、男子が死亡したとわかったときに衝動的にやることがあれか？」

肩をすくめる。

「さあ、あのときは無我夢中で。たまたまです」

司馬謀士はこちらの両腕を引きちぎりたいような形相だ。

「もう幼くはない女子よ、よく聞け。おまえの存在のせいで軍の信用性があやうくなっている。おまえは頭がすこしおかしい。だれが見てもそう思う。いまも生きていられるのは、諸葛軍師とわたしが大局的におまえの潜在能力を惜しんだからだ。しかしいまは後悔しかけている。待遇を求めるまえに、まず世民と協力できることを証明してみせろ！」

罵倒する口調ながら、正規パイロットとしての待遇を得るのは不可能ではないとうかがわせる発言がふくまれていた。それだけでも前進だ。

「具体的には？」顔をしかめる。「次の戦闘までになにをしろと？」

これは諸葛軍師が説明した。

「訓練計画についてはまだ隋唐辺境軍の兵法家と交渉中です。まずはそのまえに――」視線が李世民にむく。「李パイロット、あなたはルームメイトと同居してもらいます」

こちらは腹の底が冷たくなった。

「あたしは……あの監房にもどされるんですか？」

「ちがいます。今後はあなたがたに夫婦として生活してもらうということです。良夫は妻の過ちを叱り、賢妻は迷う夫を導く。それでこそ世の中は自然に調和します。李パイロット、武妃。たがい助けあい、高めあうことを期待しますよ」

こらえきれずに爆笑した。

諸葛軍師は困惑して眉をひそめる。

おっと。まじめな話なのか。

戦慄した。あわてて李世民を見る。こっそりスキットルから一口飲んでいる。

こいつと一つ屋根の下で暮らせというのか。殺人の既決囚で、しらふのときに服従させるにはマズルガードと首輪をつけて銃口をつきつける必要がある男子と。

このうえ酒がはいったらいったいどうなるのか。

14　男子がつく嘘

李世民《リー・シーミン》の部屋の分厚い鉄扉を兵士があけると、こもった白酒《バイジウ》のにおいがどっと流れ出て、常夜灯だけがともる薄暗い地下の廊下に思わずあとずさった。でも兵士に腕をつかまれた。べつの兵士が室内に手をいれてスイッチを倒す。金網でかこわれた天井灯がともり、部屋を照らした。

これが華夏《ホワシア》最強のパイロットの部屋なのか。コンクリートの地下シェルターと変わらない。エレベータが上ではなく下へむかった時点で楊広《ヤン・グアン》の豪華なロフトとはちがうと察していた。でもこれはむしろ家具付きの監房だ。

李世民はベッドとコンクリート壁のあいだの狭いすきまをよろよろと通って奥へはいる。血中のアルコールのせいで女子のように足もとがあやしく、片手を壁についていく。部屋のつくりが体格にあっていない。天井が低すぎて、短い髪が天井灯の金網をこすりそうだ。隅の床には、手にしているのとおなじ金属製のスキットルが一列に整然と並べられている。持っているほうはすでに兵士が四回以上も補充している。ガラス瓶を持たせないのは信用がないからにせよ、そもそも飲酒を許しているのが解せない。

まあいい。今夜わかるはずだ。

兵士に痛いほど腕を握られて室内に押しこまれた。李世民がむきなおったところに背中を小突かれ、その胸に倒れこむ。スキットルのなかで酒がはねる音。引き締まった堅い筋肉にはっとなり、頬が熱くなる。両手はボディスーツの粗い布地を握る。

兵士たちはどっと笑い、子どものようにかん高い声ではやしたてた。

耳もとまで真っ赤になりながらこらえ、李世民からあたふたと離れたりはしなかった。兵士たちはこれを見たいのだ。怪物が頬を赤らめて恥じらうようす。普通の女子と変わらないところを見てようやく納得し、安心する。

鉄扉が乱暴に閉められ、冷やかす声は下のわずかなすきまから漏れるだけになった。騒々しさが外の廊下で反響するのとおなじく、心臓も肋骨をはげしく搏つ。

息ができない。

李世民は妾女《しょうじょ》の特権を認められていなかった。つまり犠牲となる女子を前夜にもてあそんだりしていない。

この二年間に戦闘以外の場面で会う女子はあたしが初めてなのだ。

手のひらの奥に感じる筋肉はこわばり、酒でほてっている。その心臓もまた監獄から逃亡したいように強く拍動している。こちらの息も浅く速くなり、おなかに力をいれて抑えるほどだ。

抵抗は無駄だとわかっている。へたにあらがっても、男子の腕力のまえでは無力だとあきらかになるだけ。自分の尊厳を守るには、なにをされても毅然とした態度を失わないことだ。

つまるところはそれが尊厳だ。境界線と守るべき価値を自分で決める。自分にとって大切なものははっきりしていて、それはいわゆる〝純潔〟などではない。李世民の恩情を求めて日々ご機嫌をとるおびえたあわれな小動物には成り下がらない。

恐怖に震えながらも決然と顔を上げた。

漆黒の強いまなざしにぶつかって身震いしそうになる。太陽を直視したときに視野にできる黒い点のようだ。金網でおおわれた薄暗い電球を背負っているせいで、彫りの深い顔にさらに濃い陰影ができている。頰にはいった不気味な〝囚〟の刺青を見て、すぐに目をもどす。あえて平然と見つめ、いつまで警戒しているつもりかと無言で伝える。

頭上の電球がじりじりと音をたてる。相手の腕が動く。

身を固くした。

でもその手はこちらに来ない。スキットルをベッドに落としただけ。ゆっくりと横むきになってそこに腰を下ろす。首輪の鎖が膝の上で鳴る。翳が消えた表情はむしろとまどっているようだ。

そして釈明するように両手を上げる。

驚いて眉を上げた。

体内の熱で言葉の輪郭が溶けてしまったようなろれつのまわらない声で話しはじめた。

「聞いてくれ。おまえがいやがることはしない。絶対に」横目で酒のスキットルを見る。「あれも、この部屋もぜんぶ最悪だ。わかってる。こんな俺がなにを言っても信じないだろうけど、乱暴はしない。約束する」しゃっくりをして、手の甲で口を押さえた。「失礼」

庶級渾沌《フンドゥン》に体を這い上がられるような違和感。

これが心に刀山火海《とうざんかかい》を秘めた男子なのか。この目で見たし、相手もそのことを知っている。あの精神領域から生還して報告した最初の女子であり、兵法家たちに詳しく説明するのを本人は隣で聞いていた。なのに、いまさらごまかすのか。

「替えの……ボディスーツがある」

まるで銃で脅されているように話しつづける。兵士から本物の銃口を突きつけられているときは超然としていたのに。

金属製のベッドフレームの下側にある引き出しを片手であけて、派手なオレンジ色を探り、一着をさしだした。目を焼かれるようなけばけばしい色。現実のものとは思えないほどだ。

「着替えには……あのトイレを使ったらいい」ベッドの足もとにある金属製の四角い個室をしめす。「流しの下にあるものも使っていいから」

胸がとくんと動いた。

一人になれる場所。ぜひはいりたい。

ボディスーツを奪うように取ると、急いでそちらへ移動した。やはり片手を壁につきながら。

ブリキのバケツにはった水にひさしぶりに足をつけた。流しの下の戸棚にあった薬草も使わせてもらった。凍るような冷水なので気の流れには悪そうだけど、湯を使うのは夢のまた夢。それでも形容しがたい気持ちよさ。これほどの安楽はない。

あまりにもいろいろなことが起きたあとだけに、なんだか現実離れしている。かじかんだ手を膝のあいだから伸ばして纏足《てんそく》をほどく。自分で手を動かしている感覚がときどき希薄になる。バケツのなかに落ちる水滴の波紋と揺れる薬草を夢見心地で眺める。包帯は古い血と不快な黄色い滲出液で汚れている。これを乾かすあいだはぼろぼろの襦裙《じゅくん》を裂いて新たに巻くつもりだったけど、驚いたことに戸棚に未使用の包帯があった。毎月の出血を吸わせるのに使う木灰《きばい》の袋もある。

李世民は妾女を連れてくる特権を認められていないはずなのに、なぜこんなものがあるのか。もしかしたらもっと以前の住人の女子が残したものだろうか。

その女子はとっくに死んでいるだろう。

十三日前に自分もそうなるはずだった。

指が赤くすりむけるほどこすって洗った。それでも生きている実感が薄い。ほんとうにここまで生き延びたのか。じつはあの監房の暗闇に横たわったまま、ついに頭がおかしくなって妄想にひたっているのではないか。

李世民は乱暴しないと約束した。でも軍はあたしを屈服させる武器として彼を選んだはずだ。女子の役割は殺人や反抗ではなく、快楽と奉仕だと教えるために。

つじつまがあわない。

自制心があるならアルコール依存や殺人者にはならないはずだ。ではさっきの言動はなにか。なにかの策略か。

このまま渾沌が長城を破ってすべてが灰燼になるまでトイレに立てこもろうかとぼんやり考えていると、ドアが軽くノックされた。李世民のくぐもった声。

「なにか……困ったことが？」

「いいえ、大丈夫」

髪をかき上げるのをやめて、胸のまえで指をからみあわせた。李世民は言う。

「ならいい。十分後に消灯で暗くなる。真っ暗でなにも見えなくなるはずだ。それを注意しておく」

「ええ、わかった」

そろそろ切り上げて出なくてはいけないようだ。

足に新しい包帯を巻いてトイレから出ると、李世民はスキットルを両手でいじりながらベッドの端へ移動した。

狭い空間で目があう。

「おまえは……」ベッドをしめされた。視線はあわせず泳ぐ。「俺は床で寝る」

不審に思った。罠ではないか。抑揚を消して答えた。

「べつにいいのよ。まともなベッドで寝たことなんてないから、床で十分」

李世民の口が驚いたように半開きになった。表情がこわばる。

「そういうわけにはいかない」

本能的な怒りが腹の底から湧いた。

「こっちのことを勝手に決めないでよ」

「俺自身がどうするかを決めてるんだ」

その背がかがんで床に放置されたスキットルをベッド下の引き出しにすべて放りこみ、壁にもたれてコンクリートの床に沈んだ。狭すぎて体がおさまらず、肩はベッドフレームと壁にそれぞれあたっている。

頬の内側を嚙んだ。ベッドにもどってと言いたかった。でもそう主張するための理屈がない。〝ばかなことはやめて、あなたの部屋なんだから〟と言ってしまうと、それは正しくない。すでに自分の部屋でもあるのだ。居心地悪く感じる理由もない。

「いいわ。勝手にして」

ベッドに這い上がった。礼は言わない。借りができたと認めたくない。頼んでもいないことを負い目として押しつけるのが目的なら、そうはいかないとすぐに教えてやる。

借り物のボディスーツは大きすぎて、富翁《フーウォン》が着る袍のようになってしまった。もちろん本物の富翁はこんなふうに死の待ち行列に並ばされたりしない。それでも豪華な仕立ての袍をはおる易之《イージー》の気分は味わえた……。

彼のことを思って胸が痛んだ。ベッドにおいた手の指を蜘蛛の脚のように曲げる。今日の戦闘を見ただろうか。朱雀に搭乗させられたと知っているだろうか。大衆の反応を知りたくて兵法家たちにあれこれ質問したのは言を左右にされてしまった。

ベッドで脚を組んですわっていると、李世民がスキットルをじっと見ているのに気づいた。目が上下に動き、金属の表面を指でなぞっている。

眉をひそめた。

「なにしてるの？」

「読んで……るんだ」

答える途中で顔が引きつった。意味不明だと自分でも思ったのだろう。

「読んでる……？」

スキットルに顔を近づけてみたけど、文字などどこにもない。

「昔……持ってたんだ。いわゆる四大奇書の『水渾伝』『望楼夢』『三州志演義』『西砦記』を。何度も読んだからぜんぶ頭にはいってる。集中すると浮かんできて、それをまた読める」

なるほど。李世民はほんとうに頭がおかしいらしい。

ずいぶんな大言壮語なので、まばたきして訊いてみた。

「四冊ぜんぶまるごと？」

漢文を構成する数千種類の漢字は、それぞれが複雑で特殊な絵文字のようなものだ。平易なメッセージ程度ならともかく、本格的な漢文を読み書きするには易之のように正式な教育を受けている必要がある。

李世民は疲れた目で遠くを見た。

「そうだ。俺は学校へ行った。戎狄《じゅうてき》の血が父方でなく母方の場合は就学を許されるんだ」

「お母さんは突厥《とっけつ》？　鮮卑《せんぴ》？　羌《きょう》？」

目を細めて容貌を観察しても、どの民族の特徴なのかよくわからない。

憂鬱そうな目つきがすこしゆるんだ。

「異民族に詳しいのか？」

肩をすくめる。

「辺境の農村生まれだから。村内にはいろんな戎狄が住んでた。ほかの民族と混同されると怒るのよ。たいていは名前や服装ですぐわかるんだけど……」

李世民はやや鼻息を荒くし、顔を上げた。態度全体が明るくなる。

「俺は鮮卑だ。といっても民族の習慣はよく知らないし、言葉もすこししか話せない。幼いときに母は亡くなったから」傷跡だらけの筋肉質の腕を見る。「もっといろんなことを教えてほしかったと思う」

頭が混乱した。〝鉄魔の李世民〟という強くて悪辣なイメージと、いまベッドと壁の狭いすきまでぎこちなく寝て、亡母の話をする男子の姿がどうしてもかみあわない。

いちばん強いパイロットはいちばん意外な生い立ちを持つと言われる。次の強大な霊圧の持ち主はどこからあらわれるかわからない。伝説の秦政《チン・ジョン》も遊女の腹から生まれて遊郭で育ち、父親は不明だ。

それにしても幼い李世民の姿は想像しにくい。母を亡くしたときに泣いただろうか。父や兄弟は、いずれその手にかけられると知らずに慰めただろうか。家族として毎日の生活をともにしながら、やがて蛮行に走る兆候に気づかなかったのか。

いや、そもそもそんな鬼畜の道へ踏み出させるようなどんなことを父や兄弟はしたのか。訊いてみたかったけど、喉に小骨が刺さったように言い出せなかった。

まあいい。こっちは関係ない。だから質問を変えた。

「ところで、本はどうなったの？」

もしまだあるなら借りて暇つぶしをできるかもしれない。本を読むのは苦手だけど。

李世民は申しわけなさそうな顔になった。

「じつは……そのページで小さなナイフをつくって兵士を二人刺した」

あっけにとられた。長い沈黙のあとに訊く。

「なぜそんなことを？」

「戦闘に出されるのがいやだった」

スキットルを耳もとで振る。その目は濁って鈍く、遠くを見ている。引き出しを小さくあけて新しいスキットルを出し、開栓すると何度か大きくあおった。

「出撃がいやなの？」

スキットルに口をつけたまましばし動きを止める。

「人殺しだから、女子を平気で犠牲にすると思うか？」

辛辣な気持ちが波のように湧いてくる。

「さあね。ほかのパイロットは平気みたいだけど」

「それはちがう。断じてちがう」ろれつがあやしいうえに声を震わせた。「だれも楽しんではいない。死んでいくところを感じるんだぞ。その恐怖を、記憶を、夢を」

「だれも気にしてないじゃない」

「気にしてはいけないと信じこまされてるんだ。大きなちがいだ」

目があった。出撃前はそらしたくせに。

胃が苦しくなり、喉に苦いものがこみあげる。

男子パイロットの口から罪悪感を認める言葉を聞いたのは初めてだ。なのに気持ちはおさまるどころか、むしろ腹が立ってきた。まったくべつの方向の怒りだ。理屈があわない。ほかの男子がみんな平然としているなかで、よりによって李世民が女子を思いやるなんて。

「ええと……本はまた頼んであげてもいい――」

急に話題が変わった。荒れ狂うこちらの感情を察したのか。

「――騒動からしばらくたったから、またもらえるだろう。字の読み方は教える。おまえが希望するなら」

むっとして赤くなった。

「やめて。字くらい読めるわよ！」

さっきのこちらの顔を引き写したようにあっけにとられている。

「でもさっきは辺境の農村の生まれだって……」

「そうだけど、都会出身の男子の知りあいがいて教えてもらったの」

困惑して眉をひそめているのを見て、ほくそ笑む。

「その男子はいまどこに？」

笑みはしおれて消えた。肩をすくめる。

「長安よ、たぶん」

「入隊に反対されなかったのか？」

声が震えないように首に力をこめた。

「されたわよ。でも関係ない。自分で選んだことだから」

「そうか。そいつに同情するよ」

自分を正当化したい衝動をこらえた。言い訳は必要ない。ないはずだ。自分で選び、目的を達した。なによりそのことが重要だ。

答えるまえに、電灯が消えた。

暗闇と沈黙につつまれる。天井灯だけではなく、機械も壁のなかの配線もすべて電力を絶たれたようだ。真っ暗闇に漠然とした恐怖が湧く。でも抑えこんだ。恐れてもしかたない。最悪のシナリオでも、このパートナー関係がうまくいかないと早々に判明するだけだ。そのときは彼を殺して自分も死ぬ。大変だ。

「じゃあ、おやすみなさい」

シーツをぽすんと鳴らしてマットレスをきしませ、横になって目を閉じた。

鎖が鳴って、むこうも横になったのがわかった。

唇のあいだから震える息を吐く。真っ暗闇のなかで心臓が大きく鳴って、聞こえてしまいそうだ。

むこうから聞こえるのは寝息だけ。吸って吐いて、吸って吐いて。酔っているせいで息が荒い。熱い肺から出入りする吐息を感じられそうだし、熱まで伝わってくる気がする。白酒のきついにおいと、鎖からただよう鉄のにおいがだんだん近づいてくる。もう頰にふれそう……。

「来ないで！」

さっと壁ぎわに逃げた。

「どうした……？」

鎖の音からすると飛び起きたようだ。こちらは驚く。声の出どころはベッドのむこう。動いていない。

なんて恥ずかしい。

頭がおかしいのはこっちだった。

「どうかしたのか？」

さらに問われる。

肌の下に冷たい苦々しさがはいりこむ。氷の結晶が溶けて酸をつくる。頭がくらくらして視界に黒い点が浮かぶ。

「ねえ……どういうつもりなの!?」

相手は引いた声になる。

「なんのことだ？」

　マットレスを叩いた。

「演技はやめて！　ほんとうは心やさしいのに、誤解されている男子だなんて、信じると思う？　嘘だとすぐわかるわ！」

「ど……どうして急に怒りだすんだ？」

　うなるように低く言った。

「あなたが演技してるからよ。それがいやなの。ほしいものを策略で手にいれようとする態度が不快。あなたは男子で、だから――」

　言葉に詰まる。でも暗闇のおかげで赤くなった顔を見られずにすむ。

「――欲求が……あるのはわかってる。みさかいをなくされると困る。だから、いくつか条件を守ってくれれば、がまんしてあげてもいい。了解をとってくれること、策略を使わないこと、それから……」

「待て、待てったら！」あわててさえぎる。それから声を落とし、闇のなかの低いつぶやきになった。「どうやらおまえは……男子の欲求についてまちがった話を聞かされてるみたいだ。俺たちは動物じゃない。もちろん欲望は強いけど、抑制がきかないわけじゃない。

みさかいをなくしたりしない」

　ガラスの破片のように苦い笑いが出た。

「いまこの瞬間にもたくさんの女子がレイプされてるのに、よく言えるわね」

「あれは自制を失ってるわけじゃないんだ。ああいうことをするやつらは、自分がなにをしているかわかったうえでやってる。だれかの人生を踏みにじることで優越感にひたろうと、どこかの時点で意識的に決断してる。かならず」

「それは経験談？」

「そうだ。俺が兄弟を殺した理由だ」

　首から下が冷えきった気がした。李世民は話す。

「家族といっしょに暮らしていたころ、おなじビルに住んでいる女子がいた――」

　不明瞭な声で語りはじめた。こちらは話題の急転換に驚いてまだ息がうまくできない。

「――その子は俺を怖がらず、むしろ人並みに接してくれた。ある日、兄の友人の一部がその子を恐喝しているのがわかって、殴ってやったんだ。それからまもなく、家に帰ったら、兄弟といっしょの部屋から騒ぐ音が聞こえてきた。はいったら、見たんだ。その子と、そして……」

　あとは続かず、そのほうがよかった。それ以上聞いたら、やめてと叫んでいたはずだ。

しばし間をおいて、不明瞭なかすれ声が続いた。

「兄は意味ありげにこっちを見た。笑ってたんだ、うっすらと。ほんとうに微妙に。でもそれで、計画的にやったんだとわかった。地区の兵士に通報してもよかったけど、俺がやったと兄が主張すれば、そっちが信用される。なぜなら……外見さ。腹ちがいの兄弟で、兄の母は漢族だった。地区の兵士はいつも俺より兄を信用した。そこまで計算にいれてたんだ」ほとんど聞き取れないうなり声になった。「だから通報しなかった」

　ベッドに横になって聞きながら、はげしい心臓の鼓動を抑えこもうと体を丸めていた。真っ暗闇を見つめて黙りこくる。反応しようがなかった。

　闇の奥で李世民の語りが続く。

「俺があとで命を奪いにくるとは思ってなかったと思う。弟の元吉《ユエンジー》もだ。あいつまで加担してたことがいまだに腹立たしい。善悪の区別がつく年だったのに。そして父は……俺がまだいるうちに帰ってきて、現場を見た。そして大包丁を振りかざして襲ってきた。あれは……正当防衛だった」

　凍りついたような唇と舌でなんとか訊いた。

「その女子は？　その後どうなったの？」

「ああ、不名誉な存在として家族の手で川に沈められたと聞いた」

ぎゅっと目を閉じた。そうしていれば、こんな世界でまだ息をしていることを知らずにすむ気がした。睫毛を熱いものが押し上げて濡らす。

暗闇の声は痛々しく自嘲めいたものに変わった。

「そんなわけで、俺はレイプなんか絶対にしない。卑怯者のなかの卑怯者がやることだ。俺はそうじゃない」

自分のなかの暗闇に螺旋を描いてどんどん落ちているところから、はっとして脱出した。最後の結論で気づいた。この話の裏の目的だ。自分はほかの男子とちがって高潔だと思わせようとしている。あやうく信じそうになった。楊広と話したときもそうだった。情にほだされて本懐を遂げそこねるところだった。

安易に信用してはいけない。

真実だという証拠がどこにあるのか。

確実な事実はべつにある。李世民は二十回以上出撃している。つまり二十人以上の女子を犠牲にしている。

ようやく目が覚めた。罪悪感を表明されてどうしてこんなにゆらいだのか。男子は女子を思いやる能力が先天的に欠けているという思いこみがこれまであった。それがまちがいだとわかった。男子はちゃんと理解している。李世民の言葉を借りれば、自分がなにをしているかわかったうえでやっている。それは本人にもあてはまる。善悪の区別がつくにもかかわらず、コクピットにはいっている。毎回！

　感情を欠いた声で沈黙を破った。

「ちがうわ。あなたも卑怯者よ」

　喉でぐっと声が漏れるのが聞こえた。

「なんだと？」

「出撃するときはいつも銃を突きつけられて霊蛹機《れいようき》に乗せられるのよね？」

「なんの話を……」

「そこが最大の疑問よ。撃たれちゃえばいいじゃない」

「なんだって？」

「ほかの男子よりましだと主張したわよね。でもそれを行動でしめした？　一人でも命を救った？」言いながら胸がつかえそうになる。目尻から涙がこぼれる。「いっしょに乗った女子たちはみんな生きる権利があった。あなたはどう？　なにを残した？　彼女たちの命と引き換えにしてまで生きるのにふさわしい命なの？」

　叫ぶような声が地下室に反響した。急激な動きでボディスーツがこすれる音がした。鎖が鳴る。

恐怖と後悔に襲われた。言いすぎた。殴られる。当然だ。

身がまえて拳を待ちながら、全身のアドレナリンとは逆にほっとしていた。こんな相手と組まされて最初からうまくいくわけがなかった。これですぐ終わりにできる。彼が眠ったら、なにか燃やせるものを探して……。

「おまえって、媚娘《メイニァン》（美少女）だな」

泣くのをこらえているように揺れる声だったので、はっとした。それとも、酔っているせいでそんな声になったのか。

いずれにしても予期した拳は飛んでこないまま相手は床にへたりこみ、それっきり無言になった。

15　女子にとっての頂点

伝説によれば、秦政《チン・ジョン》皇帝将軍はきわめて高い霊圧と卓越した気の操作によって、戦場で倒した渾沌《フンドゥン》の霊金《れいきん》をその場で霊蛹機《れいようき》に吸収できたとされる。そうやって黄龍《こうりゅう》をどこまでも延長できた。

長城はそんな黄龍から着想されたという説がある。だから子どものころは長城を龍として見ていた。山々を越えて身を横たえ、村々をかこんで守ってくれる存在。

実際にそこへ来て、シャトル列車で頻繁に移動するようになると、長城はむしろ各地の望楼と軍の基地をつなぐ交通網だと理解した。中間部分は荒涼たる辺境山岳地帯の山腹に鉄道を通すための構造物にすぎない。鉄骨とコンクリートの偉容は軍の広報映像で映える。谷や渓谷を埋めることで庶《しょ》級渾沌が華夏《ホワシア》に侵入するのも防ぐ。

列車は線路を鳴らしながら虎籠《ころう》訓練所へむかっている。気の涸渇《こかつ》したパイロットが休養期間を生産的にすごすための施設だ。

線路は唐山脈にそって急カーブをくりかえす。車両の一方の窓のむこうには岩だらけの風景が流れ、反対の窓からははるかに見下ろす渾沌荒野は灰色の雲ごしの鈍い光を浴びている。

冷えきった列車の車内ではひっきりなしに体を揺さぶられる。こういう高速の乗り物にまだ慣れず、胃がひっくり返りそうになる。機械油と化学洗剤のにおいが肺まで侵入して、息をするたびに意識する。

席は李世民《リー・シーミン》とむかいあわせ。まるであの陰陽領域にいるようだ。黒ずくめの膝と白ずくめの膝が接しそうに近い。パイロットの正装軍服は女子用が黒地に白のアクセント、男子用が白地に黒のアクセントだ。霊鎧《れいがい》の下で都合がいい体にぴったりした伝導スーツに、体の線を隠す袖なしの上衣をはおって幅広のベルトで締めている。

李世民はこれまで正装軍服の着用を許されなかった。女子がこれを着るのは事実上、匹《ひっ》偶《ぐう》と認められた場合のみ。でも軍はその慣例を破らざるをえなくなった。司馬懿《スーマー・イー》謀士は三国州から夜行で来て、午前五時に地下室にずかずかはいってくると、二つのことを伝達した。一つめは軍の中央司令委員会によって謀士が正式な指導教官に任じられたこと。二つめはあたしたちがペアとしてただちにメディアデビューすることだ。

朱雀《すざく》の奇怪な変形のせいで、いま巷間《こうかん》ではおかしな噂や憶測がはびこっている。そこであたしが普通の人間の女子であり、悪霊などでないことを証明するために、メディアむけの撮影会をおこなう。異常に霊圧が高いだけで、超自然的な存在ではないことをじかに理解してもらうわけだ。

本物の殺人犯である李世民をさしおいて好奇の視線が集まるとはまったく皮肉だ。

司馬謀士に連れられて李世民の地下室からもよりの望楼へ移動し、それぞれ侍女たちの手でメディア対応の準備をされた。妾女《しょうじょ》の身じたくをあらためてやるようなものだ。何時間もかけて念いりに肌を磨き、監禁生活と気の枯渇によるやつれをクリームと白粉《おしろい》で隠し、それでいて化粧っ気をひかえたナチュラルメイクに仕上げる。髪は年少の女子らしく半分を双髻《そうけい》に結って左右に輪をつくり、残りはうしろで高く結い上げる。玉《ぎょく》も歩揺《ほよう》もつけない。あくまで〝普通の女子〟らしく見せる。自分でもいきなり美人の有力者の仲間いりをしたような気分だ。

黒地に白い模様の自分の軍服を見て、なんだか現実感がなかった。匹偶専用の召《め》し物と思って軍の広報映像で見ていた。すなわち女子にとっての頂点。人生の目標と教えられ、あらゆる幼い女子が憧れる姿。消耗品として死ぬのではなく、男子パイロットと名誉をわかちあうことを許される。それどころか、いまのあたしは華夏最強の女子パイロットであり、おなじく最強の男子パイロットとペアを組んでいる。

そんな表面的な栄光の裏で、失った誇りを思わずにいられない。

これは真の強さではない。ほんとうに強かったのは、自分のルールにしたがって九尾狐《きゅうびこ》の機上に立ち、楊広《ヤン・グアン》の死体を足もとに放り出したときだ。自分の基準で勝利を宣言した。自分以外に頼らなくてよかった。

影絵人形のように軍にあやつられはじめたら、もうあの勝利感はないだろう。

それどころか誤った希望の偶像に祭りあげられる。女子を次々と妾女に勧誘するのに利用される。てなずけられ、美化されたあたしの姿を多くの家族が娘たちに見せ、安心させてから軍に売り飛ばす。

反吐《へど》が出る。結った髪をかきむしって軍服を体から剝ぎ取りたい。

でも朱雀にふたたび乗れる機会を失いたくない。誤った希望の光にされたくない一方で、新たな女子が人知れず死体になって消えることを防ぎたい。霊蛹機に乗ってこそ力をふるい、状況にあらがえる。

列車がまたきしみながら急カーブにはいり、体が窓のほうに大きく傾いた。

そこへ李世民の手がさっと伸びた。

眉を上げてその手を見て、本人を見る。

むこうはまばたきして、スキットルを傾ける動作にもどった。

背後の座席から司馬謀士が辛辣に言った。

「飲みすぎるな。千鳥足でカメラのまえに立たせるわけにはいかんぞ」

せっかくなら温厚な諸葛《ジューゴー》軍師が指導教官になってほしかった。でも司馬謀士は、重警備刑務所で死を待つばかりだった李世民を拾い上げ、最初の教官として指導したらしい。なぜそのとき禁酒させなかったのかは謎だ。

李世民は低くうなって返事をし、スキットルを胸にかかえて窓に顔をむけた。結露の滴が窓ガラスの下端まで流れ、揺れのなかで落ちずに耐えている。

その横顔と頬にある〝囚〟の刺青を見て歯がみした。昨夜非難がましいことを言ったものの、結局殴られなかった。その場で反撃されないと遺恨になったようでかえってあと味が悪い。

さらに侍女の手による変身ぶりがこちらより極端だ。控え室から出て合流したときに見ちがえた。無精髭はきれいさっぱり剃られて十九歳らしくなった。頭は唐州風の頭巾である幞頭《ぼくとう》でおおっている。布の下には髻《もとどり》を保護する小さく固いお椀状の巾子《こじ》がはいっている。といっても、不審な短髪を隠す目的なのはあきらかだ。

あっけにとられたのが奇妙な眼鏡だ。酒瓶の底のように分厚いレンズごしに車窓を流れる荒野の景色を眺めている。ゆがみが大きくて、レンズごしに見える目のまわりと顔の線が一致しないほどだ。

はじめは戎狄《じゅうてき》の特徴を隠すために無理しているのかと思った。じつはほんとうに目が悪いのだ。眼鏡なしではなにも見えないらしい。長城の上でエレベータのドアが開いたとたんに広大な景色に圧倒されてよろめいていた。

ちらちらと観察する。この男子を分類し、理解しようと頭を働かせる。でもうまくいかない。矛盾する特徴がぶつかる。漢族なのに戎狄。危険なのに従順。アルコール依存の犯罪者なのに無敵のパイロット。鉄魔なのに人間的。

明白なちがいにもう一つ気づいた。にらんでこない。

怖い顔でにらまれたのは、もしかして、見えなくて目を細めていただけ？

「いったいぜんたいどうしてそんなに目が悪くなったの？」

思わず尋ねた。昨夜以来、初めて声をかけた。

驚いたような視線が返ってくる。

「勉強しすぎで」

つぶやいたその目は、おそるおそるふれる手のようにこちらの顔を見まわす。ふたたび見えなくなったときのために特徴を記憶するように。

にらんでいるにせよ目を細めているにせよ、そういう険悪な表情に怖《お》じ気《け》づいたりはしないけど、こんなふうに見られると目をそらしてしまう。

　司馬謀士が横目でこちらを見ながら言った。

「今度は誤用しないようにおまえが注意しろ」

　眉をひそめた。

「眼鏡の誤用って?」

「たとえば、レンズを割って大きな破片を地下室の床で研いで、襟に隠しておいて兵士の喉を掻き切るとか」

　謀士は李世民を見て首を振る。本人は窓にむいてすっかり鈍い目つきにもどっている。

「まじめな話、またあんなことをしたら二度と眼鏡を調達して――」謀士の顔が急にこちらにむく。「なにを感心している!」

「べ……べつに感心なんか」あわてて胸もとで両手を振った。「ていうか……どうして彼の行動に責任を持たされるんですか?」

「実質的に妻役なんだ! 役割をはたせ」

　どっと疲れて、顔も頭も骨も全身が重くなった。男子にせよ女子にせよ、いい年した相手を一日じゅう目を離せない赤ん坊のようにあつかえと言われて、はいそうですかと引き受けられるものか。

「司馬謀士」李世民が、まったく同様の疲れた顔で不満げに言った。「そんな指図はやめてくれ。俺のことでこいつに責任を持たせなくていい」

「そうですよ。だいたいあたしが言って聞くわけないでしょう」

司馬謀士はあしらうように鼻を鳴らした。

「いやいや、こいつはまわりには獣同然でも、自分の女にはやさしいのだ。まえの伴侶への態度などまさにな。いつもべたべたして見ていられなかったぞ」

驚いて頭が急停止した。

「まえの……なんですって?」

〝伴侶〟とは匹偶の相手をさす限定的な呼称だ。たんなる妾女パイロットがそう呼ばれることはありえない。

李世民の顔がゆがんだ。

「司馬謀士――」

「ああ、これは公表されていない話で、じつはその女子は――」

「司馬懿!」

李世民は怒鳴った。腹の底から出た声が冷えきった車内の空気を震わせ、鈍い騒音を圧する。

むかいの座席で身を縮めた。いままで声をひそめるように話していた理由がわかった。車内のあちこちの席にひかえた兵士たちが、いっせいに警戒して銃に手をかける。

ガタンと、レールの継ぎ目が全員を震わせる。

冷えた肌の下で自分の脈拍を感じる。

司馬謀士は瞬間的に眉を鋭く上げたものの、すぐもとの表情になって手を振り、兵士たちの警戒を解いた。

「その話はするな」

李世民は謀士に言った。さらにこちらにむいて続ける。

「その女子は死んだ」

疑問はまだくすぶる。あたし以前に彼と組んで戦闘を生き延びた女子はいなかったと聞いたのに、伴侶がいたというのか。でも、暗い空気をただよわせる本人を見ると尋ねる気にはなれなかった。スキットルを握りしめ、傷だらけの肌が張りつめている。

身震いした。李世民が抑えている怒りと暴力の激烈さを垣間見た気がした。いつ噴出してもおかしくない。そんな相手を挑発し、喧嘩を売っていたとはなんと愚かな。

二週間だ。そう自分に言い聞かせて緊張を解いた。この二週間を乗り切れば、ふたたび対決できる。

おたがいに壊れはてた肉体を脱ぎ捨て、現《うつ》し身《み》を惜しみなく離れて、凶暴な魂だけになれる。

今度こそ負けない。

16 無冠の王と無慈悲な女王

「世民《シーミン》、隣に腕をまわせ。カメラのまえに出るぞ」

長城を下りるエレベータのなかで司馬懿《スーマー・イー》謀士が声をかけた。

李世民《リー・シーミン》の手が肩にふれるとパニックを起こしそうになった。パイロット用上衣の袖なしの肩口から出た伝導スーツの腕は、白いペンキを塗っただけのように筋肉の起伏が浮き出ている。こちらの軍服の黒と強いコントラストをなす。腕の熱と量感、そして息詰まるような近さのせいで、全身の細胞が縮みあがって血管が脈打つ。

いやだと言っても通らない。兵士の一人にささえられ司馬謀士のあとをついてまわった。杖を使わせてもらえない理由は……よくわからない。妖狐《ようこ》っぽく見えるとでもいうのか。ここからは李世民が杖がわりになる。写真に兵士が映りこんでは都合が悪い。銃で警備されていると二人とも危険人物に見える。首輪が李世民を縛り、まわされた腕がこちらを縛る。

あやうい均衡だ。

祖母の言葉が錆びたナイフのように脳裏によみがえる。〝纏足《てんそく》をすると家族のありがたみがわかるよ。一人ではできなくても家族の助けがあればできる〟……。

ええそうね。おかげでどこへ行くにもよその男に肌をさわられるようになったわ。ありがとう、奶奶《ナイナイ》。

憤然として、てなずけられてはいないとしめすつもりで気を張った。でもエレベータのドアがガラガラと開いて、谷じゅうの建物とこちらの一挙一動を詮索的に見る人々があらわれると、すぐに冷静になった。そして頭の回路を切り換えた。復讐心はゆっくり静かに燃やすという回路だ。

軍内であたしの処刑を求める一派に乗じられないよう、司馬謀士の指図にしたがう。顔を伏せ、訓練所を横断する石畳の道を見ながら歩く。李世民の飾り物の役に徹する。

ところがそう簡単にいかないとすぐわかった。まっすぐ歩けないのは相手もおなじだった。逆によりかかってくるし、足どりはあぶなっかしい。片手を背中にあててささえてやるしかない。

「飲みすぎるなって言われたでしょう！」

小声で叱ってから、まるですでに口うるさい悪妻みたいだと自己嫌悪した。

むこうもろれつのまわらない小声で答える。

「ぜんぜん反省してない。そもそも飲まなきゃいいのよ！」

「ごめん」

返事はない。霞《かす》んだ視線はどこか遠くにむいている。

平らなところで二人そろってばったり倒れて大恥をかかないように、リズムとバランスに集中する。隣を歩く白地に黒い線の伝導スーツは頑丈なブーツを履いている。こちらの黒地に白い線の脚の先には、冗談のように小さな金蓮《きんれん》靴。黒いキャンバス地にゆがんだ蝶の図案が雑に刺繍されている。

通りの両側に建ちならぶ訓練施設の瓦屋根が、暗雲にむかって伸びる爪のようだ。屋外をぶらぶら散歩する姿は少なく、煙管《キセル》を吸うパイロットくらい。かわりに窓には人影が多い。目くばせし、じろじろと見る顔ばかり。鉛色の曇天より明るい蛍光灯がともる室内からねっとりとした視線がそそがれる。指さし、なにごとか大声で言いあう。

雨の気配が濃い冷涼な空気を胸いっぱいに吸って気持ちを落ち着ける。遠くなったシャトル列車の音が、この世のものならぬ地霊の泣き声のように聞こえ、肩にまわされた腕から意識を遠ざける。

長城のこの区間は壮大で見映えがする。暗雲を背景に目もくらむほど高くそびえ、谷の入口を閉ざす。その上を走るシャトル列車が小さな鰻《うなぎ》のようだ。そのむこうにそびえる開《かい》皇《こう》望楼は、さながら人間の暮らしをのぞく巨人か。隋唐辺境軍で最上級の兵法家たちが起居し、軍事装備がたくわえられている。

火が出るような目でそこをにらんでから、よそへそらした。

司馬謀士が食堂の両開きの扉を押し開けると、湿って暖かい空気につつまれた。ざわめきと騒音が押しよせる。こういう混雑に慣れないので尻ごみしてしまう。

カメラのフラッシュが砲撃のように浴びせられた。

髻《もとどり》をきれいに結って清潔な都会風の袍《ほう》を着た記者たちが殺到する。兵士たちが離れてと大声でさえぎるなか、司馬謀士に案内されてカウンターへ行く。

内心は新年の爆竹に驚いた精霊のようにおびえながら、顔は無表情につとめた。通りすぎるテーブルからちらちらと視線が飛ぶ。干渉するなと指示が出ているのか、店外にくらべて反応は穏やかだ。

さまざまな職種の人々がいる。多くの人の協力で長城が運営されているのがわかる。オリーブグリーンの軍服の兵士は、十秒で食べ終わらないと罰則があるかのように麺《めん》や粥《かゆ》をかきこんでいる。整備作業員は作業着の上に派手な色と反射素材のベストをはおり、兵士よりさらに大盛りの碗で食べている。下級の兵法家である策士《さくし》と見習いの書生《しょせい》は、灰青色の道袍《どうほう》姿で料理が冷めるのも忘れてタブレットを片手に議論に熱中している。

　パイロットはそのなかでも特別な存在感がある。磊落《らいらく》な大声でしゃべり、笑う。小さな双輪をつけた冠は鈍い照明の下できらめき、それぞれ獣の角、魚のひれ、蝶の翅などをはやしている。通路を歩けばだれもが道をあける。派手な霊鎧《れいがい》を維持する強力な鉄貴族ともなればなおさらだ。

　メディアの広報映像に出てくる有名パイロットをみつけるとこちらもそわそわした。でもよく考えるといまさら憧憬《しょうけい》の対象ではない。もうこっちが強いのだ。

　カウンターでようやく女性の姿をみつけた。湯気で曇った小窓のむこうの広い厨房で、しみのついたエプロン姿の侍女たちが豆乳をすくい、油条《ヨウティアオ》を揚げ、粥を混ぜ、麺を湯切りしている。

　暗い気分でテーブルの列にむいた。自分とおなじ黒の軍服はないか、同類の幸運な女子の姿が男子のあいだにないかと探した。世の中は公平で希望があるという幻想を裏付けるものがほしい。

　かわりにみつけたのは壁のランキングボードのスクリーンだ。黒背景に明るい色の文字でパイロット名とバトルポイントが表示されている。二列に分かれ、片方が華夏《ホワシア》の総合ランキング、もう一方が隋唐辺境軍のランキングだ。カメラのフラッシュがまばゆく焚かれるなかで見上げる。一位は見なくてもわかる……。

ところが最上段はどちらも空欄になっていた。

思わず李世民に目をやる。あいかわらず前方の空中をぼんやり見ている。

これが軍の懲罰的なやり方であり、ほかの有力パイロットに憎悪を植えつける目的だと理解して、逆に不愉快な満足感さえおぼえた。最上位者には年間最優秀パイロット賞が用意され、その家族には高額の賞金が贈られることになっている。それが過去二年間は受賞者なし。

李世民は最上位パイロットとして賛美されず、ほかのパイロットの受賞をはばむじゃま者として憎まれている。

その不運な第二位はだれかと目をこらした。たしかいつも僅差の争いで……。

ふいに画面が変わり、白黒写真と短文になった。

楊広《ヤン・グアン》だ。

そうか……。

そしてその追悼文。

背中に冷や汗が出た。鉄板が結露するかのようだ。罪悪感からではない。食堂のざわめきが消え、静かになった。もの音をたてるのは記者ばかり。

これまで礼儀正しく無視していた者もいまはこちらを見ている。剃刀のように鋭く、裁きを求める視線が集まる。無頭戦士のパイロットである刑天《シン・ティエン》もいる。むこうのテーブルで憤怒の形相。楊広の死体から引き離されたときにつかまれた腕の感覚が幻痛のようによみがえる。濃い緑の不気味なあざになって残っている。

絶望で体が重くなった。長城建設のコンクリートを手足に流しこまれたように指先まで感覚がなくなる。李世民が軍人たちに憎まれているのを見てほくそ笑んでいる場合ではなかった。自分のほうがもっと嫌われている。絶大な大衆人気を誇ったパイロットを殺した犯人にむけられる憎悪。想像したくない。

こんな人々にどう受けいれてもらえというのか。

記者たちが撮影を許されたのはごく短時間で、司馬謀士によってすみやかに都会へ追い返された。朝食は煮玉子の茶葉蛋《チャーイエダン》、豆乳、油条、餛飩《ワンタン》というメニュー。餛飩は古くは〝渾《フン》沌《ドゥン》〟と書いたのだと司馬謀士が蘊蓄《うんちく》を話してくれた。

李世民とあたしは伴侶としてアイスダンス訓練をやることが説明された。北方の清《しん》州の凍結した湖上でおこなわれたのが発祥で、この訓練所には人工のアイスリンクが設置されている。匹偶《ひつぐう》の相乗効果を高める訓練はもともと古典的なダンスが基本だったのだけど、そこに氷上という要素を加えると効果覿面《てきめん》とわかって、最近では温暖な州の兵法家もアイスダンスを奨励している。スケート靴の不安定さゆえに、リンクの伴侶は基本動作でも協力し、助けあわなくてはいけない。

理屈のうえでは。

午前中は氷の上でひたすら転倒した。足の激痛に耐え、おたがいのバランスを崩し、かぞえきれないほどころんで打撲傷だらけになった。昼食にもどるときの司馬謀士は暗雲より不機嫌な顔になっていた。

昨日、朱雀《すざく》を前代未聞の奇怪な姿に変形させたばかりで、二十四時間後にさらにめざましい成果を期待されても困る。

食堂でスープと野菜炒めを金属製トレーにのせてテーブルへ運びながら、司馬謀士はまた小言をはじめた。

「普通に協力するのがそんなに難しいか？　これまで担当したなかでも最悪の――！」

そのとき、急ぎ足の整備作業員が謀士にぶつかった。

トレーが傾くのが見えたけれども、手を出すのはまにあわなかった。トマトとかき玉のスープがひっくり返る。二人の叫びのなかで謀士が鋭い悲鳴になったのは、熱いスープがその道袍にたっぷりかかったからだ。碗は床で割れて湯気を立てる水たまりになる。

司馬謀士の口からさまざまな罵詈雑言が飛び出した。作業員はぺこぺこし、手をあわせて振って何度も謝っている。

「ううむ、おまえたちは先に食べていろ。わたしは着替えてくる！」

司馬謀士は言い残すと、道袍のへりからスープをぽたぽた垂らして憤然と歩いていった。作業員はあわてたネズミのように追いかける。

嵐のように去る姿を茫然と見送った。でも監視の兵士が二人残っている。空いたテーブルで同席する。あたしたちを守っているのか、あたしたちからまわりの客を守っているのか判然としない。

周囲からの殺気立った視線を無視して、米と野菜を雑に炒めた料理を見るようにした。ランキングのスクリーンは見ない。朝食のときにわかったように、最近死亡したパイロットの追悼画面が数分ごとに表示される。司馬謀士に頼んで楊広を除外してもらえないだろうかと考えて、すぐにやめた。弱みを見せたくない。また伝統をあからさまに破るとよけいに怒りをかう。

料理を急いで食べていると、近くのテーブルから怒鳴り声が聞こえた。

ぎくりとしたものの、さいわいこちらにむけた声ではなかった。一人のパイロットが金の貸し借りをめぐって声を荒らげ、〝友だち甲斐がない〟と相手をなじったのだ。

店内のあちこちから野次が飛び、口笛が鳴らされた。

「殴れ！」だれかが笑ってけしかけると、まわりもはやしたてる。「殴れ、殴れ！」

口論は熱い中華鍋で油がはぜるようにたちまち高まった。

兵士たちは警戒し、トレーに手をかけている。こちらはろくに噛まずにのみこんだ。巻きこまれないうちに出たほうが……。

最初の拳が飛んだ。

食堂の半分の客が立って野次りはじめた。テーブルが押しのけられ、騒ぎを中心に人垣ができる。駆けよる靴音が厚い屋根を叩く雨脚のように響く。こちらは箸を握ったままベンチの端にずれ、油でべとつく壁に体をくっつける。

兵士たちは立ち上がり、近づきすぎる野次馬を押しのけている。そのなかにパイロットが一人いた。土属性の黄色い霊鎧を軽くまとっている。笑いながら人垣で押しあいへしあいしているうちに、ふいにこちらと李世民に目をとめた。笑顔がいぶかしげな表情になる。かわるがわる見て、空いた席を見る。

やめてと、口に出さずに考えた。

パイロットはあたしの隣に腰を下ろした。悲鳴をあげたくなる。

伝導スーツの袖から白い上衣の肩口までをおおう霊鎧は薄い金色のメッシュ。でも籠手《こて》と菱形の胸甲《きょうこう》はそれなりに厚みがある。霊金《れいきん》の量からすると子《し》級パイロットだろう。鉄貴族の階級では序の口にあたる。霊圧はせいぜい二千くらいか。

　でもそこで李世民とあたしがいくらまさっていても、霊鎧の使用を封じられているのでは無意味だ。

「うわ、驚いたな。鉄魔《てつま》の李世民だ。本人を見ちゃったよ」

　愉快げな驚きの声。野次が騒々しくて聞き取りにくい。

　李世民は無表情にもやしを食べている。

　パイロットはへらへら笑いながらテーブルに身を乗り出した。

「なんていうか、想像よりもずっと……野性的な感じだな」

　金色の冠からは犬の耳がはえている。首すじを這う薄い霊金の帯から脊椎信号を受け、形状を維持している。

「朱雀をまわれ右させて、長城をぶっ壊して、戎狄《じゅうてき》の仲間を侵入させようなんて考えてるんじゃないだろうな？」

　こちらは米飯と莢隠元《さやいんげん》を頬ばったところで固まった。

　記憶がよみがえる。自分のではない。李世民の精神領域で見た断片だ。長城の補強工事現場。電撃棒で脅されながら黙々と煉瓦を積んでいた。

苦いものが溶岩のように胸の奥から上がってくる。

よけいな口ははさまないほうがいい。李世民がみずから言い返せばいい。

でも本人はうつむいて食べるばかり。

口のなかのものを火がついたようにのみこみ、はっきりと言ってやった。

「もう十回以上出撃してるのに、まだそんな疑いを持つの？　知らないなら教えてあげるけど、彼はその長城の建設にたずさわったのよ、おばかさん」

霊鎧をきしませてパイロットはこちらにむいた。室温が数度下がったように鳥肌が立った。男子パイロットが陰《いん》よりの気を持つのはめずらしい。秦政《チン・ジョン》が有名な例外だ。そのため寒くなったのが思いちがいでないとわかるまですこしかかった。このパイロットは水属性の気を優勢に持つのだろう。五行のなかで水はもっとも陰側にある。土属性の霊鎧から冷気を発散させている。目は輝くのではなく、闇のように黒く冷えている。ねっとりと低い声で言う。

「すると、おまえが楊《ヤン》皇子大佐を殺したっていう女子か」

このパイロットの存在も喧嘩騒ぎも、むらがる蠅のようだ。耳からはいって頭に充満する。兵士はなぜもどらないのかと人垣を見て思う。司馬謀士も遅い。袍の着替えにいつまでかかっているのか。

野菜炒めから生姜の大きなかけらを取り除いた。

「こっちを抑えきれなかったほうが悪いのよ」

「へえ。どんな手を使ったんだ？」

「秘密。あなたの階級じゃ教えてもらえないでしょうね」

その目の下で筋肉がぴくりと動く。

「俺は子級パイロットの王世充《ワン・シーチョン》。愛機は天狗《てんぐ》だ」

「教えてくれなくて結構」

その口がすっと息を吸い、笑って吐いた。李世民を見る。

「なかなかのおてんばじゃないか」

どちらも無視した。

王世充は息がかかるほどこちらの耳に口を寄せてささやいた。

「おまえはほんとに妖狐なのか？」

さっとふりむいた。ひっぱたいてやろうとしたのに、手首をつかまれた。土属性の籠手に尋常でない力で締めつけられ、声が漏れる。手首の骨が折れそうだ。

李世民が箸を叩きつけるようにおいて、王世充につかみかかった。勢いでテーブルが傾く。王世充はベンチにつかまって抵抗する。たいへんな醜聞を目撃したという顔だ。李世民はテーブルに身を乗り出し、上からにらみつける。

首輪の鎖が音をたててトレーに落ちる。

王世充は目を丸くしてそれを見た。手が蛇のようにさっと伸びる。

あとはなにがなんだかわからない。

料理が飛び、スープがこちらにかかる。震えて顔を上げたとき、目のまえの光景に息をのんだ。李世民が鎖を王世充の首に巻き、蹴ったり絞めたりして引きずっていく。

自分の鎖で相手の首を絞めている。

よろこんではいけない。面倒なことになるはずだ。それでもそのようすを見ながら感嘆した。頭に浮かぶ感想は一つ。

やっと本気を出した。

17 共鳴

野次馬が新たな喧嘩騒ぎに気づくまでにすこし時間がかかった。たまたま振り返った者が仲間をつついて注意をうながし、観戦者が増えていった。目を輝かせ、歓声をあげはじめる。最初の喧嘩の当事者さえなにごとかとのぞきこむ。兵士たちの制止の声はかき消され、もどろうにも人垣に遮断される。

「世充《シーチョン》！」

べつのパイロットが人垣から飛び出してきた。火属性の赤い霊鎧《れいがい》が肩と腕を部分的におおっており、その籠手《こて》から気の光箭《こうせん》を放った。

李世民《リー・シーミン》は王世充《ワン・シーチョン》を突き放してかわし、赤い光箭は鼻先をかすめて壁にあたった。破片が飛んでテーブルにばらばらと落ちる。

こちらは悲鳴をあげて手で顔をおおい、埃から目を守った。でもその指のあいだから殴りあいを注視する。

王世充は顔を紫色に腫らし、黄色い霊鎧にスープの油分をかぶって、あえぎながら床から立とうとしている。

李世民はそれを放置し、火属性のパイロットに駆け寄って喉に肘打ちをいれた。そこを押さえてもがいているのを、頬への張り手で反対方向にはじき飛ばす。さらに首根っこをつかみ上げ、落としながら顔に膝蹴り。パイロットは鼻血を噴いてのけぞり、顔を押さえて悲鳴をあげている。

そこへ王世充が殴りかかる。李世民はするりとかわした。

見ているほうは背すじが寒くなる。土属性の霊鎧から破壊力のある光箭が飛ぶ心配はないものの、籠手の拳をまともにくらったら骨や臓器が無事ではすまない。兵士はいったいなにをしているのか。いくら監獄で喧嘩慣れしている李世民でも、霊鎧の二人が相手では無理だ！

でも拳の応酬を観察するうちに、懸念はしだいに薄れていった。李世民の動きは一見すると酔漢めいているけど、じつは武術の術理《じゅつり》が隠れている。王世充の攻撃をかわすたびに背後をとる。よどみない歩《ほ》法《ほう》が円を描く。こちらの倍の体軀が風に舞う木の葉のように軽やかに動く。王世充の籠手はなんら優勢でなく、一発もあたらない。対して李世民の肘や掌《しょう》や拳は確実にその顔をとらえる。くるりくるりと回転しながら打ちこむ。氷上で踊るように旋転し、見ているほうが目がまわる。

無駄な動きに見えなくもない。でも回転中に飛んできた王世充の蹴りをつかむと、そのまま回転を終えて、勢いで相手を引き倒す。軽く飛んで腿のつけ根に着地。ポキリと鳴って脚が不自然な角度に曲がった。野次馬はあっけにとられ、本人の絶叫が響く。こちらも思わず声を漏らす。

李世民は眼鏡をなおした。獣じみた凶行とはふつりあいな動作。でもその貪欲な目を見たとき、こちらの内奥《ないおう》にひそむ原初的ななにかが目覚めた。
すなわち……共鳴した。

恐れが体から消えた。獣じみた歓声や叫び声が高まっても怖くない。野獣の巣窟のようなこの場所がむしろ心地いい。

李世民が王世充を床に投げ飛ばしたとき、視野の隅に赤いものが見えた。

火属性のパイロットがまた光箭を放とうとしている。

あたしは金属のトレーをつかんで投げた。それが胸にあたってパイロットはよろけ、狙いがぶれる。そのすきに間合いを詰めた李世民は、腕をとって背後にねじり上げ、その顔をテーブルの角に叩きつけた。くり返す。何度も叩きつける。口から歯と血が飛び散る。唇が切れる。

李世民の血走った目とつかのま視線があった。冷静に見つめかえす。壁の穴からはまだ破片がこぼれ落ちてくる。この穴が李世民の体にあいていたかもしれない。あたしは箸を取り、莢隠元の続きを食べた。一本を口から出してくわえる。

観客のほうは格闘の興奮が李世民への憎悪や偏見を上まわっていた。集団が一体となって名を連呼する。やがて名前は聞き取れなくなり、狼の群れがあげるリズミカルな遠吠えに近くなった。

いまさらのように本人の目に理性の色がもどってきた。不快げに表情がゆがみ、いらだちのうなり声とともに火属性のパイロットをテーブルにもう一度叩きつける。パイロットは床に倒れた。

テーブルからも李世民の手からも血がしたたる。幞頭《ぼくとう》と額のあいだに汗がにじみ、胸が大きく上下している。

ふたたび目があった。

そうか。

あわてて莢隠元をのみこむ。

まずい。李世民はキレた。

次の狙いはこっちだ。これまでの暴言のかずかずが……。

「掩護してくれてありがとう。無事か？」

　騒々しいなかで聞き取りにくい声。こちらは口をぱくぱくさせるばかりでしばらく言葉が出ない。はじめは聞きまちがいかと思った。でもこちらにむける目が穏やかなので、まちがいではなさそうだ。手首をさすって答える。

「ええと、まあ……けがはないわ」

「そうか。悪いことをした」

　ゆるんだ幞頭をはずして乱れた髪と頭を振る。伏せた目をそらす。

「悪いって、なにが？」

　傷だらけで血のにじんだ手で髪をかき上げる。

「これであらゆる方面を怒らせたはずだ。おたがいに風当たりが強くなる」

　それはそのとおりだ。でも自分の内面を論理的に整理すると、あるのはただ安堵だった。生きるのがどうしてもつらいときに死を考える穏やかな気持ちだ。

　ため息と冷笑の中間くらいの息を吐く。

「現実的に考えて。どうしたってあたしたちは嫌われるのよ。なにをしても世間は許さないし、かならずケチをつける連中はいる。じっと耐えていたって尊敬は得られない」

　李世民は口を半開きにしてから、ふっと息をついた。

「そうだな、たしかに」

　そして目をあわせ、ごく小さく笑った。

　奇妙な感覚に襲われた。胸のなかで多数の蝶がはばたいているような落ち着かない気持ち。今度はこちらが目をそらして何度もまばたきした。

　バンと大きな音が響いて、ふたたび壁ぎわで身を縮めた。硝煙がにおう。兵士が天井にむけて警告射撃をしたのだ。騒ぎは歓喜から混乱や恐怖の声に変わり、野次馬は散りはじめた。

　兵士たちが駆けつけ、李世民の腕と肩をつかんでテーブルに伏せさせようとする。でも李世民は屈せず、兵士の手を振り払ってみずから体をテーブルに倒した。手錠をかけられながらこちらに言う。

「この騒ぎはどうもおかしい。気をつけろ。もしかすると……！」

　その顔に黒い鉄線のマズルガードがつけられ、横のネジを締められた。目を見開き、恐怖で冷や汗をかいている。うなり声をあげてまた抵抗する。でも首に注射器の針を刺されると、すぐに目が曇ってテーブルに突っ伏した。そのまま引きずっていかれる。

　喧嘩に負けたパイロット二人は床でうめいたり泣いたりしていて、ほかの兵士に手当てされている。

李世民が連れ去られてから、ようやく口もとを両手で押さえてガタガタ震えている自分に気づいた。

18 もう一人の女子

夕日が長城のむこうに暮れるころ、司馬懿《スーマー・イー》謀士と兵士たちに連行されてシャトル列車に乗り、李世民《リー・シーミン》の地下室にもどった。今度は一人だけで放りこまれる。

「明日の朝、おなじ時間に迎えにくるからな！」

怒りがおさまらない司馬謀士は叩きつけるように扉を閉めた。壁が震えて埃が落ちるほどだ。道袍《どうほう》を着替えて食堂にもどったときの謀士は怒りで爆発寸前だった。〝ほんの十分、席をはずしただけで！〟と叫び、〝悪夢のようなペアだ！〟と罵倒した。それでも李世民の処分は、〝特別な事情〟とやらを考慮して、懲罰房入り三日のところを一日に軽減された。

大きくため息をついてベッドに倒れこむ。シーツの感触が冷たく粗い。コンクリートの壁が四方から迫る気がする。沈黙が長くなると圧迫を感じ、恐怖で胸が苦しくなる。

なにかしようとあわてて起き上がった。

ばかげている。ふたたび監禁されたにせよ、李世民といっしょでなくて安堵すべきだ。かえって不安になるなんておかしい。

トイレの流しの下に残された女子用医薬品の謎も解けた。かつて伴侶がいたのだ。

午後は司馬謀士の授業を一人で受け、渾沌《フンドゥン》や霊蛹機《れいようき》や気について学んだ。そのさいに李世民の前伴侶について質問した。教えてもらえたのは、名が文徳《ウェンドー》であること。李世民とともに王級渾沌の骸《むくろ》から朱雀《すざく》を初期起動できるほどの霊圧《れいあつ》を持ちながら、最初の実戦で死亡したということだった。

化粧を落として、彼女が残した痛み止めの薬草の袋を開いた。

そのとき、トイレのドアがきしんだ。

背すじがぞくりとした。おそるおそる振り返る。だれもいないドアのむこうの空間がゆがんで見える。こちらを引き寄せるように。

首を振って恐怖を打ち消した。死んだ女子が生者に取り憑くなら、自分を狙うのは無意味だと言いたかった。震える声に力をこめる。

「よそへ行って。呪い殺すならべつのだれかに」

沈黙。

「助けて……」

つぶやいても、やはり返事はない。

それはそうだ。妾女《しょうじょ》パイロットの死霊が生者を殺せるなら、軍はとうに壊滅しているはずだ。

それとも実際に殺しているのだろうか。死んだ妾女は渾沌に転生しているのかもしれない。そう考えるとぞっとして……。

地下室の鉄扉がはげしく叩かれた。

魂が脱けそうなほど驚いた。流しにしがみつき、はげしく鳴る心臓を押さえる。

外でなにかを叫んでいる。でも聞き取れない。

無言でいると、さらにはげしく扉が叩かれた。声もいっそう荒々しい。でもなにを言っているのかあいかわらずわからない。

「なんなの？」

大声で訊いてみた。

さらに叩く音と、聞き取れない叫び声。

恐怖で過敏になった神経に怒りが湧いた。室内からあけられないと知らないのか。薬草を流しにおいて扉のほうへ移動した。

「いったいなんなの？　こっちからは――」

錠前がガチャリと鳴って、鉄扉が乱暴に開いた。

フードをかぶった男が飛びこんできた。

驚いて声をあげたとたん、頭に袋をかぶせられた。

悲鳴をあげて全力で抵抗する。顔を壁に叩きつけられ、頬の痛みと強い耳鳴りが起きた。

逃げようと扉のほうへ行く。通路へ出てすぐ閉めればいい。そうすれば……。

ブーツに足を踏まれた。

激痛で全身がしびれ、視界が暗くなりかけた。崩れ落ちたところをかかえ上げられ、ベッドに放り出された。男は馬乗りになって体重でこちらを動けなくして、両手で喉を絞めてきた。視野に星が飛ぶ。頭に血が上る。血圧で顔がふくらむ感じがする。男の腕に爪を立ててひっかくも効果はない。

「よくも楊《ヤン》皇子大佐を」

歯を食いしばってこもった声が聞こえる。刑天《シン・ティエン》だ。無頭戦士のパイロット。親友の復讐に来たのだ。

無駄と知りながらもがく。ベッドから出た足で蹴ってもどこにもあたらない。涙がにじむ。こんなふうに死にたくない。いやだ……！

「やめろ！　その子から離れろ！」

新たな声を聞いて、全身の猛り狂う血が急停止した。

部屋に駆けこむ足音。喉を絞める圧力がゆるみ、そのすきに大きく息を吸った。刑天の体重から解放されるとあわててベッドの奥へ逃げる。刑天とだれかが格闘している。狭い空間に怒鳴り声が反響する。ありえないほど震える指で頭にかぶせられた袋をとった。

刑天が扉のむこうへ逃げていくところだった。室内に残った人物は荒い息をして、片方の目を手でおおっている。灰青色の道袍に書生用の黒い綸巾《かんきん》。

易之《イージー》だ。

19　北辰

ありえない。

いるはずがない。

気絶して夢でもみているのか。

「無事か、則天《ゾーティエン》……」

急いでベッド脇に来て頬に手をそえる。

苦しい息がさらに早くなった。これは幻覚なのか。壁にぶつけられた頬がずきずきするので現実か。でも痛みは日常なのであてにならない。その顔を指でなぞろうとするも、震えてうまくさわれない。相手の目は押さえた手の下で充血しはじめている。それでも長い睫毛の奥の瞳は見まちがえようがない。愛と恐怖がひとしく凶暴に息づいている。

その胸に飛びこんだ。道袍《どうほう》に爪を立ててしがみつき、泣きじゃくる。

易之《イージー》の手もこちらの背中を強くつかむ。そうしないと消えてしまうかのように。

「ほんとうにごめん。もっと早く抜け出してくるべきだった。あやしいと思ったんだ。あんなふうに李世民《リー・シーミン》が大暴れするお膳立てができて、だれも止めようとしなかったのは」

泣いて咳きこみながらその意味を考えた。現実感を失わないように易之の手をつかむ。司馬《スーマー》謀士が道袍にスープをかけられ……すぐあとに喧嘩騒ぎが起きて……そのなかでパイロットが李世民を挑発……。

これらはつながっていたのか？　計略だったのか？

「みんなから死ねと思われてる」

叫びすぎた喉から絞り出すように言った。吐き気がこみあげ、肩は震えが止まらない。絶望した魂がこの無力な肉体から永遠に脱け出そうとしているかのようだ。

「要請して部屋のまえに警備の兵士を立たせるべきだった」

帯を解いて道袍を脱ぎ、肩にかけてくれた。ふわりと風が起きておたがいの髪がなびき、墨と奉書紙《ほうしょし》と春の香が薄暗い地下室に流れる。よどんだ空気にこもる酒臭さがしばし払われる。

襟を引き寄せ、かすれ声で尋ねた。

「どうやってここへ？」

「コネを使って今期の策士育成課程にもぐりこんだ」

「どうして？」

強く言って相手を押しやる。でもうらはらにその暖かさと安心感が恋しくなる。しだいに腫れて熱をもちはじめた目のまわりを指先でふれる。

「こんなにしてまで……」

こちらの睫毛を濡らすものを易之は親指でぬぐってくれた。喉仏が苦しげに動く。

「来ないわけにはいかなかった。きみが生きて九尾狐《きゅうびこ》から出たのを見たとき、なんとしても助けにいこうと思った。そのあと李世民と組まされたと知ったけど、絶体絶命の窮地もきみなら生き延びられると信じた。そして実際に生還した」

そこで大きな笑顔になった。目から涙がこぼれ、金網ごしの薄暗い天井灯に照らされて光る。

「それならそうとどうして教えてくれなかったの？」

その笑みがゆらぐ。無理やり笑顔にもどして答えた。

「きみはもう李世民の伴侶だ。僕がいることなんか知らなくていい」

たしかにそうだ。易之が近くにいるとわかったら、酒乱の殺人犯について悩まずにすんだだろう。

「あたしのことなんか忘れてくれてよかったのに」冷たく言ったつもりなのに、手はその胸をなぞって離れたがらない。「はっきりとふったはずよ。それどころか非難したわ」

易之はその手をとって自分の心臓の上に動かした。高鳴りを隠そうとしない。

「いいんだ、非難されて当然だった。僕は人に過大な要求をしてしまうことがある。でもきみにはできなかった。いつも線を引かれた。あんなふうに家に押しかけて困らせることを言うなんてたしかにひどいやり方だった。それどころか……きみを金で買おうとした。浮揚船の到着直前にドアをノックして、土壇場の迷いにつけこもうとした。悪かった」

そこまで計算ずくの計画だったのかとやや眉をひそめた。でも謝っているのだ。

「わかってくれたのならいいわ」

つぶやいてうつむく。双髻《そうけい》に結った髪の輪が視界にはいる。

指のつけ根がこちらの頬をなでる。

「よくわかった。すばらしい人をみつけたら、その土地で咲かせておくべきだ。抜き取ったら枯れてしまう。きみは自分を守ってとうとう大輪の花を咲かせた。それから、心配しないで。見返りを要求するつもりはない。やりたくてやっているだけだ」

落ち着きがまたゆらぎそうになった。

「でも医者になるのが夢だったはずでしょう」

易之は苦笑した。

「まだ若いし資金力もあるんだよ、則天。いつだってやりなおせる。でもきみは？」指先が顎を上にむかせる。炎からゆらゆらと立ち昇る熱気のように体が熱くなる。「失ったら二度と出会えない」

こちらの声はうわずった。

「な……なによ。あたしを愛してるっていうのね」

むこうは目を丸くし、ついであきれたような笑いが漏れた。

「じゃあ、はっきり言っておこう。武則天《ウー・ゾーティエン》、きみに勇気をもらったんだ。世界の変転に絶望しそうなときは、きみを思い出す。なにを言われても、どんな障害が立ちふさがっても、めざすもののために戦うきみを」

抱きよせて髪のなかでささやく。

「きみは僕の北辰《ほくしん》（北極星）だ。その導きにしたがって僕は行く」

心が決壊した。さまざまな監房ですごしたこの二週間、押さえていたものがあふれだした。その腕のなかにくずおれて号泣し、中着の白い衫《さん》を濡らした。

やがて泣き疲れて、易之の首に頭をよせてすすり泣くだけになった。髪をやさしい手がなでてくれる。助けられて悔しい。霊蛹機《れいようき》から降りると弱くなるのが悔しい。でもひさしぶりに心が安らいだのはたしかだった。易之になら弱さを見せられる。いつまでもこのままでいたい。

「司馬謀士にいつ連絡すべきかな……」

桃源郷にいたのに、この小声のせいでわずかな、でも修復不能のひびがはいった。意識が霧中から脱して、万事がさえざえと見えてくる。頬が冷えてぴりぴりする。壁のへこみ傷がこちらをにらむ多数の目玉のようだ。

刑天《シン・ティエン》がこの部屋を襲った正確な時刻を軍が把握できるのなら、いずれどこかに話さなくてはいけない。黙っていると不審に思われる。

そのあとはまた李世民と一日じゅう顔をつきあわせる生活になる。易之との親しい関係を軍に知られるわけにいかない。それを材料にして脅されたくない。

葬式で打ち鳴らされる太鼓のように暗い気分が押しよせる。でも自分に活をいれ、気持ちをふるいたたせる。目のまえの機会を最大限に利用すべきだ。

まず易之に質問した。世間に自分のどんな悪評が広まっているのかを教えてもらう。大衆はどう反応しているのか、メディアではどんなあつかいなのか。

メッセージボード上の反応をいくつか見せてくれた。この二週間はあたしの話題がつねにトレンドに上がっている。検閲して噂を抑えようという賢哲《けんてつ》会議の初期の試みはうまくいっていない。話の大半はあたしの正体についての憶測だ。なにかに憑依されているか、そもそも妖《あや》かしの類《たぐ》いだという説が有力。ただの〝庶民の女子〟が強力な霊圧を持つのは納得できないらしい。楊広《ヤン・グアン》も李世民も秦政《チン・ジョン》も入隊するまでは〝庶民の男子〟にすぎなかったのに。

そこに今日のメディア撮影会での写真が出まわって反応が変わったようだ。どんなふうに映っているのかとスクロールする。ところが李世民に腕をまわされた自分の姿を見たとたんに居心地悪くなった。易之の隣で見たくない。

これは演技だと言いたかった。でも言い訳じみて、かえって身のおきどころがなくなりそうだ。

そこで話を変えて、過去の鉄寡婦《てっかふ》を調べられないかと頼んでみた。易之は、やってみるけど、過去のパイロットの記録は軍事機密あつかいなので簡単にはいかないかもしれないと答えた。

いずれにしても軍のやり方はすじの通った公正なものとはとても思えない。歯をくいしばってつぶやく。

「なぜ女子に霊蛹機の操縦をまかせないのかしら。戦争遂行の力になるのに！」

易之は暗い目で答えた。

「女子に殺される可能性が相当にあるとわかっていながら、息子を入隊させる家があると思うかい？　刑天は楊広の復讐のためだけにきみの命を狙ったのではないと思う。男子パイロットはひとしくきみを恐れている。いっしょに霊蛹機に搭乗したら殺されるかもしれない。これまで自分たちの強さの源泉だったものが、逆に弱みになって、どうしたらいいかわからないんだよ」

千年続きそうな長いため息が出た。

「女子ってだけでどうしてこうなるの？」

「たしかに。きみが男子ならもう天下を取ってるよ」

「うーん、それほど単純じゃない。男子でも特定の男子でなくてはいけない。神霊に祈願するときは注意すべきね。〝次は男子にしてください！〟と願って、いざ生まれ変わってみたら、大柄で筋肉だらけの戎狄《じゅうてき》かもしれない。みんなから怖がられて渾沌荒野へ追い出されるはめになる。万事休す」

「それはありうるね」易之は眉をひそめて目を脇にやり、考えてからゆっくりともどして訊いた。「それは李世民のことかい？」

ぎくり。

「べ……べつに」

易之は落ち着いた表情だけど、努力してそうしているように見える。

「実際のところはどうなんだい。きみへの態度は？」

「ま……まだよくわからないわ。一日だけだし」

「酒飲みなのかい？」鼻をひくつかせる。「この部屋はまるで醸造所だ」

ベッドの下の引き出しをあけてやる。スキットルがずらり。

易之は驚いて眉を上げ、ついで眉間に皺をよせた。

「よくないな。酒を抜くべきだ。酔ったまま正常な操縦ができるわけない」

引き出しを閉める。

「ええ、本人にそう言ってあげて。霊鎧《れいがい》のパイロットを二人、素手でこてんぱんにして懲罰房いりになった処分明けの相手に」

易之はうなずいた。

「いいね。僕の存在はもうきみに知られてしまったわけだから、今後は積極的に関与していこう」

「いいえ、待って。からかい半分で言ったんだけど」

「わかってる。でもちょうどいい。僕が助けにはいった理由をいずれ説明しなくてはいけない。それに正直なところ、本人に会ってみたい気持ちもある」

こちらは驚いて口をぱくぱくさせた。

「いったいどうして？」

易之は大きく息を吸った。

「説明しよう。奇妙に思えるかもしれないけど、僕はこの一週間、李世民について調べまわったんだ。メディアの印象とはぜんぜんちがう。隴西鳳凰《ろうせいほうおう》高等学校に通っていた話は本人から聞いたかい？　唐州で一、二を争う名門校だよ」

「高校ですって？」

学校に通ったとは聞いたけれども、せいぜい中学までだと思っていた。高校は、賢哲会議を頂点とする学識官僚をめざす人が行くところだ。でも官僚登用試験である科挙《かきょ》はとても不公平な制度で、貴族や金持ちのような名門家庭の出身でなければ実質的に合格は望めない。

「そうだ。しかもクラスでトップの成績だったんだ！」

易之は身ぶり手ぶりをまじえ、あちこちで調べた李世民の半生を教えてくれた。恩師の魏徴《ウェイ・ジョン》によれば、李世民は毎日手や顔に真新しい傷をつくって登校し、教室のいちばんうしろにすわってだれとも話さなかった。でも試験や課題はいつも一位だった。クラスの平均点を大きく引き上げるほど成績優秀なので、退学させようにもできなかったという。

建設労働者の家庭出身でどうやって高校の学費を払えたのか。その答えをくれたのがクラブの用心棒、尉遅敬徳《ウーチー・ジンドー》だ。彼が勤める会員制の地下拳闘場で李世民は賞金稼ぎをしていたのだ。客は戎狄と挑戦者の殴りあいを見たがる富翁《フーウォン》。そこでの証言によると、李世民は試合のあいまにずっと勉強していたそうだ。照明が薄暗くてもやめなかったので目がどんどん悪くなった。なのに最強の闘士の一人で、みんな不思議がっていたそうだ。

思わず言った。

「たしかに不思議だわ！　同一人物とは思えない」

「驚くのは彼の芸術性を見てからにしてほしい。とりわけ書道だ。僕はこれまで美術系の学生を軽んじてきたけど、これは瞠目にあたいするよ」

タブレットを取り出して画像をスワイプする。漢詩だった。華夏《ホワシア》地域の森林保護のために最近はめったに使われない紙に書かれている。

あたしは辺境の農村生まれなので書道はわからない。そもそも詩がわからないし、毛筆の崩した書体も読めない。でも、李世民の書いたものにははっとした。墨の濃淡や筆使いから抽象的なにかを感じる。音を聞いて風景が思い浮かぶようなものだ。美と力強さがある。目を惹きつけられる。

易之は愁《うれ》いのある目で漢詩を見ている。

「いずれにしても悲しいことだ。かつての彼は人生を開拓しようと真剣に努力していた。でも……事件が起きて、どういうわけか大人として裁かれた。まだ十六歳だったのに」

われに返った。その言い方はどうだろうか。

「美しい書を書くからって殺人犯を赦免するの？」

反論されて易之は顔を上げた。

「有害な人々を殺したことがそれほど大罪かな？」

「家族を殺したことを問題にしてるんじゃないの」

「なるほど、そうか……」

「つまり……そう、そんなふうに寛大な見方になるのは、李世民の第一印象が最悪だったたからよ。そこから出発して、じつは極悪非道な怪物ではないと知ると、印象がよくなる。実像以上にね」

楊広を知ったときの自分もそうだった。そんな思いを振り払って続ける。

「かつてのクラスメートや隣人だったらと考えてみて。勉学にはげむようすを見ていた。ところが突然、家族を殺害し、さらに鉄魔になった。その場合はきっと逆の印象になる。距離をおこうと思うはず。おなじ情報でも受け取る順番がちがうだけで」

「それは……」易之は顔をしかめて考え、ため息をついた。「それでもやっぱり話してみるよ。考えてみて。もしうまく李世民と友人関係になれたら、きみたちにひんぱんに会いにくる口実になる。不審がられずにいつでも介入し、手助けできるはずだ」

あいた口がふさがらない。易之が李世民との友人関係を演じる？　あたしのそばにいるために？

そんな作戦はやめさせたかった。やめさせるべきだ。失敗するに決まっている。それでも……襲われた直後なので突き放す勇気はなかった。

「わかった。いいわ」

肩にかけられた易之の道袍を引き寄せた。

この対決が悲劇にならないよう祈るしかない。

20　一万言の理由

懲罰房から出てきた李世民《リー・シーミン》は、戦闘の直後よりさらにやつれていた。眼鏡は没収をまぬがれていたけれども、分厚いレンズごしの目は疲れて充血していた。目の下には濃い隈《くま》がある。それをいうなら、あたしの頬と首、易之《イージー》の目のまわりもだ。三人ともひどい一夜をすごした証拠だらけ。

「飲ませてくれ」

マズルガードを兵士にはずされたあとのかすれた第一声がそれだった。顎にはふたたび無精髭。両手は震えを止めようと固く握っている。首輪の鎖はあきらかに短く持たれている。

ようやくこちらの顔と首の傷に気づいてまなじりを裂いた。

「殺してやる！」

司馬懿《スーマー・イー》謀士から経緯を聞いた李世民の怒鳴り声がコンクリートの壁に反響した。

「やめろ」司馬謀士は鎖を引き、兵士に手を振って警戒を解かせた。「調査は懲罰委員会がやる。おまえはおとなしくしていろ。それでなくても賢哲《けんてつ》会議は堪忍袋の緒が切れそうなのだ」

そしてその場にともなってきた易之を紹介した。

「これは高《ガオ》書生だ。昨夜たまたまこの地下室のそばにいて騒ぎを聞きつけ、こうして殴られながらおまえの伴侶を助けた。安全のためにひと晩じゅうドアの外に立って見張り、警備の兵士が配置されたあとも続けたそうだ。高潔漢だぞ。感謝しろ。反対の目にもあざをつくってやろうなどとするな」

李世民は血走った目を易之にむけた。

「そうか。その……ありがとう」

相手を見上げる易之の呼吸がたかぶっている。李世民の堂々たる体軀への心がまえが不充分だったのだろう。一秒ほど遅れて反応する。

「ど……どういたしまして。あなたのファンなんだ。いろんな記事を読んでいるよ」

「そう……」

李世民は言いよどんで黙った。どう対応すべきかわからないようだ。

易之は唾を飲み、耳まで赤くなっている。それを見てひやかしたい気持ちになった。

彼の興味の対象は女子だけではないらしいと思うことがときどきあった。森の逢瀬ではおたがいの気持ちを認めるのが怖くてそういう話を避けていたけど、たとえば男性の有名人について話す易之のようすから感じるところがあった。村の噂話ではよくある。あたし自身も女性の写真を見てどきりとすることがある。男女をつねに一対とする考え方は、霊《れい》蛹機《ようき》の操縦システムもふくめて画一的すぎると思っていた。

　易之が李世民に見とれていたのはつかのまで、すぐに威儀を正し、用意した話をはじめた。周州奪還の重要戦力として李世民を見たうえで、いかなる資金援助をしてでもアルコール依存症からの回復を手伝いたいと提案した。ここへ来る途上で司馬謀士と話して、可能なら酒を抜いて操縦させたほうが李世民の戦闘力は高いはずだと同意を得たという。ところが本人はこの提案に乗らなかった。表情を消して立ち去ろうとする。

「いや、聞いてくれ――」

　易之はそのまえをさえぎった。危ないと叫びたいのを必死でこらえた。

「――自分でもなぜかわからないけど、きみを信じているんだ。霊圧とはようするに意志の力だと聞く。ならば依存症と戦うべき理由は一万言《げん》をついやす以上にあるはずだ」

　李世民の目に葛藤と傷つきやすい気持ちがあらわれた。同意しそうに見えたのはつかのまで、また逃げ腰の表情にもどった。

「ほっといてくれ」

「だめだ」

易之は鎖をつかんで李世民を自分の目の高さに引き寄せた。鎖が鳴る。司馬謀士もあたしもあわてて声を漏らした。

「おい、放せ」

李世民の目に怒りの火花が散る。もとの精神がもどってきたようだ。兵士たちが銃をかまえなおす。李世民の手は握ったり開いたりしながらも腿の脇にとどまっている。

易之は放さなかった。つかんだ手は震えているものの、目は冷静で一直線で、迷いがない。そんな目になることもあるのかと驚くほどだ。二人のあいだの空気が張りつめる。こちらも息を忘れて見守る。

「きみが酒を断たないと、きみ自身と武《ウー》パイロットの能力が戦闘でついえることになりかねない」他人のように名を呼んだ。顔も紅潮しない。「彼女に申しわけないと思わないか」

李世民の険相がぴくりと動いた。

「それがおまえに重要なのか？」

易之の冷静な仮面がわずかにゆらいだ。こちらも緊張した。切り抜けてくれると信じるしかない。

鎖にかけた指を一本ずつ解いてゆっくりと放す。

「きみにとって重要なはずだ。武パイロットのような女子の登場を待望していただろう。パイロットならだれしも好一対《こういっつい》となる伴侶をひそかに望んでいる。でもきみに匹敵するほどの女子となるとほとんど見込めない。そう思っていたところに彼女があらわれた」易之の目がちらりとこちらにむく。瞳が濡れてきらめく。「危険を承知で、あえてきみと組んだ子だ」

全身がこわばった。こっちを見ないでと声に出さずに訴えた。関係をさとられてしまう。ようやく視線がそれたとき、心臓の一部を持っていかれたような気がした。

易之は李世民に言った。

「もうきみだけの問題じゃない。この子を見ろ。きみの伴侶を。一万言の理由があるのに、やらずに彼女を巻き添えにするのか？」

李世民は長く沈黙した。そして目を閉じて鼻からふっと息をついた。

「いまは一万と八千言の理由があるわけだ」

易之は緊張を解いて震える声になった。

「よし。悪習を捨てればきみは女子が望む最高の伴侶になれる。僕はその手伝いをする。

全力で」

笑うべきか泣くべきかわからない。

まったくありえない展開になった。

21　ありえない展開

「きみ自身がどうなっても軍は責任を持たんぞ。いいな、公子《ゴンズー》」

良家の子息を意味する言葉で易之《イージー》を呼んだ司馬懿《スーマー・イー》謀士は、彼の――つまり、あたしたち三人の新しい居室の扉を開いた。

迅速な手配だった。午後ふたたびアイスダンス訓練に出て、李世民《リー・シーミン》の離脱症状のせいでさらなる失態を重ねていたあいだに、易之は開皇《かいこう》望楼で複数の寝室をそなえたスイートルームの使用権を買っていた。

正確には、買ったのではない。長城は売買できる不動産ではない。軍に〝高額の寄付〟をして、謀士以上の上級兵法家の家族が故郷の都市から訪れたさいの滞在用に確保されている広い空き部屋を〝借りた〟のだ。

そこでめでたく三人同居となる。

この無理無体なやり口から学んだのは、人生のたいていの問題は金で解決できるということだ。解決できなかったら金がたりなかったのだ。

李世民は常時軟禁のたてまえなので、廊下に出る玄関扉の錠前は監房用に交換された。外に出たければ司馬謀士を呼んで解錠してもらう。謀士はこの三階上のスイートに住んでいるのですぐ来られる。それでも、あまりひんぱんに呼ぶなよと釘を刺された。謀士が扉を閉めて、監禁の一夜のはじまりだ。

扉の反響が消えると、あたしは安堵感に全身をつつまれた。深呼吸を一つしてスイートを見まわす。狭いながらも実用的。パイロット用のロフトのように無駄に広く豪華ではない。それでも昨日までの地下室にくらべれば天国だ。易之に借りが増えた。あの部屋ではもう安眠できなかっただろう。

赤みの強いオレンジ色の夕日が斜めにさしこみ、細長いキッチンと木の食卓を照らしている。ガラスの引き戸を開けてキッチンにはいり、開いた窓から身を乗り出す。夕日の下に平地の荒野がどこまでも広がっている。土やもろもろの野性的なにおいがする。華夏《ホワシア》北西部の土壌は金属性の白と水属性の黒の霊金《れいきん》をふくんでいて、全体として灰色を呈している。気が結晶化したこの鉱物資源を求めて渾沌《フンドゥン》はこの惑星にやってきた。傷口の再生や繁殖のために必要だからだ。

でもいま探しているのはそれではない……。

　窓の横をのぞくと、いた。白虎《びゃっこ》が休眠形態でしゃがんでいる。唖然とするほど巨大でいまにも飛びかかってきそうだ。望楼の十三階にあるこの窓はその頸部とおなじ高さになる。石鹸のようになめらかな表面。それでいて力強い造形。色は地のままで、伝説的パイロットのペアを象徴する緑と黒の線はあらわれていない。それでも童心に返ったような強い興奮をおぼえた。操縦システムが意味することに思いいたらず、ただ霊蛹機《れいようき》とパイロットの英雄譚にあこがれていたころの気持ち。

「易之！」大声で呼んで、やってきた腕を窓ぎわへ引っぱった。「白虎よ！　白虎がそこにいるの。ほら！」

　易之は苦笑した。夕焼け空が顔を染め、目を輝かせる。荒野を渡る風が頬で後れ毛をゆらす。

「だからどうしたんだい。きみは朱雀《すざく》のパイロットじゃないか！」

　ひややかな現実と罪悪感がよみがえって興奮はさめた。ため息をつく。白虎のパイロットは匹偶《ひつぐう》なので罪悪感なしに応援できる。でも操縦システムそのものの残酷さは変わりない。恐ろしい真相を知ったいまの自分は、それを隠蔽するためにつむがれる強さと英雄の物語に酔えない。

「そうだけど」易之の後れ毛を耳にかき上げてから、天井を見上げた。「独孤伽《ドゥーグー・チエ》羅《ルオ》と楊堅《ヤン・ジエン》はここのロフトに住んでるはずね。どこかで会えるかしら」

　易之はこちらの指先からやや逃げながら、皮肉っぽく微笑んだ。

「独孤伽羅には近づかないほうがいいという噂だけどね」

「やめて。気が強い女子は誇張された噂を立てられがちなのよ。むしろ警戒すべきなのは楊堅じゃないかしら」声をひそめる。「楊広《ヤン・グアン》の遠い親戚のはずだから」

　易之は肩をすくめた。

「個人的に親しくはなかったと聞いているよ。それに楊堅はかりにも皇子将軍だ。刑《シン・》天《ティエン》のような軽率な行動はとらないさ」

「だといいけど。これ以上の不安要素は……」

　李世民の大柄な姿が目にはいって振り返る。キッチンの入口に立ち、眼鏡に夕日を反射させている。

　さっと手を易之の腕から離した。火傷したようにすばやく。

「ええと……薬を煮出しにきたんだよ」

　易之はなんとか笑みをつくって、軍医から李世民用にすすめられた各種薬草の紙包みをかかげてみせた。軍医は高価な化学薬剤も処方できるけれど、伝統医学で使う生薬のほうが長期的な気の流れのためにはいいのだ。

易之は土瓶《どびん》を用意し、あたしはキッチンの出入口にむかった。李世民は微動だにしない。こちらの顔が胸にぶつかりそうになってもどかない。息詰まるような気分でガラスの引き戸を後ろ手に閉め、脇をすり抜けて食卓へ行った。席にすわって平然とした態度をよそおう。追ってくる視線が重い。からみつき、押しつぶすようだ。

足音。タイル床で木がこすれる音。引いた椅子に李世民がすわる。怖気《おぞけ》が背すじから頭皮へ這い上がる。喉が渇く。頑丈な鉄製の玄関扉に目をやる。施錠されて逃げられない。李世民が火属性のパイロットの顔を食堂のテーブルに叩きつけたようすを思い出し、震えた。食卓の粘着性ビニールカバーを見つめて、易之との関係を問う言葉がその口から出ないことを祈る。

　はっとわれに返った。

　家で父が母をおびえさせるところをかぞえきれないほど見た。黒雲のような不機嫌さをただよわせるだけだ。怒声も悪態も飛ばさない。茶碗をほんのすこし乱暴におき、ドアをすこしだけ乱暴に閉める。それだけで母は家のなかに爆弾があるように忍び足になる。ささいなことで爆発させるのを恐れる。そうやって父は一言も発さずに自分の望みや要求を最優先にさせる。母は家のなかの重圧感を解消して正常にもどしたい一心で行動する。

そんな父の教えには学ばない。あたしのいつもの解決策は、どんどん刺激してさっさと爆発させることだ。昼も夜もおびえて暮らすより、一瞬だけ痛い思いをするほうがましだ。

　だから顔を上げ、険悪な口調で尋ねた。

「なにか問題でも？」

　今度は李世民が目をそらした。ただし肩は震えてこわばっている。目の下の隈は骨まで達したかのようだ。真一文字に結んだ口は、叫びを、あるいは痛みをこらえているように見える。体の内側でさまざまなものが戦場さながらに相克《そうこく》し、そのいずれが現象でいずれが感情なのか外からは判然としない。

　土瓶の湯が沸く音がする。キッチンの引き戸ごしにこもって聞こえる。ガラスが曇り、夕日があたって溶岩のようなオレンジ色に染められる。

　食卓の表面に爪を立てた。

「不機嫌にならないでよ。不機嫌な男って嫌い」

　李世民の顔をショックの表情がよぎる。震える吐息のあいまに言った。

「あ……あんな楽しそうな顔もするとは知らなかった」

「それが不愉快なの？」

「なにか隠してる」

「どう思ってくれてもいいわ。ほんとうの伴侶じゃないんだから、義理はない」

顎の筋肉がぴくりと動いた。易之から生理学データ収集のためにはめさせられているリストバンドをいじる。

「そういう問題じゃない。俺たちは隠し事をしないほうがいい。精神リンクのなかでなんらかの秘密をみつけてショックを受けると、同期が切れるおそれがある。だから……昨夜ほんとうはなにがあったのか教えてくれ」

うめいた。しかたない。疑心暗鬼になられるよりさっさと打ち明けておいたほうがいい。重要なのは軍に知られないことだ。易之が両方にとって有益と思えば黙っていてくれるだろう。

食卓に大きく身を乗り出し、合図する。相手も身を乗り出す。おたがいの顔を交差させ、その無精髭がこちらの頬にふれそうなところまで近づける。

「字の読み方を教えてくれた都会出身の男子の話をしたのを憶えてる？」

耳打ちしながら、オレンジ色に曇ったキッチンのガラス戸に目をむける。そこに易之の優美な道袍《どうほう》の影が煙のように映る。

「それが、そこにいる彼よ」

李世民の胸が息詰まるように動いた。わずかに顔を引く。

「おまえに会いにきたのか」

「ええ。そういうこと」

震える吐息がその口から漏れる。その熱がかすかに頰をなでる。驚いたことに、その目はうるんでいた。いや、オレンジ色の夕日が映った眼鏡のせいでそう見えただけか。

「あいつを愛してるのか？」

小声で尋ねられた。悪意なく、非難がましくもなく。

呼吸も思考もなにもかも停止した。

声に出して認めたことはない。でも自分の深いところを見れば答えはあきらかだ。否定できない。李世民の手とおなじくらいに震える声で答えた。

「ええ、そうよ。この地上を歩いているもっともすてきな男子」

李世民は眉を上げた。

「なのにあいつより入隊を選んだのか？」

椅子の背もたれにもどった。よりによって李世民がうぶな恋愛至上主義者みたいなことを。

「そうよ。愛では問題を解決できない。問題を解決するには、その問題を解決するしかない」

「かわいそうに」

李世民はキッチンの引き戸に横目をやって、またこちらにもどし、小さく首を振った。

「あらためてふることになるのか」

テーブルの端をつまみながら答えた。

「残念ながらね。あたしはもうあなたのものだから」

その夜更け。渦巻く思いをこらえきれなくなったあたしは、易之の部屋のドアをノックした。

「則天《ゾーティエン》？　こんな時間に――」

眠そうな目をこすりながらドアをあけた彼の顔を引き寄せ、いきなりキスした。言葉の続きは唇の上で消え、体の奥を流れる熱いうずきに吸いこまれる。神経をつたって下へ、下へと流れ、これまでずっと隠せ、考えるなと教えられてきた部分を目覚めさせる。自分の一部なのに自由にできない。家族の名誉と直結し、他家に贈るまで傷つけてはならない家族の財産。夫となる相手のために手つかずで残される。相手は楊広か、李世民か。いずれにせよその快楽と血統の存続のためにある。

ばかばかしい。

易之を押して部屋にはいり、後ろ手にドアを閉める。せわしない吐息と唇の溶けあう音で頭がいっぱいになり、二人だけの世界にはいる。入隊直前にかわした最初のキスとはべつの切迫感。羽根のようにかろやかな熱に浮かされ、体の芯が引きしぼられて折れそうになる。この欲求、この本能に支配されるのが悔しい。でも相手が易之ならかまわない。

勢いに押されて易之はあとずさり、よろめく。無理に唇を離して言う。

「則天……こんなことをしちゃ……」

うわずった声。髻《もとどり》を解いたようすを初めて見る。整った顔の両側に髪が流れる。繊細で美しい。薄いカーテンを通した月の光が美貌をやさしくつつんで、ともに崇拝しているようだ。

「易之、やっと二人きりになれた。だれも来ない。こうしたいんでしょう?」

睫毛ごしに見上げてささやく。その手をとって体の線にそわせる。また緊急事態が起きてこの機会をだいなしにされてはという不安から大胆になる。

「初めて会ったときからこうしたかったはずよ。そうでしょう?」

三年前、どちらも十五歳だった。お気にいりの薬草の自生地のそばで彼は瞑想していた。ありえないほど透きとおった肌、艶やかな髪、純白の袍《ほう》。この世のものならぬ存在に見えた。

だから近くの木の枝を折り取って叩いた。

なのになぜかまた来ると別れぎわに約束された。こちらをどう思ったのか、約束は守られた。次も、その次も。毎月の末に。

あの魔法は消えていない。いまも彼を縛り、目を曇らせている。易之は唇を噛んだ。その目のまわりのあざをそっとなぞった。あたしを助けようとしてできた傷。この顔で唯一の傷。

「あなたとならいい。あなたとなら後悔しない」

易之は二度固まった。最初はこちらの言葉に。次はその首すじに唇がふれたときに、より強く。胸が震え、声にならない声が漏れる。しだいに速くなる脈を舌先で感じる。あたしのために差し入れてくれた夜着《よぎ》をその手がつかむ。ついにこちらの髪を軽く引いてあおむけさせ、欲望のままに唇をあわせた。

体の隅々まで電気が流れたように感じる。まるで木属性の気だ。奔放で活力にあふれる。春にすべてを芽吹かせ、繁茂させる力。

相手の唇がはげしく迫ってくるのを感じてほくそ笑む。夢中になって喉を鳴らしている。無邪気な微笑みで田舎娘に縁のないさまざまな知識を伝授しながら、腹の底にはこんな欲望を隠していたのだ。

いいのよ。こちらも気のないふりで授業のノートにすました意見を言いながら、おなじことを妄想していた。

狂奔のさなかで台風の目にはいったように、つかのまおたがいの目があった。むこうは用心深く、こちらは挑戦的。たがいの暗いエネルギーが共振する。どちらも初めて仮面を脱いでいる。

ふたたびキスしはじめた。熱烈に、猛然と。手は探り、つかみ、全身を這う。森ではできなかったところまで、秘すべきところまでふれあう。

押しやってふたたび退がらせ、斜めに誘導する。やがてその膝の裏にベッドがあたる。絹のシーツに押し倒すと、マットレスが男の体重で沈む。そのほどいた髪が扇のように広がる。こちらは一方の肩に髪を寄せ、馬乗りになって見下ろす。荒い呼吸をくりかえす細い顎に、握った指のつけ根を這わせる。相手は長い息を吐いて白い首をあらわにする。その山も谷もすべてふれていく。高まる動悸が指先に伝わる。

こちらは妖狐だ。世間の噂どおりの妖《あや》かしとなって人間の男を誘惑し、生きながら食おうとしている気分。

手を下げて相手の夜着の帯にかけ、ほどく。

「待って――」

ふいに易之の目に正気がもどる。でも遅い。

夜着がはらりと開き、かすかな熱気が立ち昇る。

あらわれたものに目を瞠った。

上半身が刺青におおわれている。細い金線で描かれた色鮮やかな花葉文《かようもん》。蔓《つる》と葉がもつれるなかに薔薇、百合、芥子《けし》の花が咲く。

易之は起き上がった。表情が読めない。その動きにあわせてこちらは膝の上に退がる。

「これがどういう意味かわかるかい？」

胸の芥子の花にふれながら、かすれた小声で尋ねてくる。

「いいえ」

首を振りつつ、顔を近づけて細部を見る。蜻蛉《とんぼ》、蝶、蛾も飛んでいる。蔓に見えるなかには蛇もいる。

「家族の一員というしるしだ」顎に力がこもる。「父にとっての」

「子どもたちはみんな刺青をさせられるの？」

体に薄くついた筋肉が弛緩する。泣き笑いのような表情になる。

「全員ではないよ」

寒気が首筋を這い上がった。話せないことがあるらしい。

「これがあるのはいいこと？　それとも悪いこと？」

「立場による」

こちらの頬をなでてやさしく微笑む。また横たわり、こちらを引き寄せる。

「いつか詳しく説明するよ」

耳もとにささやいて、夜着の上を脱いだ。

そんな彼にもう一度キスする。髪と髪を重ねる。

でももうなにかがちがった。体の奥が醒めてしまった。

どうしても刺青を意識してしまう。肩に這い上がり、肘まで伸びている。森ではその高級ブランドの袍の袖が肘近くまでめくれているのを何度も見た。透きとおるような肌の肘から上にこんなものが隠れているとは思いもしなかった。

心があるべき場所から離れていく。その亀裂に冷たい論理が侵入する。

易之がいわゆる〝善良〟な人だと思っていたわけではない。一から十まで善良な人がこの世にいるとしたら、世間知らずか頭がおかしいか。そんな人とはかかわらない。森の逢瀬は危険をはらみ、だからスリルがあった。もしだれかにみつかったらあたしは死ぬ運命だった。易之もわかっていた。相手をそんな危険にさらしつづけるのはけっして〝善良〟ではない。

でも、これほど深い闇をかかえているとは思わなかった。

月に一度きりの密会を三年続けて、いったいどれだけ相手のことを知れるだろう。いまこの行為におよんでいる相手をどこまで知っているのか。

にわかに不安がふくらむ。強くキスした。血を吸い出す勢いだったけれど、よけいに違和感が残った。混乱した頭に記憶の断片が浮かぶ。楊広に霊鎧《れいがい》の重みで組み敷かれ、こんなふうにキスされて抵抗しなかった自分。刑天に馬乗りになられ、首を絞められて抵抗できなかった自分。

あるいは、食堂の血染めのテーブルに身を乗り出した李世民のめったに見せない小さな笑みを見て、抵抗したくなかった自分。

ぞっとして跳ね起きた。

易之の目から恍惚が消えた。

「どうした？」

「い……いえ、なんでも……」

頭を振って、またかがみこんだとき。

ビー、ビー、ビー……。

ベッド脇のテーブルにおいたリストバンドをいっしょに見る。易之がなだめるようにこちらの肩にふれ、這い出して確認した。スクリーンの光がその顔を照らす。

驚いたように表情がゆがんだ。急いで夜着の上をはおってベッドから出る。

「世民だ」

息せききって言うと、襟をあわせながらドアをあけた。

「心拍数が急上昇している」

22 錯乱

李世民《リー・シーミン》は自室で倒れ、床の茣蓙《ござ》に苦しげに爪を立てていた。

「世民、どうした？」

易之《イージー》は脇にしゃがんで手をとり、手首で脈を測りはじめた。すこしかすれた声が切迫した状況をあらわしている。

李世民は弱々しくやさしい顔で易之を見上げた。

「文徳《ウェンドー》か……？」

あたしは戸口からそれを見て、はっとして動けなくなった。背後からの月の光でできた影が二人に落ちている。

李世民は震える傷だらけの手を易之の頬にあてた。ふいにその目に恐怖が宿り、易之を突き放した。

「だめだ……来るな、文徳……コクピットに乗るな……」

そっと室内にはいってしゃがんだ。

「どうしてこうなったの？」

室内は胃酸と薬草のにおいでむっとする。昨夜易之に説得されてしぶしぶ飲んだ薬をすべて吐きもどしたらしい。

「錯乱して幻覚をみている」

易之は指で脈をとりながら顔をしかめ、さらに李世民の短い髪をかき上げたところに額をあてた。

「そして熱も高い。よくないな」

「酒を飲まないだけでこんなふうになるもの？」

「まさにこれが離脱症状だ、則天《ゾーティエン》。そばについていてやって。司馬《スーマー》謀士と医者を呼ぶ。だから外に出る」莫蓙から立ち上がる。「僕をべつのだれかと思いこんでいるようだ」

李世民は易之の夜着《よぎ》の裾をつかんだ。

「文徳……コクピットへ行くな……乗るな……」

奇妙な感覚に胸を締めつけられた。それを振り払い、李世民の顔をこちらにむける。

「まえの伴侶はもう亡くなったのよ！」

部屋を出ようとしている易之が肩ごしにたしなめた。

「則天、患者を苦しめることを言わないほうがいい」

むっとしながら、李世民のぐらりと傾いた頭を受けとめる。すると焼けるように熱い。短い髪の下が汗でぐっしょり湿っている。その震えが伝染したようにこちらも震えはじめた。

奥歯を強く嚙みしめる。なぜ意に反して体が彼に反応するのか。世間に決められた男性の主人に奉仕するように無意識が働くのか。

裏返って揺れる声で言う。

「大嫌い。あなたのせいでおかしくなる」

李世民が焦点のさだまらない目をむける。

「すまない」

「そうやって何度も謝らないで！」

「すまない」

その目が閉じ、体は震えつづけた。

「まいったな、ここまで悪くなっているとは思わなかった」

司馬懿《スーマー・イー》謀士は医務室の丸椅子で貧乏ゆすりをしながら、うめくように言った。髻《もとどり》は雑に結び、夜着に道袍《どうほう》をひっかけただけだ。

「無能な隋唐辺境軍にまかせておいたらこのざまだ」

易之はベッドのそばの丸椅子にすわり、震えが止まらない李世民の手を握っている。

「中央司令委員会は本人のこの状態を知らないのですか？」

「承知していない。わたしが訓練したときはこんなではなかった。詳細な訓練計画を書いてゆだねたのに、しばらくしたらこれだ」言いながら、道袍の襟を引き寄せて顔をそむけた。「とはいえ、文徳のことがあって落ちこんだ精神状態のままあずけてしまったのはたしかだ。不安定な情緒に対処できず、飲酒を許可して放置したのだろう」

あたしはベッドの反対側の椅子に腰かけ、李世民の腕を押さえていた。ひどい震えを軍医も止められなかった。点滴投与した化学薬剤が効いて神経が鎮まらないと、鍼《はり》治療もできないという。

化学薬剤の使用はあまりよくない。自然の生薬でないと気の流れを大きく乱してしまう。でもそれをいうなら、本人が大量に摂取するアルコールも長期的におなじことだろう。

李世民の原気《げんき》は大きく衰えていると軍医は診断した。原気は生命活動をささえる気で、一生を通じてすこしずつ減り、補給はできない。そして肝臓もかなり弱っているという。とはいえ断酒プログラムは中断できない。酒びたりの生活にもどったら、次の離脱症状はもっと深刻になる。命の保証はない。

すでに今回、命があやうくなっているわけだけど。

両耳のあいだでなにかがピンと鳴った気がした。周囲が遠ざかり、自分と李世民の震える腕だけになる。

いま死んでくれるのがいちばん好都合ではないか……？

もし朱雀《すざく》に搭乗して戦闘中に李世民が死んだら、渾沌《フンドゥン》はその死を感じて攻勢意欲を減退させるだろう。すると軍があたしを生かしておく動機もなくなる。

でも病室で死亡して、軍があたしに責任を問えない状況ならどうか。なにも知らない渾沌の攻勢は続き、戦力の空白を埋める必要にせまられた軍は朱雀をあたしにゆだねる判断をするかもしれない。

「――とりわけ刑務所で肝臓を半分切除されていますからね」

易之の言葉が耳にはいってぎょっとした。まばたきして顔を上げる。

「ちょっと待って。なにを切除？」

易之は目を上げてこちらにむけた。

「肝臓の半分と腎臓の片方だ。健康なすべての死刑囚から摘出され、移植を待つ患者に提供される」

全身の血が凍りかけのシャーベットのようになった。腎臓は原気が貯蔵される重要な臓器だ。片方失ったらその時点で健康寿命は実質的に半分になる。

司馬謀士が易之に尋ねた。

「きみの資金力でほかの死刑囚から腎臓を買うことはできんか？」

「できます。しかしそんな大手術をしたら実戦復帰まで数ヵ月かかるはずです。年単位かもしれない。軍は許容できますか？」

司馬謀士は口を結んだ。

「周州奪還までは無理だろうな」

「やはりそこですね」

易之はため息をついて李世民の手をさらに強く握った。

二人のつないだ手につい目がいく。キッチンで薬草を調合し、実験室で溶液を測る細く繊細な手。一方で敵をぶった切って殺す凶暴な手が、いまからみあっている。

あるいは雄渾《ゆうこん》な筆で漢詩を書く手でもある。

李世民に目をやり、苦しげにゆがんだ表情を見て、すぐにそらした。

だいじょうぶ。これくらいで死んだりしない。易之がかならず依存症を治してくれる。

「がんばって、鉄魔《てつま》」

腕にかけた手に力をこめた。

李世民は苦しげに空咳《からぜき》をして起き上がろうとした。あわてて易之がその頭をささえる。

「動いちゃだめだ」

「行かないでくれ」

李世民はつぶやいて、易之の手に鼻をすり寄せた。

「ここにいる」

見ているこちらは苦しくなった。こんな献身的な看護はあたしにはできない。易之に頼って厄介な状況に巻きこむわけにはいかない。でもあたしではこの状態の李世民を助けてやれない。

易之に手をそえてもらって李世民はコップの水を震える口で飲んだ。でもすぐにベッド脇に吐いてしまった。胃酸にまじって血が口から流れるのを見て、こちらは小さく声を漏らした。

突然、部屋全体が真っ赤になった。

警報が望楼のあらゆるコンクリートの空間に鳴り響く。天井の丸い大きな器具が点灯して医務室を警戒色に染める。

「これは……」

あたしは腰を浮かせた。

司馬謀士も丸椅子から立った。口が動いているけれども、警報にかき消されて聞こえない。謀士は声を張り上げた。

「新たな渾沌の来襲だ。近いぞ！」

「あたしたちも？」

「いや、おまえは対応不要だ！　当直じゃない」

謀士はすわれと手を振る。

「わかりました！」

答えたものの、じっとしていると落ち着かない。戦局を変える力が自分にあるとわかると、いろいろな考えが湧く。今後の戦闘における女子の死には一定の責任がある気がする。ズシンと外で大きな音がして壁が震えた。ズシン、ズシン、ズシン……。しだいに速くなる。

たまらず立ち上がり、振動する窓のカーテンをあけた。

白虎《びゃっこ》が起動している。望楼から離れて四つ足で駆けていく。白い四肢に緑と黒の線が浮かび、夜闇に虹色の光芒を引く。大地を蹴る響きはすぐに遠ざかった。金属性の霊蛹機《れいようき》は気を外へ放つのが得意ではない。でもパイロットは自分たちの属性を利用できる。活発な木属性の気は白虎の動きを加速する。柔軟な水属性の気は動きをなめらかにする。

「すごい！」詰めていた息をすこし吐いて、易之のほうに振り返った。「見て！」

見ていない。李世民の口についた血をガーゼでぬぐっている。話しかける声は警報にかき消されて聞こえない。李世民はうなずきながら、あいかわらず真冬のようにガタガタと震えている。

なぜか仲間はずれの気分になった。

でもこの部屋に易之は一人いればいい。自分には自分の強みがある。

一分ほどで警報はやみ、司馬謀士がリストバンドで見る配信映像の小さな音だけになった。ベッドの柵につかまってよろめきながらその脇に移動する。

画面が緑の光につつまれ、スピーカーから割れた咆哮が響いたと思うと、白虎は後ろ脚で立って変形しはじめた。脚は長くなり、肩は張り出し、前足は伸びて鉤爪のある手になる。口は大きく開き、その奥では人間型の顔があらわれる。まるで虎の頭をかぶった戦士だ。胴をおおう鎧は乳白色のガラスのようで、どの部分にも緑と黒の線がある。

英雄形態だ。三秒以下で完成した。金属性の霊蛹機は土属性についで変形が難しいのに。

首を振ってつぶやく。

「これほど協力できるなんてすごい。なにか秘密が？」

「チームとしての心得がある」司馬謀士は冷たく非難がましい目をこちらにむけた。いたたまれない気持ちになる。「得意なところは積極的に出て、退くべきところは退く。先を争わず、たがいに信頼している」

白虎は胸甲を叩いて、そこから得物の長い戈《ほこ》を引き出しはじめた。目は木属性の緑から水属性の黒へ、つまり究極の陽から究極の陰へ変化した。理にかなっている。木属性の気は変形を起こしやすいのに対して、水属性の気は霊金《れいきん》をかたちづくるのが得意だからだ。戈が引き出されてくるへこみは黒く変色している。先端が抜けたとたん、胸甲はもとのかたちにもどった。

その戈を頭上でくるくるとまわして白虎は戦闘に飛びこんだ。双眸は片方が緑、片方が黒。二つの気が連関《れんかん》し、二つの心臓が一つに搏《う》つ。跳び、刺し、薙ぎ払い、きらめく渾沌の群れを倒していく。

あたしは画面ごしに李世民をちらりと見て、唇を噛んだ。

易之がふいに顔を上げた。

「なんだ、この音は？」

「戦闘の――」

言いかけて、ようやくこちらも気づいた。

外の廊下を軍靴の音がバタバタと近づいてくる。ドアから兵士の叫び声が聞こえる。

こちらは司馬謀士に目をやった。その口からなにも聞けないうちに、ドアが乱暴に開かれた。

あらわれたのは、まるまると肥満した兵法家。隋唐辺境軍の安禄山《アン・ルーシャン》謀士らしい。司馬謀士から一人で講義を受けたときに、その体形を冗談の種にするのを何度か聞いた。

安謀士は荒い息をついて、李世民を指さした。

「ここにいたか。おい、出撃しろ。いますぐだ」

23　同病相憐れむ

「冗談じゃない！」

易之《イージー》と司馬懿《スーマー・イー》謀士とあたしは声をそろえた。

安禄山《アン・ルーシャン》謀士は李世民《リー・シーミン》をにらんだままだ。

「命じる。シャトル列車で朱雀《すざく》へ行け。ただちに」

赤く照らされて血栓のように見える兵士たちが医務室になだれこんできた。ただし全員がこちらに銃をむけたのではなく、司馬謀士の護衛の兵士はむきなおって対峙してくれた。

一触即発……でもなく、どの兵士も表情と姿勢に困惑と迷いがあらわれている。

司馬謀士は丸椅子から立ってベッドのまえに移動した。

「李パイロットは戦える体調ではない！」

身ぶりは威厳があるけれども、服装は夜中にトイレに立ったようなようす。

安謀士は意外なほど身軽に近づいた。

「そのわりには昨日、こちらのパイロット二人を叩きのめしてくれたようだが」

あたしは逃げたい、易之の背中に隠れたいという衝動と戦った。すこしでも安全そうなところへ行きたい。でもそんな弱さは見せられない。だから司馬謀士の椅子をささえにしてその場に立ちつづけた。

「アルコール依存症からの回復中なんです」

易之がそう言って、丸椅子をきしらせて立ち上がった。手は李世民の肩においている。

安謀士の目もとに笑いじわができた。

「ああ、わかっている。しかし緊急事態だ。パイロットは常在戦場で全身全霊を華夏《ホワシア》防衛にささげねばならない」

「前回の出撃から二日しかたっていない！」軍での立場を忘れがちな性格の司馬謀士は、強硬な命令口調になっている。とはいえおかげで重要な点が強調された。「二日だ、安謀士。それを出撃させるなど正気ではない！」

安謀士はゆっくりと首を振った。

「司馬謀士、現実を見たまえ。九尾狐《きゅうびこ》と朱雀の尋常でない変形に刺激された渾沌《フンドゥン》は、こちらの通常防衛能力を上まわる攻勢をかけてきている」その凝視がこちらにむき、ひやりとした。「なんらかの妥協をせざるをえない」

　司馬謀士は鋭い目になった。

「だめだ。まさか、彼を進貢《しんこう》する気か？」

「ここの戦況を熟知する隋唐辺境軍のわれわれ謀士一同は、それを最善策として多数決で決定した。李パイロットは使いものにならん。出撃のたびに処理場へ引かれる牡牛のように抵抗する。自分の命はなんら危険ではないのにだ。これでは作戦を組めん！」

「秦《チン》皇帝将軍以来の高い霊圧の持ち主を、あえて進貢すると？　中央司令委員会として許さない！」

「直接的かつ進行中の攻勢下では、現地の兵法家はいかなるパイロットをも必要に応じて配置する権利を有する」安謀士は鼻の穴をふくらませた。「われわれは兵と人民を守るためにこれを必要な処置と考える！」

　司馬謀士はこの論理に反論できなかった。

　血塗られた悪夢の光景のように、安謀士とその兵士たちの姿が迫ってくる。現実の彼らは一歩も動いておらず、あたしの膝が震えて、落ち着こうと大きく呼吸しているだけだ。この切迫した事態をどうにかしなくてはならない。

　顎を上げて言った。

「ねえ、パイロットを〝進貢する〟というのは、想像どおりの意味？」

　安謀士に横目でにらまれた。

「男の議論に口を出すな」

　どっと怒りが湧いた。恐怖は駆逐され、全身の筋肉が張りつめる。兵士と銃を見て、撃たれるのを覚悟で安謀士の鼻をへし折ろうかと考えた。

　司馬謀士が安謀士をにらんだまま言った。

「進貢は究極の臆病者がやることだ！」

「残念ながら、司馬謀士、もう猶予がない。華夏の安危《あんき》にかかわる状況だ」

　そして安謀士は首をかしげ、目のなかに不気味な赤い光を宿らせながら、かたわらの兵士に合図した。

　兵士はバックパックから未開栓の白酒《バイジウ》を一本取り出した。

　李世民は喉を鳴らし、飛びつこうとした。

　易之と司馬謀士は声をあげてつかまえ、引きもどす。あたしは司馬謀士の丸椅子につかまってよろめき、ふらつく頭を押さえている。脈が速くなって爆発寸前だ。

　わざわざ酒瓶を用意しているのはどういうわけか。

　安謀士は兵士からそれを受け取り、瓶の首を持って振りながら、あわれむように李世民を見た。

「ほしいだろう。取り引きだ。すなおに出撃しろ。そうすれば飲ませてやる」

苦いものが喉にこみ上げた。

過去にもこうしてきたのだ。隋唐辺境軍はそのために李世民に飲酒を許可しているのだ。酒でつって霊蛹機《れいようき》に乗せ、それによって多くの女子を犠牲にしてきた。

足の激痛をこらえて歩みより、安謀士が指でつまんだ酒瓶を叩き落とした。床で粉々になってガラス片と液体が飛び散り、むっとするにおいが立ち昇る。

とたんに安謀士はまなじりを裂いて、こちらに腕を振った。

すでにあざのある頰を平手で叩かれ、ベッドの足もとに倒れた。痛みと熱が顔から発し、耳鳴りがする。

「則天《ゾーティエン》！」

易之があわててそばに来た。

するとそのすきに司馬謀士は李世民をベッドから引きずり出し、医務室のドアへ走った。

「公子《ゴンズー》、その子を連れてこい。急げ、急げ！」

易之の目に当惑が浮かんだのは一瞬で、すぐにこちらを抱き上げた。

司馬謀士は警備に立つ兵士のあいだを通り抜けながら、叫んだ。

「撃つな！　わたしは中央司令委員だぞ」

その突破口を易之も通った。

「撃つな！　僕は公子だぞ」

室内より暗い赤に染まった廊下を、あたしと李世民を連れて逃げる。うしろからは追う足音。ただしあまり本気ではない。中央司令委員会と現地兵法家の主導権争いに兵士たちも困惑しているのだ。安謀士の罵詈雑言が背後から飛んできて壁に反響する。

こちらの重みで前かがみになった易之の腕のなかで上下左右にゆさぶられる。李世民は司馬謀士の肩を借りてよろめいている。

ふと目があい、同病相憐《あいあわ》れむ顔になった。

こんな艱難辛苦《かんなんしんく》に耐えるくらいなら、いっそ朱雀で死んだほうがましかもしれない。でもそこで怒りが湧いた。自分がこんな体になったのは五歳で家族に足を砕かれたからだ。では彼はどうしてこうなったのか。

司馬謀士がエレベータのパネルにリストバンドをあて、承認のビープ音が鳴った。ドアが開くと李世民を押しこむ。あたしを抱いたままはいった易之は床にへたりこんで荒い息。司馬謀士は内側のボタンをガチャガチャと何度も押している。閉まりはじめたドアに兵士たちが迫ってくる。

早く閉まって、早くと、頭で念じる。

兵士の面前でドアは閉まった。ところがわずかなすきまに兵士の手がさしこまれた。こちらがあせっていると、易之が道袍《どうほう》の懐から出した注射器の針をそこに刺した。手は驚いた蛇の頭のように引っこんだ。

エレベータはうなって下りはじめた。

やれやれという重い息。ガラガラと金属音が響く。

「ねえ!」

よろめきながら立って、李世民の胸ぐらをつかんだ。弱った相手は背中を壁にぶつけてエレベータ全体を揺らし、床にへたりこんだ。易之と司馬謀士の制止を無視して続ける。

「あんな餌につられて出撃してたの?」

李世民は苦しげに壁にそって起き上がり、震える両手をあわせて額に押しつけた。返事はない。

易之がこちらの肩に手を伸ばす。

「則《ゾー》――」

その手を振り払って声を張った。

「戦闘後に飲ませてやると言われて、女子たちを犠牲にしてきたのね?」

「それだけが理由じゃない!」

李世民は絞り出すように言った。強気で上げた顎は、吐いた血で染まっている。えぐった心臓をほふる鬼のようだ。

「やめろ！」

司馬謀士が腕をいれて割りこんだ。それでもあたしは叫ぶ。

「それが最大の理由に思えるけど！　霊蛹機を動かすたびに女子が一人死ぬ。それをわかったうえで、その命より酒を優先したのよ！」

「則天！」

易之が激した声を出した。さすがにはっとした。こんな声は初めてだ。でもその目はすぐにやわらいだ。

「則天、彼は正真正銘の病気なんだ。脳も臓器の一つで、それが病んでいる。風邪をひいた患者が自分の意志で咳を止められないように、彼はアルコールを求める自分を止められない。そこに自己はないんだ。難しくても理解するんだ」

「いや……こいつの言うとおりだ……」

李世民が膝をついて体を起こし、乱れた髪の下からこちらをにらんだ。

「自己はある。ただ……女子たちより酒に価値があると思ったことはけっしてない。俺が弱いだけだ。弱いから女子たちを死なせた。何度も、何度も。それを認めればいいんだろう？」咳きこみ、口から流れる血を手首で押さえる。「それが真実さ。満足か？」

血まみれの腕を横に振る。かすれ声が暗闇に反響する。エレベータはガタゴトゆれながら下へ下へとむかう。

顎へしたたる涙を見ていられない。こちらは目を固く閉じて壁に背中を押しあてた。胸の空洞で小さく孤独な心臓が搏つ。

司馬謀士が不機嫌そうに尋ねた。

「喧嘩はすんだか？」

あたしは頭を両手で押さえて小声で訊いた。

「どこへむかってるんですか？」

「妾女《しょうじょ》部屋だ。楊堅《ヤン・ジエン》皇子将軍は妾女パイロットを必要としないから空き部屋になっている。そこに隠れて戦闘の終息を待つ。敵が去れば安謀士はなにもできない。しかし、これでわかっただろう。おまえたち二人はまず気持ちのしこりを解消しておけ」

怒りを隠せずに声が震えている。

「安謀士の言うところは正論だ。渾沌がこれほど早く再来したのは、たしかに朱雀が第三形態に変形したからだ。周州の複製巣をつぶす戦力がこちらにあると感じ取ったのだろう。攻撃を反復するのは霊蛹機を減らして勢力をそぐためか、こちらが一か八かの総力戦に出ることを狙っているのか。しかし、おまえたち二人が協力しないと潜在能力は具体化しない。このまま状況が悪化して進貢やむなしとなったら、諸葛《ジューゴー》軍師もわたしも止める手立てはないのだぞ。わかるか?」

「進貢というのは、やはり渾沌に貢《みつ》ぐという意味ですか?」

易之がさっきの質問をくり返してくれた。いまは言葉を選ぶ気力がなくなっているからありがたい。

司馬謀士は鼻のつけ根を揉んだ。

「そうだ。気が回復していないパイロットをあえて戦闘に出す。当然死ぬが、渾沌はそれを感じることで鎮静化する。おおっぴらには語られなくとも、そういう作戦は実施されてきた。対象になるのはあつかいづらいとか、非協力的とか、年齢的にとうが立ったパイロットだ」

肺の下で胃が縮んだ。

二十五歳。脳はおおよそこの年齢で成長が止まる。霊蛹機を操縦するのに必要な柔軟性を失う。これより年長のパイロットはほとんど生き残れない。二十歳を迎える者すら少ない。

この情報が頭の芯に深くしみこんできた。考えてみれば、メディアで取り上げられる人気パイロットは次々と移り変わる。あたりまえだ。

易之は髪をかき上げ、簡易な髻《もとどり》をよけいに崩した。

「たとえば……賢哲《けんてつ》会議を動かして安謀士の影響力を排除することはできませんか？」

司馬謀士はうつむいたまま首を振った。

「賢哲会議も反撃について一枚岩ではない。中央司令委員会でさえ意見が割れている。もし失敗したらこちらの戦力は渾沌に蹴散らされ、長城は突破され、おそらく唐州を奪われる。かつて周州を失ったように」

音をたてて頭から血の気が引いた。そう言われればいやでもわかる。

「パイロットの命か、みんなの命かというわけね。隋唐辺境の全住民の」

膝が震え、李世民とおなじく床にへたりこんだ。

ところが司馬謀士は意外なほど力強く主張した。

「それは臆病者の考え方だ。戦争に勝つには強いパイロットに賭けるしかない。おまえたちはどちらも天文学的な霊圧を持っている。そんなまれな二人が組んでいるのだから数百年来の好機だ。おまえたちをあきらめるつもりはない！」

エレベータがガタガタと鳴る。

あたしと李世民はまたしても同病相憐れむ目でおたがいを見た。

殺したくても殺せない。霊蛹機に乗っても無理。たしかに軍の一部は手駒のパイロットが気にいらなければあっさり進貢するらしい。どれほど強大な霊圧の持ち主でもためらわない。

あたしたちはいわゆる比翼の鳥なのだ。ふだんは片目と片翼で森の地面をよたよたと歩いている。つがいになって初めて空を飛べる。

うーんとうなって、両手のつけ根でこめかみを揉んだ。

まちがっている。こんなことは絶対まちがっている。あたしたちはそれぞれ華夏最強にして孤高のパイロットだ。彼は鉄王で、あたしは鉄女王であるべきだ。なのに鉄魔と鉄寡婦としか認められない。

これでいいわけがない。この力は手放さない。

これまでの経験でわかったのは、強さを誇示するだけではだめということだ。よってたかって叩きつぶされてしまう。

必要なのは仲間だ。味方だ。隋唐辺境軍のなかにほしい。司馬謀士と諸葛軍師は隋唐の兵法家の高圧的なやり方に批判的だけれども、そんな連中を説得して、あたしたちを進貢する緊急動議が出されたときに多数決をくつがえしてくれる人が必要だ。

たとえば独孤伽羅《ドゥーグー・チエルオ》はどうだろう。

司馬謀士がふたたび配信映像を見はじめると、隣に立って白虎《びゃっこ》に注目した。伽羅なら理解してくれそうな気がする。あたしが来るまで最強の女子パイロットだった。七年も軍歴があれば隋唐辺境軍の兵法家とも親しく、影響力があるだろう。会いにいってみよう。

24　牝虎

安禄山《アン・ルーシャン》謀士はもちろんこちらの行動に対してカンカンだった。でも諸葛亮《ジューゴー・リアン》軍師がついているので、戦闘終了後は手出ししてこなかった。

とはいえ安閑《あんかん》としてはいられない。各地の辺境軍とその兵法家は中央司令委員会の統制下にあるものの、その中央司令委員会は賢哲《けんてつ》会議の下にある。また各地域の事情に通じているとはいいがたい。厄介者を陣中にとどめて渾沌《フンドゥン》の攻勢を招くくらいなら、いっそ進貢《しんこう》しようという意見で隋唐辺境の謀士たちが一致したら、賢哲会議も同意見に傾くかもしれない。中央司令委員会が華夏《ホワシア》全体の優秀な兵法家を集めた精鋭組織とはいえ、賢哲会議の決定はくつがえせない。

そんな流れを変える必要がある。

独孤伽羅《ドゥーグー・チエルオ》と楊堅《ヤン・ジエン》は、戦闘で気が枯渇して非番になり、虎籠《ころう》訓練所に滞在していた。二人の豪華なロフトは訓練所のすぐまえの開皇《かいこう》望楼にあるけれども、休養期間中は規則にしたがってほかのパイロットと同様に訓練所の地下室で寝起きする。おかげで共用の浴場で伽羅《チエルオ》と接触する機会がある。戦闘終息を待ってから易之《イージー》に調達してもらった翡翠の首飾りを、浴場を管理する侍女にあたえて、伽羅が来たら知らせるように言いふくめてあった。浴場で裸になって透明なビニールカーテンを押しあけると、湯気のなかに五、六人の大人の女子と数人の子どもがいた。独孤伽羅とその侍女たちらしい。

本人は一目瞭然。すこし離れて低い木の椅子にすわり、洗髪している。白虎の霊鎧《れいがい》の一部である金属性の白い磁器のような脊椎装具が背すじに張りついている。ここから接続鍼《ばり》が脊椎に常時刺入されており、おかげでコクピットの霊鎧に背中をあてただけで再接続が完了する。毎回鍼を刺しなおす手間がない。鍼は極細なので日常の動きをさまたげない。

タイルの床にしばし立ちつくした。入浴用品のガラスの小瓶がはいった籠《かご》に力をこめる。いまだに怖《お》じ気づくものはいろいろあるけれど、独孤伽羅が目のまえにいると、こちらは一介の村娘の気分にもどってしまう。なにせ相手は皇女将軍。女子がのぼれる最高の地位にある。

でもいまは自分のほうがと、思いなおした。

椅子を持ち、おぼつかない足でそちらへ歩く。

隣に椅子をおくと、その音で洗髪の手が止まった。壁の横一線のくぼみに金網付きで設置された赤外線保温灯がじりじりと熱を発し、湯気には濡れた金属のにおいがする。隣の顔がゆっくりとこちらにむく。いかにも気分を害したようす。ところが顔を見て、驚きで表情が変わる。脊椎装具が伝える木属性の気で瞳が緑にきらめく。

　こちらも驚きをこらえている。なんてこと！　独孤伽羅がこっちを見てる！

「こ……こんにちは。武則天《ウー・ゾーティエン》よ。新入りの」

　咳払いして、注意深く椅子に腰を下ろす。

　むこうは目を細めている。李世民《リー・シーミン》よりさらに彫りが深く、切れ長の目。戎狄《じゅうてき》の血が濃い。

「そうね。例のあんた」

　口のなかが乾いた。その足に目を惹きつけられる。纏足《てんそく》にせず木製サンダルを履いている。あたしたち漢族は戎狄を〝女を走りまわらせてかえりみない蛮族〟とさげすんできた。なのにいまは〝慎ましい〟はずの足を隠したくてたまらない。あわてて話した。

「あの……いい機会なので挨拶しようと思って、独孤《ドゥーグー》さん……独孤嬢……夫人……」

　細い顎がつんと上がる。

「独孤皇女将軍よ」

　かっと顔が熱くなった。

「ええ、皇女将軍」

シャワーの栓をきしませて開き、尋ねた。

「その顔はどうしたの？」

めだつ頬のあざに手をやる。

「これは……殴られたの。二度」

シャワーの下で勢いよくシャンプーを洗い流しはじめた。

「どうでもいいことだけど」

そっちが尋ねてきたくせにと思いながら、唇を噛んで黙った。

「たしかにどうでもいいわね」

「じゃあなんの用かしら。機嫌をとって取り入ろうというつもり？」

さらに顔が赤くなった。あたらずとも遠からずだったからだ。

「ただ会って挨拶を――」

「一つだけ言っておくわ、女狐《めぎつね》」その目が明るく派手な緑をおびて鋭くにらむ。「あんたがどういう女かわかってる。近づかないで。とりわけわたしの伴侶に」

「それは……」

「絶対に伴侶に近づかないで」

「どうしてそんな話に？」

「色女のつもりのようね。自分は特別なつもり？　九尾狐《きゅうびこ》の鉄寡婦《てっかふ》さん」

「メディアでそんな印象を持ったのなら、勝手にそう言われてるだけよ。二週間近く監房にいれられて、メディアでどうあつかわれているかすら知らないのよ！」

相手の膝でタオルがきつく絞られた。

「昨日、精神リンクで見たものを教えてあげるわ。あんたよ。伴侶の頭のなかにあった」

失望によって黒ずんだ怒りが有毒な煙のように湧いてきた。

「それが……こっちのせいだというの？　女子どうしの話をするつもりで来たのに、あなたの頭のなかは男子のことばかりなのね！」

むこうの腕が鞭のように動いた。

頭をタイルの壁に叩きつけられ、強い痛みが頭に走った。椅子につまずき、すべりやすい床に足をとられて転倒した。痛みで息もできない。

「伴侶に手を出さないで。男を殺す淫婦《いんぷ》」

伽羅は仁王立ちして見下ろし、吐き捨てた。

冷たくぬめる水たまりに倒れたこちらを尻目に、纏足でない足がタイルを力強く踏んでいく。まねのできない去りかただ。

25　餌食

頭がゆれて脈打つ。熱い痛みでかすむ。一分くらいずっと手で押さえて、ようやく動けるようになった。ほかの人々もあっけにとられているだろうと思って、浴場のシャワーと湯気を見まわす。

泣いている子が一人。笑っている子も。大人の女たちは困惑したようすで、目があうとすぐにそらして髪の泡を洗い流しはじめる。タオルを絞り、シャワーを止め、入浴用品の瓶を籠《かご》に放りこみ、そそくさと出ていく。

信じられない。

倒れた椅子を立て、なんとかすわって両手で顔をおおう。あふれる涙で目が痛い。涙は両手にたまって手首に流れる。歯を食いしばり、嗚咽《おえつ》する。

そこへ力強い足音が近づいてきた。

さっと緊張して顔を上げる。独孤伽羅《ドゥーグー・チェルオ》がもどってきたのか。今度は武器を手に。

べつの女子だった。

「だいじょうぶ？」

かがんで声をかけてくる。首のそばで団子に結った髪はざっと乾いているものの、まだ滴がたれている。穏やかな目は一重で、鼻は低く、ふっくらした顔立ち。まぎれもなく漢族だ。

ただし纏足《てんそく》ではない。

足ばかり見ていることに気づいて、あわててほかも見るようにとりつくろった。相手はわけ知り顔でえくぼをつくり、両手をあわせて小さく低頭した。

「玄武《げんぶ》の陰《いん》パイロット、馬秀英《マー・シウィン》よ」

驚いて眉を上げた。

「あっ、あなたが！」

あたしのほかに三人いる鉄皇女のもう一人だ。化粧を落として髪型を崩しているせいで気づかなかった。高い地位とはうらはらに容姿も育ちも庶民的。農村生まれで、妾女《しょうじょ》になる希望も名家に嫁ぐ予定もなかったのに、巡回の霊圧検査できわめて高い値を出したせいで、人生が一変した。

くすりと笑って言う。

「ええ、人からは大脚《ダージアオ》の馬《マー》と呼ばれているわ」

〝大脚〟は纏足をしていない足を意味する。あわてて頭を下げた。

「明《みん》州に駐屯しているはずでは？」

「元璋《ユエンジャン》とともに夜行で来たの。こちらの渾沌《フンドゥン》の攻勢がきびしいという中央司令委員会の応援要請を受けて」

理にかなっている。玄武は水属性で融通性が高く、開豁《かいかつ》地形での行動力が高い。

「だいじょうぶよ。半分はこちらが悪いの」頭にできつつあるこぶをさすった。「来てくれたのがあなたでよかった。あんな乱暴な女子でなくて」

曇ったビニールカーテンごしに出口のほうをにらんだ。

秀英は手で口もとを隠して笑った。

「じつはわたしもあの人に挨拶しにきたのよ。話しかける機会を逸したけど、それでよかったようね」

目をぐるりとまわそうとして、ずきんと頭に痛みが走った。

「ひどいめにあったわ」

「まあ、戎狄《じゅうてき》の女子は気が強いとよく言われるから」秀英は顔を寄せて軽口まじりに小声で言った。巻き舌の北方訛りが強い。「匹偶《ひつぐう》戴冠式の夜に楊《ヤン》皇子将軍の首に狩猟用ナイフを突きつけて、ほかの女と寝ないと誓わせたそうよ。妾女パイロットを一人も使わないのはそのためだって」

下世話な噂話が秀英の口から出てきたことにやや眉をひそめた。でも明州は漢族と戎狄の軋轢《あつれき》がひどいと聞いているので、しかたないのだろう。

「それは好きにすればいいけど、伴侶があたしのことを頭の隅で考えたからって、こっちを責めるのは絶対へんよ！」

秀英は穏やかな眉をややひそめた。

「体の裏切りより心の裏切りのほうが傷つく場合もあるのよ」

「そもそも彼があたしのことを考えたというのが不可解だけど……」

秀英は肩をすくめた。

「男子があなたに興味を持つのは当然よ。パイロットならとくに。元璋の頭のなかを精神リンク中に詳しく見たらきっとそこにもあなたの断片があるはずよ」

「どうして！」

「男子は若くて新鮮な女子に本能的に惹かれるもの。たとえ本人が認めなくても。ところで、話の続きはあっちでどうかしら……？」

シャワーの反対側にある木の浴槽をしめした。彼女の幼い息子二人がはしゃいで水をかけあっている。

失礼にならないように笑顔で招きに応じ、椅子と籠を持ってそちらへよたよたと移動した。でも頭のなかでは、秀英の妊娠後期には伴侶の朱元璋《ジュー・ユエンジャン》は任務で妾女を使ったはずだという考えが消えなかった。無用な死があったはずだ。

それにしても、こんな明日をも知れぬ生活でよく二人も子をもうける気になったものだと驚いた。秀英は二十三歳でパイロット年齢の上限に近い。朱元璋は年上で二十四歳。一年もたてば軍は二人を進貢することを検討しはじめるはずだ。

いや、自由意思と考えるのは早計かもしれない。軍が子づくりを推奨してもおかしくない。女子は妊娠するとたんに自分の体が自分のものでなくなる。〝生まれてくる子のために〟という名目であらゆる制約を課される。縛りたい側には好都合だ。

もし李世民《リー・シーミン》と二週間前から同居生活をしていたら、軍はあたしを妊娠させろと彼に命じたはずだ。

胃の腑が冷たくなった。さまざまな不快な連想に襲われて、腹を、あるいは子宮を押さえた。まばたきしてそれらを振り払う。

「標《ビアオ》、棣《ディー》。武《ウー》お姐ちゃんにご挨拶なさい！」

秀英は生まれたままの足ですたすた歩いていく。黒い脊椎装具が背中に張りついた蛇のようだ。三人いる鉄皇女のうち二人が纏足でないのは偶然ではないだろう。でも出産について秀英は拒否できなかったのではないか。

男の子二人は急にもじもじしながら挨拶した。

「武姐姐《ジェジェ》、こんにちは」

胸の奥の暗闇を見ないようにしながら、子どもたちにうなずいて答えた。秀英の隣でシャワーの栓をひねる。錆びたようにきしんでお湯が出はじめた。床に倒れたときについたぬめりを洗い流す。

ほかの入浴者は次々に上がってほとんどあたしたちだけになった。秀英は椅子にすわって子どもたちをタオルでごしごし洗っている。その途中で顔を上げ、さっきまでより真剣なようすで言った。

「ところでよけいなお世話かもしれないけど、だれかに言いたい愚痴があるなら聞くわよ。来たばかりで話せる知りあいが少ないでしょう。必要なものは貸すから言って。たとえば……傷かくしのパウダーとか。手持ちはある？」

首をかしげた。

「傷かくしのパウダーって？」

「だって、ほら……」

頬や首をしめされた。あざに手をやる。

「ああ、これ。ありがとう。でも気にしてない。だれの機嫌もとるつもりはないの」

悲しげな目に理解の光が宿る。

「そうよね、わかるわ。男子はときどきやりすぎるから。とくに李パイロットのような戎狄は」

ふいに不具合が起きたようにまばたきする。

「ああ、いえ、これは……ちがうのよ。李世民にやられたんじゃないの。もしあいつがこんなことをしたら、ただじゃおかないわ！」

「あら、ごめんなさい。よけいな気をまわして」

「それより、どうして傷かくしパウダーなんて用意してるの？」

あらためて観察してもその体のどこにも傷はない。あれば洗われて見えるはずだ。

秀英はまた真剣な目になった。

「必要とする女子のためよ、もちろん」

「でも隠す必要なんかない。こんなことをする男子が裁かれ、殺されるべきよ。耐えるのではなく！」

秀英は驚いて口を半開きにしてから、閉じて弱々しい笑みになった。

「さすが鉄寡婦と呼ばれるだけのことはあるわね」

「がまんする意味がわからないだけ」

壁にむいて両の拳を握った。シャワーに視界をふさがれ、微笑む姉の顔が脳裏に浮かぶ。いつも微笑んでいた。つねに従順で、非の打ちどころがなかった。規範からはずれることを天が許さなかった。

「耐えて、耐えて、それでなんになるの。譲歩して、言いなりになっていれば、そのうち相手が態度を変えるとでも？　暴力でなんでも手にはいると思わせたら、最後に待つのは死よ」

それに対して秀英は暗くうつろな表情で言った。

「ことを荒立てられない妾女の事情もわかってあげて。実家の安全と生活がかかっている。女子は助けあうしかない。愚痴を言いたくなったらかならずわたしに連絡して。いいわね？」

かたくなな心がゆっくりほどける気がした。そのとおりだ。もっと理解しよう。だれしも事情がある。

「そうする。ありがとう」

気にかけてくれているのだと思うと、独孤伽羅に殴られたあとだけにうれしかった。

考えてみれば、女子という理由だけで伽羅が味方になると思ったのが愚かだった。

この足の骨を砕いたのは祖母だ。弟に嫁をもらう婚資《こんし》のために娘たちを妾女パイロットとして入隊させたのは母だ。どこの娘が行き遅れだと井戸端会議で噂するのは村のおばさんたちだ。自分たちは夫のことをさんざん愚痴るくせに。そしてどこかの若い嫁が男児を出産すると祝福してやまない。自分たちは女なのに。

人口の半分から闘争心を奪い、従順な奴隷にするにはどうすればいいか。おまえは奉仕するために生まれてきたのだと教えこむ。弱者で、社会の餌食だと教えこむ。

くりかえし教えれば、やがてそれを唯一の真実として生きるようになる。


スイートにもどり、洗面台の鏡を見た。曇りガラスの窓からくすんだ黄色い光がはいる。長城からは終わりのない拡張工事の槌音や鋼材の音が響いている。易之《イージー》は李世民を死の淵から遠ざけようと部屋でずっと見守っている。

これからは夜型で生活することにしたので、昼間のうちに眠っておくべきだ。渾沌の来襲は夜間が多い。気の回復前にふたたび戦闘が起きて安禄山《アン・ルーシャン》謀士がやってくるかもしれないので、夜は目覚めていたほうがいい。

でもいまはとても眠れない。

馬秀英を味方にできたとはいえ、隋唐辺境軍にコネのない彼女はこちらの喫緊の問題で助けにならない。秀英や独孤伽羅から言われたことが頭を駆けめぐる。

〝男子があなたに興味を持つのは当然よ〟

〝一つだけ言っておくわ、女狐《めぎつね》。あんたがどういう女かわかってる〟

どういう女？　具体的に？

男あさりで身を持ちくずした悪女だと思われている？

易之から見せられたメッセージボードの投稿を思い出した。あたしの正体を憶測し、軍はこれを利用すべきか処刑すべきかと議論していた。楊堅《ヤン・ジエン》があたしのことを考えたのはわかる。異常な霊圧《れいあつ》を持つ新人女子。組んだら皇子将軍の彼でも殺されるかもしれない。伽羅が精神リンクで具体的になにを見たのか、考えるとぞっとする。

伴侶を奪われる心配など無用だ。楊堅の動機に愛や敬意はかけらもないはずだ。とはいえ、こうして人を惹きつける力はこれまで持っていなかった強さかもしれない。

全身に血流をめぐらせて考えた。鏡に近づいてひどい顔を見る。目は血走り、まわりに黒いあざができて病的だ。唇は割れ、肌は死人のように青ざめている。でもそれらの下の素材は悪くない。骨相《こっそう》はいい。

顔を引いてあらためて自分を見る。目に黒い炎を宿らせた姿。

見映えのいい女子は好まれる。でも愛憎は表裏一体。良妻賢母の理想からはずれたとたんに口汚くののしられる。虚飾だと、父はこういう女を嫌う。我が強い。狡猾だ。自分がほしいものを男から搾《しぼ》り取る。

伽羅からはそう見られているのだ。実際の行動や記録を証拠になにを言っても、なにをしても、印象はくつがえせない。

でも、憎まれるのは金《かね》になる。

金のなる木は強いし、守られる。

メディアはトラフィックさえ集まれば善悪を問わない。スキャンダラスな見出しもクリックされれば利益を生む。猥褻な写真も見られるたびに収益になる。メディア企業は資金源を守るために政府へのロビー活動も贈賄もいとわない。いい例が潘金蓮《パン・ジンリエン》だ。易之の一族とも親しいこの女は、軽薄で破廉恥な行動でいつも見出しをにぎわせる。本来なら〝公序良俗を乱す〟という理由で賢哲《けんてつ》会議によってメディアから排除されてしかるべきなのに、巷間《こうかん》の話題になるかぎりメディアは陰にひなたに保護する。易之の話では、本人は狙ってやっている。批判を笑い飛ばし、蓄財に余念がない。

それとおなじ路線に進めばいい。メディア企業と独占契約を結んでたっぷり儲けさせれば、その影響力で保護してもらえる。

易之の父にそうさせることも可能だ。

高揚感が脳天まで上昇し、シンクのカウンターを強く握る。高俅《ガオ・チウ》とかかわることなどいままで考えなかった。大企業グループの総帥として強い力を有するとはいえ、易之の口利き程度ではとても動いてもらえないと思っていたからだ。うさんくさい経営手法の噂も耳にはいる。

でもパイロットの運命を変えられるのはメディア企業の影響力しかない。

最大の例が猿王《さるおう》のパイロットだった孫悟空《スン・ウーコン》だ。孫《スン》はある高僧を乗せて渾沌荒野を横断し、華夏《ホワシア》との交流が周州陥落以来とだえていた西方の城砦、天竺《ティエンジュー》に到達し、学術文書と技術図面を持ち帰るという偉業をなしとげた。回顧録『西砦記』とその翻案版が出版されるや、孫は時代の寵児になった。そしてそのメディア契約のおかげで、霊蛹機《れいようき》を操縦可能な年齢のうちに危険な最前線に出されることは一度もなかった。パイロット引退後は俳優やコメディアンとして活躍し、いまも高い人気を誇っている。弟は毎日その映像を見ていた。

その孫が所属している芸能事務所が高《ガオ》エンタープライゼズだ。

つまり、高俅はパイロットが進貢《しんこう》されるのを阻止した実績がある。そこと契約してたっぷり稼いでやれば、隋唐辺境軍の兵法家に圧力をかけて態度を変えさせられるだろう。

急いでトイレから出た。めあては易之。目的はキスではない。

26　感情のもつれ

高俅《ガオ・チウ》との交渉は予想どおり歯がゆい思いをさせられた。本格的な裏工作に着手するのは、こちらがもう一度李世民《リー・シーミン》と乗って生存してみせてからだという。

「賢哲《けんてつ》会議の心証がよくない女子を、世間に売り出そうというのだ。黙認させるには多方面に袖の下を握らせねばならない。そんな手《て》数《かず》をかけておきながら、出撃して二秒で死なれては話にならんからな」

高俅はボイスメッセージで易之《イージー》に言った。あたしはじかに話すべき相手とさえ認められていないわけだ。

というわけで、やはり次の戦闘で李世民と一致協力できるかどうかが成否を決する。

頭を切り替えた。拒否感を持つのはやめた。彼の過去も、こちらの複雑な思いも棚上げにした。むこうの離脱症状が易之のおかげで多少なりと落ち着くと、司馬懿《スーマー・イー》謀士から指示されるパートナー訓練をいっしょに素直にこなした。アイスダンス、通常のダンス、信頼構築ゲーム、手をつないでの鉄骨渡りなど、どんな課題も黙々とやった。

長城からいっしょに飛び下りるのさえ。

曇り空にできた光のしみのような月あかりのなか、李世民がダンスをはじめるようにこちらに腕をまわす。事件が続いたことから司馬謀士が中央司令委員会に根まわしして、二人とも霊鎧《れいがい》使用が認められた。訓練に役立てるためと、ほかのパイロットからこれ以上の暴力を受けないためだ。

朱雀の霊鎧は身長より長い真っ赤な翼を左右に広げる。そのため重く、コンクリートのふちでよろめくほどだ。雨染みと苔でまだらになった長城の壁が夜闇に垂直に落ちこむのを見下ろす。地面ははるか遠く、黄泉《よみ》門へ至る忘却の淵のようだ。飛行訓練は平地でやりたかったのだけど、試行錯誤で気を浪費するのを司馬謀士が嫌って、難しい条件で一発で習得するように命じられた。

渾沌《フンドゥン》荒野を吹き渡る夜風は死せる妾女《しょうじょ》の泣き声のように蕭々《しょうしょう》と鳴り、寒さが骨までしみとおる。短髪を乱される李世民は離脱症状の震えがまだおさまっておらず、顔には生気がなく無表情。暗くてますます陰気だ。

華夏《ホワシア》最強のパイロットにもかかわらず無冠のままで、霊鎧姿となるとさらに見慣れない。それにしても派手だ。前述の翼にくわえて、鳳凰《ほうおう》の尾羽のように裳《も》が長く伸び、両肩からも金属の羽根が大きく広がる。そのあいだの頭にはなにかがたりない。冠をつけたらどんなだろうと想像していると、司馬謀士が命じた。

「飛べ！」

鉄魔の李世民が気を発するところを肉眼で初めて見た。

肌の下から真っ赤な光が溶岩のように噴き出し、霊鎧に流れこむ。脇にかかえられたこちらの体にも熱が伝わる。瞳孔は熾火《おきび》のように輝き、翼は夜風を受けて燃え立つようだ。放出される気の量は本人の霊圧《れいあつ》に正比例する。だからこれは華夏のだれも見たことがない壮大な光景だ。

バリバリと音をたてて翼が広がり、李世民はこちらを両腕でかかえて壁を蹴った。突然の浮遊感に悲鳴をこらえ、熱い霊鎧にしがみつく。耳もとで風が鳴る。世界は明瞭さも論理性も失う。翼の下で高温の気がつくる熱風が渦巻く。このまま死ぬのか。たしかめようにも目をあけられない。

そうやって酸素を吸って吐いているうちに、いらだちが湧いてきた。

こんな自分でいいのか。男子にしがみつくだけの女子か。

深呼吸して、自分の金属性の白い気を全身の経絡《けいらく》に通した。冷涼感が背骨から自分の霊鎧に流れる。李世民の腕から離れる。それどころか胸を突き放す。

たちまち落下して肝が冷えた。でも翼を何度もはばたかせながら必死に気を通す。青白い光が視野の周辺に流れる。全身の汗を風が冷やす。

　そうやって飛びはじめた。

　大きな翼面が風を受けて、重力を打ち消し、死を遠ざける。全身の細胞に爽快感があふれ、星の光のように非日常的にきらめく。円旋回してゆっくりと高度を上げながら、世界を新しい目で見る。広さと音と自由に満ちた大きな世界。本来は霊蛹機《れいようき》でしか得られない視点。でもいま人間の体で見ている。華夏の東の果てにあるという渾沌の海のように、広く包容力のある大空を舞っている。望楼の窓の光が長城にそって並び、地平線から地平線へ伸びる蛇の星座のようだ。

　両腕を見る。銀白色を呈した冷たく静かな金属性の気が、霊鎧の羽根模様の下を流れている。これをどう使い、どう制御しているのか自分でわからない。風に吹き飛ばされる涙のようにあふれるのをどうとどめているのか。さまざまな感情がこみ上げ、重力から解放された体が嗚咽した。そのせいでバランスが崩れ、ぐらりと翼が傾く。李世民が上から近づき、腰をかかえてくれた。おたがいの翼から出る冷たい気流と熱い気流がまじりあう。

　感動のあまり、その手を押しのける気にもならなかった。

「歩くことさえ満足にできないのに」

泣きそうな声で言って、彼の羽根模様の胸甲を拳で叩いた。もう遠慮せずしがみつく。熱い気が頬を温めてくれる。

人には行けないはずの天と地のあいだの広大な空間で、彼は黙ってあたしを抱き、風に揺られていた。

飛行訓練は成功し、長城にもどったときの司馬謀士は満足げだった。なのに二人の相乗効果は実際にはろくに改善されていなかった。

「相手まかせにしているだけで、ぜんぜん協力していない！　それじゃだめだ！」

アイスリンクでの無様な練習のあと、また司馬謀士に怒鳴られた。

怒鳴るだけなら簡単だ。つるつるすべる氷の上で、酒瓶のことばかり考えて気もそぞろの相手と協力するのがどんなに難しいか。自分もやってみればいいのだ。

訓練五日目になると、期限にまにあうのかどうか見通しがあやしくなり、不安がふくらんできた。暗い気分を映したように黒雲がアイスリンク棟に近づき、雷がコンクリートを震わせて雨が窓を流れる。

李世民がふてくされてトイレ休憩に行ったあと、リンクの外周にいる司馬謀士に手招きされた。

「ちょっと来い。話がある」

背中の翼を動かしながらおそるおそるそちらへ行った。霊鎧が許可されてから氷上で転倒しなくなったし、足の痛みも減った。

司馬謀士はリンクをかこむガラスの柵を強く握っていた。

「三角関係になりかけとるようだな」

小さなスケート靴をきしませて急停止。否定の言葉を並べようと口を開きかけるのを、司馬謀士は手を広げて黙らせた。

「言い訳は聞かん。おまえとあの公子《ゴンズー》が見つめあってるのを見ればわかる。一線を越えんようにしろ」身を乗り出して声を抑える。「李世民がおまえの伴侶だ。好一対《こういっつい》だ。忘れるな。とりわけ人前では意識しろ。軍でのおまえの評判はすでに悪い。このうえ奸婦《かんぷ》のレッテルまで貼られるな」

なんとか態度をつくろって、ぐるりと目をまわした。

「ご心配なく。ことの軽重《けいちょう》は心得ていますから」

嘘ではない。易之とはあの混乱した夜以来、キスもしていない。

「そもそも幾何学の基本をお忘れですか、司馬謀士」両手の指で三角形をつくって、そのあいだから相手をのぞいた。「三角形は最強の図形なんです！」

「そんな話じゃない。おまえと世民は不自然なほど息があわん。いったいどうなっとるのだ。閨房《けいぼう》の務めをちゃんとこなしておるのか？」

その意味を理解すると耳まで真っ赤になった。

「そんなの、なんの関係も……！　一度もしてません！」

司馬謀士は両手で自分を叩くように顔をおおった。

「そうか、それでわかった。進歩がないのは当然だ！」

「それと訓練になんの関係もないでしょう！」

「なにを言うとる！　伴侶の絆を築く究極の行為だ。なぜやらんのだ」

まるで部屋を出るときにストーブの火を消さなかった理由を問いただすように言う。

スケートでうしろへすべりながら、翼でバランスをとった。

「べ……べつに、したくないだけです！」

「したいとか、したくないとか、そういう問題ではない！」

司馬謀士はぎりぎりと歯がみしている。このばかげた件での頑固な態度を見るとげんなりする。

「楊《ヤン》皇子大佐とやれたのなら、世民ともやれるだろう。相手が戎狄《じゅうてき》だから怖いというならまだわかるが……」

「楊広《ヤン・グアン》とだってしてません！」

絶叫するように言ったのは自分で自分の言葉を聞きたくないからだ。

司馬謀士はしばらくぽかんとしていた。

「まだ処女なのか？」

「いけませんか⁉」

真っ赤になった頬はほとんど蛍光色だ。

司馬謀士はリンクの柵を叩いた。

「いいわけがあるか！　世民に対して心理的な壁があってはまともな操縦をできるわけがなかろう。壁は克服せねばならん。おまえと世民はこれから部屋にもどって、いますぐやってこい。至急だ！　聞き分けのない女子みたいなことを言ってる場合じゃないぞ！」

「悪いけど、あたしは女子なんです！」涙があふれて、いまにもこぼれそうだ。「そういうことは汚らわしい最低の行為だと教えられて育って、男子と親しくしていると疑われただけで豚小屋に沈めると家族に何度も脅されたんですよ。なのにいますぐ男子と寝ろだなんて！　しかも大嫌いな相手と！」

最後の言葉が広いリンクのコンクリートの壁に反響した。司馬謀士は言い返そうと口を開いたところで、横にむけた目を丸くした。

こちらもはっとして視線を追った。

トイレからもどってくる途中で李世民が立ちつくし、こちらを凝視している。霊鎧が震えて鳴る音は、屋根を叩く雨音にかき消されている。雷鳴が建物を震わせる。

すぐに後悔した。手で口を押さえかけた。でも、これまでもずっと嫌悪感を隠さなかった。だからいまさらだ。両手は丸めて脇にとどめた。

司馬謀士は首を振った。

「まあいい。ちょうどよかった、世民！　こっちへ来い。武《ウー》パイロットとの伴侶の絆を完成させる件で話がある！」

李世民の眉がぴくりと動いた。でも感情は読みとれない。きびすを返し、霊鎧の長い裳《も》と臑《すね》があたる音をたてながら足ばやにトイレへもどりはじめた。

「その話はしたくない」

司馬謀士は空気が薄くなったように口を開閉した。

「どこが気にいらないんだ。ちょっと太めだけど、顔はまあまあじゃないか」

李世民は振り返り、食堂で喧嘩騒ぎをはじめたときとおなじ憤怒の表情になった。

「俺は動物じゃないんだ、司馬謀士」目をこちらにむけると表情をやや弱めた。「俺たち、は」

「動物ではなくともパイロットだ。そして次の戦闘の成績が生命線だ。なのに、おたがいに対していまだにぎこちない。そこをどうにかしろと言ってるんだ！」

李世民は足を止めない。

あたしは目を閉じてゆっくり深呼吸した。このままでは自分たちのせいでだめになってしまう。そこが問題なのかもしれない。論理的に考えよう。いまここで解決しなければ、いつまでも課題として残り、いずれもっとひどいつまずきの原因になる。つまずいていられる時間も余裕ももうないのだ。

また頬が赤くなるのを感じながら深呼吸した。

「李——！」

天井で赤い照明がともった。渾沌来襲警報が棟内に反響する。

李世民はさっと振り返った。

司馬謀士はつかのまあわてたものの、気をとりなおして的確で整然とした指図をはじめた。

パイロットの生存本能が感情のもつれを塗りつぶす。李世民が駆け寄り、こちらは翼をたたんで待ち、抱きかかえられる。自分の足で歩くより、抱いて運ばれるほうが速い。飛ぶわけにはいかない。夜空を背景にあかあかと光る標的になってしまい、脱走防止という口実で兵士に撃たれる。

ところが屋外に出て十歩で兵士に包囲された。雨水をはねて軍靴が集まる。ようすを調べようと霊感を使った。気を特定の強さで霊鎧から出すことで、第三の目が開き、全身に新たな感覚層ができる。訓練所のあちこちで霊圧源が移動している。ここへ集まってくる。構内の全兵士がこちらを追えと命じられたのか。

「おや、今度は出撃をためらわないようだな」

安禄山《アン・ルーシャン》謀士の声がどこかのタブレットのスピーカーから聞こえた。兵士の一人がその顔を映したタブレットをかかげ、べつの兵士が濡れないように傘をさしかけている。

司馬謀士はびしょ濡れの道袍《どうほう》の袖を振った。

「中央司令委員会の指図で……」

「こちらの指図が優先だ」

安謀士はタブレットのなかでべつのタブレットをしめした。そこには文書が表示されている。

「孔《コン》議長じきじきの賢哲指令だ」

27 銃声

流れくだる雨の滴よりも顔が冷たくなった。

賢哲《けんてつ》会議を率いる孔《コン》議長が、あたしたち二人と反攻計画をあきらめると実質的に宣言したのだ。

司馬懿《スーマー・イー》謀士に目をやる。訓練所の雨にけむる照明灯でぼんやり照らされた顔は、恐怖に固まっている。落雷の閃光でここ数日の心労が浮かび上がる。やつれた顔の線にそって雨が流れ、濡れた髭からしたたる。

こちらに目をあわせず、瞑目《めいもく》して答えた。

「了解した」

底なし穴に落ちる石の気分になった。

タブレットの安禄山《アン・ルーシャン》謀士がにやりと大きく笑い、顎で指図する。

「朱雀《すざく》へ連れていけ」

兵士たちが近づく。その一人はマズルガードを持っている。黒い鉄線が雨に濡れて光る。

「よせ！」

李世民《リー・シーミン》が叫び、低い声が霊鎧《れいがい》を通して大きく響いた。兵士たちは思わず足を止める。こちらを抱く腕に力がこもる。

「つけなくても乗る。今度は逆らわない。こいつがいるから」

遅ればせながら気づいた、というより思い出した。伴侶をあてがえば従順になると思われているのはどちらもおなじだった。

でもこれは虚構にすぎない。伴侶として機能していない。目すらろくにあわせない。気は六日分しか回復していない。戦えるわけがない。

李世民は眼鏡を雨に打たれながら兵士にしたがった。司馬謀士はついていこうとして、阻止された。

「来ていただかなくてけっこうだ」

安《アン》謀士はまるで気をきかせるように笑顔で手を振った。

司馬謀士は歯を剝いてにらんだ。でも銃をつきつけられてはあとに残るしかない。大雨のなかで叫んだ。

「忘れるな。まず朱雀に気を急速充溢《じゅういつ》させろ！　ほかの霊蛹機《れいようき》からできるだけ気を集めろ。

そうすればたりるかもしれない」

無理だ。だれがすすんで気を分けてくれるものか。馬秀英《マー・シウイン》ならともかくだけど、まだ休養期間で今回は出撃しないだろう。

李世民の腕から逃げ出したい。でも無駄だ。この体では走れない。逃げようがない……！

いや、待てよ。霊鎧を使えば。

脱走できるかもしれない。

体をひねって翼を広げた。李世民の胸甲を翼の先がこすって金属音をたてる。はばたこうとしたとき――

銃声がした。

目がくらむような白い力で李世民の胸に押しもどされた。遅れて背中に苦痛が炸裂した。

視界がまだらにかすむ。口を開き、背をそらす。全身の筋肉が張りつめて声を出せない。

叫び声がいくつも飛びかう。でも氷水に飛びこんだように聞きとれない。

「――なんてことを――」

「――でもこいつは――」

湿った空気に硝煙がただよう。李世民が呼んでいる。名前を呼ばれたことがあっただろうか。その腕に抱きかかえられ、ゆさぶられる。でも意識をたもてない。頭が苦痛でいっぱいになり、全身の細胞が支配される。

世界がゆがむ。

それでも兵士は移動をうながす。下がった翼の先が濡れたコンクリートをこするのを激痛のあいまに感じる。

やはり逃げ道はない。

意識が何度もとぎれながら長城の上へ運ばれた。エレベータの薄暗い照明。金属のきしみ。黒光りする銃。自分の喉から発する苦悶の声。コンクリートの構造物をおおう霧とレールを叩く雨。

シャトル列車に乗り、朱雀が駐機されている貞観《じょうがん》望楼へと走りだす。窓を流れる雨滴が夜闇に光る爪痕のようだ。

「撃たれた……ほんとに撃たれた……」

李世民の膝の上で体をまるめ、その顔を見上げながらかすれ声で言う。何度も反復している気がするけど記憶がない。額から冷や汗が流れる。肩に手をまわされ、抱きよせられる。

「しっかりしろ。朱雀に接続するまでの辛抱だ。リンクすれば痛みは感じなくなる」

歯の根があわない。震えが止まらない。アルコール依存からの離脱初日の彼もこんな感じだったのだろうか。霊鎧の下で濡れた伝導スーツが氷のように冷たい。

李世民の霊鎧が金属の羽根の下で赤くぼんやり光りはじめた。温かくなり、熱気が揺れる。震える声をあげて、その胸甲を手で押さえた。

「だめ……気を浪費しないで……」

「そんなことを言ってる場合じゃない」

小声で言って瞳を赤く光らせる。眼鏡の雨滴すらたちまち乾いていく。こちらの霊鎧の手をこすって温めてくれる。離脱症状でやつれて灰色の顔は真剣だ。車外では轟々と嵐がうなり、無数の心音のように列車の鉄板を叩く。水のたまった線路を鳴らして走る。窓の雨滴のすじが相手の顔に映っている。

そのようすを意外な思いで見上げた。

「なぜやさしくしてくれるの？」胸がつかえ、声を絞り出した。「こっちは……ひどいことを言ったのに」

その目尻が下がる。悪魔的な赤い瞳とはふつりあいなやさしい目。手に指をからめてくる。

「おまえは奇跡だ。ずっと待っていた。出撃のたびに祈っていた。おまえがこのくりかえしを止めてくれた。だから失いたくない」

体の芯から震えた。目が熱くなり、視界がうるんだ。気づかれたくなくてその足もとを見る。裏返って震える声で言った。

「嫌いって言ったのは……そうじゃないのよ。そんなに嫌いじゃない。もうあんまり。混乱しちゃうだけ」

「ごめん」

小声で答えて、からんだ指を離そうとするのを、こちらからつかまえる。

「字がとてもうまいって聞いたわ」

親指でその手をなぞる。列車を叩く雨のように気持ちが揺れる。自分でなにを言っているのかわからない。

「また書いて」

乾いた笑いが頭上から漏れる。こちらの手のなかで指を曲げ伸ばしすると、動きにひっかかりがある。

「この手は……重労働を長くやらされて、もう筆は握れないだろう」

胸が痛んだ。思わずその手を胸に引き寄せる。

「あきらめないで、もう一度書いてみて」

シャトル列車はブレーキ音とともに停車した。こちらは李世民のほうに倒れこみ、激痛でまた悲鳴をあげた。つないだ手が離れて体をささえてくれる。

まわりの座席で兵士たちが立ち上がり、銃をガチャリと鳴らしてかまえた。李世民の腕が体の下にはいる。

「下車する。抱き上げるぞ」

顔をしかめてうなずく。それでも大きく動くと予想しない激痛に苦悶するはめになった。

視界がかすみ、相手の肩に頭を押しつけて悲鳴をこらえる。

どうせなら早く出撃したくなってきた。すくなくともこの痛みから解放される。

ところがドッキングブリッジへ下りるエレベータに押しこまれると、新たな恐怖に襲われた。李世民が深い諦念をただよわせているのだ。

あきらめてしまったのか。

「李世民……世民！」

呼ぶと、悲しげで穏やかな目がこちらにむいた。こんな穏やかな目をするのは初めてだ。

最初に会ったのはちょうどこのエレベータから降りたところで、囚人用のボディスーツを着て、口にマズルガードをつけていた。そのときの目は怒りで明々《あかあか》と燃えていたのに。

このままではいけない。

その首に腕をまわして体を起こし、唇を重ねた。

世民は驚いて鼻息を漏らし、あとずさった。その霊鎧が風を送られた熾《おき》のように輝き、エレベータ内の温度が上がった。感覚と興奮がおたがいのあいだを往復し、雷光のように明るく輝いて苦痛を圧倒する。むしろこちらが驚いた。

「戦って」

唇をやや離してささやいた。心臓が高鳴り、放たれた野獣のようにおたがいの胸甲を内側から叩く。

「戦って、どんなにつらくても」

うなじに手をまわして引き寄せる。

「こんなところで死ぬわけにいかないから」

世民はこちらの霊鎧をつかむ指に力をこめた。

エレベータの扉が開き、屋外の暴風雨にさらされた。強い照明がドッキングブリッジのむこうにある朱雀の長く湾曲した首を照らす。兵士たちはいっせいにエレベータから出て格子鋼板の床を踏み、ブリッジの左右に並んだ。

銃をむけるのは、あたしたちを嫌っているから。

道をあけるのは、それでも必要としているから。

世民はあたしをかかえて、そのあいだを朱雀へ歩く。雨に打たれる霊鎧が濛々《もうもう》と湯気を立てる。あたしは痛みをこらえ、両側の卑怯者を一人ずつにらんだ。

望まない出撃でどうやって戦闘させるのかと思っていると、二人の兵士がいっしょにコクピットに乗ってきた。パイロットが陰座《いんざ》と陽座《ようざ》におさまると、いままで存在に気づかなかった補助席を横に引き出してベルトを締めた。

そしてそれぞれの銃をこちらの頭に突きつけた。

28　最強の図形

怒りに燃えながら朱雀《すざく》に精神を送った。まさに怒髪衝天《どはつしょうてん》だ。

今回は世民《シーミン》の不気味な精神領域は出現しなかった。火と油のように両者の怒りがぶつかって燃え上がり、夜闇を照らす光をともなって朱雀のくちばしから叫声《きょうせい》が出た。雨は毎秒千本の針のように降ってくる。朱雀の双眸は金属性の白と火属性の赤の二色で光り、前方を照らす。

『前進しろ、朱雀。でないと不服従罪で死刑だぞ』

取り付けなおされたスピーカーから安禄山《アン・ルーシャン》謀士の声が耳ざわりに響く。

あたしは――おそらく世民もいっしょに――朱雀の声で吠えた。

痛みだらけの肉体から解放されたのはよかった。自我の境界がぼやけながら広がって朱雀の巨大な翼の先までとどく。力強く羽ばたいた。できることなら方向転換して長城を翼で叩き壊したい。でも不審な動きをしたら兵士が引き金を引いて、脳髄がコクピットの壁のしみになるだろう。

世民とともにぎこちない協力動作で朱雀を動かしていると、意識の表層にある白と黒のぼやけたものに気づいた。意識を集中させると、それは陰陽領域となって顕在化した。心霊体の世民が目のまえで膝をついてすわっている。こちらもおなじ姿勢。白と黒の境界でおたがいの膝を接している。

相手の顔を両手ではさんだ。

「前回スピーカーをはね飛ばしたように、兵士を外に振り落としたらどう？」

世民ははっとした。こちらを見て驚いている。この領域を意識していなかったらしい。ここで普通にふるまうのはどちらも初めてだ。相手は血に飢えていない。いい兆候だ。きょろきょろしてから目をもどし、探るように見る。

「振り落として、それから？」

口を半開きにして固まった。

そうだ、それからどうするのか。

朱雀を停止させて戦闘終了まで動かずにいたら？　帰還後に死刑になるだけだ。コクピットに立てこもれば、あたしは銃撃の傷がもとで死ぬ。朱雀に乗って荒野の奥へ逃げれば、この大きな霊蛹機《れいようき》には渾沌《フンドゥン》が殺到してくる。

これはまるで……まるで……。

抵抗すれば処刑される。渾沌と戦えば、かろうじて生かしておく価値が認められるかもしれない……。

世民の顔はすっかり表情を失っていた。さきほどの諦念の意味がようやくわかった。ずっと昔からおなじ葛藤のなかにいたのだ。

渾沌荒野のあちこちに黒い水たまりができていて、その雨でしぶく水面に朱雀は足を踏み出した。こちらは茫然として伴侶の動きにあわせられない。

むなしい期待だった。軍は意図的にやっているのだ。

戦意が低調で、気も十分に回復していない影響はあきらかだ。朱雀の動きは鈍重で精彩を欠く。嵐で羽根を濡らして地上をとぼとぼと歩く鳥そのものだ。

カメラドローンが貪欲な赤い目を光らせて挑発的に飛びまわる。高俅《ガオ・チウ》も、賢哲《けんてつ》会議も、隋唐辺境軍と中央司令委員会の兵法家たちも、それぞれのドローンからこのようすを見て判断を下すだろう。

頭上の黒雲を雷光が切り裂き、前方の平原を照らす。五分もせずに渾沌の第一波が地平線から寄せてきた。長城に近くて危険だ。気が発する小さな光が夜と雨のなかに見え、続いて体形のシルエットが見えてきた。

陰陽領域で声を荒らげた。

「これを見のがすなんて、斥候ドローンはなにしてるの？」

「いや、こっちへむかう渾沌は意図的に通過させるように指図されたのかもしれない」

世民は膝の上で固く拳を握っている。心霊体でむかいあっているので、頭のなかで通話画面を見ているような感じだ。

「やりかねないわね」

渾沌の狙いは霊蛹機であり、長城ではない。この群れは主戦場から分岐してこちらをめざしてきたのだろう。熟れて腐りはじめた桃にむらがる虫のようだ。

敵の先鋒とぶつかる直前、世民は朱雀の翼を広げて前方へ振った。地を這う突風が先頭の庶級渾沌を吹き飛ばす。水煙と飛沫が猛烈に上がる。その風をついて三体の貴族級渾沌が突進してきた。猫くらいに見えるけれども実際にははるかに大きい。

その一体にむけて、あたしは爪を突き出した。

「だめだ、やめろ！」

世民の精神が抵抗したせいで速度は鈍ったものの、止めるにはいたらなかった。爪は渾沌の丸い体を串刺しにした。

ところが手応えがない。碗の飯に箸を差すようにあっさりしている。

渾沌の霊金《れいきん》が爪にそって伸び、固着した。振り落とそうとしてもとれない。

「そうか！　光ってない……ということは、水属性なのね！」

失敗した。

残り二体の貴族級渾沌は、こちらの脚に体当たりして転倒させようとしてくる。

独孤伽羅《ドゥーグー・チェルオ》と楊　堅《ヤン・ジエン》の戦いを評した司馬《スーマー》謀士の言葉が脳裏によみがえった。

〝彼らにはチームとしての心得がある。得意なところは積極的に出て、退くべきところは退く〟

朱雀の制御をすべて明け渡しても危険はないと判断し、操縦をやめて世民にゆだねた。

朱雀は濡れた翼を数回はばたいて地上から離れ、くちばしから気の光箭《こうせん》を放った。そのあいだに爪にひっかかった渾沌をべつの爪で抜き取る。地上へ落ちた渾沌は裏返しになった虫のように足をばたつかせている。踏めばはらわたを噴き出してはじけるはずだ。

朱雀はのけぞってから光箭を広角で発射し、地上の大群を一気に薙ぎ払った。火属性の赤い気を浴びた渾沌は次々に破裂する。こちらも手伝って金属性の気もくわえると、光箭はピンクに変わった。反動で朱雀は遠くへ押しやられる。気の放出も長くは続かない。やがて光箭は尽きて、渾沌の骸《むくろ》がくすぶる地上に墜落同然に降りた。翼はたれ、光はない。

荒い息をついて尋ねた。

「こいつらは何級？　大きさの感覚が狂ってよくわからないのよ」

「子《し》級だ。もしくは伯《はく》級の下かもしれない」

それを基準にいまの自分たちの大きさを理解して、恐怖とめまい、そして興奮が湧いた。子級渾沌は高さ十メートルから十五メートルで、三、四階建てのビルに相当する。なのに朱雀の視点からは野良猫くらいにしか見えない。

　このように強大な力を持っていても、コクピットで銃を突きつけられた肉体は無力だ。補助席の兵士たちは乱暴な着地で姿勢がひっくり返っている。すわりなおすのを自制心で待ってやった。

　世民は朱雀を立たせ、泥の平原をふたたびよたよたと歩きはじめた。めざす先は色がまだらに見える渾沌の第二波。視界では降る雨が白と赤に染まって見える。朱雀の足どりはこれまで以上にふらついている。

「気の攻撃は減らしたほうがいいわ」

　不安が心をむしばむ。世民はうめいた。

「まずいな。光箭を撃てないと朱雀は役立たずだ。混成部隊で戦ってるならともかく」

「上位形態に変形すればいいじゃない。金属性の気をまじえれば光箭も強くなる。できる？」

「わからない。俺は意識的に変形を発動したことがないから」

「そうね。機体もあなたも火属性だから」

同属性の気では霊金は変形しない。単一の属性しか持たない渾沌が変形しないのはそのためだ。世民のような場合は自分のなかの二番目に優勢な気を使わねばならず、よけいな努力を要する。彼の第二属性は土だ。

心霊体の両手を握って開きながら言う。

「戦闘のこの段階でまだ明晰な意識をたもっているのは奇跡的だ。それがいいことか悪いことかわからないが」

渾沌の次の群れが接近してきた。前進を抑えるために気の光箭で応戦せざるをえない。世民の動きにできるだけあわせる。二つの精神で一つの体を制御するのは難しい。気負ってもしかたない。パイロット経験はこちらが浅い。

前方にようやく主戦場が見えてきた。霊蛹機と渾沌の巨大なシルエットが格闘している。地響きが雷鳴のように伝わってくる。雨風のカーテンをついてまばゆい気の光箭が走る。

遠目には渾沌と霊蛹機を区別しにくい。平凡な形状の霊蛹機はとくに見わけにくい。軍がパイロットを進貢《しんこう》しても大衆から疑問視されない理由がわかった。この敵味方いりみだれる混戦状況ではなにを、あるいはだれを殺してしまってもおかしくない。

ややあせりながら尋ねた。

「まえはどんな感じで操縦してたの？」

世民は物理世界で朱雀を戦わせるために目を固く閉じている。

「制御不能だった。感知した渾沌を一匹残らず殺す本能だけで、ほかはなにも頭になかった。兵法家もスピーカーで話しかけてこない。聞こえないとわかっていた」

「その心理状態になれる？　こっちは引っこんで黙っているから」

「無理だ。おまえの精神は存在感が強い。黙っていても騒々しいくらいだ」

いらだって叫び声を漏らした。

「それじゃあ……」

そのとき落雷の閃光で乱戦する霊蛹機たちの姿が浮かび上がった。

それを見て固まった。

無頭戦士がいる。

「え、まずい……まずいまずいまずいまずい」

陰陽領域で頭をかかえる。世民がこちらの肩に手をかけた。

「どうした？」

呼吸しなくていい領域にいるのに過呼吸になる。外の世界では雷鳴が轟々と鳴り響く。

頭のなかでフラッシュバックするのは、馬乗りになった刑天《シン・ティエン》の体重と喉を絞めてくる手の感覚。

いずれにしてもここで始末するつもりだろう。なんらかの手段であたしたちを殺して進貢し、それによって楊広《ヤン・グアン》の仇討ちをはたそうとするだろう。

結局、生き延びる望みはないということか。

ならばいつまでも指図どおりにする必要はあるのか。

自分のなかの自制心がすべて切れた。膝を起こして立ち上がり、心霊体の体重を世民にぶつけて陰陽領域の床に押し倒す。そのまま馬乗りになると、首に両手をかけた。前回とおなじだ。世民の両手もこちらの喉に伸びかけて、途中で止まった。

　こちらは喉笛に親指をあてて、まだ力はこめずに低く言った。

「あたしを止めれば、二人とも無意味に死ぬだけ。やらせてくれれば、せめて意味のあることをできる」

驚いた視線が返ってきた。手をかけた首に脈は感じない。呼吸の必要がないこの領域でおたがいを絞扼《こうやく》しあった前回、なにがどう働いてああなったのかわからない。行為の暴力性が精神力のバランスを一方に傾けたのかもしれない。

　今回はそんな闘争にいたらなかった。世民はただ目を閉じた。

あたしは朱雀を構成する金属原子すべてに制御力をおよぼした。世民の精神がショックで波打ったけれど、すぐに落ち着いた。

ちょうど突進してきた貴族級渾沌につまずいたふりをして朱雀を転倒させた。監視の兵士はどちらも補助席でひっくり返る。そこをコクピットの壁に襲わせた。金属がぐにゃりと曲がって兵士たちをつつみ、二匹のネズミを屋外に捨てるように処分した。赤いアルミでくるんで排水口から機外へ。

落下の衝撃で死ぬか、戦場で踏まれて死ぬか。

どうでもいい。

無頭戦士に注意をむける。乳首のところに両目、臍《へそ》のところに口という特徴的な姿だ。乱戦のさなかに朱雀を突入させる。荒れ狂う風雨にまぎれてこちらの意図は気づかれない。気づいたときには遅い。

朱雀の翼で無頭戦士を殴り倒した。簡単だ。こちらの半分の大きさしかない。それでも転倒すると地響きをたてる。あわてた兵法家たちの怒声がスピーカーから響きはじめたのを無視して、脚を振り上げる。

コクピットを爪でひと突きしようとした寸前に、恐ろしいことを思い出した。相手は刑天だけではない。これは無頭戦士だ。コクピットでは無辜《むこ》の妾女《しょうじょ》パイロットがその両腕に抱かれている。

巻き添えにしてしまう。

ためらった一瞬に無頭戦士は起き上がり、太い手で朱雀の振り上げた脚をつかんだ。それを突き放す。思考が駆けめぐり、小さな一点に縮小した。いらだちが高じ、空にむかって叫声をあげる。

世民がなにかに気づいた顔になった。こちらの心霊体を押しのけて起き上がる。手が首からはずれる。

「待て。こいつがおまえを殺そうとしたのか？」

あたしは頭をかきむしった。

「そうよ。こいつよ！」

世民は表情を消した。同時に目と経絡《けいらく》が真っ赤に輝きはじめる。

朱雀がふたたび無頭戦士に突進した。

「待って――！」

止めようとしたものの、世民の怒りに圧倒された。精神領域にいた鳴き騒ぐ鳥の群れのような迫力だ。

背中に腕をまわされ、きつく抱きよせられる。仮想の領域にいるのに熱でほてる。心臓が高鳴り、体が溶けそうだ。勝手にさせようという気になりかける。

でもだめだ。

殺させてはいけない。

「やめて！」

その肩をつかんだ。

朱雀は飛び上がり、燃えさかる炎のように翼を広げて、脚で無頭戦士に襲いかかる。

「やめてってば！」

叫んで揺さぶる。

「このうえさらに女子を殺すつもり？」

朱雀の翼が一瞬ゆらいだ。無頭戦士に脚を振り下ろし、爪でその前面を引っかいたけれども、突き刺すにはいたらなかった。

世民の怒りがふつふつと沸く。やり場のないいらだちは共通。でも悲嘆はこちらにはない。蓋をされたまま沸騰し、高まった圧力で朱雀の表面が張りつめる。

この圧力には憶えがある。朱雀のあちこちがゆがみ、ぶくぶくと病的に変形する。奸雄《かんゆう》形態だ。

なるようになれと放置する。

刑天を殺せなくても、痛めつけることはできる。それどころか利用できる。

変形した片足で無頭戦士の腰を押さえ、反対の爪で脚をつかむ。そして力まかせに引きちぎった。

胴側の断面から刑天の気が輝きながら流れ出る。それを朱雀に吸いこむ。金属の赤い羽根の下に黄色の光が流れる。無頭戦士の腹にある口から刑天の悲鳴が出る。

司馬謀士が霊蛹機の急激で重大な損傷について警告するのが聞こえる。わかっている。刑天は自分の脚が引きちぎられたように感じたはずだ。

ほかの霊蛹機が救助に近づいてきたけれども、翼の一撃で遠ざけた。無頭戦士の反対の脚も引きちぎる。刑天の苦痛の悲鳴が高まったと思うと、湿っぽく喉を鳴らして静かになった。気の輝きは消え、乳首の目は暗くなった。

その胴体の顔にちぎった脚を投げつける。

この霊蛹機はもう運用不能だろう。庶級渾沌が退がって、ほかの霊蛹機へ移動していく。偽の死を感じて戦意を失ったのだ。

精神リンクではまだ世民に抱き締められている。でもその腕に力はなく、敗北感がただよう。こちらの次の行動を止めないはずだ。

朱雀のむきを変えて飛び立たせた。刑天から吸い取ったわずかな気をそそぎこむ。非常手段として死者の異質な体液を朱雀に流しているような感じだけど、飛行の基本動作はできる。追ってくる数機の霊蛹機は飛べない種類ばかり。飛行には高い霊圧《れいあつ》を必要とする。すぐに振り切れた。

長城にもどり、それにそって開皇《かいこう》望楼へ飛んだ。

兵法家たちの叫びや怒声が聞こえる。それでもこちらはスピーカーをはじき飛ばそうとはしない。あわてぶりを聞いてむしろほくそ笑む。

望楼に近づくと、高度を上げ、ついで急降下にはいった。くちばしをまっすぐ突き出す。

この望楼の人々はあたしを助けようとせず、いまの状況に追いやった。死ねと望んだ。ならば死んでやる。ただし道連れにして。

翼をたたんで加速した。

『則天《ゾーティエン》！　世民！』

その声を聞いて全身の細胞が急停止した。易之《イージー》だ。翼を広げて急減速。風のうなりが消えて突然の静寂につつまれる。朱雀を叩く雨音がコクピットにも聞こえる。

『落ち着いて。落ち着いてくれ』

スピーカーから易之の声が続ける。

罪悪感に襲われた。望楼に易之がいる可能性を忘れていた。

『気を補給したいんだね？ 待ってて』

朱雀をできるだけそっと着地させた。それでも望楼の窓が風圧で揺れ、一部は割れた。視点は長城より高く、訓練所を見下ろせる。高《ガオ》エンタープライゼズで販売している模型の街並みのようだ。

つかのまの沈黙のあと、望楼の裏でエレベータの扉が開いて、長城とつながる連絡橋に光が漏れた。小さな人影が小走りに出てくる。易之にちがいない。いまの朱雀のまえに生身をさらす勇気があるのは彼だけだ。

こちらは醜怪な姿が急に恥ずかしくなって顔をそむけた。

「則天！」

長城の上から風雨をついて呼びかける声。細く小さな肉声だ。

もじもじしているこちらをよそに、世民が朱雀を声のほうにむけた。視野を調節して易之の姿を拡大する。驚いた。そんな高度な機能があるとは知らなかった。

半分をうしろに垂らした易之の髪は、雨に濡れて白いうなじに張りついている。灰青色の道袍《どうほう》はたちまち濡れそぼって黒く見える。その姿に胸を締めつけられた。朱雀の翼を頭上にかざしたけれども、雨をさえぎるにはたりない。シャトル列車での世民がしてくれたように温めてあげたい。でもあたしの気ではできない。金属性の気は冷えるだけだ。

そもそも気がたりない。朱雀を維持するのがやっとだ。

「僕の気を吸って！」

手のひらを指さして、それをこちらにむけた。

どういうことか。それでも世民と同時におなじ判断をして、朱雀のくちばしをそこに近づけた。易之の手のひらが先端にふれる。夜空の星のようにごく小さな接点だ。

易之の言葉を思い出した。

〝きみは僕の北辰《ほくしん》だ。その導きにしたがって僕は行く〟……。

朱雀の翼が震えた。真実は逆だと気づかないのだろうか。

急に頭に暴風が吹いたように、彼の授業ノートで見た図を思い出した。人体を気がめぐる経絡と、それが集中的に交差する手の経穴《けいけつ》の図。

なにをするべきかもうわかった。

金属性の正確さで手のひらの小さな点に意識を集中する。そのツボに極細の鍼《はり》を何本も伸ばして、そっと刺した。

易之の目に黄色の光がともり、嵐の闇のなかで輝きはじめた。皮下の経絡が融けた黄金を流したように明るく浮かび上がる。

朱雀に気が流れこむ。土属性の黄色で、刺激的で熱い木属性の緑もまじる。刑天から奪った漏出分よりはるかに活力がある。癒やしの力が朱雀全体をつつんだ。易之を感じる。精神ではなく、心霊としてここにいる気がする。

陰陽領域では色づいた霊妙な霧のようなものが二人にまとわりついた。いつのまにか立ってむかいあっている。金色の気の渦が腕に巻きついて持ち上げられ、指先をふれあわせる。世民の心拍を感じた。穏やかなリズムに落ち着いている。

白い翅に黒い斑点のある蝶が世民の指のつけ根からあらわれた。こちらからは黒い翅に白い斑点の蝶。どこから出たのか。世民か、あたしか。それとも朱雀に固有のものか。

どうでもいい。

いぶかしむのではなく、信じることにした。易之の気の流れを信じるように。機外では易之が朱雀のくちばしに額をあてている。こちらの心拍はさらに穏やかになった。多くの蝶があたしと世民から出てくる。

二つの心霊体はただの黒と白に分解してまじりあった。これまでになく精神が高揚する。もうべつべつではなく、陰陽領域もない。朱雀と一体化した。いっしょに操縦している。

朱雀も変形した。人間に近い体型になった。鳥の脚は伸びて人間のそれに近づいた。腕は翼から独立し、翼はより長くなった。上半身は伸びて引き締まった。顔は人間のように縦長に伸び、くちばしは鳥の仮面の先端として残った。全体的にあたしたちの霊鎧姿に近い。火属性の赤の地に、金属性の白と土属性の黄色の線がはいっている。

易之に風雨が強く吹きつけ、髪が濡れ、道袍も乱れた。雷光で浮かび上がった顔はそれでも明るい笑顔だ。

手を出して、そこに易之を乗せた。鳥の仮面になった朱雀の顔を見て驚き、笑う。その手を霊金でつつんで手袋のようにし、紐状の部分がつながっていれば腕を自由に動かせるようにした。朱雀の眉間からコクピットへ通路を開く。そこをよじ登ってきた。

「易之……」

あたしの意識は肉体にもどった。口から発声したつもりだけど、頭で言ったのかもしれない。近づく姿を肉眼で夢のように見る。羽根模様のコクピットの壁から出る赤と白と黄色の波につつまれる。

「則天……」

易之の両手に顔をはさまれる。こちらの顔では白い気が経絡にそって輝き、相手を照らす。

「来たよ。撃たれた傷はあとで診よう。戦って」

「わかった……」

痛みを感じはじめるまえに意識を朱雀に上昇させた。世民とともに朱雀を立ち上がらせる。金属の裳《も》が長く広がった尾羽のように脚をおおう。長城は胸の高さでしかない。

振り返ると、ほかの霊蛹機に半円形にかこまれていた。態度を決めかねている。

「渾沌をやっつけよう！」

世民とあたしは気勢をあげて、有無をいわさずその列を突破した。

進みながら胸甲に手をあて、いま使える武器を探す。指が霊金に沈み、つかんだものを引き抜く。

金属音と火花とともに胸から出てきたのは、長弓《ちょうきゅう》だった。

腰を落としてから空へ跳躍。雨まじりの風を翼が切っていく。主戦場にもどって、長弓の光る弦《つる》を引いた。気が凝《こご》った矢があらわれて輝く。戦場で最大の渾沌に狙いをさだめて放った。まっすぐきれいに刺さり、渾沌の火花が消えた。骸となって倒れる。ほぼ完全体なので回収、再利用できるはずだ。軍はこの戦闘における朱雀の行動に懲罰を科すにせよ、大きく使い勝手のいい骸はほしがるだろう。

貴族級渾沌を空中から次々と射殺《いころ》した。ほかの霊蛹機はこわごわと見上げながら戦闘を続ける。木属性や火属性の渾沌がときどき強力な気の光箭をこちらへ撃とうとするけれども、近くの霊蛹機が持つ接近戦用の武器で倒されていった。

最後の貴族級渾沌を倒すと、雨に濡れた金属の骸がころがる戦場はすぐに静かになった。

諸葛《ジューゴー》軍師と司馬謀士があたしたちに見いだした潜在能力がようやく開花した。

三角形は最強の図形だと言ったでしょう、司馬謀士。

そう言ってやりたかった。まわりを飛ぶカメラドローンごしに聞いているはずだ。

でも朱雀の口を動かせなかった。

それどころかどこも動かせない。

自分の精神が曖昧模糊《あいまいもこ》としている。痛みは不快だけど役に立つ。不調がある場所を教えてくれる。恐れるべきときに恐れさせてくれる。

いまはそれがない。あきらかにおかしいのに、なにも感じない。朱雀の表面から金属性の白い気が消えているのをぼんやり見るだけ。

複数の声が呼ぶ。でも波に揺られながら闇の奥へ運ばれる気分。

静かだ。寒いだけ。

とても寒い……。

第三部

蛇の道

巴蛇《はだ》は象を食い、三年のちにその骨を出す。

——『山海経』

29　長き安泰の都

夢から夢へ泳ぐ。

震えて泣く女子に、逃げろと言う。己《おのれ》の衣服は血にまみれ、手にした大包丁からも滴る。灰を呑んだようにかすれた声。女子が去ってようやく死体のあいだの血だまりにへたりこみ、自身も震えて泣きはじめる。赤く染まったタイル床に大包丁が落ちる。しかしすぐにまた使うことになる。

不可避の流れに抗《あらが》う。見たくない。けれど逃げようとしても、べつの悪夢に移るだけ。鉄格子の内側の喧嘩騒ぎ。過酷な建設現場で痛めつけられた指。あおむけで腹を押さえる。震える手の下には真新しい縫合部。臓器まで奪われたことに愕然とする。今度はうつぶせで熱にうなされる。背中には新たな多数の火傷。

次は頬を染めた女子。武術の套路《とうろ》を教えてくれる。きらめく新雪の上でくるくると旋回する。昔習った書道のように優雅に動く。腕や掌《しょう》でたがいの打ちこみを軽くかわす。雪の結晶を蹴立て、螺旋の歩法《ほほう》が雪上に弧を描く。必殺の発勁《はっけい》とはうらはらの微笑み。

しかし彼女も最後は勝てない。短い猶予にすぎない。

恐怖につらぬかれる。己のすべてがやめろ、消えろと叫ぶ。この先を見たくない。

——逃げろ！　逃げろ！——

——乗るな——

——だめだ——

「彼女たちの命と引き換えにしてまで生きるのにふさわしい命なの！」

はっとした。自分のものでない記憶に割りこんだ自分の声だった。

まばたきして目をあけ、現実にもどる。

ヨードチンキと消毒薬のにおいが冬の寒気のように鼻を刺す。手の下にあるのはざらつく白いシーツ。あわてて見まわす。

ベッド脇の光景に目を奪われる。

夢かと思う。

易之《イージー》と世民《シーミン》が丸椅子にすわって眠っている。壁を背に、おたがいにもたれている。易之は世民の肩に頭をおき、世民はその頭に頭を倒している。指をからめてつないだ手は接した膝のあいだ。

「あ……」

声を出そうとしたものの、続ける気《き》息《そく》がたりない。すべてがぼやけ、ふわふわしている。この肉体で痛みがないのはいつ以来だろう。

二人の目が同時に開いた。

「則天《ゾーティエン》！」

易之がさっと立ち上がり、世民の手を離してこちらの手をとった。

世民も立ちかけ、なにか言いかけた。でも言葉をのみこんですわりなおす。易之とあたしのどちらに目をむけるか迷うように交互に見る。

そのようすから、ふいに恐怖に襲われた。

さっきの夢は夢でなかった。世民の記憶だ。精神リンクを経由してこちらの頭に流れこんだのだ。

今度はこちらが目をあわせられない。

ごまかそうと易之を見る。苦労して眉をひそめ、かすれ声で尋ねた。

「それで……なにがどうなったの？」

肋骨を三本折って、腎破裂の重傷まで負いながら、あたしは黄泉門《よみど》の手前からもどってきた。朱雀《すざく》の火属性の霊鎧《れいがい》は防御性能が最低ながら、銃弾の貫通は阻止していた。朱雀がほかの霊蛹機《れいようき》に引きずられて戦場から帰還したあと、銃弾の摘出手術を受け、開皇《かいこう》望楼の医務室に移されて二日間眠っていた。

痛みを感じないのは鎮痛薬のおかげだ。効きめがすばらしくて、これなしの生活にもどりたくないほどだった。でも易之は、過剰な処方はしないと暗い顔ではっきり言った。依存症になったら世民の酒とおなじで、軍がパイロットを言いなりにする手段に使われかねない。その助言にはしたがうことにした。

今回の戦闘による損害は、死亡した兵士二名、脚を切断された公級霊蛹機が一機。刑《シン》・天《ティエン》は心理的トラウマを負った。妾女パイロットは相当なショックを受けつつも無事に目覚めたはずだ。

戦果は渾沌《フンドゥン》の骸《むくろ》が十二体。これは霊蛹機に転換できるし、霊金《れいきん》素材として神に献上してもいい。世民とあたしが英雄形態を安定的に維持できる明確な証拠も得られた。あたしたちのあつかいをめぐって兵法家のあいだで意見が割れていたとしても、今後の採決結果は容易に想像できる。

弁明が必要なのは、開皇望楼を破壊しかけた行動についてだった。大量殺人のために長城へ飛んでもどったという見方を否定するために、司馬懿《スーマー・イー》謀士の助言にしたがった。あのとき易之を作戦司令室に呼んでスピーカーから交信させたのも司馬謀士だ。予備の気の供給源として三人目を搭乗させるアイデアを事前に教示してあり、緊急時には試してよいと許可していたと謀士は説明した。この運用法は前代未聞ではないものの、成功例は歴史的にごく少ない。三人目を加えると正規パイロットの二人とあいだに気の不協和が起きることが多い。今回たまたま成功した理由は不明だ。

もちろん、ほかの兵法家たちはこの弁明を鵜呑みにはしなかっただろう。でも真偽は知りようがない。あのとき朱雀はカメラドローンを振り切って急速に飛んだので、配信が再開されたのは易之が長城の上で手を伸ばしている場面からだった。

高俅《ガオ・チウ》はこの展開に満足した。そしてしかるべき相手を買収し、華夏《ホワシア》の首都、長安にあたしたちを公式に招いてメディア契約を締結する許可を賢哲会議からとりつけた。あたしは治療中で、二人とも気の回復につとめる期間なので、辺境からの一時離脱を阻止する口実を安禄山《アン・ルーシャン》謀士は持たなかった。

遠くに見えてきた長安の夜景にわが目を疑った。頭上の星空より明るく輝いている。うとうとしているあいだに浮揚船が裏返しになって墜落しかけているのではないかと、脳がパニックを起こしたほどだ。たすき掛けのベルトで座席に固定された体をこわばらせ、隣の世民の手をきつく握った。

むかいの座席でおなじくベルトをかけた易之とふと目があう。

「則天、そんなに力をこめたら世民が痛いだろう」

困ったような笑顔で言う。船内はローターブレードの回転するフォン、フォン、フォンという騒音が充満し、易之の声はヘッドセットから聞こえる。

世民はふんと息をついた。

「平気だ」

「ごめんなさい」

赤くなって手を放した。

高俅が迎えによこした小型のプライベート浮揚船は風を切って飛ぶ。窓をかすめる雲の切れ端が夜闇を背景に金属性の気のように白い。二人のどちらとも目をあわせられなくなり、まだ残る恐怖をこらえてふたたび窓を見た。

戦闘のまえに世民とキスした感触を唇に思い出す。

易之には話していない。話すべきだろうか。

そんな義務はない。易之はあたしと世民が永遠の絆で結ばれていることを承知したうえで長城に来たのだ。それでもこちらの二人を見るときの寂しげな表情に、じつは気づいている。正直に伝えることがそんな彼のためになるのか、ならないのか。

うーん。

長安の夜景をぼんやり眺めつづけた。

頭のなかの混乱した考えは、すぐに驚嘆にとってかわられた。

長城へ浮揚船で運ばれたときの旅とはまるでちがう。あれは騒々しく揺れる鉄の籠《かご》に閉じこめられた暗く陰気な時間だった。それにくらべると今回は至福の時間だ。霊蛹機を操縦しているときに匹敵する。

ネオンサインに取り巻かれた高いビルが眼下の眺めを埋める。光とホログラムで照らされた金属とコンクリートの森。豆粒のような車両と胡麻粒のような人影が血液細胞のように通りを流れる。きょろきょろ見るうちに窓に顔を押しつけていた。

これが都会か。

ビルのあらゆる外壁で広告がまたたく。渭水《いすい》が黒蛇のように市中を横切り、きらきらと街灯を反射する。漢、晋、隋、唐の四州とのあいだをへだてる二つの山脈にはさまれた人類文明の繁栄。この華夏の中枢は独立した行政区になっている。

まばゆさに目がくらむ一方で、華々しさは虚飾にすぎないという易之の話も思い出した。女子の異臭ただよう纏足《てんそく》が香《こう》を焚《た》きしめた絹の金蓮《きんれん》靴に隠されているように、長安住民の大半は華やかな市街で困難な生活をしいられている。集合住宅は檻を積み重ねたようなもので、人一人が寝る広さしかない。にもかかわらず途方もない賃料を取られる。長城で三人が暮らしているスイートルームとおなじ広さに、ここでは十二人が住んでキッチンも浴室も共用している。

居住環境の競争率がこれほど高いのは、ここがもっとも安全な生活圏だからだ。華夏の人口の五分の一を上まわる六百万人以上がここにひしめく。長い安泰の都という名はだてではない。賃料の支払いに苦労しても、渾沌に襲われる恐怖からのがれたいのだ。

そう考えると賛嘆の思いは冷めた。

これは人類の繁栄の到達点ではなく、ようやく回復した成果にすぎないことも思い出す。二千年前の渾沌侵入以前の人類社会を想像すると、はらわたが煮えくりかえる。ビルはもっと高層だったはずだ。神すら失った技術があったはずだ。それまでの一万数千年の歴史はもどらない。

だからこそ、世民とあたしがごみくずのように渾沌の群れに放りこまれたことが腹立たしい。

　易之が指さすところに、賢哲宮《けんてつきゅう》が見えてきた。市街を見下ろす山上に、優美な反り屋根の宮殿と寺院の楼閣が建ちならぶ。ここに華夏の政府中枢がある。見ていると腹が立ち、乗りこんで孔《コン》議長に直談判したくなった。新たに出された賢哲指令では、隋唐辺境軍の上級兵法家が全員一致で勝算充分と認めないかぎり、会議も議長も反攻を承認しないと明確に規定している。

　危険を考えればいちおうの筋はとおる。とはいえ権力機構にいる全員が公益を考えて行動するわけでないのは、安謀士を見ればわかるとおりだ。

しかたない。となれば、こちらはいかがわしい勢力と結託する以外に道がない。

犯罪者あつかいされて生きるのは、世民もあたしももううんざりなのだ。

　浮揚船が下りた離着陸場は、高《ガオ》邸の地所の一角だった。山上に殿閣《でんかく》が建ちならぶようすは賢哲宮そっくり。ただし音楽のビートが鳴り響いたり、ストロボライトがいたるところで明滅したりというようすはまるで異なる。

　浮揚船のハッチが開いて初めて吸う都市の空気は、パーティの浮かれ気分がただよい、さらにひどくかすんでいた。遠くで笑い騒ぐ声と電子音楽のビートが心臓の鼓動のように山の空気を震わせている。易之によると長安じゅうの名士があたしたちを一目見ようと集まっているのだそうだ。

侍女が一列になって離着陸場に小走りにはいってきた。色鮮やかな絹の襦裙《じゅくん》の裳《も》がローターの風にはためく。震えながら声をあわせて挨拶する。

「五少爺《ウーシャオイエ》」

五男の若旦那という意味だ。

ヘッドセットをはずした易之は弱々しい笑みを返した。彼の母もこのような侍女の一人だった。高俅のお手つきになって妊娠し、忘れられ、最後は賢哲らを招いた宴会で充分に愛想をふりまかなかったという理由で鞭打たれて死んだ。

傍若無人の権力者のエピソードに反吐《へど》が出る。こんな男に頼らざるをえないとは。世の中を動かしているのはこういう連中なのだ。

侍女の一人が車椅子を押してきた。負傷療養中のあたしがこの足で歩くのは危険だ。世民が両手をさしだすので介助を受けいれざるをえない。浮揚船から下りた易之が車椅子を押す手を侍女から代わった。

いらだちが湧く。だれも悪意はない。あたしからなにかを奪ったり縛りつけたりという意図はない。だから抵抗も反論もできない。でも自力で動けないものとしてあつかわれるのはしゃくにさわる。易之と世民に依存したくない。たとえ一方を愛し、もう一方を伴侶と定められているとしても。男子二人に頼りきりでは強い女子といえない。

　でもしかたない。手助けをこばんで転倒して死ぬか。自立しているといってもそれではえらくも立派でもない。

　おとなしく車椅子にすわってジョイスティックで動かす方法を調べていると、侍女の案内で高い建物にかこまれた中庭にはいった。高邸は写真で見ていたけれども、やはり驚いた。一族の住まいというより、ちょっとした町だ。

　そよ風に藻のにおいを感じて故郷の棚田を思い出した。前方に睡蓮の池がある。水中の光源でさまざまな色に照らされている。中央に石づくりの歩道が蛇行し、ちょうど陰陽太極図のようになっている。パーティ客はさいわい地上におらず、建物をとりまくバルコニーに集まっている。丹《に》塗りの円柱にささえられた瓦葺きの反り屋根が各階から張り出し、軒には伝統的な紅灯《こうとう》が連なる。一方で、開いた扉や障子の奥ではネオンの光が脈動し、客の顔を照らす。中庭の頭上に四角く開いた星空にむけて音楽が鳴り響く。

　一部のパーティ客が霊鎧をまとっていることに驚いた。肩や腕、ときには胸まで軽量なメッシュの霊鎧で部分的におおっている。霊鎧を発生させるのはパイロットの特権で、それ以外は固く禁じられていると思っていた。今回の出張中は世民とともども霊鎧の使用を認められていない。ところが富翁《フーウォン》は法をかえりみないらしい。たしかに霊圧はひかえめなので危険はない。音楽にあわせて気をかすかに脈動させる程度だ。

こちらが近づくと、客たちは声をひそめた。ストロボは明滅しつづけるのに、にぎやかなパーティの雰囲気は影をひそめる。視線がこちらに集まる。とまどった男性や面紗《めんしゃ》で顔を半分隠した女性をネオンの光が照らす。

しかたなくこちらも止まった。また風が吹き、今度はいやなアルコール臭を運んでくる。世民の手が肩におかれた。そのままにする。

「ようこそ――!」

スピーカーからしゃがれ声が響いた。見まわすと、中庭の正面にある建物の最上階、三階のバルコニーにその人物は立っていた。

「ようこそ、今夜の主賓である鉄魔《てつま》の李世民《リー・シーミン》! そして鉄寡婦《てつかふ》の武則天《ウー・ゾーティエン》!」

高俅は左右に腕を広げた。観音開きになった背後の扉から明々《あかあか》と照らされ、当人はほとんどシルエットになっている。髻《もとどり》にはめた青銅の元結《もとゆい》は顔とおなじくらいに長く高い。袖はどちらもきれいな角度で腕から垂れている。両脇には従順な人形を思わせる侍女が並び、年少の女子のように双髻《そうけい》から二つの輪に結った頭を下げている。

嫌悪でこちらの内臓がねじれるのをよそに、パーティ客からは喝采があがった。

「父上」

易之は拱手《きょうしゅ》の礼をして、ならうようにこちらに目で合図した。

「高総《ガオゾン》」

世民とあたしはそう呼んだ。高《ガオ》総帥という意味だ。とはいえまわりが騒々しくて声は届かなかっただろう。

高俅は言った。

「貢献に感謝する、パイロット諸君！」

「貢献に感謝します！」

客たちがゆっくりと唱和した。高俅が音頭をとったことでまわりは急に歓迎の雰囲気になった。高級な襦裙や袍《ほう》の人影がたがいにもたれ、あるいはバルコニーの手すりによりかかって青銅の酒杯をかかげている。貴婦人は人前で顔をさらさず、面紗の下に金属のストローを出して飲んでいる。面紗は耳から耳へ渡る繊細な細工の青銅の枠で固定されている。

「そして、わが息子にして英雄の暴風少爺《バオフォンシャオイエ》に！」

「暴風少爺！」

たんなる五男の若旦那ではなく、新たな称号があたえられたようだ。易之は輝く池のように目を見開き、居心地悪そうに袖の先を揉んだ。

高俅はあのときから息子をスターの素材とみなしていた。長城での決定的な瞬間をとらえた写真が巷間《こうかん》に拡散した。雷光に照らされて朱雀のくちばしに手をおく易之。髪を強風になびかせ、濡れた袖は肘までめくれ、目と経絡《けいらく》を金色に輝かせる。華夏の金城鉄壁に立ち、その希望の星である霊金の巨獣に力をさずける勇敢な男子の図。

高俅はこれが息子の一人であることをすぐに公表した。それどころか易之に新しい私服の袍を仕立てて送りつけた。その柄は本人が好む竹林ではなく、金色の雷光だった。

「主賓はあとでみなさまと語らってもらうが、そのまえにしばしわたしと面談の時間を持つ。それまで華夏最良の食事と飲み物を楽しんでいただきたい！」

ふたたび割れんばかりの喝采。爆竹に火が放たれて破裂音が耳朶を打ち、中庭が煙につつまれる。打ち上げ花火が夜気を切り裂いて飛び、爆発する渾沌のコアのように星空で花開く。

侍女の先導で陰陽池の蛇行する歩道を渡りはじめた。車椅子を操縦しようとすると、易之の手が押してくれた。

口に出さなくても、警戒の目を見ればわかる。

父にはくれぐれも用心しろ、だ。

30 契約

高俅《ガオ・チウ》は中央司令委員会の兵法家のような燃える正義感から助けの手をさしのべたわけではない。助命のロビー活動をするのは、こちらの名声によって利益を得られるからにすぎない。すでに辺境から長安へ連れてくる裏工作にかなりの先行投資をしているはずだ。今後、軍と賢哲《けんてつ》会議が反攻計画を承認するように後押しするとしても、その工作資金はあたしたちが上げた利益が原資になる。自分の懐《ふところ》からは一元たりと出さないと明言している。

鍵を握る人物は何人かいて、安禄山《アン・ルーシャン》謀士などはいくら金を積んでも動きそうにない。でも高俅の人脈が反社会勢力にもおよんでいることは周知の事実だ。その方面からの圧力で立場を変えさせることは可能だろう。

そのような手段には内々の価格設定があるはずだ。黒社会を動かす価値がこちらにあるか否かという損益分岐点。それを上まわる資産価値を認めさせなくてはいけない。そのためにむこうのイメージ戦略に身をゆだね、稼げるだけ稼ぐ。

「きみたち二人には大きなスターの素質を感じる」

高俅は後端が金細工になった長い箸を動かしながら話した。こちらとのあいだの丸テーブルで湯気をたてる色とりどりの料理は、農村の娘が見たことのないものばかりだ。個室の木彫りの壁に横一線にもうけられたすきまから蜂蜜色の柔らかな光が出て、主人の顔を照らしている。

その容貌のあちこちに易之《イージー》との共通点をみつけてしまうせいで、背すじの不快な緊張が解けない。声質はおなじで、年齢を重ねて渋みを増しているだけ。顔立ちもおなじで、ごま塩の顎鬚が野性味をくわえている。そこに年をとった易之を想像できるし、かつてこの人物は易之のように温厚だったのだろうと思える。

それがなにより恐ろしかった。

だれでも怪物になりうるのだ。

「李世民《リー・シーミン》」

高俅は金色のテーブルクロスに肘をついて世民を指さした。デザイナー仕立ての黒革の袍《ほう》が光沢を放つ。

「きみのイメージに修正の必要はほとんどない。ワルのなかのワル。究極の強い雄。自分のルールで行動し、他人からどう思われようと気にしない。だからこそ魅力的に映る。男はきみのようになりたいと願い、女はきみに守られたいと願う」

「ああ……なるほど」

世民の視線は、あたしにも、高俅にも、手もとに立てたタブレットの仮契約書にもむいていない。目が惹きつけられる先はクリスタルのようにきらめく酒瓶。ガラスの回転テーブルの上で料理とともにまわっている。テーブルの下で震える腕を隣から握ってやる。評価への冷笑は胸のうちにとどめた。世間がそんなイメージを持つのはわかる。強さの表面的な華やかさしか見ない。

「武則天《ウー・ゾーティエン》」

高俅の指がこちらにむいた。新しい味わいをたしかめるように名前を発音する。

「武……則天……。どこからともなくあらわれ、爆竹のように耳目を驚かせた。しかも楊広《ヤン・グアン》を殺すという最高のデビュー戦。あのときのセリフはいまもに耳に残っている。

〝ようこそ、悪夢へ〟……」

低い声で口調をまねた。

いやはや。十数機のカメラドローンにむけてそんなセリフを叫んだとは、わがことながら恥ずかしい。

「やりすぎだったかも」

「いやいや、武パイロット。世間はそのやりすぎを愛したのだ。パイロットは実像とかけ離れたものに見られる。それでこそ有名人だ。妖狐《ようこ》の噂はむしろ積極的に流したい。謎の女狐《めぎつね》でいい。魔性の女《ファム・ファタール》だ」

猫を思わせる高俅の美しい目がわけ知り顔でこちらを見すえる。テーブルの上には金箔を散らした紅灯《こうとう》が三つ吊られてその顔に影を落とす。

「女はきみの傲岸不遜な態度を嫉視して憎み、男はいらざる考えや欲望をいだかせるきみを憎む。それでも憎悪に身を焦がされるゆえに話題にし、注目しつづける。世民と組むことで華夏《ホワシア》最高のパワーカップルになる。善ではなく悪として頂点に立てる」見えないなにかを提示するように両手を広げる。「いかがかな?」

提案は不愉快なほどこちらの考えと一致する。

世民は唇に指先をあてて熟考するポーズ。うらはらにこちらへ送る視線はパニック寸前だ。テーブルの下で手を握り返す。酒瓶に目をむけまいとする意識的な努力で首すじがこわばっている。

言葉にしなくてもわかる。いまは正常に思考できない。決断をゆだねるということだ。

「お話に乗りましょう」

「けっこうだ」

高俅の唇が横に伸びて笑みをつくった。易之とまったくおなじえくぼがあらわれ、またぞっとする。

世民とともに契約書に拇印《ぼいん》を押した。あたしの手もおなじくらいに震えた。とはいえ契約書などかたちばかりだ。高俅は万事を意のままにできる権力者。こちらは余人をもって代えがたい唯一無二の存在。双方いずれかが不満を持てば契約の文言など寸毫《すんごう》の重みもない。

高俅は手を打った。

「契約成立だ！　祝福の杯をかわそうではないか」

二人そろって慄然とした。

侍女が回転テーブルをまわして酒瓶を引き寄せ、クリスタルの栓を抜く。

あたしは車椅子の上で姿勢を正して、申しわけなさそうな笑みになった。

「ええ、いただきたいのはやまやまですが――」隣に目をむける。「――あなた、お医者さまに止められているでしょう。飲むと気の流れによくないからって」

易之の母の逸話を思い出して、高俅の機嫌をそこねない女性的な態度をこころがけた。たんに卑屈になるのではなく、愛想よく追従する。

高俅は青銅の酒杯を取り上げ、そこに侍女が酒をついだ。

「かまうものか！　一杯だけだ。害はない」

世民はなにか言おうとした。でもそこへ侍女が酒瓶を手にあでやかな歩みで近づく。クリスタルガラスの切り子面に紅灯が映って回転する。

そんな世民と高俅をあわてて交互に見ながら、笑みを顔に張りつけて言った。

「その一杯が過ぎることもありますわ。遠慮なさって」

世民のまえの酒杯に侍女の手から泡立つ液体がそそがれる。むっとする酒のにおいがこちらの顔を打つ。

ところが世民本人ははるかに強く影響されていた。その目の奥でプチリとなにかが切れて、表情がゆるんだ。

「いや、だいじょうぶ。一杯だけなら」

その軍服の硬い袖に爪を立てるように手をつかみ、いさめた。

「でもお医者さまが……」

世民は見もせず手を振り払った。

「一杯だけだ」

侍女がこちらの酒杯にもそそぐ。

ワックスのかかった板張りの床に椅子を鳴らして高俅は立ち上がった。

「よろしい。では、この提携関係に乾杯！」

世民は立って唱和した。

こちらも立ち上がりながら、わざと世民の肘に強くぶつかった。酒がこぼれて金色のテーブルクロスに飛び散る。演技と現実の痛みの両方でうめいた。

「ごめんなさい、あなた。けがの痛みで……」

「気にすることはない、武パイロット。すわったままでいい」

高俅はとりなしたものの、声は低く濁り、表情は暗い。きびしい目で侍女を見て粗相をしめす。急いで数枚のタオルが使われる隣で、こちらは唇を噛んだ。

「きっと天がしめす凶兆よ、あなた」世民の袖をもう一度引く。「気の流れを大切にせよということ。次の戦闘中にしゃっくりが出たらたいへんでしょう。高総《ガオゾン》、あたしが両方いただきますわ」

高俅はゆっくりまばたきした。

「天の思し召しならしかたあるまい」

まずい。怒らせてしまった。

これからたっぷり稼いでこの印象を帳消しにするしかない。

世民を酒の魔力から解放しようと、半分になった酒杯をその手から奪い、手酌でつぎたした。高俅にむいてかかげる。

「お取引できて光栄です、高総」

酒杯に口をつける。初めての酒。喉を焼かれて液体の火炎かと思う。においだけでなく味も強烈だ。咳きこみながら数回に分けて飲みほした。

「同感だ。欣快《きんかい》にたえない」

高俅も酒杯をあけた。

世民は気が抜けたようにすわった。こちらは自分の酒杯も一息に飲みほした。こんなものがはいったスキットルを毎日いくつも空にしていたとは信じられない。火属性が優勢になるわけだ。

「きみの用件はこれで終わりだ、李パイロット」高俅は世民にむけてリストバンドをしめした。「すでにほかの客からきみたちについてせっつかれている。パーティの輪に加わってくれ。みんな待ちくたびれている」

世民はまだ茫然とした目つきながら、こちらと高俅をいぶかしげに見た。

「武パイロットとは用件が残っている。彼女が家族を――」嘲笑的に発音した。「――長安に呼び寄せたいなら、その住居の手配でいくつか希望を聞きたい。しかしきみにとっては関係のない話題だろう」

世民は目を丸くした。こちらも同様だ。

高俅は不気味なほど明るい笑顔になった。

「というわけで、むこうで楽しんできてくれたまえ」

恐怖に襲われた。視線で引きとめるように世民を見つめる。でも逃げ道はなさそうだ。高俅の支援を期待するなら言うとおりにするしかない。目を伏せた。

世民はなにかをこらえるように逡巡したあと、つぶやいた。

「ありがとうございます、高総」

席を立って軽く頭を下げ、足音とともに去っていった。

こちらは高俅と一対一になる心の準備ができておらず、世民を目で追った。頭は脈打ち、胸は焼けるよう。吐く息が火のように熱い。この中途半端な状態が永遠に続いてほしいと思った。でも世民の背中が消えてドアが閉まると、むきなおらざるをえない。

たちまち高俅の冷たい視線に射抜かれた。これまでとはがらりと口調が変わる。

「たしかに危険な女子だな、武パイロット。予想以上に危険だ。男の体面を守りつつ、決定権は掌中におく。狡猾だ」

早口に答えた。

「伴侶のためです。天地のように大切ですから」

高俅は軽く首をかしげた。

「おや。では、英雄たるわが息子はどうなのだ？　きみにとってなんだ？」

ぎくりとした。ひとりでに言葉が出る。

「高《ガオ》書生は伴侶にとってだいじな協力者で——」

「能書きはやめたまえ」高俅の声は鞭のようにテーブルごしに響いた。「きみと息子の関係は知っている。山中で会っていたときから」

息が止まった。

相手の視線はさらに冷たく暗くなる。

「それほど放任主義の親ではないのだよ、武パイロット。五男は恋におぼれる性格ではない。どんな術を使ったのか不思議でしかたない」

「彼とやましいことはしていません」

なんとかそれだけ言った。どこまで知られているのか。易之に隠しマイクでもつけられていたのか。いつから？

「しかし次から次へと男子をペットのように手なずけるとは末恐ろしい」

次から次って、二人だけなのに。

でも言い訳にはならない。こういう人物にとっては二人でも多すぎるだろう。

「ま……まだ処女です」思いつく言い訳を口走った。「本当です。侍女に調べていただいても」

高俅の顔に驚きが浮かんだ。これで矛先をおさめて解放してくれるならという希望もむなしく、よけいに顔がけわしくなる。耳ざわりな音をたてて椅子を引き、ふたたび立つ。

できるならなにもかもご破算にして逃げ出したい。でもあたしと世民を長城から呼び寄せるために高俅はかなりの投資をしたあとだ。要求を断ったらただではすまない。そもそもこの人物を敵にまわしたらあとがない。

ゆっくりとテーブルをまわってきた高俅の手が肩にかかった。かがんで耳もとで言う。

「それが嘘でないなら、なおさら悪いな」

「なぜですか？」

悲鳴同然に言った。怖くて顔を見られない。まるで易之から言われている気がする。十八層地獄の底から響くゆがんだ易之の声。

「なぜ？　わからないのか？　なにかを得たら、相応のものを返すということを知らんのか。大問題だな、武パイロット」

「そんな要求はされませんでした」

息をするたびに全身が震える。軍服ごしにつかまれた肩が燃えるように熱い。肩ごと切り落として逃げたい。

「男子は……みんな……やりたいのだ」酒まじりの熱い吐息が耳にかかる。「きみの気まぐれにふりまわされているようすは見た。本当になにもあたえないつもりなら、二人はだまされていることに気づいていないのだ」

浮揚船から下りるときに易之と世民が手を貸してくれたようすを言っているのだろうか。それでこんなことを言いだしたのか。

わかったような口をきかないでと、叫びたくなった。二人はあなたとはちがうと。

そこで恐怖に襲われた。なぜ二人を遠ざけて話しているのか。

恐怖の目で給仕の侍女を見る。薄暗い壁ぎわで書画の掛け軸のあいだに立ち、うつむいている。

侍女がいるうちはまだいい。でも高俅がその気になれば侍女は無力だ。

思考が停止した。なにも考えられない。なにも言えない。

助けて！　頭のなかでだれにともなく叫んだ。世民か、易之か。わからない。わからない！

「いいか、武パイロット。ビジネスは利益の交換だ。なにかを得て、応分を返す。重要な原則であり、よく理解すべきだ。自分だけ例外などと思ってはいけない」

高俅は車椅子のうしろに立ってこちらの両肩をつかんだ。

「ここで、おたがいの信頼を確認するために、服を脱いでカメラのまえに立って契約書を読んでほしい。全裸で」

世界の底が抜けた。底なしの穴にどこまでも落ちる。霊鎧を出す力を求めて拳を握り、開く。でもなにも出ない。なにもできない。

「じ……字を読めないんです」

細い声で力なく答えた。

「こちらで読むとおりに復唱すればいい」

痛いほど涙があふれる。喉がひきつる。全身をこわばらせる。でも両肩をつかむ手に力をこめられただけだ。

「高総……なぜそんなに女性を憎むんですか？」

ややおいて、高俅はいきなり笑いだした。背後で太鼓が鳴るように後頭部に響く。車椅子まで振動する。

「女性を憎む？　ばかな！　女がいなくては世界は動かない。だれが子を産み、飯を炊き、服を縫い、寝床を温めるというのだ？　役割はもっともっとある。いいか――」こちらの視界すれすれに顔を寄せ、猫のような目を細める。「――女性全般を憎む者などこの世にいない。言うことを聞かない女が嫌いなだけだ。ルールを破って平気な女が嫌いなだけだ。武パイロット、きみはどちらだ？」

「最近……銃で撃たれた体です。お見苦しいはずです」

「鑑賞するつもりはない」

平然と言う。

軍服の下で冷や汗が流れた。支配が目的なのだ。支配関係をあきらかにするためだ。

「もちろん、やるかどうかはきみしだいだ」

そう言って両肩から手を放し、テーブルのむこうにもどる。テーブルクロスを指でなでていく。

嘘だ。

こちらしだい？　選択肢などありはしない。こばめば、その資金力と人脈があたしと世民を誹謗することに使われる。いまはさらに屈辱をあたえようとしているだけだ。みずからすすんでやったという恥を植えつけようとしているのだ。

恥……。

そこで立ち止まって考えた。

それほど恥ずかしいことか？　カメラで撮られる……裸を。まあ、ひどい。でもだれでも裸で生まれてくる。

だんだん頭が冴えてきた。生まれてこのかた家族に虐待され、辱《はずかし》められてきた。そのどん底から這い上がってきたのだ。それを考えれば、これくらいなんだと思う。

自分の裸を恥じるだろうとこの下衆《げす》は考えている。さてどうか。あたしはいい体をしている。好きな角度から撮ればいい。その映像は抵当《かた》にはならない。公表されてもなんとも思わない。

恥や屈辱はみずからを縛る感情だ。その感情を今後は捨てればいい。

もちろんただではすまさない。この下衆はいま死んだ。世民とともに周州を奪還し、名誉ある立場を得たら、まっすぐここへもどって惨殺してやる。やると決めたらかならずやる女だということを、こいつは知らない。そこに乗じる。

この男の勝ちではない。一時的にこちらが負けてやるのだ。

利用価値がなくなった男の生皮を剥ぐところを夢想しながら、軍服の上衣を脱ぎはじめた。

31　反面教師

翌朝、世民《シーミン》とともに初めてのスタジオ撮影にのぞんだ。写真はネットワークのアクセスが増える夕食時に公表された。

暗い好奇心から二人で顔を寄せあってタブレットをのぞきこむ。タブレットは契約書のコピーをいれて高俅《ガオ・チウ》から贈られたものだ。場所は庭園の亭《あずまや》。夕風が吹きこんで、とがり屋根にかかった柳の枝がさらさらと鳴る。さざ波の立つ池が高《ガオ》邸のほかの建物を遠ざけている。水面《みなも》に映った夕日が赤金《あかがね》色の道のようだ。

面談の席で世民が取り乱したのは本人のせいではないとはいえ、愉快ではなかった。それでもスタジオではしっかりとカメラのまえに立って撮影をこなした。

プロの手で演出された自分たちを見るのは奇妙な経験だった。高俅は本気で議論百出を狙っているらしい。あたしの髪は楊広《ヤン・グアン》を殺したときとおなじ狐耳の両把頭《りょうはとう》にされた。銀の簪《かんざし》から銀糸の歩揺《ほよう》が下がり、頭頂には白水晶の睡蓮。普通の妾女《しょうじょ》の衣装ではまだ穏健すぎるというように、はるかに露出過多の格好が用意されていた。毛皮のへりをつけた襦《じゅ》裙《くん》は胸の谷間がのぞき、極端に短い裳《も》からは白い太ももが伸びる。腰のうしろからは太いふさふさの尾が九本。

世民は逆に裾が長くて筒袖の革の袍《ほう》を着せられた。燠火《おきび》色の羽根が肩と大きく開いた襟もとにつき、その上に傷だらけの胸板がのぞく。眼鏡をはずしているほかに、ふだんとのちがいがもう一つ。軍の黄龍《こうりゅう》の紋章がはいった首輪を残す一方で、鎖はついていない。鎖付きなのはこちらだ。

最初の写真で、あたしは真鍮の透かし彫りの椅子のまえでけだるげに床にすわり、膝をかかえている。背景は真っ黒。世民は椅子にすわってくつろぎ、あたしの鎖を持っている。無関心な顔で、まるでペットを連れているかのよう。ところがそのあたしは気が充溢《じゅういつ》したまなざしをカメラにむけ、いかにも腹に一物あるように見える。

〝おもてむきは奴隷のように。しかし見る者はどちらが主人か迷わせるように〟と、高俅はこの写真の演出意図を説明した。

昨夜の面談でのあたしの態度に触発されたのだろう。そこでやらされたのはもうすんだことだと自分に言い聞かせながらも、体の奥では小さな怒りの火が燃えつづけていた。注目を集めるための勘どころを心得た演出であることは認めなくてはいけない。どの写真も息をのむ迫力がある。撮影現場では気恥ずかしく、照明がまぶしく、アシスタントにポーズをつけられる手足が痛かった記憶しかない。でもできた写真はまるで世界がちがう。異世界の賤民《せんみん》二人が色欲を武器に華夏《ホワシア》を煽動しにきたかのようだ。

「ごめん」

とりわけ挑発的なポーズの写真があらわれると、世民は思わずつぶやいた。こちらの背後に立ち、鎖を強く引いている。

あたしは撮影中ずっと不愉快で、高俅が要求するような官能的な表情はほとんどできなかった。いまこうして見ると、現実の自分たちとのあまりの隔絶に失笑する。

「べつにいい」

逆に写真の世民のけれんみたっぷりの表情を指さしてやる。濃いパウダーで目の輪郭を出しているおかげで気の輝きが強調されている。

「ほら、そっちこそはったりがきいてる」

その顔が不快そうにゆがむ。

「こんなふうに撮られてほんとうに平気なのか？」

重いため息をついた。

「いまわかったわ」意味ありげに笑う。「これはあたしたちじゃない。演じているキャラクターにすぎない。こんなつくりものの真実をみんなが信じていると思うと、おかしくならない？」

「嘘をついてるってことか」

「むしろ物語を語っていると言いたいわね」相手の頬に片手をそえて性悪な女狐《めぎつね》のポーズをとる。「鉄寡婦《てっかふ》と鉄魔《てつま》がおたがいを飼い慣らそうとする物語。失われた領土を取り返す戦いでそれぞれの罪をあがない、悪役から英雄に転じる。その物語の一ページ目がこれ」

世民はしばしこちらを見つめた。抑えている表情は読みとれない。

こちらの演技もしだいに崩れた。冷えた夕風に吹かれて現実にもどる。

頬から手を離し、タブレットをまたスクロールした。

「とにかく、世間の反応を見ましょうよ」

批判の声がすでに噴出していた。扇情的な身なり。挑発的なポーズ。生業《なりわい》は殺し屋。にもかかわらず厚顔無恥な態度。

すなわちこれは反面教師。

一方で強く支持する声もおなじくらい出ていた。意見の対立は注目を呼び、写真の閲覧数を押し上げる。メッセージボードでは議論が白熱する。この二人が人間を殺した罪は渾《フン》沌《ドウン》を殺したことで埋めあわせられるか。周州を実際に解放できるのか。たんなる可能性や希望にすぎなくても、その話題は超新星のように燃え上がり、太陽より明るく輝く。成否がパイロットしだいであることにいらだつ人々も多い。

議論は一般人の自発的な投稿に見えるけれども、高俅の取り巻きによる煽動もはいっているだろう。市井の人々の頭に二人の印象をできるだけ大きく植えつけるのが目的だ。どれが正当な発言で、どれが羊の群れをひそかに誘導する狼のしわざか区別できない。

易之もこの議論に引っぱり出された。個室で世民といっしょに夕食をとりながら、テーブルにタブレットを立てて易之の出演するバラエティ番組を見た。

その謙虚さはカメラに好意的に映った。雷雨のなかで王級霊蛹機《れいようき》と対峙した勇敢で裕福な少爺《シャオイエ》。ところが本人はいたって謙虚で礼儀正しい。

長安での暮らしから長城へ移ったことによる変化はどうかという質問に考えこんでいると、渾沌のかぶり物をした出演者が背後から忍び寄るという演出があった。いきなり肩を叩かれて派手な悲鳴をあげ、スタジオに笑いを呼んで本人も笑いだす。それをきっかけに口が軽くなった。

こんな易之が、じつは反攻計画を推進する工作に加担しているとはだれも思わないだろう。隋唐両州を危険にさらしてでもあたしと世民を守ろうとしているのだ。

やがて番組のホストが機微に触れる質問をした。

『では、朱雀《すざく》の二人のパイロットをどう思っていらっしゃいますか？』

高俅から金と質問文を袖にいれられたのだろう。スタジオの客席はどよめき、期待した。

易之はしばらく考えてから答えた。

『なにより重要なのは、渾沌を倒す力が二人にあるかどうかです』カメラにむく。『答えは、ある、です。そんな彼らが人類のために命を賭《と》すのなら、彼らがどこのだれで、どんな過去があっても気にしません。必要ならいつでもまた気を提供します』

客席から拍手が起きた。あたしと世民を殺したい勢力とは対立する側へ、見えない金と権力が流れはじめた気がした。

そこで真新しいリストバンドからボイスメッセージを高俅へ送った。

「これで充分ですか？」

数秒後に低い振動とともに返信が来た。タップして開くと、スピーカーから大きな笑い声。

「まったくたりないな、武《ウー》パイロット！」

うーむ、そうか。扇情的な写真で一度話題になっても、二度目はだれも驚かない。新しいことをしないと見出しにならない。もっと派手なことを。

考えろと、テーブルクロスに爪を立てて自分に言った。短期的にさらに注目を集めるにはなにをすればいいか。

ふと鮮明な記憶がよみがえった。

姉やほかの女子たちといっしょに村内最大のスクリーンのまえにすわることを特別に許され、匹偶《ひつぐう》戴冠式を見た思い出だ。独孤伽羅《ドゥーグー・チェルオ》と楊堅《ヤン・ジエン》の七年前の挙式。二人は十三歳と十四歳だったはずだ。最初から匹偶としてデビューした初めての鉄皇子と鉄皇女で、楊堅が一度も妾女を使っていないのも特別だった。白虎《びゃっこ》の冠と霊鎧《れいがい》はどんなものか、とりわけ伽羅の挙式用霊鎧はどれほどきらびやかだろうかという話題で何週間もまえからもちきりだった。

配信がはじまると、ステージを歩く彼女の姿にみんな息をのんだ。しなやかな白い霊鎧と完璧に組みあわされた長い半透明の裳。全身をふわりとおおう銀糸のネットからは水晶玉の飾りがこぼれおちんばかり。

それより当時十一歳のあたしの印象に強く残ったのは、真珠のようになめらかな冠を楊堅の手で頭に載せられたときの、伽羅の美しくも暗いよろこびの目だった。冠は予想どおり様式化された虎の耳のほかに、鋭くとがった肉食動物の歯が下に並び、長い牙はこめかみまでとどいていた。

隣にむいて言った。

「ねえ、世民。独孤伽羅と楊堅を超えるような匹偶戴冠式をやってみない？」

32　馬耳東風

匹偶《ひつぐう》戴冠式の案に高俅《ガオ・チウ》は大乗り気になった。司馬懿《スーマー・イー》謀士には音声通話をかけて、中央司令委員会での根まわしを頼んだ。あたしたちを名誉から遠ざける方針に反するものの、反攻作戦の担い手として信頼を得る必要はあるはずだと主張した。司馬《スーマー》謀士はなんとかすると約束してくれた。

破滅の運命からようやく明るいきざしが見えはじめたと安堵して、あとは易之《イージー》の部屋で本人の帰りを待つことにした。

遠く見下ろす地上の星の谷である長安から、自動車の騒音や人の喧噪やかすんだ空気がいっしょくたになって斜面を上がり、バルコニーからはいってくる。ばかばかしいほど大きなベッドの上には、濃い色の木枠にはいった白い照明器具。長城での三人用スイートルームより広い面積がここでは易之専用だ。高俅との面談で初めて酒を飲んで前後不覚に酔った昨夜、この部屋をあちこち探索した。衣装室にずらりと収納された高級な絹の袍《ほう》の袖にほてった顔を次々とこすりつけた。スキンケア用品専用の冷蔵庫をみつけ、中身をひっかきまわして十分くらい遊んだ。豪華な浴室は水晶のバスタブにお湯が常時循環していて目を瞠った。ガラス棚に霊蛹機《れいようき》のフィギュアがずらりと並んだ小部屋もあった。あたしが怒ると思ってこれまで秘密にしていたと恥ずかしそうに本人は認めた。

怒りはしない。霊蛹機に罪はない。人類が渾沌《フンドゥン》を根絶やしにして悪夢の歴史を終わらせるための手段を嫌うわけがない。ただ、そのために女子の命を犠牲にする操縦システムを許せないだけだ。

あちこち見ているうちに、ベッドの奥の壁一面を占める水墨画に目がとまった。霊蛹機と渾沌の合戦場面が描かれている。雲の上では神々が色づいた霞《かすみ》のような長衣をまとって古琴《こきん》をつまびいている。

空想でしかありえない景色だ。現実には神の姿をだれも知らないし、戦場で物理的に救われた者もいない。天に神々がいるのはたしかだ。数カ月に一度、南天にめぐってくる小さなきらめく光の点が天庭《てんてい》で、姉といっしょによく探したものだ。神々の伝説はだれでも聞かされている。女媧《じょか》は蛇の体に人の頭を持つ女神で、泥をこねて最初の人間をつくった。蚩尤《しゆう》は軍神で、魑魅魍魎《ちみもうりょう》を指揮して戦う。祝融《しゅくゆう》は火神で、水神の共工《きょうこう》と戦う、などなど。

これらの伝説がほんとうだとしたら大きな疑問が残る。なぜ神々はその強大な力で渾沌を討ち滅ぼしてくれないのか。人間がどれだけ祈っても猫のように知らぬ顔で無頓着。たまに難解な技術図面や知識を下げ渡して学者の頭を悩ませるだけ。交換条件は充分な供物《くもつ》で、たいていは霊金《れいきん》だ。

渾沌の骸《むくろ》から採れる霊金だけが頑丈な構造物になる。これは皮肉であり不思議だ。地中から掘り出した鉱物元素でなにかをつくっても数日で腐朽《ふきゅう》してしまう。燃料として燃やして列車や浮揚船を動かすほかに使い道がない。

神々が執拗に渾沌の骸を要求するということは、渾沌が自己複製するときに鉱物元素を安定化する方法を、神々も再現できないらしい。不思議なことに、渾沌は自分たちの母星でない場所の資源を、その星の人や神よりうまく使えるわけだ。

大量の霊金を集めて神々がなにをするつもりなのかはわからない。人間はよけいな質問をしない。長城のすこし外に指定された供物場に渾沌の骸を積み、木材、土、種子、数種類の動物、そして数人の女子をいっしょに供《そな》える。鎖につないで放置された人身御供《ひとみごくう》がどうなるのかはわからない。妾女《しょうじょ》パイロットとして果てるより薄気味悪い運命といえる。なにしろ人目があると絶対に神は姿をあらわさない。カメラドローンが付近に一機いるだけでもだめだ。

高俅の言うことはある意味で正しい。女子はこの世のあらゆる場面で必要とされる。価値が高いからこそ貶《おとし》められているのかもしれない。真の価値を認めると支配も所有もできなくなるおそれがある。

部屋のドアがカチャリと鳴った。

振り返ると、易之が月光に照らされた部屋にはいってきた。あたしをみつけて表情を明るくする。

期待に胸を躍らせて車椅子をそちらへやった。昨夜もこの部屋に泊まり、キスもした。世民《シーミン》との関係を改善すると決めてからあとで初めてのキスだった。でもこちらが飲みすぎているからと、それ以上なにもしてくれなかった。

うふん、今夜は飲んでないわよ。

近づき、引き寄せてそっとキス。おたがい自然に動く唇。もう親しんだ感触。

こちらの首に手をはわせ、唇をふれたまま易之は言う。

「昔、これに近い夢をいだいていた」

そのにおいを胸いっぱいに吸う。日当たりのいい地面で育った作物のような清潔で温かいにおい。

「どんな夢？」

「というより、現在進行中の夢想だ」小さく笑って、こちらの髪に指をからめ、もの憂げで穏やかな目になる。「毎晩きみのいる家に帰り、毎朝きみの隣で目をさます。場所はここじゃない。もっと静かで、自然にかこまれた山小屋のようなところ。だれもじゃまをしない」

そのイメージがあまりに美しかったので切なさで胸がいっぱいになった。でも冷たい現実に引きもどされ、幻想は砕けた。

「かならずだれかが追ってくるわ」顔を離すと、髪はその指からすり抜ける。泣きそうに声が震える。「逃げられない。お父さまはきっと――」

やさしくさえぎられる。

「わかってる。だからただの夢だ」

盛り上がった気分が冷えてしまった。新たな緊張が生まれ、心苦しさが霜のように下りる。それでも夢想が成り立つ余地はないのだ。とりわけ素朴な暮らしという夢想は。

そんな生活は二度ともどらない。

穏やかだけどはっきりした声で言った。

「ねえ、易之。言うまでもないけど、あたしはなにも約束できない。世民は霊蛹機での伴侶。操縦のためにこれからなにをするかわからない。重要な役割をになっている以上、先のことは見通せない。だから正直に言って。あたしと世民がいっしょにいるのを見るのはつらい？」

易之の顔で相反する感情がしばし争い、すぐにおさまった。小さくため息をついて、広いベッドの絹のシーツに腰を下ろす。

「本能的には、つらいよ。彼に代わりたい。自分が霊蛹機に乗る伴侶ならと思う。きみを守る強さがほしい」

胃がぎゅっと縮んで苦しくなった。

「だったらもう会わないほうが――」

「でも一方で……嫉妬する理由はじつはないと思い出すんだ」目が明るくなった。嘘のない澄んだ目に、長安の夜景のきらめきが映る。「彼のためにきみが去っていく不安がないなら、嫉妬することもない。一般論としてはともかく、そうはならない。きみは奪うべき対象ではなく、愛は争うべき希少資源ではない。開《ひら》けた心を持てば愛は無限だ。そして愛は相性によって火がつくもの。二人の人間がそばにいて幸福かどうかだ。だから世民を憎む理由はない。世民ときみの相性がどうだろうと、僕ときみの相性とは関係ない」

その言葉を脳裏で反芻する。

「相性の……問題なの？」

「すくなくとも僕はそう思ってる。真の愛は相乗効果と信頼だ。たんなる化学反応じゃない」唾をのみ、二人のあいだにさしこむ月光のなかで喉が動く。「僕はここで育って、他人を従属させようとする人をたくさん見てきた。でもそれは強さでも支配でもない。不安だからそうするんだ」

「そうね」

実家の壁ごしに聞こえた父の怒鳴り声を思い出す。母が隣の王《ワン》さんを何度も見たと責めていた。易之の道袍《どうほう》の襟をめくって刺青をのぞかせる。

「そんな心配はしてないのよ。あなたはそうじゃないとわかってるから。つらい思いをしてほしくないだけ」

「それはだいじょうぶ。本能は論理的じゃない。だからそれに流されたくないんだ」額をこちらにあてて頰をなでる。「則天《ゾーティエン》、きみがこちらを見るたびに、きみの心に僕の場所があるとわかるんだ」

はっとして目がうるんだ。驚きで口が半開きになる。

たしかにそうだ。易之の場所はつねにある。だからだ。それが理由なのだ。

〝五男は恋におぼれる性格ではない〟と高俅は言った。気になっていたその言葉がいま塵のように消えた。ただの辺境の村娘だったあたしを易之は見初《みそ》めたのだ。その当時から秘めた動機があるわけはない。

易之を愛して、それを恥じたことはない。家族の手で豚小屋に沈められかねなかったときもそうだったし、これからもそうだ。

明かりは消したままにした。

世民とちがってあたしを抱き上げる腕力は易之にはなかったけど、かまわない。ベッドに移動するのをやさしく手伝ってくれた。折れた肋骨の痛みもつらくない。ぼろぼろの体をその手が守ってくれる。相手の肺にはいった空気以外は呼吸できないかのように唇を離さない。頭のなかでは責めたり脅したりする声が聞こえる。淫売、あばずれ、奸婦《かんぷ》と中傷する。でも体内の熱にすべて溶けていく。

たくさんの空言と虚言を乗り越えてきた。気持ちに素直に生きることをはばむ障害がいくつもあった。でもいまは、だれに割りあてられたのでもない男子とこうしている。汚されてはいない。犯されてはいない。淫らでも不潔でもなく、恥ずかしくもない。

恥。便利な道具だ。これで心を縛られてきた。でも、この纏足《てんそく》の足もとにどんな運命が落ちてきても受けいれると決めた。

するとこの道具は効力を失った。

これからは馬耳東風となって自分らしい幸福をみつける。縛ろうとするものはみんな反転させる。この美貌は注目を集めるためのまやかし。退廃的なポーズは怒りを呼ぶための餌。伴侶との完璧な関係はみせつけるための嘘。
批判や憎悪を糧にして突き進む。

33 凄絶

金属の冷気がこもる部屋。口のなかの錆びた味。

汚れた照明。隅の暗がり。重い鉄の椅子。己《おのれ》の腕はそこに革ベルトで縛られている。爪の下には抵抗の痕跡である血と皮膚の残骸。

「こんなことまでしたくなかったんだぞ」

人影が近づく。酒瓶を手にした安禄山《アン・ルーシャン》。

「しかしここまで強情を張られると、飲ませておとなしくさせるしかない」

複数の兵士に口をこじあけられる。閉じられないように薄い板をはさまれる。鋭利なものを歯間に。舌下にたまる血。さらにゴムチューブを喉へ。どこまでも深く。むせる。声を出して抵抗する。噛んで吐き出そうとする。でもできない。出血が増えるだけ。

安禄山が鎖を強く引く。不愉快な手が傾き、漏斗《じょうご》に酒をそそぐ。トクトクトクと音をたてどこまでも。焼けるような熱さを腹に感じはじめる。やめろと懇願することもできない。悔い改めてもいい。殺してくれてもいい。やめてくれるならなんでもする。なのに灼熱感が止まらない、止まらない……。

胸をあえがせ、震えながら夢から覚めた。視覚と聴覚と嗅覚が現実の自分にもどるまでしばらくかかった。

月光を浴びるシーツ。易之《イージー》の体温。バルコニーのはるか下にある市街の夜景。安禄山はいない。鉄の椅子もない。喉にふれ、顎を動かし、両手を見て深呼吸。

「どうした……？」

易之がつぶやいて眠そうにまばたきし、肘をついて体を起こす。

「いえ、ただの……」

言いかけて舌がこわばる。冷たい恐怖が血管に流れる。あれはたしかに酒の灼熱感だった。

ほんとうにただの悪夢なのか。

そうでないとしたら……。

絹のシーツを払いのけて車椅子に移動した。銃創の痛みをこらえて急ぐ。易之は手を貸し、ついてきながら、あれこれ質問する。でも答えようがない。自分が答えを得るまでは。

廊下のすこし先に世民《シーミン》の部屋がある。真鍮のノブに手をかけると、施錠されている。

ドアを何度も叩いた。ようやく室内にともった明かりが下のすきまから漏れ、重い足音が近づく。

ガチャリ。

黄色い光に照らされて目を細める。そのなかに世民があらわれた。眠そうな目で、短い髪は寝癖であちこち立っている。

喉まで出かけていた質問がはたと止まる。安易に訊けない。まさかと思う。

世民はまぶたが重そうだ。

「なんの騒ぎだ？」

「ゆ……夢をみたの――」

相手は目をぐるりとまわしてドアを閉めると思いきや、そうはならなかった。

「――あたしは鉄の椅子に縛られていて、剃刀で口をこじあけられて、ゴムチューブを喉の奥にいれられた。安禄山がそこに……」

世民の目に荒々しいパニックの色が浮かんだ。

「やめろ」

背すじが冷たくなった。

「あなたはアルコール依存症にさせられたのね」

恐怖で茫然とする。易之は隣で口を押さえている。

頭のなかでなにかの仕切りが破れた。ぼやけた記憶が流れこむ。さきほどのとおなじ処置を何度も強制される。ついになにかが壊れ、自分から酒瓶を求めるようになる。そして監房の冷たい床で昼も夜も熱にうなされる。

激烈な感覚が襲ってきた。頭が熱くなり、同時に寒くなった。

世民はうわの空のような遠い目から、ふいにわれに返ってドアを閉めようとした。それをこちらは両手で押さえて叫ぶ。

「どうして話してくれなかったの？」

ドアを押しあいながら世民は驚くほど強い口調になった。

「関係ないだろう！」

「あるわよ！　考えてたのよりずっとまえから軍に抵抗してたってことじゃない！」

さらにイメージがいくつか頭をよぎった。ようやく意味が見えてくる。本のページでつくった小さなナイフ。眼鏡を割って研いだ破片。

「いつからでも関係ない……」痛々しく笑う。「もうあいつらは帰ってこない」

あいつら。妾女《しょうじょ》パイロットたちだ。

胃が締めつけられて吐きそうになる。泣きながら言った。

「ごめんなさい……ほんとにごめんなさい。いままでさんざん罵倒して」

戸枠を握る世民の手に力がこもる。

「いいんだ。あれは……いや、なんでもない」

またドアを閉めようとする。こちらは一段と強く抵抗した。

「待って——」

「もう用はないだろう。いいって言ってるんだ。放せ！」

「世民」

易之が割りこんだ。

すると抵抗が弱まった。ドアが開き、世民の全身があらわれる。こちらが全力でもできなかったことを、易之は低いつぶやき一つでやってのけた。そして見つめあう。易之の手が世民の肘に伸びる。むこうはピクリとしたものの、振り払いはしなかった。

「世民、きみは戦うことで多くの命を救ったことを思い出してほしい」室内の明かりが易之の目に映って金粉のように踊る。「長城の内側の住民はもちろん、ほかの霊蛹機《れいようき》に搭乗しているパイロットたちも救った。大群を単機で一掃した。それは無意味じゃない」

世民はうつむき、なにかを必死にこらえるように肩を丸めた。

易之は続けた。

「僕らはきみのためにいる。信じてほしい。周州を解放できる。もっと多くの命を救える。僕らの手で」

ゆっくりと世民は顔を上げた。あたしと易之を交互に見る目に新たな理解の色があらわれる。

あたしはいつのまにか易之の反対の手を握っていた。自分たちがどう見えているか、実際にどうかを意識した。真夜中に連れだってやってきた二人。

世民の表情が冷たくこわばる。

「ああ、わかってる。俺のところに来なくていい。帰れ。いちゃいちゃしてろ！」

ドアは乱暴に閉められた。

34　殺すリスト

世民《シーミン》が霊鎧《れいがい》の籠手《こて》を朱雀《すざく》のくちばしにおくと、そこから赤い気が流れた。精神コマンドでくちばしが開く。世民はそのあいだに乗りこみ、片手を上のくちばしにかけた。まるで天地を開闢《かいびゃく》する神話の巨人、盤古《ばんこ》を思わせるポーズだ。

ほんとうのことがわかったあの夜以来、世民と話しにくくなった。こんなぎくしゃくした関係でも写真撮影はいっしょにやる。むこうも真実と隠し事が折り重なる境界に引きずりこまれて迷惑しているだろう。自分を利用した敵リストにあたしもいれられてしまったかもしれない。

どう説明すればいいか。どうすればもとどおりになるのか。謝ってもしかたない。やったことも、言ったことも取り返しはつかず、その結果がこの泥沼だ。

渾沌《フンドゥン》荒野の空は、わずかに浮かぶ白雲のほかは真っ青で、視野の周辺に金色がにじむほど明るい。カメラマンはカメラドローンを飛びまわらせて撮影している。イヤーピースから聞こえる指示にしたがってあたしは霊鎧の翼をはばたかせ、空中でむきを変えて、くちばしの端に腰かけた。華夏《ホワシア》最良の投薬治療でも銃創はまだ治らない。でも霊鎧をつけていれば痛みにあまり悩まされずに動ける。

　都市住民は結婚するときに華やかな衣装で華やかな写真をたくさん撮って思い出のアルバムをつくる。匹偶《ひつぐう》戴冠式は事実上のパイロットの結婚式なので、見出しをにぎわすための話題づくりにはいい。この二週間は写真撮影ばかりやっていた。

　あたしたちが長安へ行って以後、渾沌の襲来が四回あったと司馬懿《スーマー・イー》謀士から報告されている。短期間にかなりの頻度だ。ただし、晴天続きなので襲来は夜間に集中している。斥候ドローンが遠くから動静を観測できる環境条件では渾沌はあらわれない。だから安全に撮影できるし、朱雀にまたがった写真は評判になるはずだ。

　そもそも匹偶戴冠式までに霊鎧を取りにもどる必要があった。盗難防止のために霊鎧はコクピットの座席に融合させている。分離できるのはパイロット本人だけだ。

『武《ウー》パイロット、反対の膝を上げて抱きかかえて！』

　イヤーピースから声がした。目をぐるりとまわしたいのをこらえて指示どおりにする。灰色の渾沌荒野を背景にカメラドローンがまわりこむ。あたしは十回以上もポーズを変えさせられたのに、世民は片手で持ち上げる姿勢のままだ。男子のポーズは簡単だ。強く居丈高に見えればいい。対してあたしはどうか。攻撃的に見せるか従属的に見せるかのバランスにカメラマンは悩む。

メディアの若手女優がこんな挑戦的なポーズで撮られることはまずない。ほがらかに微笑むあこがれの女子か、愛する妻か、献身的な母親か。男性主人公が悪者を倒したあかつきに獲得する報酬、あるいは負けたときの慰め、あるいは発奮する理由として悪役に殺される役。かりに攻撃的な女子が登場するとしたら悪役しかない。悪の主役ではなく、それを助けて快楽をあたえる立場。邪知を賛美し、悪のために身を挺して死ぬ。

あたしと世民の演出もそうしたいはずだ。でもうまくいかない。あたしは世民とはちがう独自の物語を持っている。世民とおなじくらいに目を惹く。それがカメラマンの本能を刺激する。ひかえめなポーズに温和な表情をつくらせてみて、やはり挑発的な本質にもどるべきだと気づく。どう撮るべきか悩みつづける。高俅《ガオ・チウ》が撮影に立ち会っていないからなおさらだ。

高総《ガオゾン》は安禄山《アン・ルーシャン》謀士をふくめた隋唐辺境軍の兵法家と〝話〟をしていて多忙だ。謀士が圧力に屈しようが屈しまいが、あたしは決めている。世民にあんなことをした安禄山は殺す。長く伸びた殺すリストの先頭にいれている。

絶対にやる。

撮影を終えて浮揚船へもどると、長城の離着陸場に見知った顔がいた。独孤伽羅《ドゥーグー・チエルオ》、馬《マー》秀英《・シウイン》、そしてそれぞれの伴侶だ。みんな非番で、戦闘後の休養期間中なので、高俅が二日後の匹偶戴冠式に招待した。とはいえ撮影スタッフとあたしたちの帰りの便に同乗とは、けちな足を用意したものだ。

こちらが近づくと四人は緊張したようすになった。秀英《シウイン》だけはあたしに笑みをむけたものの、世民を見ると目をそらした。体を引き気味にして口がわずかに開く。皇女級パイロットがなにかを恐れるとは奇妙な眺めだ。伴侶の朱元璋《ジュー・ユエンジャン》は筋骨たくましい剃頭《ていとう》の元僧兵で、彼女を守るようにそのまえを腕でさえぎった。どちらの冠も黒く太く、小型の亀甲飾りが額に下がっている。

あたしは挨拶して緊張をほぐそうと車椅子をそちらへ進めた。でも伽羅《チエルオ》を見たとたん、浴場で殴られて壁に叩きつけられた記憶がよみがえり、怒りがよみがえった。思わず霊鎧が動き、霊感を働かせる……。

すると奇妙なことに気づいた。

「あの……」全員をスキャンして、秀英と伽羅をしめす。「二人とも伴侶より強い霊圧を感じるんだけど、なぜ?」

四人はだれも驚かない。秀英が教えてくれた。

「ああ、女子の霊圧はなぜか強めに感知されるのよ」肩をすくめて笑う。「女子特有の性質みたい。痛みに強いというような。四偶ペアを霊感で見るとたいてい女子のほうが強く出るの」

「そうなの。それだけのこと？」

こちらは表情をゆるめた。

「そうよ。あなたと……」

秀英が世民にむけた目が水属性の気でわずかに暗くなる。ところがふいにまばたきして、かすかに頬を染めた。こちらに目をもどして続ける。

「あなたたちも同様に感じられるわ！」

「実際の霊圧値は男子の伴侶のほうが高いのね？」

朱元璋のほうを見た。分厚い胸のまえで腕組みをして世民をにらんでいる。世民は眉間の皺をやや深くした程度だけど、見返している。

秀英が答えた。

「そうよ。わたしが五千と百で、彼が五千と八百。ただそれは基礎値で、戦闘中はもっとずっと高くなる」

それならそれでいい。説明がつく。もし秀英の霊圧が伴侶より高かったら、軍は絶対に組ませないはずだ。

「さあ、ぎこちないおしゃべりはやめにして」

伽羅がこちらに手のひらをむけた。冠から伸びた虎の牙がまばゆい太陽を反射してキラリと光る。

「最初にはっきりさせておくけど、わたしが招待に応じたのは長安を訪れるいい機会だからというだけ。あんたと文字どおりの殺人者の伴侶が胸クソの悪い式をあげるのを見たいわけじゃない」手のひらを世民にむける。「気を悪くしていいわよ」

世民はさらに目を細め、なにか聞きとれない言葉を発した。

それに対する伽羅の反応に驚いた。おなじく意味不明で喉を響かせる荒々しい発音を連続させる。

なるほど。母語で罵りあっているのだ。二人とも鮮卑《せんぴ》族の出身だから。

朱元璋がふいに秀英を背中に隠して怒鳴った。

「やめろ！　俺は蛮族二人と浮揚船で同乗するのはごめんだ！」

あきれた。世民と伽羅も驚いたようすだ。

伽羅が今度は朱元璋にむかって毒づきはじめ、それを伴侶の楊堅《ヤン・ジエン》がなだめた。朱元璋は白いパイロット軍服の裾をひるがえして急ぎ足で去っていく。

秀英はとどまって説明したい気持ちと、追いかけなくてはという気持ちに引き裂かれているようすで、こちらに手を振った。

「ごめんなさい、ほんとうに。元璋は戎狄《じゅうてき》の襲撃で家族を亡くしてるから」

こちらは苦笑した。明州で漢族と戎狄の抗争がはげしいのは知っている。そのため寺の僧侶も武装し、仏道ならぬ武道の修行に明け暮れているというのだから皮肉だ。

「でも明州であばれている戎狄は蒙古《もうこ》族でしょう？　この二人は鮮卑族よ」

指摘すると、秀英は苦笑を返しただけだった。伴侶にとってそういう区別は関係ないらしい。こちらと別れ、伴侶の名を呼びながら追いかけていった。纏足《てんそく》でなければあんなに速く走れるのかとうらやましくなる。

伽羅はいらだたしげに楊堅の腕を振り払い、パイロット軍服の乱れをなおした。

世民はまだ朱元璋のうしろ姿を見ている。ずいぶん動揺しているようすだ。すると意外なことに、伽羅が世民の肘に手をおいて声をかけた。

「気にすることないわよ、可汗《カガン》」

さきほどとはうってかわって穏やかな口調。

世民ははっとした顔になった。

なにも言わないうちに、伽羅は楊堅に腕をからめて浮揚船のほうへ歩き去った。

あたしは目をぱちくりさせて世民に尋ねた。

「〝カガン〟って？」

世民は怒ったように息をついた。

「王の称号だ」

いつのまにか強く握っていた車椅子の肘掛けをようやく放した。

まあ、これで伽羅があたしたちへの敵意を弱めたとはかぎらない。それでも奇妙な道中になるだろう。なぜなら長安直行ではなく寄り道するからだ。写真撮影の予定が今日はもう一件ある。美しくも毒々しい夕日を使って撮る。

故郷の村の棚田で。

35 地獄絵図

実家を出て以来、家族が連絡を試みたとしても耳にはいっていない。反抗的態度への懲罰として軍は連絡をとりつがなかったのかもしれない。普通はやきもきするのだろう。

実際には、おかげで家族のことをほとんど忘れてすごすことができた。わずかに近況を聞いたのは易之《イージー》からだ。彼はあたしたちのことを包み隠さず伝えたらしい。森で会っていたことや、でも一線は越えていないことなど。そのうえで、二人の関係について今後いっさい口外しないことを条件に、弟が近隣の都市で電子機器修理の技能実習の口を得られるように斡旋と支援をすることを申し出た。

あたし本人に対しても言及を禁じるという条件は先見の明があった。おかげで浮揚船の縄ばしごから下りたあたしたちを迎える家族は、もの問いたげな目をしながら、なにも言わなかった。

それでもこの帰省は惨憺《さんたん》たるものになった。

撮影クルーが棚田のロケハンに出て、ほかのパイロットたちがスター登場に沸く近隣住民にかこまれているあいだに、あたしは実家に引っぱりこまれた。

祖父母の部屋にはいるやいなや、父はこのひと月の苦難をわめき散らした。あたしが楊《ヤン》・広《グァン》を殺したせいで村内で迫害されたらしい。陰口を叩かれ、玄関先に汚物をまかれ、〝男殺し〟と壁に落書きされたという。一方でメディア出演による収入をしつこく尋ね、まったく連絡をよこさないことや、家族をこの困窮の村から救い出そうとしないことを非難された。

収入はすべて周州奪還を実現するために使われているとおそるおそる説明すると、父は怒りを爆発させた。

「産んで育てて、服を着せて、飯を食わせてやったんだぞ。親の恩にむくいる気はないのか？」すすけた壁を怒鳴り声が震わせる。「それどころか家族をこの地獄絵図に落として救い出そうともしない。まあ、昔から感謝の心を持たないガキだった。親は辺境の寒村でのたれ死ねばいいと思ってるんだろう！　渾沌《フンドゥン》が長城を破って真っ先に踏みつぶされればいいと思ってるんだろう！」

体が震えた。わかっている。ここで妥協して心にもないことを言わないとなにが起きるか、かつてなにが起きたか。よく知っている。

でも、なぜ折れなくてはいけない？　そのとおりなのに。

「ええ、そうよ。だから？」

腕を振って昂然と言った。

父は顔を真っ赤にした。でもそこで、あたしの経絡《けいらく》に気が通るのを見て黙った。霊鎧《れいがい》が白銀に輝き、目と肌が冷たく光る。ほかの家族もあとずさった。あたしが発する光に目を丸くしている。

あたしは続けた。

「娘を道具としか見なかったくせに、なにをいまさら。楊広の妾女《しょうじょ》になれと嬉々《きき》として売ったくせに。姐姐《ジェジェ》を殺した相手なのよ！　精神リンクがつながったときに記憶をのぞいて確認したわ。あたしたち姉妹を普通に大切に育ててくれればこんなことにならなかった。だから自業自得よ！」

母が両手で口を押さえた。嗚咽で肩を震わせ、声をころして泣いている。うるんだその目を、窓から埃っぽい室内に斜めにさしこむ光が照らす。一ヵ月前、ちょうどこの光のなかに易之が立っていた。彼をふり、家族を捨てたあの日。

胸を締めつけられる光景。でも母にかける言葉はない。

車椅子のむきを変え、急いで出ていった。

霊鎧の翼を震わせながら裏庭に出て、豚小屋のそばで車椅子を止めた。汚物にまみれた豚の鳴き声が聞こえる。こんな悪臭のするところには撮影開始までだれも来ないだろう。

そう思ったのに、しばらくして足音が追ってきた。

男の足音に聞こえたので身がまえていると、意外にも秀英《シウイン》だった。背後を見ると、朱《ジュー》元璋《・ユエンジャン》はいない。宣言どおりに伽羅《チエルオ》や世民《シーミン》との同乗をいさぎよしとせず、機材輸送用の別便に乗ったらしい。

秀英はやさしい目でかがみこんだ。

「ここにいたのね。お手洗いを借りにはいったら、お母さまからこれをあずかったの」

渡されたのは人形だ。子宝祈願人形。このあたりの山村の母親の習慣で、娘の嫁入りのときに持たせるものだ。その子が赤ん坊のときに使ったおくるみの布でつくり、実家の庭の土を詰める。無事に母になれるようにと願いをこめて。

秀英は人形をこちらの手に押しつけた。

「パイロットの結婚がどういうものかよくわからないとおっしゃっていたけど、早く赤ちゃんをさずかりますようにって」

困惑して見た。赤ん坊のあたしを包んだはずの色褪せた綿入りの布。糸で縫われた不器用な笑顔。

なにもかもまちがってる。子どもなんか絶対にほしくない。母はそのことを理解していない。娘を理解しない。

それでも目に熱いものがこみあげた。視界がかすむ。人形を握りしめて涙をこらえた。メイクが流れたら泣いたことがわかってしまう。

わざとため息をついて平気なふりをした。

「どうしてじかに渡さないのかしら」

「あなたを怖がってるみたいだったわ」

どきりとした。二つの重荷にはさまれた気分。

秀英は唇を噛んでうつむき、それから顔を上げてこちらの目を見た。

「ねえ、ご家族とのやりとりを聞いてしまったの。みなさんを長安へ連れていったほうがいいんじゃないかしら」

「どうして？　そこまですることない」

即座に言い返しながらも、声が震えた。

秀英は説いた。

「ここでの生活が苦しいのはたしかでしょう。まわりの村人にそしられて肩身が狭いのはもちろん、辺境暮らしはだれにとってもつらいわ」手を振ってまわりをしめす。「家族が冷淡になる原因はどこにあると思う、則天《ゾーティエン》？　この土地を離れて、食べものに困らない安全な暮らしを手にいれれば、人の気持ちは変わるんじゃないかしら」

「そうやって媚びてもろくなことにはならないわ」手のなかの人形を握りつぶした。縫われた笑顔がゆがむ。「むしろ悪くなる。母も祖母もずっと父と祖父に媚びて生きてきた。でもなにも変わらない。媚びることで敬愛は得られない」

「媚びてもだめだったのは、根本の原因が解決していないからよ。〝窮山悪水《きゅうざんあくすい》（痩せた山と暴れ川）はすさんだ民を生む〟ということわざがあるでしょう」

「そんなの言い訳にならない！　この村にだって円満に暮らしてる家族はたくさんいる」

「でもあなたの家族はこの人たちだけなのよ」秀英の暗い目がうるむ。「ご家族を救い、変えられる大きなチャンスが目のまえにあるのに、それをせずに見捨てるの？」

　こちらは首を振り、メイクを崩さないように指先だけで顔をおおった。

同僚パイロットに家族との口論を聞かれるなんて最悪だ。高俅《ガオ・チウ》が招待客用の便をべつに仕立ててくれればよかったのだ。撮影クルーと同乗させたことをうらむ。あたしが気を発するのを見て父が怖じ気づいたからおさまったけど、そうでなければもっと大騒ぎになっていた。霊鎧をつけてきてよかった……。

ふいに悪寒がして家を見た。

こちらの一行が去ったあとに、父はどこで鬱憤晴らしをするのか。

「母と祖母は――」つぶやいて、車椅子のむきを変えようとした。「――二人だけは連れていく。でないと、あたしたちが出発したとたんに父に折檻《せっかん》される」

秀英は車椅子のまえをさえぎるように移動した。冠の上の髷《まげ》が揺れる。

「お二人は自分だけ去ろうとするかしら」

はっとして、ありそうなやりとりを想像した。

自分だけ行けない……。

ここがわたしの家。わたしの家族だから……。

夫はあの人なんだから……。

膝の上で人形をぎゅっと握る。母も祖母もほかを知らないのだ。決められた夫に嫁ぎ、従い、子を産み育てる。生涯にわたる滅私の果てには、一人の男にそった自己しか残らない。無理に離せばもろく崩れる。

あの二人に言っても村を出ることをこばむだろう。自分に照らして考えればわかる。

易之から村を出るように言われたことはなかった。もし言われても無理だと思っただろう。ここ以外での暮らしを想像できなかった。生活を変えればもっと悪くなる、社会のさらに下層に落ちると、本能的に強く恐れていた。裸一貫で生きていけると信じられる根拠がなかった。

そのおびえから最後は彼をふった。そんなあたしを易之は臆病とはいわなかった。

秀英は車椅子のまえにしゃがみ、声をひそめて続けた。

「心がねじけてしまって救いようのない人もときにはいる。でもたいていは環境のせいでそうなっているのよ。暴力をふるいがちな人も、また過去に殺人を犯した人も」

胸がちくりとした。家から目をそらし、脳裏に浮かぶ世民のイメージを打ち消そうとした。

秀英の鋭いまなざしはこちらを離さない。

「人を傷つけることで自分を慰めるのが習慣になってしまった不幸な人もいる。でもほかのやり方を知らないだけかもしれない。そんな人でも機会さえあれば変われるかもしれない。小さな思いやりが大きな救いになるかもしれない」

「そう……かもね」

豚小屋のなかを歩く豚を見た。豚小屋から出たことがなければ世界は汚物だらけだと思うだろう。

「ごめんなさいね、差し出がましいことを言って」

秀英は立ち上がって額に手をやった。こちらは笑って手を振る。

「いえ、いいのよ」

「そう、よかった」笑いながらも、目は真剣でやや暗い。「救われる可能性のある家族が壊れるのを見たくないの。無理をしてでも守る価値があるのが家族だから」

「だといいけど」

人形のゆがんだ笑顔を指でなぞる。

一度は心のなかで捨てた家族だ。楊広を殺すまえに覚悟を決める必要があった。高《ガオ》邸に家族を一時滞在させてほしいと頼むのは簡単なはずだ。部屋はいくらでも空いているし、高俅はあたしに恩を売る機会をよろこぶだろう。

いまここで家族を放置すれば、自分の狭量さゆえに母と祖母を見殺しにしてしまう。そこまで悪人にはなれないし、また自分の行動に確信を持てない。

だれでも住む世界は異なる。望まない決断をしいられることもある。村を出るとか酒をやめるとか、口で言うほど簡単ではない。

あたしは世民を大きく誤解していた。家族もまたそうかもしれない。貧困から脱すれば変わるかもしれない。

姉はこの家族のために従容《しょうよう》と死んでいった。あたしが見捨てることを望まないだろう。

「あんたってば、見てらんないのよ」

長安に到着した夜、高《ガオ》邸の薄暗いホールで不愉快そうな伽羅《チエルオ》から声をかけられた。

「なんのこと？」

灯火《とうか》の柔らかい光のなかで車椅子を止める。化粧を落とすために侍女たちにごしごし洗われた髪はまだ濡れ、首にかけたタオルを湿らせている。ホールの壁には抽象技法で雲龍図が描かれ、そこに伽羅はよりかかっていた。

「聞いてたのよ、あんたが家族になにを言われたか。あとでどう折れたか」

うわぁ、こっちにも聞かれていたのか。

「あれは……」

反射的にそう返したものの、あとに続ける言葉がない。

腕組みをした伽羅は、顔の半分が灯火に照らされ、半分が影に沈んでいる。

「あんなにあっさり許してやることない」

思わず乾いた笑いが漏れた。

「あら、そう？　だったらあたしたちはいま猫みたいに爪を立てて喧嘩してるべきね」

彫りの深い顔の奥にある目がこちらにむく。

「わたしたちはべつに許すとかじゃない。便宜的に許容してるだけ。あんたが背中から刺してこなかったように、こっちもうちの望楼《ぼうろう》を壊そうとしたあんたに仕返しはしてない。でしょう？」

独善的な態度に腹が立った。でもすぐに空調の効いた空気にまじる怖じ気をかぎとった。つまりあの浴場での自分の行為は、夜道で刺されてもしかたないほどだと認識しているわけだ。一方で望楼の件で憤慨しながらも、怒鳴りこんできてはいない。

こちらを威圧して下手《したて》につかせるのは無理とさとったのか。

横目で見た。

「いいわ。妥協を受けいれる」

伽羅は目をぐるりとまわしてから話を続けた。

「あんたの家族は、なにもしてないくせに富のおこぼれをほしがった。あんたはあっさりくれてやった」

痛いところを突かれたけれども、平然とした口調をよそおった。

「たいしたことじゃない。高俅《ガオ・チウ》にメッセージを一本送っただけ。キーを叩く手間しかかけてない」

「その程度だと思われるってことよ。そんな〝一回だけ、これだけ〟というお願いを断ったとたん、心のねじけた吝嗇《りんしょく》家呼ばわりされるようになる。ばかばかしいわ。よく聞きなさい。施しをする余裕があるとしても、そうする義務はない。とりわけ感謝のかけらもないようなやつらにはね」

「まるで経験談を聞いてるみたいだけど」

「端《はな》っからそういう話だっつーの」

　嘘いつわりないようすだ。伽羅は続ける。

「こっちも親類縁者がたくさんいて、わたしが有名になって裕福になったとたんにわらわらと寄ってくるわけ。一族郎党の集まる席でお世辞やお愛想を言われ、兄弟姉妹やいとこ連中のあいだで別格あつかいされれば、まあ悪い気はしない。そんななかでおばやおじが金に困っているだの借金取りに追われてるだのという話が出る。ほんの数千元あれば子どもをいい学校へやれるという話になる。当然ながら一族のなかで助けてやれるやつは目線が動く。だからわたしが出してやる。するとどうなると思う？　たちまち無職の四家族と、金のかかる学校でろくすっぽ勉強しないガキンチョ三人と、ギャンブル中毒の五人を養ってることになるわけ。こいつら最悪よ。借金取りから指を詰められそうになって、もうこれっきりにすると誓う。そのあとどうだと思う？　懲《こ》りない。くりかえし」

「まあ。大変ね」

「まったくよ。ろくでなしのケツは自分で拭かせるべきだと気づくのに一年半もかかったわ」

伽羅は壁に頭を倒した。

「意を決してそいつらを切ったら、どうなった？　ありとあらゆる悪態をつかれ、ありとあらゆる誹謗中傷をばらまかれたわ。いちばん助けてやった連中がいちばんの敵になった。もう、おじの指が何本なくなろうが知ったことじゃない。包丁の下に指いれてまで借金するのが悪い」

あたしは大きく息を吸って、鼻から小さく吐いた。

「でも事情がちがうのよ。そういう話じゃない」

「そうでしょうとも。みんなそう言う」

「ほんとうよ！　そもそも――」

「被害者のふりして近づく加害者がいるでしょう。そういう手あいがいちばん危険なのよ、わたしたちみたいな性格にはね」

はっとした。首に巻いたタオルが急に冷たくなった気がした。

「あたしたち……みたいな性格？」

「どんなに殴られ、どんなに罵倒されても頑強に耐えるけど、やさしい抱擁や甘い言葉にはあっさり陥落する性格」

体の芯がぞくりとした。ホールのまんなかで裸にむかれたように感じた。

伽羅の視線に射抜かれる。

「あんた、自分で言ってたじゃない。媚びても無駄。媚びることで敬愛は得られないって。結局こんなことして、あんたの家族が得た学びはなに？　娘を虐待しても罰《ばち》はあたらないってことよ」

車椅子の肘掛けを何度も握って開いた。

「あなたには関係ない」

「そうやって安易に許す女子が、世の中の傲岸不遜な下衆男を結果的に養ってるわけ。そんな下衆男をあたしは世の中から排除したいの。渾沌《フンドゥン》の次にね」

「あたしだって自分の家族から下衆男を排除したい。そのために家族のなかの無実の半分を脱出させようとしてるだけ」

「そう思うんならご自由に。でもいい？　いつかこのしっぺ返しをくらうわよ」

反論が喉まで出かかったけれども、それをぶつけるまえに伽羅は歩き去った。

36　戴冠

匹偶《ひつぐう》戴冠式の朝、夜明け前に目覚めて、易之《イージー》の温かい腕をほどいて起き上がった。

今日はこの彼ではない相手と生涯を誓う儀式に出るのだと思うと、奇妙な気持ちになる。この関係をやめるつもりはなく、長城にもどってもこのままだ。それでもなにかが終わるような切なさでキスし、すっかりなじんだ刺青をなでた。

遅れて控え室にはいると、そこに母がいた。高俅《ガオ・チウ》は予想どおりよろこんで家族を長安に招いてくれた。したり顔はしゃくだけど、ほかに頼るあてはない。

撮影クルーのおなじスタッフに手伝ってもらって入浴をすませたあと、母の強い求めに応じて、窓をあけて母が娘の髪に櫛をいれる嫁入り前の儀式をした。いまだに結婚式だと思っているのだ。この二日間に大都会の暮らしで驚いたあれこれの話を苦笑しながら聞く。

でもなにより母の最大のよろこびは娘の〝結婚〟にあった。これほどうれしそうな母を見たことがない。自分は結婚によって徹底的にすりつぶされたのに、おなじ槌《つち》が娘に振り下ろされることに歓喜してやまない心境とは、悲しいやらむなしいやら。
白檀《びゃくだん》の櫛を髪に何度かいれながら、長命と長久の結婚生活を祈る母の声。それを聞きながら、脳裏では秀英《シウイン》と伽羅《チエルオ》の正反対の主張がぶつかる。でも二人の人柄を考えると答えははっきりする。伽羅のように辛辣で苛烈にはなりたくない。秀英の半分でも幸福になりたい。

母と祖母にもそうなってほしい。

いままでそれができなかったのは、家族を産み育てる以外の女の人生を思い描けなかったからだ。ならばあたしが見せてやる。そんな人生ばかりでないことをしめす。ほかの生き方をする。正義、変化、復讐、強さのために生きてやる。

四偶戴冠式の会場は長安の最高級ホテルである金蓮《きんれん》飯店の大ホールだ。もちろんここも高俅が所有している。

二人の殺人犯が華燭《かしょく》の典を挙げることへの世間の倫理的反発は、軍の資金集めの体裁をとることでかわし、席は戦争遂行募金の名目でオークションにかけられた。司式するのは長城から駆けつけた諸葛亮《ジューゴー・リアン》軍師だ。

あたしは中央司令委員会にかけあって、世民《シーミン》がこの二年間保留されていたパイロット王の称号が遅まきながら授与されるようにした。家族への賞金は本人が辞退したけれども、それよりはるかに多額の売り上げを高俅に稼がせている。

諸葛軍師が開式の辞であたしと世民の強さと潜在能力について述べているあいだ、先に登場予定の世民はステージの二枚目の幕の裏で待機している。易之と司馬懿《スーマー・イー》謀士とあたしは薄暗い舞台袖だ。手のこんだ戴冠式衣装のためにあたしは椅子に腰かけるのもやっとで、お披露目前の覆い布をすっぽりかぶっている。易之は金糸の刺繍入りクッションを張った台に冠をのせ、赤い絹布《けんぷ》でそれをおおっている。司馬謀士は……とくに用はなくてもここにいる。

幕が左右に分かれて金蜜色の照明が世民にあたった。会場からはいっせいに拍手喝采。輝く大理石張りの宴会場に並んだ八十八卓のテーブルから、最高級のデザイナー仕立ての袍《ほう》をまとった華夏《ホワシア》きっての富貴栄華《ふうきえいが》の人士が立ち上がる。赤いテーブルクロスに扇子《せんす》が揺れて、さながら秋の紅葉狩り。

あたしたちが長安に到着した直後のレセプションよりあきらかに歓迎されている。あいかわらず物議をかもす存在ではあっても、ここではスターだ。客たちは楊広《ヤン・グアン》の遺族や世民が殺した家族のことを棚上げにして、この式典に出席したことを長く自慢するだろう。自宅で配信を視聴する人々は……かりに憎悪をあおる目的で見ているとしても、こちらの利益を押し上げる。

諸葛軍師の隣へ歩みよる世民の霊鎧《れいがい》の響きは喝采にかき消された。赤地に金箔を散らした薄紗《はくさ》の飾り帯が、軍の首輪をわざとらしく隠して両翼のあいだから背中に長くたれる。金属の羽根のかたちの肩甲からもおなじ飾り帯がたれて、艶やかなステージの床をふわりとなでる。

諸葛軍師は宣言した。

「李世民《リー・シーミン》、その比類なき軍功をたたえ、人類解放軍はここに、統一華夏歴二一九年および二二〇年のパイロット王にきみを認定する！」

易之とあたしは目をあわせる。冠台をかかげて易之が照明のなかに歩み出る。ふたたび上がる拍手喝采。易之はステージを進みながら赤い絹布をとって冠を披露する。会場からは低いつぶやき。失望の声だ。二週間も気をもたせたあげく、前面に羽根と双輪をあしらっただけの標準的な冠か？

あたしはにやりとした。

まあ、見てなさい。

すぐに世民はまなじりを裂いて、霊鎧の指を一本立てた。易之は足がすくんだように立ち止まる。演技の怒りの表情で冠を見下ろした世民は、指先をふれ、濃くアイラインを描いた目を閉じた。

霊鎧の脊椎装具から発した赤い気が冠に流れこむ。羽根が目覚めたように動いた。

さらに霊鎧の霊金《れいきん》が羽根のかたちになってベルトコンベアで押し出されるように次々と冠へ移動する。それとともに冠から翼がはえ、伸びて広がる。鳥が夕立の雨滴を払うような姿だ。

会場の客たちが歓声をあげた。

翼は大きく成長する。冠の左右に計四枚の翼。王級パイロットにふさわしい壮大さだ。双輪はからみあう炎のかたちになった。真紅の結晶が冠の上部と翼のあいだからとげ状に伸びる。

客はこれを期待していた。驚嘆している。有名パイロットたちのテーブルでは、見とれていた楊堅《ヤン・ジエン》が指をパチリと鳴らして「すごい！」と叫んだ。隣の伽羅《チエルオ》がじろりとにらんだものの、止めはしない。

諸葛軍師がその冠を台から持ち上げた。いかにも重そうだ。接続が切れた霊金は鉛より重い。

「王よ、栄誉殿堂へようこそ」

軍師は笑顔で世民の頭に冠をのせた。身長差にあわせて世民は大きくかがむことになる。

姿勢をもどして目をあける。その目は火属性の気だけでなく、世民の第二属性である土属性の気でも光った。顔と首の経絡《けいらく》は溶岩と黄金が流れるように輝く。瞳孔でも苛烈な赤い輪の外側に華やかな黄色い輪が輝く。霊鎧も冠もまるで燃えているように気が輝き、ゆらめく。

ようやく完成した。真のパイロットの姿だ。

隣で鼻をすする音が聞こえて、びっくりして見た。

「司馬謀士……泣いてるんですか？」

驚いたことに否定しない。

「思い出すのだ。重警備刑務所であの子を拾ったとき、六日間、一言もしゃべらなかったことを」

謀士は拳で涙をぬぐい、こちらの肩を叩く。

「さあ、おまえの出番だ」

あいまいに返事をし、その手を借りて丸椅子から立ち上がった。霊鎧のおかげで銃創が治っていなくても立てる。ステージに下りた次の幕の裏にゆっくり慎重に出る。中央で正面にむくと胸が高鳴る。諸葛軍師の背中がシルエットになってカーテンに映る。匹偶はたがいの成長を助けることや、あたしと世民にとって贖罪の物語の最初の一歩であることを話している。

高俅からも数日前におなじ話を聞いた。「よくできた贖罪の物語は視聴者の胸を最高に打つ。最終決戦で自己犠牲的な戦法で勝利をおさめるとなおいい。そうやって帰還すれば、最大の批判者もなにも言えなくなる。善悪をあわせもつきみたちのキャラクターはその後も論議を呼びつづける」

自分の心臓の音がうるさくて、自分が紹介されているのを聞きのがすところだった。

「そして次は不可能を可能にする女子、武則天《ウー・ゾーティエン》！」

幕が開き、照明が目を射る。その寸前に目を閉じておこうと決めて、歓声を聞いて数秒待ってから、じらすようにゆっくりと開いた。

易之と諸葛軍師は袖に退がり、こちらは世民を見ずにその隣へ歩み出る。大きな覆い布はかぶったまま裾をステージの床に引きずっていく。

客たちは身を乗り出して布の下を透視するように目を細める。

期待をもたせるために冷たい視線を客席に一巡させてから、留め具を内側からはずし、霊鎧の翼を広げる勢いで覆い布を一気に払った。

客席が沸く。楊堅は酒杯を持っているのを忘れて手を振り上げ、その半分を伽羅にかけてしまった。

あたしが殺した仇敵の遠縁ながら、好感が持てる。

戴冠式衣装はじつは複雑ではない。ただし大きさはかなりのものだ。鳳凰《ほうおう》のように広がった霊鎧の裳《も》の下から赤い薄紗《はくさ》が出て、床に大きく広がる。身長より衣装の横幅のほうが長い。世民から冠を受けるときはこれをすばやくたたまねばならない。赤い薄紗は金色の羽根が大量に生えている。金糸に連なる紅玉《こうぎょく》がこぼれるように霊鎧を飾る。赤地に金箔を散らした薄紗の飾り帯が肩甲からたれているのは、世民とおそろいだ。

伴侶にむきなおって見上げる。付け毛をいくつも使って盛り上げた複雑な髪型の重みで首が揺れそうだ。玉《ぎょく》を飾った金簪《きんかん》があちこちで日光のように輝き、冠をつける額のほかはどこもあいていない。

「武則天――」

世民の言葉は隠しマイクで拾われてホール全体に響く。客席全体がはっと息をのむのが感じられた。李世民の低く張りのある声を大衆は初めて聞くはずだ。

「――われらの心臓がともに搏《う》ち、霊蛹機《れいようき》でともに渾沌《フンドゥン》を討ち滅ぼさんことを願う」

世民は自分の冠についた双輪の片方をそっとつまんで持ち上げる。すると四枚の翼のうち二枚が連なってはずれた。

目をあわせたとき、その視線の痛々しさに気づいてどきりとした。自分のものでない女子に匹偶の冠をあたえるパイロットは例がないだろう。

　でもそれを言うなら、あたしはだれのものでもない。だれのものにもならない。

　ちょうどステージ袖の暗がりにいる易之と目があう。むこうは笑顔で親指を立てる。

　ゆっくりと息をついて、軽く頭を下げる。

　世民の声はほんのわずかに震えて続いた。

「天地と祖霊が見守るところ、なんじをわが好一対《こういっつい》として宣《せん》する」

　大きな冠がこちらの頭におかれる。そこにうなじから霊金の線を延ばして接続。するとずっしりした重みは瞬時に消え、こちらの霊鎧の一部になった。

　紅を引いた唇から震える息を吐く。華夏じゅうでいま幼い女子たちがこの配信をうっとり見ているはずだ。それを思うと複雑な感情が湧く。まちがったことを学び、志《こころざ》し、夢みるようになる。人類生存のための代償。あたしたちを餌に妾女《しょうじょ》を集める恐ろしい仕組み。

　その子たちが入隊年齢になるまえに操縦システムを根本から改修しなくてはいけない。それを達成して初めてあたしの贖罪になる。具体的なやり方は見当もつかない。でも反攻作戦を成功させて凱旋したあかつきにはそれを実行できる権威を得ているはずだ。

　顔を上げ、世民とおなじように瞳孔、経絡、霊鎧から派手に気を発散させた。まず金属性の白に輝き、続いて火属性の赤が燃え上がる。

操縦訓練をはじめた当初、あたしの第二属性は水と火のあいだで揺れ動いた。普通はどちらかにかたよるものだがと司馬謀士は不思議がりながら、水より火を優勢にする方法を教えてくれた。

世民と手をつなぎ、翼をはばたいてステージから浮上した。風圧であおられた客席から悲鳴と歓声があがる。ホールじゅうでいっせいに椅子がきしんで客が立ち上がる。

そんな客席に空中からむきなおる。パイロットの王と女王が、その強さを求める富貴で保護された弱者を睥睨《へいげい》する。秦政《チン・ジョン》が没するまえの時代なら民草《たみくさ》は叩頭三拝《こうとうさんぱい》していただろう。でもいまのあたしたちは、かりそめの娯楽にすぎない。大衆の興味をつなぎとめるために退屈顔（世民）とすまし顔（あたし）のキャラクターをつとめているだけ。

と思っていると、後列のあるテーブルに目を引きつけられた。

さながら豪華な畜舎にいれられた野獣の一団。隋唐辺境軍の兵法家たちだ。安禄山《アン・ルーシャン》謀士もそこにまじって不機嫌そうに拍手している。

世民とつないだ手に思わず力がこもる。キャラクターの演技を続けるために強い自制心を必要とした。飛んでいって安禄山の急所を簪でひと突きしたくてむずむずする。

そんな真っ赤な怒りの裏では、高俅の手腕に感心してもいた。当面の敵を黙らせたばかりか、パーティの客にまでした。

横目で高俅のテーブルを見ると、こちらを見ている。用意したような薄笑い。待っていたようだ。

感心したあとは憎悪が湧いた。でもどちらものみこむ。いまは高俅のことは考えない。実施が確実になった反攻作戦をかならず成功させる。失敗すれば二州を失うのだ。

37 無限

宴が終わったのはかなり夜更けだった。したたかに酔った客たちがそれぞれの豪華な電気車で帰途についたあと、世民《シーミン》とともにホテル最上階のスイートに案内された。先に入浴させてもらい、分厚い化粧を落として肩の凝る髪型をほどく。浴室から出ると、いれかわるように世民が湯気のなかに消えてドアを閉めた。

こちらが眠ってしまえば匹偶《ひつぐう》関係を完成させる問題を棚上げにできるという考えだろう。でも居間の紅灯《こうとう》の下で緻密な木彫りの椅子に深く腰かけて、待った。もやもやした気持ちが体内で揺れ動く。緊張関係が長く続きすぎた。今夜それにけりをつける。

浴室から出てきた世民は赤いバスローブを軽くはおり、一日じゅういれていたコンタクトレンズをようやくはずして眼鏡にもどっていた。こちらに気づいて驚く顔。

できるだけさりげなく言った。

「寝室まで歩けないのよ」それでも耳が赤くなるのを止められない。相手のはだけた胸を見るとなおさらだ。「運んでくださる？　お願い」

「ああ……いいとも」

歩みよりながらバスローブの帯をしっかり締めてきた。肌がふれないようにというつもりだろうけど、無駄だ。湯気で湿った薄い絹地ごしのほてった体は、すでに肌をあわせているのとおなじだ。抱いて運ばれながら、隆々たる筋肉とその動きを克明に感じた。動悸がして目がまわりそう。

人生に彼があらわれるまで、男子の筋肉にうっとりするという経験がなかった。奪い、脅すための筋肉ではなく、守り、保護するための穏やかで自制された筋肉があると知った。その腕のなかでは自分の弱さと安全を感じる。冷然として孤独で警戒心が強い鉄寡婦《てつかふ》を、しばらく演じないですむ。

相手の胸に耳をあてると、心臓の高鳴りが聞こえた。

こちらとおなじ。いいことだ。

寝室のドアを押し開けると焚きしめた香がかおる。天井の木《き》格子《ごうし》からほのかに赤い照明が漏れる。栴檀《せんだん》の化粧台には海老茶色の蠟燭を立てた青銅の燭台。すべてが赤く染められ、まるで寝室ならぬ心臓の心室。二人の肌さえ脈打つ赤。その光のなかで自分の手のひらを陶然と見た。

寝台は楊広《ヤン・グアン》のロフトにあったのとおなじ華麗な仕立てだ。大型の簞笥のように背の高い透かし彫りの木枠に円形の入口。招くように光がまたたく。

世民の手で絹のシーツに下ろされる。木枠の内側は別世界のように感じる。狭く濃密で、あらゆる感覚が鋭敏で深くなる。

そのまま世民はこちらの上にかがんでじっとしていた。彫りの深い顔が赤い光と黒羅紗のような影で描かれ、またたく蠟燭の後光を背負う。そのまま二人の間隔は縮ま……らなかった。

体温の気配がふっと離れ、冷えた空気が流れこむ。去ろうとする背中。

バスローブの裾をつかんだ。

「どこいくの？」

世民は背をむけたまま答えた。

「ソファで寝る。それでかまわない」

「そんなところで寝ないで」

ゆっくりと振り返る。目にはわずかに驚いたような光。最初の戦闘後にあたしが生きていると知ったときとおなじだ。

「ベッドは二人分の広さがあるわ」

誤解の余地がないようにつけくわえた。バスローブを放す。全身がきりきりと緊張して壊れそうだ。

用心深い驚きが相手の目から消え、暗い表情になった。

「もう演技しなくていいんだぞ」

眉をひそめた。喉が渇いて、心臓の高鳴りがうるさい。

「演技じゃない。そんなつもりじゃない」

むこうの眉間の皺が深くなる。

「じゃあ、どういうつもりなんだ」

ふっと笑った。

「誘惑してるの。たぶん」

驚きがその顔によぎった。

その視線を受けとめながら、いつのまにか固く握っていた手を開いた。嘘のない本心であることを知ってもらうためだ。

しばらく言葉を探していた相手は、結局おなじセリフを、異なる口調で言った。

「どういうつもりだ?」苦しげに首を振る。「おまえには易之《イージー》がいる」

その言葉はまっすぐ心臓に刺さった。でも平気なふりをした。

「ええ。それが気になる？」

「そうじゃない。あいつはおまえにふさわしい」硬かった目つきがゆらぐ。「やさしくて、勇気があって、頼れるやつで、それに……」まばたきして続ける。「……肌がきれいだ。磁器みたいに」

今度はこちらがまばたきした。世民の惹かれる相手には易之もふくまれるのではないかとときどき疑っていたのだけど。

世民自身はなかなか認めないだろう。あたしの村なら噂でもちきりになる。数日前にそのことを易之とベッドのなかで話した。都会人は気にしないものだという。でもそれは易之が裕福で首都出身で、一般人より気楽な立場だからだ。

とにかく、その問題はそちらの二人でやればいい。いまはこちらの二人の問題だ。

世民はしりごみした。

「おまえは易之を選ぶべきだ」

むっとして声を漏らし、ベッドの端に爪を立てて身を乗り出した。

「選ぶ？　どうして一方を選ばなきゃいけないの？」

「でないと……裏切る……ことになる」

「裏切るのはだますってこと。それについては話しあった。競争関係ではないことを易之はわかっている。一方へのあたしの気持ちは、もう一方への気持ちと両立する。あなたとどれだけ親しくなっても、彼は気にしない」

「口でそう言ってるだけだ」

「いいえ、易之はこう言った。〝開《ひら》けた心を持てば愛は無限だ〟って。あたしの心はあなたに開いてるの、世民」

その顔は無表情になった。こちらを見つめるだけ。

どういうことだろう。

急に恥ずかしくなってうつむいた。見当ちがいの一線を越えてしまったのか。

「そういうのがいやなら、かまわないわ。なにも――」

世民がまた近づいた。こちらは顔を上げ、目があう。むこうは傷つきやすい目、こちらはやさしい目。世間で思われているのとは反対だ。

相手がかがんでも、こちらはその陰になるほど。それに気づいて世民は片膝をつき、目の高さをあわせた。かすれ声で訊く。

「その気持ちはほんとうか？　司馬懿《スーマー・イー》かだれかに言われてやってるのなら、やめろ。俺にうしろめたく思わなくていい。とりわけ……あわれまなくていい」

目をそらし、続いて顔も横にむく。その顔に両手をあててこちらにむきなおらせた。小さく笑って言う。

「あわれんでなんかいないわ、ばかね。あなたが好きなのよ」両手を下げて鎖骨にあてると、心臓の鼓動が手のひらにつたわってくる。「世間にどう言われても自分であろうとするあなたが好き。なかに凶暴な性格がひそんでいるのは否定できないけど、それでもいい。あたしだってそうだから。だれがなんと言おうと、あなたの副パイロットであることを誇りに思うわ、鉄魔《てつま》」

眉が下がって幼い男子の目つきになった。いままでいちばん若い表情だ。おたがいの熱い息が速くなり、ぶつかって渦を巻く。なにか言おうとその口が動きかける。でもなにも言わず、ただ顎を上げてキスした。

驚くほどやさしい動き。大柄な体でやさしく動くのは努力がいるはずだけど、あたしには気を使ってくれる。

おたがいに低くくぐもった声を漏らして口を動かす。息がきれてようやく離れると、彼は両膝をついてすわり、こちらの手をとって甲に口づけた。そのようすで、わずかに残ったこちらの警戒心は霞《かすみ》と消えた。

「俺もおまえの伴侶であることを誇りに思う、鉄寡婦」

眼鏡ごしに見つめる目に、脊椎装具から出た赤い気がかすかにゆらめく。悪魔的で、それでいてやさしい。

「ところで、その称号はあまり縁起がよくないんだけど」

思わず苦笑して言うと、こちらの指を親指でなでながら彼は提案した。

「だったら、ただの美少女でどうだ。媚娘《メイニァン》と呼ぶ」

「いいわ。皮肉な愛称は好きよ」

バスローブの襟に指をかけてもう一度キス。今度はもっと強く、性急に。

室内の温度が変わった。引き寄せられるままに彼はベッドにはいってきて、上になった。両側で膝がマットレスを押し下げ、こちらの腰が浮く。こんな巨漢にのしかかられながら安心しきっている。唇がふたたびあわさる。引き締まった筋肉、圧倒的な体重、心地いい体温につつまれて思考が溶けていく。

バスローブの帯に手をかける。

世民の手がそれを払いのけようとして、寸前で止まり、そっと手首を握った。

「いけないの?」

唇をあわせたままささやく。男子はどうして胸板を見せるのを恥ずかしがるのか。

「傷痕だらけだ」

とても低い声で世民はささやいた。

その声音にこちらはしびれて、下になった体をよじらせる。息を切らせて答える。

「恐くない」

手首を放してくれたものの、キスは中断した。体を離し、ゆっくり深呼吸している。

こちらの手が帯を解く。

易之の夜着を開くときは月光のような穏やかな悦びにいつも満たされる。

いま世民の肌を見て、とうてい穏やかな気分にはなれなかった。

隆々たる筋肉と傷痕がつくる眺めを畏敬の念で見る。この力がほしい。この力の持ち主になりたい。一方でそこに刻まれた経験はうれしくない。これに打ち克ち、生き延びてきた相手の半生を、いま光を得たように読みとる。

つい比較したくなるのは、易之に刺青をいれた無菌の痛みと、世民に傷痕を残した生々しい暴力だ。おなじ痛みでも種類が異なる。

世民が華夏最強のパイロットとして二年間君臨しているのは当然だと思えた。あたしを軽々と抱き上げる力強さが理由ではない。痛めつけられる一日になるとわかっていながら、なお意を決して毎朝目覚める意志の強さだ。だからこそ最強なのだ。

たがいに終わりのない恐怖と戦ってきた二人が、生き延びてこうして出会えたことに感謝したい。

38　記憶の女子

額に女子のキス。二人で住む狭い地下室。温かい気持ちの萌芽を己《おのれ》に感じる一方で、恐怖と焦燥が冷たく流れる。幸福な結末はないと知っている。

――よせ、よせ、よせ！――

女子はこちらの手をとり、指のつけ根に口づける。そのしぐさで心に降り積もった塵埃《じんあい》が吹き払われる気がする。穏やかな言葉をかけられる。しかしそれをかき消す脳裏の叫び。

――逃げろ、逃げろ、逃げろ！――

もう一瞬も追体験したくない。しかし止められない。潮流のような場面展開を止められない。兎《うさぎ》が狼の巣に落ちるのを見ているような気分。

いや、女子は兎ではない。小柄でかわいらしい顔に似あわず、獣のように強力な霊圧《れいあつ》を持つ。回収、再利用された最大級の渾沌《フンドゥン》の骸《むくろ》を二人で起動させた。それは朱雀《すざく》となった。

そのとき二人の心臓はともに搏《う》った。

好一対《こういっつい》と呼ばれた。

――嘘だ、嘘だ、嘘だ！――

司馬懿《スーマー・イー》謀士の訓練を受け、アイスダンスを習った。女子からは踊りのような武術を教わった。それが八卦掌《はっけしょう》。回転し、旋転し、回避する技術。二人の歩《ほ》法《ほう》は渦と螺旋の軌跡を雪上に残す。二人の時間は円を描いて流れる。すぐに終わりが来るとはどちらも知らない。

――乗ってはだめだ――

準備はできたと思う。戦える。彼女といっしょならなんでもできる。

――乗るな――

ところが渾沌に反撃される。強力な反撃。力を消耗しながら戦う。それしかできない。

ほかに考えられない。

彼女の精神を吸いつくそうとしているとは気づかない。

――やめろ――

――乗るな――

彼女の最後の思いが絹糸のように手の内をすり抜けていく。末端が急速に近づくのがわかる。なのに糸を止められない。

彼女は恐怖している。こちらを恐れている。この瞬間にいたるすべてを後悔している。

こちらから永遠に離れ、逃げたがっている。

その望みはかなえられる。

泣き濡れ、嗚咽《おえつ》しながら目覚めた。世民《シーミン》に抱き起こされている。銃創をよけながら背中をさすっている。

まだ夜中だ。木枠の窓ごしに夜景のネオンの光が室内にはいり、彼の短い髪の先をピンクや青に照らしている。

あたしは頭をかきむしって薄暗いなかで叫んだ。

「もういや！　この記憶を頭から消したい！」

「ごめん。俺の記憶のせいか？」

茫然とする。なぐさめられるのは立場が逆だ。相手の記憶なのだから。凄惨な悪夢ではなく、悲鳴をあげて目覚めるようなものではない。ただ彼が生きた過去。

世民はやさしく小声で言う。

「俺は刃の上を歩く夢を毎晩みる。感覚は悪夢のようだけど、それがおまえの人生だったんだろう」

たぶんそのとおりだ。でも気は晴れない。

「彼女が出てきたわ」

うめくように言うと、世民は銃弾に撃たれたようになった。背中からその手が離れてマットレスに落ちる音。亡霊のような声で訊く。

「文徳《ウェンドー》か……」

顔をしかめてうなずく。

世民は長いため息をついて固く目を閉じる。

その手をさすって温めてやる。こわばった皮膚もあれば、意外に柔らかいところもある。傷痕と胼胝《たこ》の下に芸術家の手がある。

「とても恐ろしい経験だった。つらかったでしょうね」

「あの記憶を移してしまってすまない。だれにも経験させたくは……いや、嘘だな」こちらの手をきつく握って続ける。「むしろ多くの人に経験させたい」

どう声をかければいいかわからず、その肩を引き寄せて額をあてた。すぐ隣にきつい鉄のにおいがする軍の首輪がある。両腕がこちらの背中にまわされ、ぼんやりと髪をなではじめる。

あたしが耐えた苦しみと彼のそれとは根本的なちがいがある。こちらは女子として生まれたことにすべての原因がある。たしかだ。ばかげていて、心の底から嫌悪する。

彼のはもっと複雑だ。過ちと、なにより罪悪感におおわれている。選びようのない選択がからみあって当人を縛り、泥沼に引きこんでいる。正しいと信じてやったことも世間からは非難され、罰される。

「業《ごう》というものが理解できない」世民は震えて言う。「文徳はやさしく、純粋で、前むきな子だった。なのに俺だけが生き残った。いまだに生きている。出撃するたびに女子を一人死なせるだけなのに」

首を振ってその肩から顔を上げる。両手で相手の顔をはさんで、〝囚〟の刺青がある頬を親指でなでる。

「だけってことはないわ。あなたは華夏《ホワシア》を守っている。それに、どんな状況でも生きたいと思うのはまちがいじゃない。まえに……まるで逆のことを言って責めたのは謝るわ。あのころは自分の命をだいじにしてなかったから」

生まれたときから男の価値観を受けいれろと教えられてきた。反抗しながらも、結局は受けいれていたのだろう。男のルールを受けいれるか、さもなくば死ねと迫られて、死出の道を選んだのだから。おかげで怖いもの知らずになった。

世民の目に映じた街明かりが小さく揺れる。

「いいんだ。俺が悪い」

きりりと歯を食いしばる。易之《イージー》ならどう言うだろう。彼になりきって話した。

「パイロットはただの道具なのよ。武器にすぎない。意見できる立場じゃない。兵法家や軍の上層部が裏ですべてを決めている。そうやって妾女《しょうじょ》を送りこんでくる。こちらに多少の選択肢をあたえるのは、そうやって罪悪感を背負わせるためで、本来なら感じる必要のないもの」だんだんと声に怒りが満ちてきた。「卑怯なのはむこうよ。責任を負うべきなのはむこうで、あたしたちじゃない」

世民は目を上げた。とはいえ五里霧中のようすに変わりはない。

「じゃあ、どうすればいい？」

ふと気づいた。高俅《ガオ・チウ》の勢力圏にいられるのは今夜が最後だ。朝になったら浮揚船で長城へ帰る。軍に批判的な話はいましたほうがいい。むこうの支配下にもどったら話題にするのも危険になる。

手をとってささやいた。

「反攻作戦が成功したら、軍でのあたしたちの発言力は上がる。操縦システムの改修を要求できるようになる。女子はいま、はるかに霊圧の高い男子パイロットと組まされている。霊蛹機《れいようき》を起動可能な霊圧値があっても、これでは最善の使い方ができない」

世民は悲しげな小声で答えた。

「最善とは俺も思わない。でも女子は生まれつき男子より心が弱い。改修を求める正当性があるのか？」

　唇を噛む。

「事実としてそういう傾向があるのか、それともただそう見えるだけなのか……。いまこの首都にもあたしより霊圧が高い女子がいるはずなのよ。家族が検査させないだけで。なぜなら……」

　そこで言葉も思考が急停止した。二つのパズルのピースが頭のなかではまった。膝立ちになって世民の顔を正面から見る。

「ちょっと待って。女子の霊圧は低い。なのにその霊圧が高く感知されるのはどうして？」

　世民は眉をひそめた。

「それがなんだ？」

「なぜなの？　どういうしくみで？　女子の霊圧が根本的に男子より低いという原因はなんなの？」

　易之と森で会った最後の日に見た蝶を思い出す。陰陽の模様をあわせもつ蝶。男女の区別は堅固でも不変でもないと、さりげなく証明していた。

「どこか……どこかおかしいわ！」髪をかきむしる。「たとえば文徳よ。あなたに匹敵するとみなされていたのに、なぜ死んだの？」

世民は肩を落とした。

「こっちが知りたい。ほんとうに」

引きあいに出して申しわけないと思ったけれども、頭が急速に回転していた。根本的な変革、世の中を変えるなにかに近づいている。ここで止まれない。

「技術的な方法で女子が不利になるように操縦システムが設定されている可能性は？　霊圧の高い男子と組ませているのではなくて」

世民は恐ろしい考えをゆっくりと理解して目を見開いた。

「たしかに……霊蛹機は軍の内部で設定作業がおこなわれる。でもなぜだ？　そんなことをしたら匹偶ペアは増えない。軍には必要なはずだ。霊圧のそろわないペアにくらべて匹偶は五倍も強いんだから」

「でもかりにそう仕組まれているとしたら、驚く？」

世民は何度か口を開け閉めして、最後に答えた。

「いや、驚かない」

赤い絹のシーツを握りしめた。

「ほんとうにそうなのか、そんなのことがありうるのか、調べてみる必要があるわね」

「どうやって？　システムがほんとうにそうなっているとしても、極秘中の極秘だろう。証拠がないと」

思考は急速に進む。目を左右に動かし、はっとして上げた。

「兵法家よ。なかでも最上級の兵法家は……知ってるはず」

「認めないだろう」

「認めさせるのよ」暗いエネルギーが血管に流れこみ、急速に、熱く、強烈にめぐりはじめる。「反攻作戦の前夜のあたしたちは無敵。なんでもできる。みつかっても軍は処罰できない」大きく息を吸ってもう一度言う。「なんでもできる」

用心深いささやき声でも、静かで薄暗い部屋で銃声のように響いた。

世民は眉をひそめた。

「具体的になにを？」

こちらは歯を剝く。

「業《ごう》はどうやって働くものだと思う、世民？　祈って出現するものでも、天から降ってくるものでもない。人の手がなすものよ。あたしたちはある謀士にずいぶん苦しめられたわ。そいつを逆に苦しめてやるのよ。やめてくれと懇願され、真実を話すまで」

39　奸人と奸婦

　長城にもどってすぐに反攻作戦の実施が発表された。隋唐辺境軍は騒然とし、肯定的でない反応も多かった。そんな懸念を払拭するために最後の局地防衛戦が実施された。朱雀《すざく》としては安定した形態を維持できることを証明しなくてはならない。

易之《イージー》をコクピットの補助席に同乗させての戦闘は、意外なほど楽勝だった。終わって累々と横たわる渾沌《フンドゥン》の骸《むくろ》を見まわし、あっけにとられたほどだ。これまで苦労してもぎとった勝利ばかりだったので、にわかに信じられない。

　そしてそれをさかいに渾沌の攻撃は止まった。

みせかけの平和だ。一大決戦が不可避と判断した渾沌は、有利に戦える拠点に後退したのだと兵法家は分析した。

　隋唐辺境軍は他州から余剰戦力の霊蛹機《れいようき》を借りて集めた。華夏《ホワシア》の山河を越えて遠征してきたパイロットたちの休養期間として、反攻作戦実施まで二週間の最終猶予が認められた。

世民《シーミン》は文徳《ウェンドー》から教わった武術について話してくれた。八卦掌《はっけしょう》は美しい流儀だけど、正々堂々とした戦い方ではない。つねに旋回して敵の背後にまわりこみ、弱点を衝く。牽制で相手の動きを誘って主導権を握る。真っ向勝負では勝てない者の戦法だ。

安禄山《アン・ルーシャン》謀士もおなじやり方で罠にかけた。おもてむきは指図にしたがい、要求される訓練メニューを従順にこなした。その裏で蛇のように動き、とぐろを巻き、獲物の日課を把握していった。

そして反攻作戦の前夜、長城の上でおこなわれたパイロットたちの宴会に兵士の大半が気をとられているすきに、こちらは計画を実行した。

ブリキのバケツに世民が気を通して水を沸騰させ、安禄山にかけた。

絶叫とともに謀士は目覚めた。もがく体は鎖とストラップでチルト台に固く縛られている。あたしが楊広《ヤン・グアン》の妾女《しょうじょ》になるときに検査されたのとおなじ種類だ。太った謀士を横たえるとばかげて小さく見える。ひいでた額や鼻から湯がしたたり、髭は垂れ下がり、道袍《どうほう》は濡れそぼった。

自室のベッドから引きずり出したときは意識がなく、素っ裸だった。そこに道袍を着せ、髻《もとどり》を結ってやり、箱型の綸巾《かんきん》をかぶせた。一目でだれかわかる必要があるからだ。

世民は湯気の立つバケツを放り出した。ガランガランと騒々しくあたしたちの立つ鉄製の壇上からころげ落ちる。こちらに無言で見下ろされながら、安禄山は自分のおかれた状況を理解する。冷えきって錆の浮いた検査場。がっちりと固定された拘束具。あたしたちの手前に設置されたカメラの赤い目。

「どういうことだ！」

吐く息と、熱湯をかけられた道袍が冷気にふれて濛々《もうもう》と湯気を立てる。もがいて鎖を鳴らすも、かえって悲鳴を漏らす。もう火傷が火ぶくれになりかけている。

残酷さにこちらは本能的に身震いした。人間としてやってはいけない行為に思えた。でもそこで隣の世民のことを考える。マズルガードをつけられ、アルコール漬けにされたのを思い出すと、この検査室の鉄板の床のように心が冷えた。

人を人としてあつかわない安禄山を、こちらも人としてあつかわない。

謀士を強力な睡眠薬で昏睡させるのは簡単だった。日常の行動パターンを調べると、訓練所の食堂から蒸したての饅頭《マントウ》を毎日自室に届けさせているのがわかった。数時間前、易《イー》之《ジー》がその配達のボーイにわざとぶつかって蒸し器をひっくり返した。大げさに謝って弁償すると申し出て、溶かした睡眠薬をしみこませた新しい饅頭をボーイに持たせた。

あたしは車椅子にすわって膝の上のタオルをもてあそびながら、猫なで声で言った。

「質問したいことがあるんです。霊蛹機の操縦システムについて。女子を不利にするために具体的にどんな設定になっているんですか？」

安禄山は顔を真っ赤にしている。

「おまえたち、頭がおかしくなったのか？」

こちらは頬を引いて笑みを大きくする。

「このようにさせているのはあなたですよ。さあ、話してください。早く話さないと、もっとひどいことをします」

「解放しろ！　放せ！」

ため息をつき、タオルを振って広げた。

「世民……」

彼はかがんで、易之がチルト台の裏の工具入れに隠しておいた酒瓶を取り出した。

安禄山が目を瞠る。

世民にやったように無理やり飲ませるつもりだと思ったのなら、まちがいだ。もっとおもしろい使い方がある。

世民はチルト台を動かして安禄山の頭を床近くまで下げた。そのもがく顔にあたしはタオルをかぶせる。

復讐の機会を世民はよろこぶと思いきや、瓶の蓋をあけて隣にしゃがむ顔は不気味に無表情だった。瓶を傾け、トクトクトクと小気味いい音をたてて安禄山の鼻と口をおおうタオルにかける。

タオルの下から動物的な湿った悲鳴があがった。室内に酒のにおいが強くたちこめる。瓶を握る世民の手に力がこもり、こころなしか表情が張りつめる。

あたしはタオルをはずし、世民はチルト台を上げて今度は頭を高くした。火傷だらけの体にアルコールが流れ、安禄山ははげしく悲鳴をあげた。空気が帯電しているような痛がりようだ。

世民もあたしも木属性の傾向が低いのが残念だ。火属性の霊金から木属性の気を流したらさぞ見物だっただろう。易之は検査結果によると第二属性が木なので、かりに許可されて霊鎧《れいがい》を生成すれば、そこから緑の稲妻を出せたはずだ。新たな悲鳴を聞けただろう。

あたしはカメラに映らないところまで退がった。

「話してください。操縦システムが女子に不利な設定になっているのはわかってるんです。技術的詳細を教えてください。嘘をついても無駄ですよ。司馬懿《スーマー・イー》謀士がべつの場所でおなじ尋問を受けているので、答えが一致しないとすぐばれます」

実際には司馬謀士は自室で高いびきのはずだけど、脅し文句として効果があればいい。

安禄山は苦しげに言った。

「女子は……女子はパイロットとして生まれつき弱いんだ！　それだけだ！」

「納得できませんね。世民、続けましょう」

チルト台を逆に傾ける。そそがれる酒。くぐもった悲鳴と窒息寸前の息。

「どうやって操縦システムは女子を不利にしているんですか？」

ふたたび冷徹に問う。安禄山の吐き散らす悪態のろれつがしだいにあやしくなる。鼻から吸収されたアルコールはまわりが早い。計算のうちだ。あたしは首を傾ける。

「すぐには口を割らないでしょうね。こういうのはどうかしら。軍の機密を守るか、跡継ぎを失うか」

チルト台の上がぎょっとしたように動かなくなる。

「なんだと？」

工具入れから世民が出したタブレットを受け取り、かかげてみせた。映っているのは暗いコンクリートの部屋で椅子に縛られた男子。安禄山の息子とおなじくらいの年齢と体型だ。

実際には易之の会社の取引先につくらせた画像にすぎない。でもなにも説明しない。脅し文句さえあえて言わない。勝手に想像させ、自分で自分を追いこませる。

首を強く振りはじめた。

「それは……だめだ……ありえない！」

「五分以内に白状して」

タブレットでタイマーをスタートさせ、膝の上に立てる。

ガラスのように割れた声が言う。

「まだ子どもなんだ。未成年だぞ！」

「どうやって操縦システムは女子を不利にしているんですか？」

問いをくりかえす。根拠は言わない。交渉もしない。

安禄山は涙声になった。

「頼む……」

世民に合図した。チルト台をふたたび傾けようとする。

「陰座《いんざ》は――！」

安禄山が叫んだ。世民は動きを止めた。チルト台の角に手をおいている。

あたしは身を乗り出した。

「陰座がどうしました？」

安禄山は浅い息をくり返し、固く目を閉じている。

「陰座はアクティブ入力を絞り、パッシブ入力を多く通すようになっている」

聞いて全身の筋肉が張りつめ、震えた。あきらめの口調は聞きまちがいではない。

ついに真実を吐いた。

汗ばんだ手で車椅子の肘かけを握る。

「アクティブ入力とパッシブ入力というのは？　具体的に説明してください」

安禄山はきつく目を閉じたままだ。

「アクティブ入力は霊圧と脊椎からの神経信号。パッシブ入力は気の流れだ」

頬にざっと鳥肌が立つ。朱雀を精神で操縦する世民とあたしと、たんに気を供給する易之のような区分だ。

ガラスの割れる音が響いて、ぎくりとした。

世民が酒瓶を鉄板の床に落としたのだ。息を荒らげて尋ねる。

「つまり……霊蛹機《ウェンドー》では女子の霊圧は意図的に抑制されているということか？」

ああ、文徳のことが頭にあるのだ。匹偶だったはずなのに、世民の霊圧に屈して亡くなった文徳。彼女が弱かったのではない。操縦システムの物理的な制限で能力を発揮できなかったのだ。

「女子の気をより多く供給するためだ」

安禄山はこう説明すれば納得するだろうというように言った。でもそれは、男子が女子をバッテリーとして使い尽くすのを正当とする考え方だ。

世民が壇上を離れ、鉄階段を荒々しく鳴らして下りた。すぐ裏の鉄の壁に手をつき、光沢のある鉄板の上で拳を握ったり開いたりしている。

こちらも衝撃的な事実を理解しておなじく全身が震えた。匹偶は真に力が対等なペアではない。女子はこの人為的な減衰フィルターを通して男子と力を競う。女子が強くてようやく対等なのだ。

匹偶ペアを霊感で見ると女子の霊圧がかならず男子より高く感じられるのも、これで説明できる。実際にそうなのだ。そうでないと成り立たない。

そうすると、世民と文徳のような真に対等な匹偶ペアは、入力設定が平等だったら成り立ったのではないか。

真偽は人為的な不平等がつくりだす闇のなかだ。

安禄山は苦痛に耐えながら言った。

「白状したんだから、息子をどうか――」

「なぜ?」あたしの叫びが検査場の壁に反響した。「なぜ軍はこんなことを? 平等にすればより多くの匹偶ペアができるのに!」

「霊圧は……予測が困難だ。こうするしかなかった……確実に生還させるには」

「男子を、ね。男子を生還させるための仕組み」

しびれたような舌と唇で言い返した。安禄山はさらに続ける。

「出撃のたびに伴侶を恐れるようでは……意欲的なパイロットが集まらない」

「女子の恐怖はかまわないの？」

「女子は……自己犠牲に慣れている」

吐き気に襲われた。世民の隣で壁に手をついて絶望したい。頭を打ちつけて血と脳髄を飛び散らせたい。

安禄山はあつかましく懇願した。

「息子を解放してくれ」

すすり泣きながら答えた。

「最低よ。みんな最低」

安禄山は恐怖で青ざめた。

「む……息子には手を出さないでくれ。女子たちは知っていた。死ぬかもしれないとわかっていた。自分の意思で乗ったんだ！」

こちらは叫んだ。

「ちがうわ！　家族の意思よ！　抵抗しなかったのは、もしかしたら匹偶になれるかもしれないという安っぽいおとぎ話を信じたから！」

「息子とは関係ないだろう！　解放してやってくれ！」

安禄山はもがいた。こちらは何度も首を振った。

「あなたの息子が生きているこの世界は、人口の半分が持つ能力を使い捨てている。長城の外で渾沌がすべてを踏みつぶそうと待ちかまえているのにね。人類はもう破滅にむかっている。あなたの息子にとってもよそ事じゃない」

「解放しろ！　約束しただろう！」

「約束なんかしてない！」

それは検査場にとどろいた世民の怒鳴り声だった。迫力のあまり車椅子のなかで身をすくめたほどだ。振りむいた世民の経絡《けいらく》には気が満ち、金をまじえた赤で燃えている。

あたしは驚き、続いて氷のような笑みを唇に浮かべた。そうだ、安禄山を思いきり苦しめればいい。その目をのぞきこみ、短剣のような嘘で刺してやる。

「そのとおりよ。何時間もまえに仲間が殺したわ」

安禄山に大きな変化が起きた。拷問の苦痛に耐える人間から、泣きわめいてあばれる獣に変わった。女子をおとしめ、辱《はずかし》める表現をこちらにむけてありったけ吐き散らす。

世民が大股にもどってきてチルト台を乱暴に傾けた。安禄山の悪態が止まった。世民はにらみつける。

「伴侶への暴言は許さない」

安禄山は逆さまにされたまま叫んだ。

「こんなことをしてただではすまないぞ！　証拠がある！　報いがある！」

世民は笑った。低く不気味な声。こちらでさえ聞いていて恐くなるほどだ。世民は二年間首にはめられた分厚い鋼鉄製の首輪に手をかけた。その手からまばゆく赤い光がほとばしる。手のまわりが熱気でゆらめき、鋼鉄が曲がっていく。

首輪は切れてはずれた。床に投げ捨てると雷鳴のような騒音が響き渡った。彼にわずかでも恐怖感をおぼえるのはひさしぶりだ。そういう怖さを秘めていることを忘れていた。なにかが目覚めたようだ。好ましくないなにかが。

頭が混乱した。自分はなにをしたのか。なにを解き放ってしまったのか。

でもすぐに迷いは消えた。彼にひどいことをしたのはあたしではない。みんなだ。

彼は奸人《かんじん》と呼ばれた。

あたしは奸婦《かんぷ》と呼ばれた。

では、そうなってやろう。二人でご期待に応えよう。

「いずれにせよ、おまえが知る機会はない」

世民は新しい酒瓶を取り出した。いやがっていた鉄魔《てつま》に、いまはなりきって話している。安禄山のまえにしゃがんで瓶を振る。経絡の輝きは灰のなかの熾火《おきび》くらいに暗くなり、それが瓶に映っている。

「こいつで溺死させる。たっぷり楽しみながらな」

あたしは濡れタオルをしめして、わざと悲しげな口調になった。

「あら、たいへん。安謀士は夜中に行方不明。長城の隅々まで探してまわる暇はない。反攻作戦は彼ぬきで。諸葛《ジューゴー》軍師がかわって指揮をとっていただけるはず。人格者ですし」

安禄山はきょとんとしていたが、すぐ病的に笑いだした。

「英雄になれば守ってもらえると思っているのか？　さあ、どうかな。勝利したとたん厄介払いされるのが関の山だろう！」

こちらは胸に手をあてた。

「いいえ。そこはべつの大きな計画があります。あなたの証言を使って」

安禄山は薄笑いで顔をゆがめる。

「変えられるものか。まっとうな女は分《ぶ》をわきまえる。真実を知っても関係ない！」

「こちらの考えはちがいますわ。女はおとなしく従順というのは希望的観測にすぎない。あの手この手でだまそうとするのが証拠です。あたしたちの体を損壊したり、作為的な倫理観を神聖視して強制したり。男は不安で恐いのでしょう。力で屈服させられても、真の敬愛は強制できないと心の底でわかっている。敬愛のないところには憎悪と抵抗の種が宿る。不満と膿がたまり、破裂寸前になる」

　逆さになった安禄山の顔に爪を立ててやる。舗装にくいこもうとする根のように。

「死ぬまえに教えてあげます。あたしのような女子はどこにでもいる。妻や娘や妾《めかけ》の仮面をかぶっているだけ。軍の嘘を聞いたら黙っていないでしょう」

　安禄山はさらに悪態をつこうと口を開いたけれども、タオルをかぶせて黙らせた。あたし自身が黙らされたのとおなじように。世民はそこに酒をこぼしつづけた。その精神を壊すのに使われたおなじ酒を。

　安禄山の最後の言葉は溺れてもがく声と窒息のなかに消えていった。

　スイートに帰り着くと易之が急いでドアをあけてくれた。小麦粉だらけのエプロンに花柄の袖カバーをつけ、まるで厨房担当の侍女のような格好だ。

「やあ、前夜祭は楽しかったかい？　夕飯の準備を手伝ってよ！　ちょうど饅頭《マントウ》を揚げるところなんだ」

演技している楽しげな声とはうらはらに、目は真剣だ。易之は入手可能なあらゆる盗聴防止機器でスイートに盗聴器がしかけられていないか定期的に調べている。それでもさらに用心する。

世民もあたしも霊鎧の翼をたたんでキッチンにはいった。車椅子がかろうじて通るくらいに狭い。易之は換気扇をつけて、大きな中華鍋に大量の揚げ油をいれはじめた。隣のカウンターには手づくりの饅頭がアルミホイルのトレーにずらりと並ぶ。コンロの上では世民の生薬が土瓶《どびん》で煎《せん》じられている。音声ばかりか視覚的にも完璧な偽装だ。たちこめる湯気で窓は曇り、もし外に斥候ドローンがいてものぞけない。

こんな状況でなければ笑ってしまって、台本どおりの演技なんてとてもできなかっただろう。男子の一方はいっしょに人を一人殺してきたところ。もう一方はごちそうをつくってその帰りを歓迎してくれるなんて。

でも膝の上には爆弾のようなカメラがある。おさめられた証拠は衝撃的で、すぐに説明する気になれない。

易之が饅頭を熱した揚げ油に投入すると、猛然と油のはぜる音が鳴り響き、蒸気が上がりはじめた。その騒音のなかでカメラをさしだし、抑えた声で言った。

「自分で見て。とにかく自分で」

易之は顔をしかめてカメラを受け取り、カウンターによりかかった。世民が菜箸《さいばし》をとって揚げ油のなかの饅頭を泳がせはじめる。すぐにキッチンに香ばしいにおいが立ちこめた。内心では緊張しているのに、口のなかには勝手に唾液がたまる。

曇った窓のむこうからは前夜祭で酔って騒ぐパイロットたちの軍歌が聞こえる。再生される映像の光が易之の顔をぼんやりと照らす。カメラのスピーカーを耳もとに近づけ、画面は片目だけで見る。

ひさしぶりに恥ずかしい気持ちになった。自分も世民も思いきり悪ぶったところを見られている。人間相手にこんなひどいことをして平然と立ち去るなんて、普通なら目をそむけるだろう。

安禄山のけたたましい悲鳴がスピーカーから流れる。でも易之は冷静でまばたきもしない。自白がはじまってようやくその整った顔がぴくりと動いた。目を丸くしてこちらを見る。この映像は本物なのかと問うているようだ。

こちらは石のように冷たい視線で、〝悪いけど、これが世の中の真実よ〟と無言で返す。聞いたときはショックだったけど、内容はいずれも筋がとおっていた。もっと早く気づくべきだったと自分に腹が立つほどだ。

〝女子は生まれつき男子より心が弱い〟などと言われて、本当にそうかとなぜ疑わなかったのか。霊蛹機の操縦システムだけでなく、世間もこんな根拠のない思いこみや妄想だらけなのではないか。妄想は世代をへるごとに強化される。自分たちが閉じこめられた便宜的な区分や恣意的なルールの妥当性をだれも疑わない。

映像が終わったとき、パキンと鋭い音が響いた。揚げ油からあがる騒々しい音と青白い油煙のなかで、世民が目を閉じ、霊鎧の拳を口に押しあてて立っている。反対の手のなかで菜箸が折れている。全身の震えに耐えるようすは、また依存症の離脱症状が出ているかのようだ。

「世民……」

易之がそっと言って手を伸ばす。

「すまない……」世民は言いかけて黙り、かっと目を見開いた。瞳孔が真っ赤に燃えている。「いいや、謝るのは俺じゃない！」

強く首を振る。油染みのついた床に折れた菜箸がころがる。悪魔のような赤い目から涙が滂沱《ぼうだ》と流れる。

「俺はすこしも悪くない！」

「そのとおりだ」

易之は暗い顔に暗い声で言った。

世民は乾いた笑いを漏らして首を振り、平手で窓を叩いた。曇ったガラスは霊鎧で打たれて割れた。世民の目にぼやけた赤い点がいくつか映った。

「いったい何人の……女子たちが……」

車椅子を近づけて反対の手をとった。

「だから、あなたは利用されてただけなのよ」

易之はカウンターにカメラをおいて、袖カバーをはずした。書生用の道袍《どうほう》のきれいな袖で世民の涙をぬぐってやる。

「それに……たとえまちがったやり方だったとしても、無意味な戦いではなかった」

世民は易之とこちらを交互に見て、また暗い目になった。

そのとき、窓にべつの赤い光が見えた。ドローンかと思ってはっとする。でも易之がガラスの曇りを手でぬぐうと……。

天灯《てんとう》だった。願い事を書いて空に飛ばす紙灯籠《かみどうろう》。星のようにまたたきながら渾沌荒野に浮かぶ。満天に輝く本物の星へと上昇していく。ほかにもいくつか上がっているようだけど、キッチンの湯気と油煙にさえぎられてよく見えない。三人で顔を見あわせ、無言で一致して窓をあけた。

荒野の埃っぽいにおいが強い風にのって吹きこみ、中華鍋からあがる焦げくさいにおいとまじる。べつの菜箸をとって、黒焦げになった饅頭をつまみだした。こんなときに火災報知器を作動させたくない。

易之の驚きの声に振り返る。たくさんの天灯が上がっていた。長城が伸びる方向に一列に並んでいる。天の星辰《せいしん》へ昇るオレンジ色の光の龍のようだ。

「復讐のために！」

望楼の裏の長城の上で飲んでいるパイロットたちが叫んだ。

「自由のために！」

「人類のために！」

易之は天灯を見つめたまま、長い髪を夜風になびかせながら言った。

「きみたちパイロットは……重要な働きをしているんだ」

こちらから言い添えた。

「あたしたちはもっとうまくやれる」

「そうだ、俺たちはうまくやれる」

世民も言った。でも見ているのは天灯ではない。易之のほうだ。霊鎧の指を易之の顎に伸ばし、ついている小麦粉を払ってやる。

易之が驚いたように目を見開く。

「ごめん――」

世民は手を引っこめた。

易之はしばし絶句してから、穏やかな表情にもどった。

「いいんだよ、美男子」

そしてウィンクした。

世民の表情を見て、あたしは唇を嚙んで笑いをこらえた。

「ほんとうにいいんだ」

易之はもっと真剣に、高ぶったようすでくりかえした。世民の首から新たにのぞいている肌に指先をそわせる。首輪とこすれた傷や赤いみみず腫れがあちこちにある。

世民は震える息を吸った。易之はしばらくもの憂げにその唇を見てから、目に視線をもどした。二人のあいだを夜風と湯気が通り抜ける。冷と熱の相反する流れ。遠い天灯が二人のあいだに光の橋をかける。

見ているこちらも顔がほてり、心臓の高鳴りが耳の奥で聞こえた。

ついに？

とうとう？

易之に見とれていた世民が、はっとして、うしろめたそうな視線をこちらにむけた。

あたしはぐるりと目をまわし、指で三角をつくってうなずいてみせる。

驚いたことに、世民はくすりと笑った。

易之も笑った。

「気分のいいことは世界に少ない。だから遠慮しなくていいんじゃないかな」

ささやくような小声とはうらはらに、世民を射すくめるような強いまなざし。

世民はごくりと唾を飲んだ。

「世間から嫌われる理由をあえて増やすことはないと思ってた。でもいま……」

ただよう湯気のように軽やかに易之は訊いた。

「いま？」

「いまわかった――」世民は易之の顎をつかんだ。「――そんなのはクソだと」

反対の手で乱暴に窓を閉め、かがんで易之の唇に自分の唇を重ねた。

こちらもどきどきして胸が苦しくなった。うれしいと感じる。裏切られた気はせず、むしろ完成したと思う。強い男子とやさしい男子。三角関係の最後の線が引かれ、これでもっと強くなる。

非伝統的で、暗黙のルールを破っている。でもあたしたちのあいだはこれでうまくいく。

なにが正しくてなにがだめかを外から押しつけられるのが三人とも嫌いなのだ。

キスを終えた易之と世民は、同時に手を伸ばしてあたしを引き寄せた。同時にこちらにむきなおった。心臓が破裂しそうなほど高鳴る。

「さあ、これでおさまるべきところにおさまったわ」笑いをため息に変え、目をきびしくする。「次は世界を変えましょう」

やるべきことが残っている。カメラの映像を編集して自白部分を抜き出す。大きな計画があると安禄山に言ったのははったりではない。周州奪還をなしとげ、あらゆるカメラドローンが集まってレンズをむける勝利の瞬間に、あたしはコクピットから出てタブレットをかかげる。そして華夏《ホワシア》全土に真実を伝えるのだ。

第四部

龍の道

山に神あり。六足と四翼を持つ。渾敦《こんとん》として面《かお》も目もないが、
歌い舞うことを識《し》る。まことにこれが帝江《ていこう》である。

——『山海経』

40　宇宙の厄難

隋唐辺境に集結した三百と二十九機の行動可能な全霊蛹機《れいようき》が、星のまたたく未明に動きだした。地を震わせ土煙を蹴立て、渾沌《フンドゥン》荒野で横一線の陣形をつくる。

安禄山《アン・ルーシャン》謀士の行方不明によって予想どおりに混乱が起きたけれど、出撃時刻は遅延できない。日照時間は重要だ。戦闘が日没後まで長びけば、こちらは目視能力で大きく不利になる。

安禄山の死体はある地下室のトイレに隠した。発見されたとしても知らされないだろう。作戦中に士気を落とす話題は禁物だ。

世民とあたしは標準形態の朱雀《すざく》で前進した。脚で地面を蹴り、翼と長い尾羽を風に震わせる。白虎《びゃっこ》と玄武《げんぶ》も左右に続く。目視できるとはいえ距離はかなりある。平原に可能なかぎり広がった陣形をとっているからだ。渾沌をまわりこませずに網をかける。

後方からは安全な距離をおいてたくさんの装甲トラックがついてくる。霊蛹機が蹴立てた土煙に巻かれて虫のように小さく見える。トラックは無線中継機を積んでおり、斥候ドローンと霊蛹機のスピーカーの有効範囲を伸ばす役割をになう。距離が限界近くまで開くと一列分のトラック隊を残置《ざんち》する。

このトラック隊のうちもっとも近い列を破壊すると、軍はこちらの行動が見えなくなり、ほかのパイロットに指図できなくなる。安禄山の自白ビデオを配信したあとはそうやって生き延びる予定だ。

彼らを〝軍〟と呼ぶのはもう適切ではない。兵法家は危険な戦場に出ずにああしろこうしろと言うだけの老人たちにすぎない。兵士は華夏《ホワシア》の一般人を威圧するだけで、渾沌の脅威に対峙していない。真の軍隊はあたしたちだ。

真相を知ったときの世民の反応から、ほかの男子パイロットもおなじ怒りを感じるはずだと期待できる。妾女《しょうじょ》パイロットを毎回死なせて平然としている冷酷な怪物ばかりではないだろう。うまく説得できれば、この猪突猛進する巨大な変形戦闘機械の集団は、〝あちら〟ではなく〝こちら〟の指揮下にはいるはずだ。

そうなれば兵法家も賢哲《けんてつ》会議も膝を屈するしかない。

賢哲たちが土下座して許しを請い、パイロットと妾女たちが長城の上から喝采する現実離れした空想にひたりかけて、われに返った。

集中しろと自分を叱咤する。

ここはもう人類の勢力圏ではない。地平線からいつ渾沌の群れがあらわれてもおかしくない。もしこの横一線の陣形を突破されたら悲惨なことになる。いま隋唐辺境は実質的に丸裸なのだ。

おなじ理由から、どんなに真相を暴露したくても、渾沌の複製巣を陥落させるまでは配信できない。引き起こされる混乱は戦闘に大きな影響をおよぼす。全体が生き延びるためには、まず渾沌に勝つことが必須だ。

前進しながらパイロットが霊感で索敵しつづけるのは気を大きく消耗する。だから兵法家と斥候ドローンが敵の動きを伝えてくるのに頼る。

周州はどこまでも平坦で、進めど進めど風景が変わらず、世界が無限ループになったように感じる。農作や牧畜には理想的でも、渾沌から防衛するには悪夢だ。だから二百年前は防衛線を突破されたとたんに全域を喪失した。渾沌が複製巣を崑崙《こんろん》山脈に据えて動かさないのもおなじ理由だ。周州の果てまで来ているのに、山脈は地平線からゆがんだ前歯のようにのぞくだけ。自然の要害といえる地形はまるでない。

渾沌が二世紀にわたって周州の土地を荒廃させていることに最初は腹を立てていた。この不毛の砂漠も、かつては四角く区切った畑が連なり、集落が点在していた。そのなかにあたしの本来の故郷もあった。先祖代々、苦心惨憺し、喜怒哀楽をともにした土地だ。ところが三十分も進むと、遠くに鬱蒼とした森が見えてきた。見渡すかぎり続いている。スピーカーから司馬懿《スーマー・イー》謀士の声がして、激戦区以外はこうなっているのだと説明してくれた。渾沌は自由に動けるかぎり土地の気を消耗させず、植物が繁茂できるのだという。

そうなのか。州全体が荒野になっていると思いこんでいた。

森は障害にはならない。標準形態の朱雀は全高五十メートルで、樹冠より三倍も背が高い。それでも樹齢二百年の幹や枝をへし折り、踏みつぶしていくのは心苦しかった。死と破壊の不協和音だ。ほかの霊蛹機からも森をなぎ倒す騒音が聞こえる。驚いた鳥が黒雲のように舞って蒼天を暗くする。鳥が群舞する層を西へ西へと広げていく。

逃げ遅れて踏みつぶされる動物もたくさんいるはずだ。

二世紀のあいだ、さまざまな大きさの渾沌が徘徊しても森は整然と維持されていたと思うと、困惑する。どうやって木々をなぎ倒さずに移動していたのか。その答えらしいのが、森に一定間隔でつらなる丸い空き地だ。大きさはちょうど貴族級渾沌の脚の太さ。空き地はきれいな円形。つまり自分たちの足跡を正確にたどって行き来しているのだろう。ばかげていると思いつつ、敗北感もある。この世界にやさしいのはじつは彼らのほうではないか。

先祖の村の跡をつい探してしまう。日はしだいに高くなり、朱雀が森に落とす影は短くなって、金属やコンクリートらしい光の反射がときどき見える。当時の市や町は小さかったはずだけど、すこしくらいは痕跡が……。

ふいに空恐ろしくなった。人間がどれだけ土地にしがみついて生活の場を築いても、その意味も痕跡もわずかな時間であっけなく消えてしまう。

何時間進んでも一匹の渾沌も姿をあらわさない。普通なら荒野にむけて斥候ドローンを飛ばすと二十分もたたずに撃ち落とされるのに。この兆候は厄介だ。渾沌がそろって崑崙山脈まで後退し、そこでこちらを待ちかまえていることを意味する。ふだんの渾沌は思考能力のない機械的な怪物に見える。だからこそ、状況を見て作戦的な判断を下しているのはこのうえなく不気味だ。遠征してきて気が消耗したところを叩くつもりだろう。

渾沌の複製巣の中心には祝融《しゅくゆう》峰という火山の火口がある。惑星そのものの高濃度の気を直接くみだせる井戸のようなものだ。そこへ行けば気を補充できるけれども、まわりには複製された渾沌の幼生がうじゃうじゃいるはず。簡単に火口には近づけないだろう。

ついに山地に近づいて上り勾配になったころ、斥候ドローンからいやな新情報がはいった。この先はしだいに霧が出るという。目視の優位は結局失われそうだ。

そもそも崑崙山脈は攻めるのに不利な地形だ。谷には巨大な垂直の石柱が無数にそびえている。自然がつくった摩天楼のようだ。頂上は木が生い茂り、足もとの谷は水びたし。渾沌は隠れる場所がいくらでもあり、こちらは分断されて単機で戦わねばならない。

そんな垂直の石柱が壁のように建ちならぶ最初の渓谷に近づいたとき、森が切れる手前にある渾沌の足跡らしい空き地の一つから、ひとすじの煙が上がっているのが見えた。

「まさか、人煙《じんえん》か？」

易之《イージー》が言った。コクピットでの意思疎通にという名目で易之のマイクはスピーカーとつながっている。じつは安禄山の映像を配信するときにカメラドローンに音声を流す目的でしこんだものだ。また意識のないあたしと世民しか見るもののないコクピットで退屈しないように、格子いりの開口部ももうけた。易之専用の換気口兼のぞき窓だ。

世民とあたしは驚き、朱雀の足どりが乱れた。遠くで白虎と玄武も速度をゆるめた。それでも煙にいちばん近いのはこちらだ。ふたたび足どりを速め、麦わらのように木を踏み倒しながら、朱雀の視野で煙の発生源を拡大した。

人がいる。一人で、毛皮の衣をまとっている。空き地で馬に乗って、片手で手綱を握り、反対の手を大きく振っている。狼煙《のろし》は馬の背後から上がっている。

あたしの驚きの声が朱雀のくちばしから大きく漏れた。

遊牧民だ。ほんとうにいた。

渾沌荒野で移動生活をする遊牧民がいるはずだという予備知識はあった。でも長城の外で人の姿を目撃したのは初めてだ。勇敢さに敬服する。しかも渾沌の複製巣にこれほど近い地域になんのためにいるのか。

朱雀を空き地のそばで停止させ、見下ろしながら世民が呼びかけた。

「や……やあ！」

おなじ遊牧民である戎狄《じゅうてき》の血を引いているのに、驚きで声が裏返っている。

遊牧民はなにか叫んでいる。でも聞きとれない。顔を真っ赤にして必死に叫んでいる。毛皮の衣の懐からしなびた羊皮紙の巻き物のようなものを出して、手綱を放して両手で広げた。太い線でなにか書かれている。

あたしはそれを読めることに気づいて愕然とした。漢字だ。この男はどうやら戎狄ではなく、あたしとおなじ漢族の子孫だ。周州陥落時に脱出できなかった人々の生き残りだ。

巻き物には〝皇帝を治療できるか？〟と書かれている。

どういう意味かとこちらが訊き返すまえに、スピーカーから司馬《スーマー》謀士が言った。

『聞いてくれ。じつはほかの数機の霊蛹機もこのような人々と遭遇している。訛りがひどくて聞きとりづらいが、どうやら秦政《チン・ジョン》皇帝将軍のことを言っているらしい』

遊牧民の唇の動きが読みとれるようになった。〝皇帝《ホアンディー》〟とくりかえしている。

「じゃあ、ほんとうにいるのね！　みずからを冷凍して華痘《かとう》の治療薬を待ってる」

『それをたしかめるのは戦闘のあとだ。それから華痘の話が出たが、換気口を閉じて、近づきすぎないようにしろ！　ワクチンの効かない潜伏性の派生株を保有しているかもしれない。公子《ゴンズー》、コクピットのだれかの肌に癤《せつ》があらわれたらすぐに抗ウイルス剤を注射しろ！』

「了解！」易之は答えた。

『そして……いや、前進だ、前進しろ！　渾沌の反応があらわれたぞ！』

朱雀の目を上げて視野を広げた。木々の踏み倒される音があちこちから響く。ほかの霊蛹機が速度を上げて石柱の立ち並ぶ渓谷へ突進しているのだ。

遊牧民から詳しい話を聞きたいところだけど、司馬謀士の言うとおり、敵の皇帝級を片づけるのが先だ。渾沌がうろうろしている山で捜索はできない。

「ごめんね！」

遊牧民に声をかけて、朱雀をふたたび走りださせた。

地響きに馬が驚き、男は落馬しそうになる。なんとか手綱をつかんで体勢を立てなおし、また叫びはじめた。でも霊蛹機の騒音で聞こえない。

先鋒隊は最強の霊蛹機で構成されている。皇帝級渾沌を倒すことが任務。ほかの霊蛹機は包囲網をつくって小型の渾沌を駆逐し、こちらのじゃまをさせないようにする。

渓谷に突入した。白虎と玄武もついてくる。独孤伽羅《ドゥーグー・チエルオ》と朱元璋《ジュー・ユエンジャン》を信頼せざるをえないのがやや不安だ。この二人はあたしと世民に嫌悪感を持っていて、それはおたがいさまだけど、人類の命運がかかっているいまは棚上げにしてくれると信じたい。

最初の二本の石柱は朱雀の翼がかろうじて通る幅で、そのあとも間隔はさまざまだった。石柱の高さは朱雀の倍以上ある。見下ろされる立場に慣れないので不愉快だ。味方の姿もよく見えない。ほかの霊蛹機は石柱のむこうで見え隠れする。

不安がつのった。霊蛹機に搭乗していてこれほど小さく弱くなった気がするのは初めてだ。なぜか人間の体のときより心細い。そのため自分の霊感で周囲を観測したいという誘惑に勝てなかった。

失敗だった。

氷水の滝に打たれたように巨大な霊圧に押しつぶされた。圧倒され、視野が断続的に暗くなる。朱雀がよろめく。世民は片方の翼を石柱にあてて転倒を防いだ。

「媚娘《メイニアン》？」

陰陽領域でその腕に抱きかかえられた。世民の心霊体にしがみついて荒い息をつく。

『お二人とも、だいじょうぶですか？』

玄武が追いついてきた。動きは水銀のようになめらかで、声は馬秀英《マー・シウイン》。皇子級ながら、光沢のある甲羅はこちらの半分の高さしかない。水属性の霊蛹機は小さい。秀英自身も水属性なので、話すときに玄武の目はほとんど光らない。ただ水属性は伝導性が高いので、気が濃く発散されてまわりに黒い霊気が見える。

こちらは朱雀の口から答えた。

「だいじょうぶ。ただちょっと……」驚いて苦笑する。「皇帝級の存在は確認できたわ」

司馬謀士がたしなめた。

『おい、気を浪費するな！』

霊感を止めて前進を続けた。霞《かすみ》の滞留した空気が視野をさえぎる。

ようやく渾沌をみつけた。石柱のあいだの木々の陰に黒い塊のようにひそんでいる。ようすがおかしい。まったく動かない。待ちかまえている。

動かない渾沌などありえない。いつも虫のようにわらわらと動くのが普通だ。

不審に思いながらも、司馬謀士の指図にしたがって朱雀の翼をはばたき、その前列を踏みつけた。

渾沌の群れは逃げる。木々の陰に引っこむ。

本格的に気味悪くなった。先鋒隊全体が前進をためらった。

長い沈黙のあと、諸葛亮《ジューゴー・リアン》軍師が全機のスピーカーから話しはじめた。重々しい声がどのコクピットにも響き、渓谷にこだまするようだ。兵法家たちの考えによれば、この渾沌の行動はたしかに通常と異なるものの、気の攻撃をさそって消耗させるのが目的と考えられ、その罠にかからなければ問題ないという。

半信半疑であっても渾沌についていくしかない。群れは火口のほうへ移動している。

進むにつれて霧が深くなった。石柱の間隔はますます狭くなり、朱雀は翼をたたんだり巨体を横むきにしたりして通過した。石柱が消えて普通の斜面になってようやく渾沌に追いついた。標高が上がるにつれて気温は春から冬へもどる。山腹のまばらな木々にはびっしりと霜がついている。霧もますます濃くなり世界が白一色になってきたとき、司馬謀士が止まれと叫んだ。皇帝級がすぐ近くにいるという。一拍おいてこちらも見えた。

山かと思った。

悪寒がして、陰陽領域で世民の腕にすがりついた。絶句した。こんな巨大な生物がいるとは。人間の姿のときに出会いたくない。

ゆっくり金属のこすれる音をたてて這ってくる。六本の異様に長い脚が両側にある。蜘蛛のような関節。いかにも金属性の細さと鋭さ。巨体が谷におさまらないので山腹を這う。動くたびに冷えた霧の塊が押し出される。腹の下には庶級渾沌がぞろぞろと群れている。母鴨についていく子鴨のようだ。霧の谷底に凍結した黒い湖があり、その氷を光らせながら通過する。

白虎が目を緑に輝かせて伽羅の声で言った。

『さあ、こいつを――！』

突然、周囲の霧が張りつめた。朱雀の翼が押しつぶされるようにたたまれる。あわててもがいても圧力は弱まらず、とうとう地響きをたてて山腹に転倒した。落ちた霜が大量に降ってくる。

まわりでも叫び声が次々とあがった。僚機がおなじめにあっている。スピーカーからは状況を問う兵法家の声。なにが起きているのかと必死にまわりを見た。

どの霊蛹機にも白いものがまとわりついている。まるで霧が固まって糸になったような……。

いや、ちがう。霧ではない。

霊金《れいきん》だ。

愕然として皇帝級を見た。霊金で自分の体をつくるだけでなく、細い糸にして蜘蛛の巣を編むのだ。あらかじめ谷じゅうに張りめぐらし、霧や霜のように見せていたのだろう。ふりほどこうとしても糸は霧のように柔軟で切れない。兵法家も気づいたらしく、動くなと命じられた。震える声から、渾沌のこの能力を予想していなかったとわかる。

皇帝級が蜘蛛の足で後退しはじめた。糸がからまったこちらは引きずられる。細い糸が朱雀の霊金を切り裂いてくいこみ、初めて霊蛹機の苦痛を感じる。人間の痛みとは異なり、身体的な反応というより負傷の精神的トラウマに近い。

感情の強い波が襲ってきた。慨嘆、悲哀、憤怒。唐突で明確すぎて不自然だ。接触した渾沌の感情がパイロットに流れこむ現象について司馬謀士から聞いていたので、それだろう。

こんなものは二度とごめんだと天に祈っていると、不気味な歌声のようなものが頭に流れこんできた。

『人間め……宇宙の厄難《やくなん》め……』

頭蓋骨の内側に爪を立ててこするような不協和音で声が歌う。

『去れ……去れ……！』

驚きの沈黙が谷を支配する。

べつの叫びが響きはじめた。糸にからまれた霊蛹機がみんな口から気の光を吐いている。朱雀もだ。強い恐怖に押しつぶされ、克服できない。理性が働かない。この声はなにか。聞いたことがない。

兵法家には聞こえていない。パイロットたちがなにを叫んでいるのか理解できない。最悪の混乱状態だと思ったとき、雷鳴のような轟きが叫びを破った。白虎が糸に抗して立ち上がっている。なめらかな表面から緑と黒の光を発し、そのまま英雄形態へ変形した。胸から得物の戈《ほこ》を引き抜き、糸へ振り下ろす。

こちらもわれに返った。なにを茫然としているのか。皇帝級を倒すために来たのではないか。火は金に克《か》つ。

声をかけあい、易之と世民とあたしはそろって気を発した。変形への圧力が高まり、朱雀の英雄形態が発動した。陰陽領域で世民とあたしは蝶になった。精神が渦を巻いて一体になる。

あたしたちは立ち上がった。鳥の脚は人間的な脚に。翼から腕が分かれる。胴も人間的になり、鳥形の兜をかぶった甲冑の戦士になる。背丈は皇帝級と同等だ。体にからみついた糸を気で球状に押し広げる。ただし皇帝級がさらに多くの糸を吐いたらしく、蚕《かいこ》の繭のようにくるまれる。

ほかの霊蛹機も冷静さをとりもどし、こちらにならいはじめた。谷のあちこちで光が発し、天から落ちた星座のようだ。

皇帝級は急速に小さくなっている。遠ざかっているのだ。その声がまた響く。

『去れ……去れ……去れ……！』

驚いた。この皇帝級渾沌が話しているのか。

恐怖でパニックを起こしかけた。でもいまは勝つことしか考えない。喊声《かんせい》をあげてまわりの糸をつかみ、手に気を通して加熱した。糸は切れ、はずれていく。

皇帝級がいかに霊金を自在にあやつろうとも、その体の一部であることは変わりない。すべての糸から痛みがつたわるはずだ。

胸甲から長弓を出して、糸が集まらないように強い気をこめた。三人の気があわさって明るい赤みがかった金色に輝く。視野がちらちらするほどだ。矢をつがえて狙う。

「死ね！」

あたしたちは叫ぶ。

そのとき皇帝級が蜘蛛の脚で跳躍し、着地して谷に地響きをとどろかせた。木から霜が落ちて氷の結晶の雲のように流れ下る。こちらもよろめく。

そのとき皇帝級の背後にある黒い湖が動いた。視野が震動したことによる錯覚かと思ったら、そうではない。凍っていたはずの水が動きだし、谷を流れ下り、皇帝級とこちらの足もとを浸水させる。同時に鉄もひび割れそうな強烈な冷たさが襲う。通過した背後で水が盛り上がりはじめた。艶やかな墨色の壁がしだいに高くなる。かたちは丸みをおび、まるでこれは……。

司馬謀士の声がスピーカーから叫んだ。

『まずい、それは渾沌だ！　おなじく皇帝級だ！』

震撼《しんかん》とした。足もとが崩れるような気分。ありえない。たしかに水属性の渾沌は多少の変形能力を持つとはいえ、ここまで極端ではないはずだ。

とにかくこの皇帝級渾沌の能力は理解を超えている。さらに、火は水に滅《めっ》される。

司馬謀士が叫ぶ。

『金属性のを先にやれ！　急げ、急げ！』

逃走本能が先に立ち、翼をはばたく衝撃音を谷に響かせて飛び上がった。糸がくいこんで強烈な痛みが走る。全身から強い気を発した。霧が消える。糸が熱で押しのけられる。でも切れない。気の発散を止めればまたからみつくだろう。温まるために自分を燃やしているようなものだ。いつまでもできない。

やりたいこと、やるべきこと、変えたいことの思いが頭のなかでせめぎあう。どこでどうしくじったのか。簡単に片づくはずだったのに。

諸葛軍師の声が荒々しく響く。

『朱雀、どこへ行くのですか？　なんとかして戦ってください！　なんとか……』

「気を補充するんです！」

火口を探さなくては。近くにあるはずだ。でも谷を振り返ると、目を離せなくなった。ほかの霊蛹機は変形する水皇帝にむけて必死に光箭《こうせん》を撃ったり、刺したり、殴ったりしている。いずれも金皇帝の糸にからみつかれたままだ。

いま飛び去ったら僚機すべてを見殺しにしかねない。とりわけ気の負担が不公平に大きい妾女パイロットが危ない。霊蛹機そのものも周州を横断してきた直後で戦闘力が低下している。

思考が明瞭になった。本来戦うべき相手はこの宇宙からの侵略者だ。敵はこの世界を奪ったやつらだ。人間ではない。人間が全滅したらなにもならない。

遠くから矢などで狙っている暇はない。隕石のように空中から金皇帝に体当たりした。

予想外の攻撃だったらしく、腹を地面に打ちつけて谷を地響きで揺らした。

「あとで火口へ連れていってくれるように味方に言ってください！」

大声で兵法家たちに頼んで、皇帝級のコアが感じられるところに手を押しつけた。気を注ぎこむ。水流がスプーンにあたるように飛び散る。反動で飛ばされそうになるのを翼のはばたきでこらえ、気を流しつづける。

「死ね、死ね、死ね！」

自分たちの声が頭に響く。皇帝級の体から突き出た千本の刀に刺されたように感じる。これは想定ずみだ。混戦のなかで金属性の渾沌とあたればこれくらいのことはある。

こちらは死にゆく恒星のようにあらゆる表面から気を噴いている。霊金は内側から溶けかける。気で分子が流動性を増し、おかげで刺されても一体性を維持する。喊声をあげる。まわりの霜や霧が一息で飛ばされ、蒸発する。へし折られた木々が露出し、高熱を浴びて燃えはじめる。朱雀のコクピットは人体を保護するために鉄のコアのように固く閉じている。

皇帝級は高熱攻撃の下でもがく。脚が山腹を押し、こちらの手から逃げようとする。

視野の隅に黒い影が見えた。

水皇帝かとあわてたそれは、じつは玄武だった。英雄形態に変形している。黒くなめらかな兜に筋肉のような甲冑。屈強な戦士の姿だ。亀の甲羅は土属性の黄色の縁取りがある盾となり、腕に握られている。

玄武は燃える山腹を這い上がり、金皇帝の蜘蛛の脚を二本まとめて太い腕でがっちり押さえた。これで動けない。

応援を得て、こちらはさらに気を押しこんだ。気の消耗が限界に達したら三人とも自動的に切り離される安全機構があるけれども、それを焼き切ってさらに使いつづける。

復讐のために。

自由のために。

人類のために。

皇帝級のコアが爆発した。吹雪のような白い閃光に飛ばされる。落下しながら標準形態にもどった。

玄武が受けとめ、ささえてくれる。わたしたちは接続を維持している。火口へ連れていってくれと頼まなくてはいけない。

くちばしを開く。でも凍てつく冷気が流れこむばかり。玄武の霊金が温めてくれて半解け程度になる。

「あの……」

言いかけたところで絶句する。

蛇のように這う玄武の手がこちらの背中にまわり、翼の片方を根もとからむしり取った。

41　生きる理由

精神は分離し、陰陽領域に放り出された。あたしは悲鳴をあげ、のたうちながら肩を押さえる。

精神が焼けるようなこの痛みからのがれるために朱雀《すざく》との接続を切れと本能が叫ぶ。でもそうはいかない。二人ともやられる。玄武《げんぶ》の冷たく這う手が朱雀の頭部に伸びるのを、驚愕と怒りのなかで感じる。抵抗をやめたらコクピットごとひねりつぶされる。

朱雀の長い首を振り、残った翼をはばたかせ、脚を蹴り、とにかく玄武を振り払おうともがく。それでも離れない。凍りつく冷たさがしみてくる。消耗しきった気の流れがとどこおり、朱雀の霊金《れいきん》が弱まっている。火属性の霊金はもろい。動くたびにガリガリときしみ、錆びて分解寸前の機械のようだ。

「秀英《シウイン》、彼をやめさせて！」

あたしは朱雀の口から叫んだ。朱元璋《ジュー・ユエンジャン》のしわざにちがいないと思ったからだ。でも頭のなかは苦痛の火花に埋めつくされていて、声を出せたのか確信がない。

『なにやってんの！』

叫ぶ白虎《びゃっこ》が朱雀のぼやけた視界に見えた。戈《ほこ》を手に燃える谷をこちらへ突進してくる。ゆらめく熱気と立ち昇る煙が、ガラスのように白いその英雄形態をかすませる。

安堵の声を漏らし、手を伸ばしかけると……。

水皇帝の黒い触手がうしろから伸びて白虎の脚にからんだ。転倒して大地を震わせる。燃える森が衝撃波で揺れる。へし折られた木々に爪を立てながら、背後の乱戦へ引きもどされていった。

高まった期待をこなごなにされた。

もうなにがなんだかわからない。

だれも助けにきてくれない。

陰陽領域でいっしょに倒れた世民《シーミン》の腕に抱き上げられた。切迫した声が耳もとで言う。

「媚娘《メイニアン》、易之《イージー》をつかまえろ」

「どういうこと……？」

朱雀の制御がすべて世民に移った。

感覚が砕け散り、無数の破片となって旋回する。色彩が渦を巻き、音響が悲鳴をあげ、風が鳴る。
まず意識下にもどったのは、ばたばたと振りまわす自分の腕だった。
肉体の腕。
あたしはコクピットの外へ放出されていた。

42　一翼一目

茫然自失した意識に、ゆがんだ叫び声が聞こえ、ばたつく道袍《どうほう》が見えた。青くかすんだ易之《イージー》がすぐそばを落ちている。

　悲鳴をこらえて決然と吠える。霊鎧《れいがい》の翼を広げ、風圧と重力のトンネルのなかで易之のほうにむきを変える。風のなかで手を伸ばす。ばたつく袖に指をかけ、続いて肘をつかまえて引き寄せる。たがいの重心が近づいた。煙と炎に巻かれた地上へ急速に落ちている。風圧で胸をつぶされ、きりもみ状態になる。必死に翼を広げて速度を抑えようとした。

　姿勢を乱しながらようやく減速した。はばたいて逆に上昇する。下は炉のような火の海。汗ばむ熱気と煙が谷をかすませる。目が痛み、肺が苦しい。易之もこちらの腕のなかで咳きこんでいる。つかんだ腕に力をこめ、煙霧の外へ出ようとはばたいた。

　世民《シーミン》はどこだろう。おなじく脱出したはずだ。きっと。とどまる理由などないはずだ。

探そうと見まわす。でも極端な視点の変化でめまいがする。燃える木々はさっきまで麦わらのようだったのに、いまではこちらの何倍もの高さがある。山火事の黄色やオレンジの渦巻く炎を背景にして、黒いシルエットになっている。怪物が巨大化して襲ってくるようだ。高温の熱気と凍てつく冷気が交互に吹きつけ、気温がめまぐるしく上下する。

みんな玄武《げんぶ》のせいだ。

顔を上げてこの位置からあらためて見る。そして恐怖で凍りついた。

いま玄武は最大の英雄形態になっている。空の一角をおおい隠す小山のようだ。逆光のせいで輪郭がぼやけて見える。その太い腕のなかにぐったりした朱雀《すざく》がある。

ぞっとしたのは玄武の目だ。一方は朱元璋《ジュー・ユエンジャン》の地属性の気で黄色く輝き、もう一方は馬秀英《マー・シウイン》の水属性の気で黒い。つまり彼女は完全に意識して玄武を操縦している。

われを忘れて、翼のはばたきがおろそかになった。易之をかかえたまま落ちはじめ、新たな恐怖の叫びが漏れる。

けがの功名だった。玄武の腕が伸びて、間一髪で頭上をかすめたのだ。冷えきった突風で山腹へ流され、山火事の煙のなかに突っこむ。火に巻かれる寸前で体勢を立てなおした。いっそ焼け死んだほうがましだと思う。煙と涙で目が痛い。なにも理解できない。なぜ秀英がこちらを殺そうとするのか。なにをしたというのか。

玄武から急いで全力で逃げる。気が消耗していて心拍が上がらない。

また玄武の手が飛んできた。腕が押しのける気流を感じる。必死ではばたいて視野がまだらに暗くなり、鼻血が出た。それでも遅い。よけられない。ちっぽけな虫けらのようだ。

山腹に叩きつけられる……。

低いうなりが谷に響いた。朱雀が錆びた機械のようにきしみながら片方だけの翼をはばたき、脚の爪で玄武をつかんだ。引き裂くようにむこうへ引きずる。朱雀の片目がふたたび赤くなっている。

ふりかえってそれを見て、驚愕した。世民がまだ乗っているのだ。

朱雀を操縦している。一人で。

不可能だ。霊蛹機《れいようき》は単身で操縦できない。一人分の霊鎧さえ個人の精神では限界とされているのに。

「これは……！」

易之がリストバンドの画面を見て唖然としている。世民の情報が表示されている。仏頂面の顔写真の隣に、リストバンドがいま計測している生体データがある。揺れる視野のなかで、赤い警告表示になった項目が読める。

心拍数、毎分三百と八十回。

血の気が引いた。易之も叫ぶ。

「どうにかしないと!」

どうにか……って、どうやって?

過剰だ。人間の心臓はそんな速度で拍動しつづけられない。耐えられない。

死んでしまう。世民は死んでしまう。そんなことになったら、あたしは……。

いやだ! いや、いや、いや!

光箭《こうせん》を撃とうと手のひらに気をためはじめた。でもあまりに弱々しく、すぐにあきらめた。

歯を食いしばり、気の消費をはばたくほうにむけた。谷の下流でくりひろげられる乱戦にむかう。朱雀と玄武が戦う金属音の激突を背後に聞きながら無益な涙を流した。胸が苦しくて破裂しそうだ。いったいどうやって世民は霊蛹機を操縦しているのか。なにを消費しているのか。もしや原気《げんき》か。使ったら補充できない生命活動のもと。しかも彼は片方の腎臓を摘出されているので本来の半分しかない。

よろめくような恐怖。断崖絶壁に立って下をのぞいているようだ。

もうすこしだからと、残る運気をかき集めて飛んだ。

主戦場にたどり着いた。ここも山火事になっている。貴族級渾沌の群れもいる。あちこちで巨大な姿が激突し、煙霧を震わせている。この炎の地獄絵図のなかで易之とあたしはちっぽけな存在だ。

白虎《びゃっこ》をみつけた。脚にからみついた水属性の黒い触手を戈《ほこ》で切ろうとしている。

「助けて！」

あたしはそこへ飛んでいって、白虎の頭を何度も手で叩いて叫んだ。易之はこちらの肩に強くしがみついている。

「お願い、助けて！」

白虎がふりむいた。相手から見えるようにすこし離れる。白虎はこちらと、遠くで戦う朱雀と玄武を交互に見る。

『どういうこと？　どうやって……？』

伽羅《チェルオ》と楊堅《ヤン・ジエン》の声がまざって聞こえる。目は緑と黒だ。

あたしは涙声で訴える。

「世民が一人で操縦してるのよ！」

『なんですって！　そんなの不可能じゃ……』

「不可能なはずなのに、それをやってるの。救援してあげて！」

『それは……わかった、乗って！』

雑な丸穴が足もとに開き、あたしと易之はそこに飛びこんだ。床を踏むと、ちょうど手の高さに霊金《れいきん》の手すりが出て、それにつかまる。しばらくして暗がりに目が慣れた。伽羅と楊堅は操縦席におさまり、顔も霊鎧もそれぞれ木属性と水属性の気で光っている。普通は肘掛けの上で女子の手に男子の手を重ねるのだけど、楊堅はうしろから伽羅の体に腕をまわし、伽羅は胸の上でその手を握っている。驚くほど仲むつまじいポーズ。対照的に白虎の口は険悪な調子で兵法家を問いつめている。

『白虎、目前の戦闘に集中してください』

諸葛《ジューゴー》軍師は不気味なほど冷静な口調だ。さっきはこちらに懇願口調だったのに。

それに対して白虎は怒鳴る。

「冗談じゃないわ！　玄武が朱雀を殺そうとしてるのよ！　手をこまぬいて見てろと？」

司馬《スーマー》謀士が代わった。

『いいから戦闘に集中しろ！　ほかのことはあとまわしでいい！』

血の気が引いた。

謀士はかつて、〝おまえたちをあきらめるつもりはない〟と言ってくれた。でもそれは、〝利用価値があるうちは〟というただし書き付きだったわけだ。

周州から生還させるつもりはなかったのだ。

『ふざけるな！』

白虎の叫びがコクピットに響いた。強烈な揺れ。易之とあたしは用意された手すりにつかまった。白虎はほかの霊蛹機に掩護を呼びかける。そして戦場を離れて全力で走りはじめた。

胸の鼓動を押さえて易之のリストバンドを見た。

そして恐ろしいものを見た。世民の心拍数が低下していく。

三百と七十二。

二百と六十八。

悲鳴をあげる。なにもできない。

九十二。

四十三。

零。

43 零

零。

その数字が冷たく無慈悲にこちらをにらむ。

零。

零。

零。

騒々しいコクピットで叫ばれる声も行動も認識できない。なにがなんだかわからない。

易之《イージー》も茫然と数字を見つめている。

地面が大きく震えた。巨大ななにかが倒れるような振動。はっとした。

「白虎《びゃっこ》、のぞき窓を開けて！」

コクピットの壁をひっかき、声を震わせて叫ぶ。大きな音がしたけれども、ほかの霊蛹《れいよう》機《き》かもしれない。渾沌かもしれない。ただの聞きまちがいかもしれない。まさか、まさか……。

鉤爪のひっかき傷のような数本の細い亀裂が開いた。外の煙が侵入してくる。粒子に咳きこむ。

そんな息が肺のなかで止まった。

立ち昇る土煙と黒煙のなかに朱雀《すざく》が倒れている。光がすべて消えている。そこに玄武《げんぶ》がかがみこみ、片手で首をつかんだ。反対の手で朱雀の頭を叩く。凍った霊金《れいきん》が赤いガラスのように砕けた。

白虎は騒々しい音をたてて立ち止まり、苦悩の叫びをあげた。

無反応になったあたしの精神に諸葛《ジューゴー》軍師の声が流れこむ。

『白虎、もはや手遅れです。もとの戦闘にもどりなさい』

その言葉が脳裏で反響した。手遅れ……手遅れ……手遅れ……。

人間はこの惑星でもっとも気が濃縮された存在だと、座学の一時間目に司馬《スーマー》謀士から教わった。だから小さな体で巨大な霊蛹機を操縦できるのだと。

それを実感できた。渦巻くこの感情を閉じこめるのにこの体は小さすぎる。巨大な怒りは天を裂き、地を焦がすほどだ。細く裂けたのぞき窓をつかんで震えが止まらない。でも霊鎧《れいがい》からわずかに白光《はっこう》が生じるだけで、霊金を曲げるにはいたらない。

「あたしなんか殺されればよかったのに。生きる理由なんてないのに」

いまさらながらの自嘲がこの身を責めさいなむ。

喉から小さな音が漏れる。体内で荒れ狂う嵐にくらべてはるかに弱々しい。胸がしぼみ、肩が落ちる。何週間も、何ヵ月も、あるいは何年も飢えてやつれた体のようだ。胸の奥にとげとげしいものがあって、息を吸おうとするたびに刺してくる。呼吸できない。震えが止まらない。ほてりと悪寒が交互に襲う。外の不均一に混じりあう空気とおなじだ。喉の奥から胃液がこみ上げて舌を焼く。

なぜあんなことを言ったのか。

彼を先に脱出させるべきだった。

「則天《ゾーティエン》……」

易之のささやき。とても遠くから聞こえる。腕にさわっている。死人のように青ざめた顔。下唇の震えが止まらないようだ。

こちらも震える指で自分の顔をかきむしる。

「あたしのせいよ。罪悪感を持たせたせいで……」

ちがう。

こんなふうに感じることを世民《シーミン》は望まない。

こんな考えを持つのは絶対にだめだと言うはずだ。

白虎が主戦場にもどった。いらだった悪態が数秒遅れで頭にはいってくる。でももう終わったことだ。

思考が反復する。陰座《いんざ》から伽羅《チエルオ》を引き剝がし、楊堅《ヤン・ジエン》の気を吸いつくしてあばれてやろうかと真剣に考える。でも白虎で水皇帝と玄武の両方に勝つのは無理だ。こちらの軍勢に残るどの戦力でも無理。打つ手は――

ひとつだけある。

電撃のように気づいて、手が伝導スーツのポケットに伸びた。霊鎧の長い裳《も》の下。軍が万一にそなえて全員に配布している華瘟《かとう》の抗ウイルス剤キットがそこにある。口ではなにも言わない。兵法家に気づかれたくない。でも易之はこちらの手の動きから察して、目を瞠った。

皇帝を治療する。

伝説どおりであれば、秦政《チン・ジョン》皇帝将軍は水属性の気による極低温で自分を冷凍しているはずだ。そして彼がいるところには黄龍《こうりゅう》がいる。

あの霊蛹機なら勝てる。

44　皇帝の霊廟

白虎《びゃっこ》の気を霊鎧《れいがい》へすこしだけ分けてもらって、外の地獄絵図へ一人で飛んで出た。脳裏をむしばむ絶望と悲嘆はあえて考えないようにした。止まって考えると追いつかれ、引き裂かれる。

遊牧民を探すのは難しくなかった。彼らにとっても二世紀待った機会であり、あらゆる手段で注意を惹こうとしている。石柱の頂上よりも高度をとると、すぐに複数の狼煙《のろし》が見えた。秦政《チン・ジョン》について共通のメッセージをたずさえた遊牧民ならいずれでもかまわない。手近な狼煙をめざして飛び、渾沌《フンドゥン》の足跡の空き地に下りた。

今度は女だった。凛々しい姿を見て、頭にかかった靄《もや》を払われた気がした。月毛の雄馬にまたがる高齢女性。銀髪をうしろで編み、その目にはやさしさも従順さもない。

こちらは荒い息をつきながら、注射器とアンプルがはいった抗ウィルス剤キットをしめす。女は落馬しそうになりながら歓喜の叫びをあげた。

言葉はよく通じない。でも急いでいることは口調からつたわったようだ。ついてこいという合図とともに馬で森にはいる。人間の視点になると樹間はまばらだ。庶級渾沌でも通れるほどで、霊鎧の翼を広げても楽に抜けられる。

しばらく進んだところで、土と落ち葉の下から隠し扉があらわれた。開いた先は暗い地下迷宮のようなトンネル。さすがに飛ぶのは無理で、馬に同乗させてもらった。できるだけ翼を使って霊鎧の重さが馬の負担にならないようにした。

ガスの音がする灯具に火をともして片手で持ち、トンネルの奥へ馬を進めた。ときどき反対の手を口にあてて合図の声をあげる。するとまたたく灯火と馬の蹄の音が暗がりから集まってきた。合流した遊牧民は聞きとれない方言で興奮して話す。見開いた目のなかで灯火が踊る。

トンネルはどんどん深く潜り、空気はしだいに冷えていった。遊牧民の女の力強い腰にしがみつき、毛皮の衣に体を押しつけて寒さに耐える。この女も祖母もおなじ漢族だと思うと驚く。信仰も文化もまるでちがってしまっている。自分が華夏《ホワシア》の長城の内側で生まれたのは人が言うほど幸運だったのかと、あらためて疑わしく思った。もし残留周州民の末裔として生まれていたら、纏足《てんそく》をしないたくましい女に育てられたのではないか。まったくべつの人間になったかもしれない。

広い地下空間にたどり着いた。とても寒く、口を開くと舌が二つに割れそうだ。

不気味な素焼きの人形がこちらむきで何列も並んでいる。富裕な権力者の霊廟《れいびょう》を守備する兵馬をかたどった陶俑《とうよう》という像だ。驚いたことに等身大。こんな大きな兵馬《へいば》俑《よう》がある墳墓には賢哲《けんてつ》でもはいれない。しかも写実的で、身にまとった埃っぽい毛皮や布の衣まで細密に表現されている。

いったいどうやってつくったのだろうと考えていると、そのむこうの鈍いきらめきに目を奪われた。

奥の壁全体が金色だ。

もしや……黄龍《こうりゅう》の一部では。

歯の根があわず、呼吸が速くなる。だんだんと現実味をおびてきた。この足もとに黄龍が埋まっているのか。いつでも飛び出せるように地下でとぐろを巻いているのか。

どうか、ほんとうでありますように。

遊牧民たちは馬を下りて、陶俑の列のあいだにはいった。敬虔に腰をかがめて低頭し、すり足で進む。こちらも畏怖と驚嘆で重い足をひきずってそれにならう。

金色の壁に近づくと、頭部の額を思わせる湾曲があることに気づいた。そこに厚手の羊毛キルトの布がかかっている。中央を銀髪の女が左右に分けた。

さらに低温の冷気が流れ出てきた。

まばたいて、恐れおののく。

奥はどこもかしこも金色の大きな部屋だった。鈍く照り光る内部を複雑に影がすべる。頭がおかしくなりそうな眺めのなかに、見慣れた前後二座の座席をみつけた。

コクピットだ。ここは黄龍のコクピットなのだ。

陽座《ようざ》に男子がすわっている。全身をおおう金色の霊鎧は小さな方形の板をつないだような構造。冠は頭頂が平坦になって板状に前後に張り出し、前面に玉飾りのついた面紗《めんしゃ》がたれる。後部は頭をささえている。顔は面紗でなかば隠されている。冠の左右からは龍の枝角が突き出ている。まるで金箔を張った大枝のようだ。

陰座《いんざ》は空いている。

あたしは凝然としてキルト布のすきまからしばらく見るだけだった。

遊牧民たちは跪座《きざ》叩頭《こうとう》し、最大の敬意をしめしてキルト布の奥へはいっていく。信じがたい思いでふらふらとあとに続きながら、霊感を広げてそれがなにか、だれかを探った。そしてさきほど感じた皇帝級の圧倒的な霊圧を確認した。

たしかに秦政《チン・ジョン》だ。その現《うつ》し身《み》だ。

まだ生きている。顔は死相ながら、水属性の気が通る黒い経絡《けいらく》が透けて見える。

華痘《かとう》の罹患《りかん》もあきらかだ。経絡のあいだの皮膚に特徴的な花紋《かもん》様の感染斑がまだらに出ている。

楊広《ヤン・グアン》と話したことを思い出す。祝融《しゅくゆう》峰の地下のマグマから気を吸い上げることで秦政は冷凍状態を維持していると推測していた。つまり黄龍は長い体をそこへ伸ばしているのではないか。

肩に手がおかれ、驚いて飛び上がった。銀髪の女が抗ウイルス剤のキットをしまったポケットをしめす。理解してキットを開き、アンプルの薬剤を注射器に吸い上げた。

遊牧民たちは声をあわせてなにかを歌いはじめた。秦政を半円にかこみ、あたしも手を引かれてくわわる。一人の女が小さな灯具を出してなにかを唱えながら、べつの者が持った灯具から火を移す。声が高まった直後、その炎を口にいれた。

驚いて見ると、灯具の火は消えている。女は灯具をそばの者に渡して、毛皮の手袋をはずし、その手を秦政の手に伸ばした。秦政の手は上にむけて肘掛けにおかれ、女はそこに手を重ねて押しつける。金色の霊鎧の籠手《こて》からは多数の細い鍼《はり》が出ているのが直前に見えた。

果実の皮を切ったように女の手から血が噴き出し、苦痛のうめきが喉から漏れる。秦政の黒い気が女の腕の経絡を這い上がり、たちまち苦痛にゆがむ顔まで達した。

さきほど火を呑んだ理由がわかった。自分の火属性の気を強化し、それで秦政を温めようというのだ。

それなら手伝える。

注射器を握って秦政に駆け寄った。霊鎧を変形させて素手を出し、もう一方の手のひらに押しつけた。

水属性の気が流れこみ、骨までしみる冷たさにぞっとする。こちらの経絡も黒ずんでくる。操縦訓練のなかで第二属性の気を水から火に変換するやり方を習得していた。発声しながら気の流れを操作し、陰から陽へ力ずくで熱変換する。さらに第二経絡で金属性の気を燃やす。

石炭の粉のようだった気にしだいに火がつき、黒かった経絡が赤く輝きはじめる。熱した気が鍼をつたってむこうの手に移動する。

秦政の肺に気息《きそく》が流れこんだ。長く放置されて埃のたまった部屋に外気をいれるようだ。冠からたれた面紗の縞模様の影のなかで目が開く。まわりの人影に気づいて目を瞠る。かすれ声が出る。

「薬は……いずこか」

聞き慣れない発音なのに、意外にも意味がわかった。

いや、意外ではない。あたしと遊牧民の方言のほうがこの共通の先祖の言葉から大きく分岐したのだ。

あらためて緊張した。二百と二十一年前に死んだはずの人物が目のまえにいて、その言葉を聞いている。

「薬は……いずこか」

息を荒くしながらくりかえす。

せかすような声が遊牧民のあいだから発される。はっとして、注射器を秦政の手首に近づけた。でも霊鎧がじゃまで血管がみつからない。

「袖を開いて！」

言いながら顔を上げて、ぎょっとした。

目覚めたばかりの顔の半分が溶けはじめている。

悲鳴をあげると、相手も悲鳴をあげた。一刻の猶予もない。注射器を首に突き立てた。

火を呑んだ遊牧民の女の手を振り払い、秦政は血まみれの籠手で崩れた顔をおおった。

霊金《れいきん》が顔に移動し、しみこみ、水銀のように広がっていく。土属性の霊金とは信じがたいほど急速で流動的。でも信じがたいものを今日は見あきるほど見た。

「操縦できますか？」

　空になった注射器の針を首から抜きながら、あたしはひどいことを訊いた。針痕を指で押さえて止血する。薬が効くかどうかまだわからないのに、かかえこんだ怒りと悲嘆の圧力が肌を震わせ、復讐をせかす。

「あなたの力が、あなたの霊蛹機《れいようき》が必要なんです。いますぐ！」

　驚いたことに、苦しげな息の下からかすれた笑い声が聞こえた。顔にあてた手がぱたりと落ちる。

　溶け落ちた顔の半分が霊金で代替されている。まるで黄金で継《つ》がれた頭蓋骨。身震いした。

　第二経絡に水属性の気がもどっている。赤の隣に黒。さらに第三経絡に土属性の黄色。第四経絡に金属性の白。第五経絡に木属性の緑がはいっている。目も肌も五色《ごしき》の気で隈取《くまど》られた秦政は、金色にゆらめく面紗の裏から嘲侮《ちょうぶ》の視線をこちらにむけた。

「朕《ちん》と乗らば……そなた……五分ともたぬぞ」

　厳然たる事実だろう。

　格がちがいすぎる。圧倒的な霊圧の差はもとより、五属性すべての気を自在にあやつれるのだ。操縦する気力がすぐに回復するかどうかはともかく、そのときあたしが生き延びられる見込みは万に一つも……。

いや、一つだけ方法がある。

縦に並ぶ陰座と陽座を見た。現代の操縦席と大きくちがわない。基本設定がおなじなら……軍の嘘が昔からなら……。

脳裏に深くしみついた操縦システムの基本をあらためて考える。男子が陽座、女子が陰座。ほんとうにそうでないと動かないのか。それが内在的な性質なら、なぜ軍は各座の設定に人工的な差を組みこむ必要があったのか。

幻想なのだ。人為的につくられた幻想。

冷徹な心境になった。

白虎のコクピットから出るとき、易之《イージー》のぶんの非常用抗ウィルス剤キットを念のために渡された。それを伝導スーツから出して開き、アンプルと注射器を見せた。秦政に要求をのませるには餌が必要だろう。

「あなたの華痘は抑制されただけで、治癒したわけじゃないのよ」嘘ではない。「こっちの薬もほしいなら、陰座へ移動して」

秦政は眉をひそめた。

「なんと……申した？」

「言ってることは理解できるはずよ」明瞭な発音をこころがけながら、抗ウイルス剤キットで陰座をしめす。「席を替わって。すぐに」

秦政は胸をあえがせた。

「女官の……席になど……」

鍼でつながったままの手でその腕を振った。

「あなた自身が生きるか死ぬかなのよ。答えは簡単でしょう」

秦政は歯ぎしりする。

「朕を……だれと心得て……」

顔を寄せて怒鳴りつけてやった。

「秦政、あなたが知らないこの二百と二十一年の歴史をあたしはよく知ってる。詳しく説明する暇はないけど、あなたが防衛できなかったせいで周州は陥落した。だいじな黄龍は渾沌の複製巣のそばで地下に埋まってる。華夏の救援がここまで到達するのに二世紀以上かかった。かろうじて生き延びたこの長い時間を無駄にしたくなければ、陰座にすわりなさい！」

「二百と……」

愕然として狼狽《ろうばい》する表情。救援が来るのにこれほど時間がかかるとは思っていなかったのだろう。

口を閉じ、足腰を震わせながら陽座から立つ。冠の面紗がさらさらと鳴る。

また驚く変化が起きた。陰座に残されていた女子用霊鎧が溶けて座面に吸いこまれ、陽座からふたたびあらわれたのだ。

あたしは秦政の籠手の鍼から手を抜いて、席の移動を手伝った。

遊牧民たちはこれからはじまることを察してコクピットの外へ出はじめた。銀髪の女とはすこしだけ長く視線をかわした。質問したいことがまだたくさんある。できれば生きて再会したい。

「待っててね」

キルト布が閉じると、朱雀《すざく》の霊鎧を体から落とした。

ささやきながら、赤い籠手を胸に押しつける。そこに涙がこぼれる。

世民《シーミン》がつくってくれた美しい翼の冠は、脊椎との接続が切れたとたんにずしりと重くなる。それでもつけたままにした。あとはきれいな霊金の塊にして残し、陽座に上がった。

秦政が問いかけた。

「周州が……陥落したと申すか」

声が震えた。

「そうよ。あたしの先祖はそこからのがれてきた難民。皇帝将軍を頼りにしていた人々。あなたが罹患したのは不可抗力だからしかたないけど、以来ここは渾沌に占領されている。そいつらを始末しなくてはいけない」

こちらの腕の下で体がこわばり、それからゆっくりと緊張を解いた。

「あらためてな」

その冠の龍の枝角のあいだに震える息を吐く。そして相手と手を重ねる。不思議な感覚に襲われた。席を替えただけなのにすべてがちがう。瞬時に、明確に男の気分になった。男とはどういうものかわかった気がした。

でも関係ない。操縦するときは男も女もない。生き延びられる保証はなくとも、ここまで来たらもう恐いなどと言っていられない。

背中を倒した。

鍼が脊椎に刺入されたとたん、感覚の大波が押しよせた。悲鳴をあげる。でも大嵐の暴風が吹きつけるドアを押さえるように無駄な抵抗だ。

肉眼で最後に見たのは金色の閃光だった。

45　だれ？

目をあけると塩水が目を刺す。冷たさが骨までしみる。悲鳴をあげようとしたとたん、水が肺まではいって内から体を冷やす。

なにが起きた？

ここはどこ？

あたしはだれ？

空気を求めて胸があえぐ。まだらに暗くなった上方の視界に赤い光がぼんやり揺れる。水をかいてそちらへ行く。でも一面に氷が張っていて酸素のあるところへ出られない。目を瞠《みは》ってもがく。爪が剝がれるほど氷をひっかいても無駄。骨が折れるほど叩いても割れない。

そのとき、足首がだれかの手につかまれる。助けが来たのかと下を見る。

ちがった。

ここは餓鬼《オーグィ》の海だ。暗い深みから手を伸ばしてくる。見えるかぎりあらゆるところにいる。

その腐りかけた手でつかまれ、しがみつかれ、引きずりこまれる。口を大きくあけて叫ぼうとしても、水没した胸から悲鳴は出ない。まわりに餓鬼が群れている。くねる体にすきまなくかこまれる。引きこまれるにつれて身を切るように水が冷たくなる。なにもできず、恐怖にさいなまれる。すると……。

真上からまばゆい光芒がさす。狭い視界のなかで見える。こちらへ潜ってくる人影から光が出ている。その男子のまわりでは水が沸騰している。光芒の中心はその胸で、脈打つ光の球になっている。

餓鬼の群れにかこまれながら必死に手を伸ばす。男子がそれをつかみ、すごい力で群れから引き上げてくれる。反対の手もつなぐ。炎のように輝く顔に見覚えがある気がして胸がどきりとする。でも混乱した頭のなかを探っても思い出せない。

引っぱられて氷の張った水面へ行く。手をあてると、その肌に溶岩のように輝く線があらわれ、氷が大きな円形に溶ける。破片が割れてただよっていく。

いっしょに水面から顔を出す。とてもひさしぶりに空気を吸い、あえぐ。必死すぎてめまいがするほどだ。

餓鬼はまだ去らず、脚にしがみついてくる。蹴飛ばしながら、固い氷に這い上がる。濡れた手を氷にあてるたびに凍って貼りつく。それを剝がしながらすこしずつ水から出る。先に上がっていた炎の男子の手を借りて、ようやく氷上に出てへたりこむ。冷えきって体が動かない。空全体が血のように、あるいは火のように赤い。

氷の穴から恐ろしい手が何本も出て、執拗にこちらの腕をつかもうとする。

「媚娘《メイニァン》！」

男子はあたしを穴から遠ざけ、肩を揺さぶる。

媚娘？　なぜそう呼ぶの？

「さあ！」

男子は両手でこちらを抱き上げる。光を放つ温かい胸に顔を寄せると、男子は走りだす。背後では餓鬼がどんどん穴から出て追ってくる。大群だ。うめき、爪を立て、氷を震わせる。亀裂が男子の走る足もとまで伸びる。危ない。

揺れるその腕から横顔を見上げる。頭が空白だけど、彼がだれか、自分がだれか、知っている気がする。絶叫がこみ上げる。

なぜ忘れてしまったのか。

自分にとってどんな人か。

彼を見ると胸が張り裂けそうになるのはなぜか。

餓鬼が背後に迫る。自分を抱いているせいで遅いのだ。

その肩を揺さぶった。

「下ろして！」

「だめだ」

抱いた腕に力がこもる。その瞳は苛烈な赤。でも視線は穏やかでやさしい。

「おまえを脱出させる。かならず」

いらだって叫びたくなる。そのとき、氷上の眺めが頭のどこかを震わせる。ぼんやりと記憶がよみがえる。

この男子と氷の上にいたことがある。いっしょに滑ったことがある。

まばたきすると、もう彼はスケート靴で滑っている。ブレードが小気味よい音とともに弧を描く。その腕から離れる。こちらもスケート靴で氷上に立つ。彼の手が腰にそえられ、加速する。

そうだ。これだと感じる。

いっしょに滑って餓鬼から逃げる。距離が開く。岸が急速に近づいてくる。ところがそちらにも新たな黒い影があらわれ、勢いが鈍る。餓鬼の挟み撃ちだ。でも男子は方向を変えない。

「あそこに行くしかない。出口はあそこだ」

　恐怖が骨にからみつく。でも記憶の有無にかかわりなく、自分はまちがいなくこの男子を信頼している。

　いっしょに第二の群れに正面から突っこむ。

　餓鬼のうめき声とつかみかかる凶暴な手足でまわりが埋めつくされる。また溺れている気がする。それでも男子は決然とこちらを抱きかかえ、餓鬼のあいだをすり抜ける。なめらかに、優雅に、嵐のなかで木の葉が舞うように円を描く歩《ほ》法《ほう》。あたしを胸から離さず。

　男子は求める。

「思い出せ。自分がだれか、俺がだれか。思い出せ」

　頬の下でその胸の炎がさらに明るく、熱く燃え上がる。火にふれた氷のようにこちらの五感が砕ける。

　記憶が押しよせる。

　名門高校の日当たりのいい廊下を歩いている。胸にかかえているのは借り出した古い本の山。己《おのれ》の体格には小さすぎる絹の袍《ほう》の袖や裾。通りすぎる栴檀《せんだん》の柱が影を落とす。こちらが気づかないと思っているささやき声が、まわりの生徒からとどくのを無視する。

外の拳闘場から闘士の叫び声や富翁《フーウォン》の客の歓声が響くなか、薄暗いロッカールームで詩を読む。世間の評価とはちがうことを証明しようと、古い漢詩の句に傷だらけの指をすべらせる。

ドローンが落とす照明の輪のなかで膝をつく。兵士が怒鳴り、血まみれの震える手を頭の上で組まされる。あらゆる可能性は失われ、あとは囚人になるだけ。

霊蛹機《れいようき》のなかで絶叫する。己を愛し、癒やそうとしてくれた女子が腕のなかで死ぬ。

冷たく湿った監房の床に倒れる。血管に流れこむ大量の酒。生きながら焼かれるようにのたうつ。絶叫はマズルガードで抑えられる。

かわりに女子たちが絶叫する。

何人も、何人も。

霧のかかったドッキングブリッジにふたたび連れていかれる。つきあたりには、手錠をかけられて兵士に連行されてきた新たな女子。裸眼なので顔はよく見えない。しかし第一声の冷静さに驚かされる。

「ちょっと。相手の目くらいまっすぐ見なさいよ。これから殺そうっていうんだから」

それどころか、戦闘後に陰座《いんざ》からふりかえって手を差しのべる。鼻血を流しながらも生きて、笑っている。

大型スクリーンの並ぶ部屋で彼女は恐れることなく銃口に立ちむかう。まわりのほうがパニックになる。

長城の上を走るシャトル列車の車内でこちらをにらみつける。ようやくその顔がはっきり見える。整った容貌ながら、目にはどす黒く深い怨念が渦巻いている。

われに返った。あたしの体。あたしの現実に。

「世民《シーミン》……」

その顔を両手ではさむ。

階段の途中にいる。子どものころに想像したままの長城の一角。山々を越えて長い胴を横たえる、人の手でつくられた龍。頭上は火属性の赤で染まった熱い空。餓鬼《オーグイ》はひとまず振り切った。でもうめき声はまだ遠くから聞こえる。

「則天《ゾーティエン》……」

その口もとが微笑みになると胸がときめいた。

でもそこで事実を思い出す。恐怖もよみがえる。真っ赤な悲嘆が頭に侵入する。

その顔の経絡《けいらく》に亀裂がはいり、気が燠火《おきび》のように明るく、しだいに熱く燃えはじめる。灼熱になる。蒸気が漏れるような弱いため息をついて、世民は長城の階段にがっくりと膝をつく。

「だめ！」

ささえようといっしょに膝をつく。その体は砕けて灰と火の粉に変わっていく。あたしは何度も首を振る。

「お願い、いっしょにいて」

世民は穏やかでありながら悲しい笑みに変わる。熱した鉄のような指でこの頬をなでる。

「おまえは鉄寡婦《てっかふ》。これは運命だ」

「いやよ！」

泣いてその手を握り、肩をゆさぶる。彼が消えるのをなんとか止めたい。

「行かないで！　お願いだから行かないで！」

世民は腕をまわし、こちらの頭に顎をのせた。

「どこにも行かない。だって、おまえのなかから出てきたんだ。俺のすべてはいまここにある」指さすようにこめかみにふれる。額にキス。「これからはずっといっしょだ」

「いやよ！　いや、いや、いや！」

唇が重なる。

溶けた鉄の熱さが体にはいってくる。力いっぱい抱き締める。でも止められない。腕のなかで灰と煤《すす》に変わっていく。炉から吹き出す熱風のように散りぢりになる。あとに残ったのは一匹の焦げた蝶。陰と陽の翅をあわせもつ。

突っ伏して声もなく泣いた。

でもここにいるのは一瞬一瞬が無駄な時間であることもわかっていた。

「武則天《ウー・ツーティエン》……」

脳裏で次々と声がささやく。世民に続いて姉、易之《イージー》、母、祖母。そして死んでいった名もない女子たち。彼女たちを死なせた嘘をあばかなくてはいけない。

「やつらに悪夢をみさせて……」

餓鬼のうめき声が近づいてきた。泣き叫ぶ風のようだ。

戦いはまだ終わっていない。この領域はまだ敵意を持っている。

無理だと感じても、もとの自分にもどれなくても、このまま倒れて降参したくても、進む。這いながら、よろけながら長城の階段を登る。

登りきったところから、玉座が見える。荒い息をつきながらよろめいて立つ。そこにすわった冷たい目の男子をにらむ。

秦政《チン・ジョン》は驚いたように顔をあげ、頬杖をついていた手を膝に落とす。鼻で冷笑する。

「ふむ。そなたが初めてだ」

46 鉄寡婦

秦政《チン・ジョン》の精神領域から脱した。とはいえ、荒れ狂う海の底のようなところから出てみたら、そこも黒煙と戦闘音が充満する場所だった。

尋常ならざる強い苦悩と恐怖に襲われる。ありえないほど強烈な恐怖。

秦政の心霊体が陰陽領域で目のまえにすわっている。黒い陰側で胡座《あぐら》をかいている。あたしは白い陽側で震えている。秦政は目を閉じて集中している。

こちらが精神を飛翔させて黄龍《こうりゅう》の感覚にはいっても、意外に秦政は止めなかった。尋常ならざる感情が強まる。外界の認知が大きくゆらいで、状況を理解するのにしばらくかかる。

埋まっていた黄龍を秦政が掘り出して戦わせている。黄龍は谷で水皇帝を追いつめている。長い体を焼けこげた山腹にぐるりと巻きつけている。水皇帝はどう姿を変えても逃げられない。黄龍はふれたところすべてから相手の気を吸い取っている。まるで素焼きの陶《とう》俑《よう》が吸水するようだ。

この尋常ならざる感情は敗色濃厚になった水皇帝から出ているらしい。

火は水に滅《めっ》される。でも水は土に滅される。

『やめろ……後生《ごしょう》だ……頼む……』

まちがいなく水皇帝の思考だ。とはいえよくわからない。なぜ渾沌《フンドゥン》の言葉が理解できるのか。遊牧民の言葉さえ理解に苦労したのに。

こんな悪夢に耐えるくらいなら秦政の精神領域のほうがましだと思っていると、ふいに恐怖の感情が途絶えて息をついた。水皇帝は動かなくなった。命のない霊金《れいきん》の塊になりはてている。これを素材にして新たな皇帝級霊蛹機《れいようき》をつくれるだろう。

秦政の表情がわずかにやわらいだ。でも目はあけない。こちらをいっさい無視している。心霊体の顔にこれまでなかった目の下の隈が濃くあらわれている。でもそれがいっそう冷然として近寄りがたい姿に見せる。美しいとさえ思う。顔の片側にかすかに残る複数の傷痕。華痘《かとう》に冒されるまえはこういう顔だったのだろう。

黄龍は山奥へと爬行《はこう》しながら、いきあう渾沌をその多数の脚で叩きつぶしていく。この霊蛹機の感覚がわかってきた。黄龍は二百年のうちにそれなりに劣化している。それを秦政はほかのパイロットができない特殊能力で修復している。土属性の霊金を吸収、同化しているのだ。

通常は異なる渾沌の霊金を混ぜても機能しない。でも黄龍は群れを掃討しながら磁石のように渾沌をその長い体に引き寄せていく。接触するたびに驚愕の感情が流れこむ。水皇帝の感情ほど強くなく、たちまち消滅する。とりこまれた霊金は黄龍の体を補強し、無限に延長していく。体がある程度伸びると新たな脚がはえる。

大柄な貴族級渾沌の群れが襲ってきた。秦政の精神領域に巣くう餓鬼《オーグイ》のようにしつこい。それでも黄龍は苦もなく撃破した。祝融《しゅくゆう》峰の火口への道をさえぎるものはもうない。たどり着けば勝利が確定する。

ただ、それを待たずに行動したほうがいいかもしれない。

ほかの霊蛹機は山中の行軍についてくる。黄龍が姿をあらわしたときは歓喜に叫んだはずなのに、いまは奇妙におとなしい。黄龍の前方には小さなカメラドローンが飛んでいる。そこに映るこちらの両目は異なる色に輝いているはずだ。匹偶《ひつぐう》が操縦している証拠。片方は金属性の白だろう。よほどのばかでないかぎり、あたしが乗っているとわかる。兵法家はほかのパイロットに、救援に来た霊蛹機とはいえ用心しろと呼びかけているはずだ。

新たな怒りが湧いた。戦闘が終わったら、とたんに兵法家はあたしに枷《かせ》をかけるだろう。

ならば先手を打つしかない。

〝やりたいことがある〟と言うと、秦政はこちらを疑うことなく機体の制御権を明け渡した。多少の権力闘争を予想していたのにあっけなかった。この男子はなにを考えているのか。その精神領域からは記憶の一片も流れてこない。二世紀の眠りから目覚めたばかりでまだ精神が曇っているのか。

貴族級渾沌を一掃すると、あたしはカメラドローンにむきなおり、黄龍の鎌首をもたげて叫んだ。

「軍は人民に嘘をついています！」

操縦システムの真相を暴露した。パイロット志望者の半数を不当に抑圧することで戦争努力の品位を汚していると強調した。自分に実質的な影響がおよぶと思えば人は真剣に考えはじめる。

「証拠はあります。あとでそれを見せます。でも見なくてもわかるはずです。霊圧の強さに性別は関係ない。あたしが生きているのがその証拠。そうです、あたしは鉄寡婦《てつかふ》の武《ウー・ソ》則天《ーティエン》！」

黄龍のコクピットを開いて、現在の配置を華夏《ホワシア》全土に公開した。女子のあたしが陽座《ようざ》にすわり、陰座《いんざ》の男子、それも秦政皇帝将軍を従属させているところを。

軍と賢哲《けんてつ》はいまごろ恐慌をきたし、生配信を遮断しているだろう。でも言うべきことは言いおえた。あとは一秒も無駄にできない。地上で数回跳ねて黄龍を空に飛ばした。秦政が地下のマグマから吸い上げ、あるいは同化した渾沌から取りこんだ五属性すべての気を充溢《じゅういつ》させたうつろな胴体は、天灯《てんとう》のように軽々と浮揚した。自分の力ではなく、世界の生命力を行使している感じだ。

長い体をくねらせ、石柱群を超えてもどる。そこに無線中継トラックの列がきれいに並んで停まっている。山中まで進んだ列もあるけれども、平地のこの列が破壊しやすい。黄龍の体落としで列の大半をつぶした。漏れたぶんは多数の脚をつかってとどめを刺した。これで全パイロットは兵法家の無線から切り離された。

火口へ飛んでもどると、不在のあいだにほかのパイロットたちが仕事を片づけていた。祝融峰の斜面に渾沌の幼体の骸《むくろ》が並んで煙を上げている。完全勝利だ。反攻作戦は成功裏に終結した。

なのに戦場は混乱していた。カメラドローンは飛ばず、スピーカーから兵法家の大声は聞こえない。歓喜の声もない。ほかの霊蛹機は途方に暮れて頭上を飛ぶ黄龍を見上げるばかり。兵法家とつながることをほのかに期待して頭をコツコツと叩くものもいる。

あたしは祝融峰の頂上付近にいた玄武《げんぶ》のまえに乱暴に着地した。火口にガラガラと岩が落ちる。玄武はふたたび小さく見える。本物の亀を見下ろしているようにちっぽけだ。

「いったいどうして？」

怒鳴りつける。戦場が水を打ったように静まる。

『則天、ご……ごめんなさい』玄武は山の斜面をあとずさる。馬秀英《マー・シウイン》の声で泣き、どちらの目も黒い。『そうしないと子どもたちが……あの子たちが……』

でもそこで玄武は足を止め、険悪な声になった。

『わたしは指図にしたがう。そうしないとあなたの家族だって安全ではないのよ！』

こちらの怒りは風に吹かれた炎のように一瞬弱まり、すぐにいっそう明るくはげしく燃え上がった。そのせいで一拍遅れの反応になった。

家族との和解をうながした真の理由はこれか。人質にするためだったのか。

ふだん世間に対して怒っていることを、今回は自分自身がやってしまった。すなわち、女性を過小評価してしまった。

黄龍の長い鼻面と黄金の長い髭を玄武の寸前まで近づけ、黒い表面を鼻息で白銀に曇らせながら言ってやった。

「よく言うわね。あたしの真の家族はあなたの手で殺されたんだけど」

脚の爪で玄武の頭をつかんで引きちぎり、握ってすりつぶした。よく見えないほど細い血の糸が爪にたれる。世民もおなじめにあったのだと頭の隅で考え、いっそう力をこめた。黄龍の牙で歯ぎしりする。

ほかの霊蛹機から恐怖の悲鳴があがった。でも渾沌の骸のあいだから動こうとしない。ならばこちらの次の行動も妨害しないだろう。いま無防備な状態にある隋唐辺境へ彼らが引き返そうとしても何時間もかかる。空を飛べるこちらははるかに速い。

陰陽領域で秦政がようやく目を開いた。驚いた顔でこちらを見る。

「望むは世界征服か」

二世紀前のアクセントで言う。薬の影響か、眠たげでけだるい口調。

「そうよ」

言葉を選んで説明した。かつて実際に皇帝として権力をふるっていた男子だ。主体的な立場でなければ協力しないだろう。

「現代のパイロットは昔のような政治指導者ではないの。ここであたしを止めたら、あなたはたんなる有名人、ただの見せ物として現世にもどることになる。大衆の注目は得られても、崇拝は得られない。もう一度崇拝されたければ、力ずくでそうさせるしかない」

「よかろう」秦政は肩をすくめ、また目を閉じた。「ならばはじめよう」

あたしは笑った。よろこびのないうつろな響き。狂気をおびて長く続く。

贖罪の物語？
贖罪などない。罪を贖《あがな》うのはあたしではない。あたし以外だ。

47　山小屋ではなく

長き安泰の都、長安は、いまどう見ても安泰ではなかった。

肌寒い夕空に人々の騒ぐ声が壁をなして、首都に近づく黄龍《こうりゅう》を迎えた。高いビルの渓谷をかこむ山々のむこうに最後の日の光が消える。夜の帳《とばり》とともにネオンがともりはじめた大通りは、密集した建物がかかえきれなくなった人間を吐き出したかのように人であふれている。夕闇のなかで大衆はひたすら跪拝《きはい》し、平伏する。黄龍の到来は途上の村や都市からの知らせでわかっていたのだろう。

白虎《びゃっこ》にとどめていた易之《イージー》をこちらに引きとると、霊蛹機《れいようき》の集団は周州辺境に残した。始末はあとでつける。

これから先はあともどりがきかない一本道だ。

独孤伽羅《ドゥーグー・チエルオ》と楊堅《ヤン・ジエン》は軍に不満をしめし、また易之とあたしをあえて救ってくれた事実から、信用できると判断した。妨害はしないだろう。ただし隋唐辺境の長城までもどった時点で、あたしが開皇《かいこう》望楼を破壊したのを見ることになる。

なかにだれがいるかはあえて考えなかった。兵法家が口ほどに賢明なら、こちらが叛乱を起こした時点で避難しているはずだ。

　われながら荒っぽい戦術ではある。武力と権力の中枢をすべて破壊すれば、華夏《ホワシア》は混乱し、人民は新たにあらわれた最強者――すなわち、あたしを支配者としてあおぐしかなくなる。

　泣き叫び命乞いする大衆の上に、渭水《いすい》さながらに曲がりくねる影を落として黄龍は進んだ。めざす先は市街を見下ろす山上の賢哲宮《けんてつきゅう》。浮揚船から初めて見たときのことを思い出す。

　あのときやりたくてもできなかったことを、今度こそやる。

「武《ウー》パイロット！」

　太いしゃがれ声が宮城《きゅうじょう》構内のスピーカーから呼びかけてきた。こちらはさらに大音量で怒鳴りつけた。

「武皇《ウーこう》と呼びなさい！」

　驚いたらしい沈黙のあと、声は続けた。

「止まりたまえ！　なにをやっているかわかっているのか？　その行動がもたらす結果を

考えたまえ！」

一笑に付した。なにをいまさら……。

「天天《ティエンティエン》！」

空中で凍りついた。おかげで高層ビルを多数の人民の上に押し倒しそうになった。

母だ。

殿閣が複雑に建ちならぶなかで投光器に照らされた広い中庭を、黄龍の視野で拡大する。そこに母がほかの家族といっしょに兵士の手で引き据えられている。賢哲はだれもかれも豪華な袍《ほう》に長い白髯《はくぜん》という姿で区別がつかないのだけど、その一人がマイクを母の口もとにむけている。

黄龍のなかで精神をえぐられる思いがした。ほんとうにこうなった。選択を迫られる。みずから招いた事態だ。伽羅から言われたとおり、しっぺ返しをくった。馬秀英《マー・シウィン》の〝小さな思いやりが大きな救いに〟などという甘言につられなければ、このクソ家族はいまも辺境のクソ村で安全に暮らしていたはずだ。

それとも、賢哲会議は万一にそなえて作戦前に家族の身柄を首都に移していただろうか。

いずれにせよ、あのとき家族思いのふりをしてしまったからこそ、いまはべつの態度をとれる。今回は冷徹になれる。

こちらの沈黙を迷いととったらしく、父がマイクを奪って訴えはじめた。

「頼む、罰を下すなら俺たちにしてくれ。この子は――」泣きながら、長男の大郎《ダーラン》を家族の輪の外へ押し出す。「――この子だけは助けてやってくれ！　おまえのかわいい弟だぞ！」

心のなかでなにかが切れた。

押し出された大郎が号泣し、よろよろともどって両親のあいだにしゃがむようすを、あたしは無感動に眺めた。両親は泣いてまた押し出そうとする。その輪から出れば、巨大な鉄の龍で首都を蹂躙しにきた邪悪な姉からのがれられるというように。

最初からこういう連中なのだ。息子はこのように特別あつかい。一方であたしや姉は平然と売り飛ばす。

こんなところにはいたくない。見たくないし、考えたくない。この人たちにとっては最初から最後まで〝外に捨てた水〟でしかなかったことを、思い出したくないし、たとえられたくないし、確認したくない。

こんな連中があたしの唯一の血族だ。なにがあっても愛し、守らねばならないとされている。

いま始末してやらなくては、これから一生、あたしを脅迫するための道具として使われる。そんな人生はどうなのか。道具として、人質として利用されるだけの存在とはどんなものか。地獄にほかならないと、まさにこの人たちが教えてくれた。

だから、こうしてやるのが慈悲だとわかる。

「失礼」姉の遺灰のように冷たく言った。「じゃまよ」

賢哲宮全体を黄龍の脚で踏みつぶした。

石垣も大理石も高級な木材も、崩れて折れて濛々《もうもう》たる土煙に変わった。市街からも悲鳴があがった。大量の瓦礫が山の斜面を流れ下り、逃げまどう人々を襲う。

それでもこちらの心にはさざ波ひとつ立たない。

黄龍の目は閉じられないので、瓦礫から上がる黒煙を虚脱して眺める。

多少なりと頭が働きはじめるまで長い時間がかかった。ちっぽけなものの接近に気づいた。無意味な騒音に聞こえる悲鳴のむこうから、パタパタと音をたてて一隻の浮揚船がやってくる。

叩き落とそうと脚を上げた。

「待て！」

浮揚船のスピーカーから声が響いた。

脚を止めた。

なぜなら、高俅《ガオ・チウ》の声だったからだ。

「しばし待て、武パイロット。いや……いまは武皇と呼ぶべきか」

浮揚船のハッチが開いて、明るい蛍光灯の光のなかに本人が姿をあらわした。その黒革の袍には幼女が何人もとりすがって泣いている。背後には数人の用心棒が立っている。

ぞっとした。きわめて不愉快な意味で瞠目させられた。

賢哲会議はこれに学ぶべきだった。あたしを萎縮させたいならこの手がある。

高俅は沈着冷静に続けた。

「きみの意図は理解している。阻止しようにも華夏には武力がない。そこで交渉に来た」

「交渉？」

吠えた。風圧で浮揚船がいくらか押し流されたほどだ。

「どうどう、礼節をもって話しあおうじゃないか」

高俅は病的な軽薄さで笑って、天井の手すりにつかまった。幼女たちの悲鳴を聞いて、自分でもいやになるほどあわてて黄龍の口を閉じた。

「さすがに媽媽《マーマー》や爸爸《バーバー》から国家運営について習ってはいないだろう。政治や経済がめちゃくちゃにならないように助言者が必要だ。わたしを摂政《せっしょう》に任じてほしい！　実務を補助するのはもちろん、例のビデオがわが五男の目にはいらないようにしよう」

凍りついた。

　コクピットにいる易之が言った。

「例のビデオ？　なんのことだい？」

「なんでもないのよ、易之」

　あわてて答えた。なんでもないようにはとても聞こえなかっただろう。契約締結にさいして彼の父があたしを全裸にして撮影したことなど知らなくていい。それなのに……こんなタイミングで！

　ところが、そんな小声でのやりとりも高俅には聞こえていた。

「いやいや、なんでもなくはないぞ。息子に話していないならなおさらだ！」

　悦に入ったようすで言う。浮揚船を黄龍の脚で叩き落としたい衝動にかられる。でも幼女を見て歯がみして耐える。意識的な行動に制約がかかる。むこうはお見通しだ。

　黄龍がよりによって光箭《こうせん》を撃てない土属性の霊蛹機であることに歯がみした。ほかの属性なら精密な光箭で高俅だけを撃ち抜けるのに。

　むこうは続けた。

「そこに乗っているのならちょうどいい！　やあ、息子よ。おまえが見たら驚くような映像があるぞ！」

易之の口調が鋭くなる。

「なんの話だい？」

　こちらは混乱しながら険悪な声になる。

「あとで説明する！　とにかくいまはこっちが話を――」

「あとで？」高俅は揶揄してきた。「武皇、この提案には時間制限がある。十秒以内に承知してくれないと、なにが起きても保証できないぞ」

　浮揚船は離れはじめた。

　易之が突然、声を荒らげた。

「外に出してくれ！　僕がじかに話す」

「易之、あなたには関係が――！」

「早く！」

　心が凍えそうな冷たい一喝。崩壊寸前のあたしの世界がほとんどとどめを刺される。それでも意志に反して閉じこめてはおけない。

　魂に穴をうがつような気持ちで、黄龍の額に開口をつくる。易之はそこから長い鼻面に出た。夕暮れの風にもてあそばれながら、リストバンドごしに話しかける。

「父上！」

浮揚船はもどってきた。高俅はリストバンドをタップして、おなじように話す。

「息子よ！　おまえの友人の淑女によくよく理を解《と》いて――」

黄緑の閃光が空中を走った。

驚いてこちらの気の流れが止まったほどだ。脳裏で半睡眠状態にある秦　政《チン・ジョン》も跳ね起きた。

光箭は易之のはためく袍のたもとから出ていた。腹の底から荒々しい喊声《かんせい》。土属性で強化した木属性の気が銃のようにかまえた指から高熱の電撃さながらにほとばしる。虚空を渡ってまっすぐ高俅へ。肉の焼けるにおいが風にただよった。

三秒にも満たない出来事。それでも永遠のように長く感じられた。幼女たちが悲鳴をあげて、かつて高俅だった黒焦げでくすぶる肉塊から離れる。用心棒たちも取り乱し、浮揚船から蹴り落としてしまう。市街のどこかの屋根に落ちて破片を飛び散らせ、そこでもまた悲鳴をあげさせる。

易之はへたりこんで荒い息をついた。

こちらにふりかえった目は黄色と緑に輝いている。顔の経絡《けいらく》もだ。鼻血がたらりと流れ、親指でぬぐう。

「きみを信じる」

簡潔に言うと、袍の帯を解いて脱ぎ捨てた。星が輝きはじめた宵《よい》の空にひらひらと飛んでいく。

はだけた上半身には朱雀《すざく》の霊鎧の一部が貼りついて光っていた。刺青におおわれた背中にはひと筋の血のような脊椎装具。肩甲や腕甲は鳥の骸の一部のようだ。

一言であらわすなら、まさに暴風少爺《バオフォンシャオイエ》。

高俅が意味なくつけた称号がのちにふさわしいものになるとは。

易之は荒い息のあいまにリストバンドにむけて大声で言った。

「高《ガオ》エンタープライゼズの全職員に告げる！　新しい雇用契約だ。逆らう者は家族もろとも死んでもらう。したがう者は従前またはそれを上まわる待遇とする」

浮揚船の用心棒たちは困惑顔で視線をかわした。そして泣いている幼女たちのあいだで膝を屈した。

「では復唱せよ――鉄寡婦《てっかふ》万歳！」

叫んで空を指さす。浮揚船のスピーカーから唱和する声が流れた。

「鉄寡婦万歳！」

易之はリストバンドの通信を切ると、こちらに振り返って首をかしげた。

「どうやら十四億元を相続したみたいだ」

聞いたこちらの反応は、陰陽領域の秦政の表情とおおむねおなじだった。眉を寄せ、目を細め、口を半開きにする。

ついで秦政はまばたきして首を振った。

「しばし待て。インフレ率はどうなっておる？　その額はいまでも大金なのか？」

たまらず笑いだした。すると黄龍も笑う。ほんとうに笑いが止まらない。鼻面に出ていた易之はヒクヒクする揺れで振り落とされそうになって、あわててコクピットにもどった。さまざまな感情がつむじ風のように通り抜ける。悲嘆と歓喜、憤怒と安堵、苦痛と恍惚。

なんというこの一日。

なんというこの一《ひと》月。

なんというこの人生。

生まれたときからたくさんの嘘を聞かされてきた。やさしさがたりない、気づかいがたりない、謙虚さがたりない、名誉を重んじない、美人でない、愛想が悪い。そんな周囲の評価を満たせないなら生きている資格がないとされた。

みんな嘘だ。デマだ。プロパガンダだ。この砕かれた纏足《てんそく》で周囲の評価を必死に追わせ、よき婢《はしため》として育てるための情報工作。

でももう真実がわかった。

この世界は敬意を払うにあたいしない。恩情や同情にあたいしない。

なんとか落ち着いたところで、眼下で号泣し、平伏する大衆を見た。あんなに叫びつづけてよく声が嗄《か》れないものだ。あたしがつくる新秩序を受けいれさせるまでは難儀するだろう。長安を支配しても華夏を平定したことにはならない。それでもこれが第一歩だ。

易之にだけ聞こえるように小声で言った。

「いまさら山小屋じゃなくていいわよね」

黄龍の頭のなかで易之は答えた。

「山小屋はやめだ。世界征服しよう」

エピローグ

黄龍《こうりゅう》に乗って灰まみれの谷に着地した。皇帝級渾沌《フンドゥン》と戦った場所だ。

周州にもどった理由は三つある。気の補給、軍との交渉、そして世民を連れ帰ることだ。

ところが予想外の事態を知らされた。

「盗まれたって、どういう意味!?」

叫ぶように白虎《びゃっこ》に訊く。その口から伽羅《チエルオ》の声が答えた。

『ほんとだってば！　巨大な浮揚船がどこからともなくあらわれたのよ。文字どおり忽然と。そしてここに下りてきて、こっちが駆けつけたときはもう去っていた。朱雀《すざく》の頭部の残骸もいっしょに』

混乱した頭で話の内容を整理した。

「つまりそれって……神々？」

『まあ、ほかにだれって話になるわよね』

「でも神は姿をあらわさないものよ！　人間界に干渉しないはず！　そして――」

いきなり黄龍の口がべつの力で乗っ取られた。

「朕《ちん》の窮境においても救いの手をよこさなかったぞ！」

憤然として怒鳴ったのは秦政《チン・ジョン》だ。目覚めて以来初めて黄龍の口から話した。

白虎とほかの数機の霊蛹機《れいようき》は瞠目している。まだうまくのみこめていないのだ。大事件の連続にくわえて、秦政皇帝将軍までも息を吹き返し、二百年ぶりに黄泉門《よみど》からもどってきたという事実を。

その精神はしだいに強力になっていた。気にいらない。いつまで従属させられるか心もとない。

黄龍のコクピットから呼び出し音が聞こえた。伽羅の話を考えていたのを中断して肉体にもどり、リストバンドの通知を確認する。無線トラック隊を再配置して、易之《イージー》といつでも通話できるようにしてある。それがかかってきたということは、長安でなにか緊急事態が起きたのだ。

通知画面から本人のあわてた顔に切り替わった。

『則天《ゾーティエン》、ぜんぶ嘘だったんだ！　なにもかも嘘だった！』

こちらはきょとんとする。

「それはもうわかって――」

『そうじゃない、操縦システムの話じゃない。惑星のことさ！　ここは人間の惑星じゃないんだ！』

「は……？」

絶句した。陰座《いんざ》の秦政もぴくりとして耳をすませる。

易之は息せききってうまく話せずにいる。

『うちの連中が賢哲宮《けんてつきゅう》の瓦礫の下から機密文書を格納した水晶記憶装置を回収した。渾沌によって人類の先行文明が滅亡したという歴史――あれはすべてつくり話だ。僕たちの先祖はよそから来てこの惑星に降りたんだ。渾沌こそこの星の原生生物。侵略者は――』

画面が暗転した。そこに白い文字が表示され、ゆっくりとスクロールする。

親愛なる武則天《ウー・ゾーティエン》

このような過激な行動を続けるならば、天庭《てんてい》のわれわれは介入せざるをえなくなる。

しかし貴女《きじょ》の力を認め、以下の提案をしたい。

これまでの賢哲会議にならってこちらの指図にしたがうならば、貴女が失ったものを返す用意がある。

それを拒否するか、もしくは真相を公表した場合は、貴女はすべてを失う。

画面が映像になった。薄暗い場所が映っている。液体の満たされた円筒形のタンク。泡のあいだに、なにかが浮かんでいる。上部から伸びた多数のチューブや電極とつながっている。

頭がある。大きな黒い酸素マスクをつけている。その下には損傷のひどい胸郭。ゆっくり拍動する心臓と、緩慢に呼吸する肺が露出している。それだけで、ほかはなにもない。そもそも人間に見えない。ましてだれともわからない。でも……。

見覚えのある短髪。彫りの深い目もと。

頭のなかがホワイトノイズにおおわれる。金皇帝の断末魔の思考がよみがえる。

『人間め……宇宙の厄難《やくなん》め……』

水皇帝が発した苦痛、慨嘆、憤怒の感情も思い出す。渾沌の幼体が死屍累々と積み重なって煙を上げる山がまぶたに浮かぶ。画面に映された恐怖の姿と一抹の希望にそれらが結びつき、のがれがたい悪夢となる。

逃げ道はない。

頭をかきむしり、絶叫する。

謝辞

〝書いたものをとにかく読んでください〟という立場から、お金をとって読んでもらう立場になるまで紆余曲折があった。いや、まあ、お金を払いたくないならそれでもかまわない。でもGoodreadsとAmazonには評価と感想を残してほしい（笑）。

まずレベッカ・シェーファーに心からの感謝を。わたしがまだ作家の卵でひどいものを書いていた（あのころのものが本にならなくてよかった）記憶から消し去りたい時代に、あなたと会った。初期的なフィードバックを送りあっていたときはことごとく意見がぶつかったのに、実際に会って話したら意気投合したのは不思議だ。迷走ばかりのわたしになにかを見いだし、精神状態が最悪のときも毎日話を聞いてくれた。あなたがいなかったらたぶんもう生きていない。人生を変えたあの会話がなければこの本も存在しない。あのとき『ダーリン・イン・ザ・フランキス』について夢中でしゃべったことが、最終的にこの本をふくむさまざまな出来事につながった（レベッカの『*Not Even Bones*』三部作もよろしく。少女が超自然的な存在を解剖して、母親にそれをネットで売ってもらっていたら、のちに彼女自身が超自然的な闇市場で売られてしまう話）。

作家にとって最高に思慮深く、注意深いエージェントのレイチェル・ブルックスに。べつのものを書きなおすはずの作家からいきなり送りつけられたこの本について、ヤングアダルトのジャンルで売るにはこの初稿はあまりにも暗すぎるという評価を四千語の長文で説明してくれた。申しわけない。二〇一九年は大学の最終年で精神的にどん底だった。でもそこから立ちなおったでしょ？

すばらしい編集者のピーター・フィリップスとマーゴット・ブランキアに。この本を推敲するあいだ、わたしを信じてはげましてくれた。原稿整理編集者のキャスリン・マージョリバンクスは、文法の誤りを洗い出してくれた（英語って難しい……）。広報担当のサマンサ・デボッタはこの本の話題づくりを著者とおなじく熱心にやってくれた。校正者のシャナ・ヘイズは鵜の目鷹の目でこの本を読んで、思わぬ矛盾のあれこれを指摘してくれた。シェンウェイ・チャンは貴重で理知的な意見をつけてくれた。アシュレイ・マッケンジーは期待をはるかに上まわる表紙イラストを描いたうえに、物語と矛盾しないことをたしかめるために全体を読んでくれた。

カナダ芸術評議会とブリティッシュコロンビア芸術評議会にも感謝を。その助成金のおかげでこの本を書けた。

　レベッカ・キム・ウェルズによってPitch Wars 2018の研修生に選ばれたおかげで人生が変わった。書くのをあきらめる瀬戸際だったときに、わたしの名前がその発表に載った（怒れるバイセクシャルのフェミニストを主人公にした彼女のドラゴンファンタジー二部作『*Shatter the Sky*』『*Storm the Earth*』はすべての書店で発売中です！）。またこのPitch Warsというすばらしい機会をつくってくれたブレンダ・ドレイクにも感謝を。

　この本のベータ版の読者には完全18禁の初稿を読む苦行をさせてしまった。レベッカ・シェーファー、ティナ・チャン、メグ・ロング、メアリー・ローチ、JR・クリーデンに感謝を。

　仲間のリー・マーティン、ナタリー・ヒーマン、ミーガン・ポーランドは、わたしがエージェントもいない作家志望者から、まともな作家として複数の出版契約を得るまでをずっと見ていてくれた。生死をともにするという表現はこういう友人たちのためにある。ファーギーの〈グラマラス〉で歌われている、むさ苦しい格好でいっしょにタコベルのドライブスルーに行く悪友たちだ。

　ジェン・ロウは一連の出来事の引き金を引いた。彼女から……あるアニメを紹介されたのがきっかけで、いつのまにかわたしはものを書くようになった。そして本格的にわたしに本を書かせたのはディラン・ヘイズ・クロスだった。そのせいでストレスと苦悩の数年間をすごし、あやうく二人を恨むところだったけど、最終的になんとかなった。

ヴァンダーへ。いまどこにいるのか知らないけど、元気でいてほしい。

ヴレインズ・ヘルの仲間に。どん底にいるわたしにさまざまな光をもたらしてくれた。アリ、マック、リリー、ラー、ユーセイ（クロノ）、トレブル、マスキー、クッキー、チェリー、ノックス、CC、ナイト、メイジ、ハングリー。あなたたちのことはけっして忘れない。誇りに思ってもらえるように全力でこの本を書いた。

新しい友人のマルコ、フランチェスカ、エンシー、ハルへ。無価値に思えたツイッターを価値あるものにしてくれた。

『ダーリン・イン・ザ・フランキス』の制作者たちへ。この本の男女二人乗り操縦システムの発想のもとであり、巨大ロボットを文学装置として青春とジェンダーとセクシュアリティを描くというアイデアのきっかけになった。

　わたしが作家業を歩みはじめたことをようやく受けいれてくれた家族へ。最初から応援してほしかったといまでも思っているけど、愛情をしめせる距離においてくれたので、まあいいことにしよう。

最後に歴史上の武《ぶ》則天《そくてん》へ。中国史上唯一の女帝に即位し、ジェンダーロールを打ち破った象徴的な人物だ。この本の則天《ゾーティエン》はまったく異なる世界のまったく異なる環境で生きる人物として描きなおされている。でもその精神や考えが史実の人に反しないことを願っている。

訳者あとがき

日本のアニメ、マンガ、ゲームが一定の海外市場を開拓し、ファン層を獲得していることはよく知られています。そこから日本作品の影響を受けたオリジナル作品も生まれています。二〇一六年のピーター・トライアス『ユナイテッド・ステイツ・オブ・ジャパン』（ハヤカワ文庫SF）もそのように日本のアニメとゲームの影響を色濃く受けて書かれたSF小説でした。

今回ご紹介するのはカナダの新人SF作家シーラン・ジェイ・ジャオの二〇二一年のデビュー作、『鋼鉄紅女』（原題 *Iron Widow*）です。著者は日本のアニメから強い影響を受けたことを認めていますが、作中に日本要素は少なく、むしろ出身地である中国とその歴史をベースにした物語に仕立てられています。

本作をジャンルとして説明するなら、中華ファンタジー・ロボットSFということになるでしょう。架空の古代中国を舞台にしてファンタジー要素をともなうものを中華ファンタジーと呼ぶとすると、この作品はまさにそれです。いわゆる宮廷物のストーリーではないものの、登場人物は袍《ほう》や襦裙《じゅくん》といった古代の漢服姿で、男性は髻《もとどり》を結い、女性は簪《かんざし》をさして生活しています。そしてファンタジー要素としては、人間の内なる気《き》が陰陽五行思想にもとづいて現実の戦闘力や防御力になります。

ここまでは日本のバトル物の娯楽作品でもしばしばありますが、本作はそれにくわえてロボットSFでもあります。九尾《きゅうび》の狐《きつね》や中国神話の四神（朱雀《すざく》、白虎《びゃっこ》、玄武《げんぶ》など）が巨大ロボットとなって登場し、主人公たちはこれに乗って敵と戦います。

繁栄していた人類文明が宇宙からの侵略者である巨大生物、渾沌《フンドゥン》によって壊滅して二千年。その渾沌の死骸から人類側の兵器となる巨大ロボットがつくりだされて二世紀。霊蛹《れいよう》機《き》と総称されるこのロボットに乗って人類は渾沌に抵抗し、生活圏を徐々に奪回しているところです。回復された土地は長城《ちょうじょう》と呼ばれる壁でかこわれ、渾沌の侵入を防いでいます。この長城ぞいに望楼《ぼうろう》という出城を築き、渾沌と戦っているのが人類解放軍です。

霊蛹機はレバーやペダルで操縦するのではなく、前述の気で動かします。その機体は霊《れい》金《きん》と呼ばれる特殊な金属でできており、パイロットは脊椎に鍼《はり》を刺すことでこれに接続し、気を流して一体化します。

気は中国の伝統医学において生命力の源泉であり、全身の経絡《けいらく》にそって流れているとされます。作中では気の流れの強さを霊圧《れいあつ》として測り、この数字が高い者ほど霊蛹機の優秀なパイロットになります。

霊蛹機を操縦するのはかならず男女一組のパイロット。そのうち気の供給力が弱いパイロットは、激戦のなかで気を吸いつくされて死亡する場合があります。これはたいてい女子のほう。そこで女子パイロットには使い捨ての妾女《しょうじょ》を起用するのが通例です。主人公の武則天《ウー・ツーティエン》は、ある計画を胸に秘めて、この妾女パイロットに志願します。

以上がおおまかな作品世界の設定ですが、もう一つ特徴的なのが、登場人物のほぼ全員が中国の歴史や古典文学から引用されていることです。史実の人間関係や立場が物語にもある程度反映されているので、おもなところを解説しておきましょう。

中国の歴史に詳しくない方でも、武則天《ぶそくてん》は中国史上唯一の女帝として聞いたことがあるでしょう。日本では則天武后《そくてんぶこう》とも呼ばれます。史実の諱《いみな》は照《しょう》。則天は諡号《しごう》、すなわち死後のおくり名から取られたものですが、大衆むけの劇やドラマでは武則天という呼び方が定着しています。

唐の太宗《たいそう》（史実の李世民《りせいみん》）の後宮にはいったときに、その美貌を賞《ほ》めて〝武媚《ぶび》〟という号を贈られます。この史実をもとに、後世の劇やドラマでは〝媚娘《びじょう》〟という愛称もよく使われます。

宮中では聡明さで知られましたが、太宗の崩御によって出家。しかし次代の高宗《こうそう》の宮中権力争いのなかで呼び出されてふたたび入宮し、最後はみずから帝位につくところまで昇りつめます。そのドラマチックな人生は劇、映画、テレビドラマの題材にくりかえし取り上げられています。

李世民は唐の初代皇帝高祖《こうそ》の次男で、各地の群雄討伐で大きな功績を挙げます。しかしそのために皇太子である兄とのあいだで後継争いが生じ、ついに兄と弟を殺害。さらに父に迫って譲位させ、第二代皇帝の太宗になります。つまり史実では父親までは殺していませんが、その帝位奪取がかなり暴力的だったのはたしかです。

高易之《ガオ・イージー》のモデルは、武則天の寵臣だった張易之《ちょうえきし》でしょう。武則天ドラマでは定番の登場人物のようです。本書で高姓になっているのは、父親のメディア王に高俅《こうきゅう》があてられているからです。高俅は北宋の政治家で実在の人物ですが、むしろ中国四大奇書の一書『水滸伝』の登場人物として有名で、そこでは最大の悪役として描かれています。

諸葛亮《しょかつりょう》、あざな孔明《こうめい》は、日本では武則天以上に有名かもしれません。やはり四大奇書の一つである『三国志』で活躍を描かれる蜀《しょく》の軍師です。そしてその諸葛亮の最大のライバルだった魏《ぎ》の軍師が司馬懿《しばい》。同時代人として知略を競った二人ですが、志《こころざし》なかばで陣没する諸葛亮に対して、司馬懿はのちに魏の実権を乗っ取って孫の司馬炎《しばえん》が皇帝に即位しますから、歴史的には最後に笑ったといえます。ただしその経緯から裏切り者の評価を受けてしまうことも。

独孤《どっこ》伽羅《から》は、隋《ずい》の初代皇帝となった文帝《ぶんてい》、楊堅《ようけん》の皇后です。政略結婚させられた武将の夫の立身出世を助け、ついに帝位につかせてみずからは皇后になった波瀾万丈の人生は、武則天に並んで中国宮廷ドラマで人気の題材になっています。史実においても気が強く、夫に対して支配的にふるまったようです。

この楊堅と独孤伽羅の次男が楊広《ようこう》です。第二代皇帝に即位して煬帝《ようだい》と号し、中国史を代表する暴君と評されるようになります。

馬秀英《ばしゅうえい》は、明の初代皇帝となった朱元璋《しゅげんしょう》の皇后です。ただし秀英の名は正史になく、後世の地方歌劇で定着した民間での通称のため、歴史的にはただ馬皇后と呼ばれます。元末期の紅巾の乱で挙兵した武将の養女で、父が見こんだ寺僧出身の部下に嫁ぎます。その朱元璋は武運あって明朝を建てて皇帝に即位し、洪武《こうぶ》帝と呼ばれるようになります。

秦政《しんせい》は、始皇帝と呼んだほうが日本ではわかりやすいでしょう。秦を率いて中国を初めて統一し、皇帝の地位をつくってみずからそこについた人物です。中国では秦始皇と呼ばれ、政はその諱《いみな》です。

このほかの登場人物や名称もほとんどが歴史や古典文学や宮廷ドラマに由来があります。興味があれば調べてみてください。国名として使われる華夏《かか》は、歴史的に漢民族をあらわす美称です。

著者のシーラン・ジェイ・ジャオは中国生まれで、十歳前後でカナダに移民し、現在はバンクーバーに居住しています。回族の血をひくことを公表していますが、政治的な理由から中国の出身地につながる情報は非公表。年齢などの個人情報も非公表。ジェンダーはノンバイナリーで、they/them で呼ばれることを希望しています。

サイモン・フレーザー大学で生化学の学位を取得したものの、本人によれば新型コロナによる社会的混乱も一因して専門分野での就職をあきらめます。現在は中国の歴史と文化について解説する教育的コンテンツをネットで発信する一方、小説の執筆に取り組んでいます。

二〇二一年に本書『鋼鉄紅女』で作家デビューし、ニューヨークタイムズ・ベストセラーリストのヤングアダルト・ハードカバー部門で一位を獲得。SF関連の賞では英国SF協会賞の若年読者部門を受賞。そのほかアンドレ・ノートン・ネビュラ賞、ローカス賞、英国幻想文学大賞で候補作に残っています。二〇二四年に続篇の出版が予定されており、

タイトルは *Heavenly Tyrant* と公表しています。

二〇二二年にはより低年齢層（小学校高学年）むけの現代ファンタジー、*Zachary Ying and the Dragon Emperor* を出版しました。これは日本のアニメ、とりわけ『遊☆戯☆王』シリーズの影響を受けているとのことで、やはり高く評価されています。『鋼鉄紅女』のアイデアのもとになったのは、日本のTRIGGER・A-1 Pictures制作のアニメ『ダーリン・イン・ザ・フランキス』（二〇一八年）だと著者は謝辞で認めています。あの男女二人乗りの特徴的なコクピットが、ジェンダーとセクシュアリティの物語を表現したい著者の想像力を刺激したのはたしかでしょう。

とはいえ本書に最大の影響をあたえているのは、やはり中国の歴史と文化、そして言語です。著者は英語で書きながらも、かなり漢字表現を意識していたらしいことがうかがえます。今回の翻訳は著者に目を通してもらい、一部の訳語には著者指定の漢字表記をもちいています。

中国の地理書『山海経《せんがいきょう》』からの引用については、平凡社『山海経　中国古代の神話世界』高馬三良訳を参照し、独自に訳出しました。

訳者略歴　1964年生，1987年東京都立大学人文学部英米文学科卒，英米文学翻訳家　訳書『アポロ18号の殺人』ハドフィールド，『最後の宇宙飛行士』ウェリントン，『サイバー・ショーグン・レボリューション』トライアス，『荒潮』陳（以上早川書房刊）他多数

HM=Hayakawa Mystery
SF=Science Fiction
JA=Japanese Author
NV=Novel
NF=Nonfiction
FT=Fantasy

鋼鉄紅女《こうてつこうじょ》

〈SF2408〉

二〇二三年 五 月二十五日　発行
二〇二三年十二月二十五日　二刷
（定価はカバーに表示してあります）

著者　シーラン・ジェイ・ジャオ
訳者　中《なか》原《はら》尚《なお》哉《や》
発行者　早川　浩
発行所　株式会社　早川書房

郵便番号　一〇一 - 〇〇四六
東京都千代田区神田多町二ノ二
電話　〇三 - 三二五二 - 三一一一
振替　〇〇一六〇 - 三 - 四七七九九
https://www.hayakawa-online.co.jp

乱丁・落丁本は小社制作部宛お送り下さい。
送料小社負担にてお取りかえいたします。

印刷・中央精版印刷株式会社　製本・株式会社明光社
Printed and bound in Japan
ISBN978-4-15-012408-3 C0197

本書は活字が大きく読みやすい〈トールサイズ〉です。